मायाका मसिना अक्षर

सुरेश बडाल

FP

फाइनप्रिन्ट बुक्स
फाइनप्रिन्ट प्रा. लि.
कर्पोरेट तथा सम्पादकीय कार्यालय
विशाल बस्ती 'क', विशालनगर, काठमाडौं
फोन : +९७७-१-४४४३२६३, ४४२१६४१
इमेल : fineprintbooks@fineprint.com.np
वेबसाइट : www.fineprint.com.np

फाइनप्रिन्टद्वारा प्रथम पटक प्रकाशित, साउन २०७९

ISBN: 978-9937-746-57-1

MAYAKA MASINA AKSHAR BY SURESH BADAL

"Love is divine only and difficult always. If you think it is easy you are a fool. If you think it is natural you are blind."

– Paradise, Toni Morrison

चिनाजानी

गाउँपाखामा फुलेकी सुन्दर कोपिलालाई मेलापर्वमा आँखा जुधेपछि टिपेर पिरतीको डालोमा राखेर भगाउने जमानाको थिइनँ म । न त थिएँ, प्रिन्सिपलको अफिस कता छ भनेर सोध्दै जाँदा पहिलो दिनमै कलेजकै सब से सुन्दर युवतीसँग ठोक्किएर उसले च्यापेका किताब र नोटहरू छरीबरी पारेर खसाल्दिने फिल्मी हिरो । जीवन चलचित्र झैं हुन्थ्यो त भेट्ने थिएँ होला किताब समेटेर दिंदा मुसुक्क हाँसिदिने कोही सुन्दरी, बस्ने थियो होला उसैसँग मायाप्रीति । तर कलेज पढुन्जेल पनि क्लास बङ्क गरेरै डेटिङ जानेसम्मका थिएनन् कोही केटी साथी । अहिले त पढाइ पनि सकिसकेको थिएँ । हातमा मोबाइल थियो अनि यत्रतत्र थिए सञ्जालहरू । फेसबुक, ट्विटर, इन्स्टाग्राम अनि टिकटकमा बनिसकेका थिए, मेरा नामका खाताहरू ।

फाट्टफुट्ट लेख्ने गरेका कथा र कविताहरूले ब्लगको भित्ता भरिँदै थियो । त्यही ब्लग पढेर नजिकिनेहरूको लहरले फेसबुकको फ्रेन्डलिस्ट पनि भरिँदै थियो । नयाँनयाँ रिक्वेस्ट त सधैंजसो आएकै थियो । अपरिचितहरूसँगको च्याट पनि नयाँ कुरा थिएन । तर आजको दिन बेग्लै थियो, उसको आकर्षण केही फरक थियो । ऊ कहिले कसरी एड भएकी थिई, हेक्का थिएन । तर आज मेरो म्यासेन्जरको आँगनमा रूबा शाही ठकुरीको नामको आइडीबाट पहिलो म्यासेज "हेल्लो कविज्यू" लेखिएर टुप्लुक्क आइपुगेको थियो ।

ढिला नगरी मेरा औंलाहरू किबोर्डमा चले– "हेल्लो ।" उसको पहिलो म्यासेजको जवाफ दिएपछि प्रोफाइल खोतलेको थिएँ । फोटाका

एल्बमहरू, पुराना स्टाटसहरू, कमेन्टहरू, लाइकहरू, रियाक्टहरू, सबैजसो हेरिभ्याएको थिएँ । सँगसँगै उसका अरू प्रश्नहरूको जवाफ पनि दिँदै थिएँ म ।

"सन्चै होइसिन्छ ?" भनेर सोधिएको प्रश्नको जवाफमा आफू सन्चै भएको बताएको थिएँ । "हजुर कस्तो होइसिन्छ नि ?" भनेर उसैको लबजमा जिस्क्याएको थिएँ ।

"हाहाहा ! म पनि ठीक छु । किन यति धेरै सम्मान गरिसेको ?" उसले सोधेकी थिई ।

"नारीलाई सम्मान गर्नुपर्छ रेन्त !" मैले जिस्क्याएको थिएँ ।

उसले 'गफाडी' लेखी अनि सँगै आँसु निस्किने गरी हाँसेको इमोजी पनि राख्दै थपी, "नारीलाई सम्मान गर्ने भनेको त भावनासँग नखेल्ने हो, बराबर अस्तित्वको सम्मान गर्ने हो । तपाईं, हजुर भनेर हुने हो र ?" अन्तिममा उसले दुई ओटा प्रश्नवाचक चिह्न ठड्याइदिई ।

"हो नि है ?" मैले लेखें, "खासमा मलाई यो आइस्यो, गइस्यो भनेको मन चाहिँ पर्दैन ।"

"यस्तै बानी पऱ्यो । आफूले मान्ने मान्छेलाई आइस्यो, गइस्यो नै भन्न मन लाग्छ," कति मीठोसँग लेखी उसले ।

खुसीले गद्‌गद भएर प्रतिप्रश्न गरें, "म पनि हजुरको मान्यजनमा परें ?"

'उम्' लेखेर एकछिन ऊ मौन भई ।

उसको 'उम्'पछिको मौनताले मैले नै केही सोधोस् भन्ने सङ्केत गरेको थियो । त्यसैले सोधें, "काठमाडौंबाट नै हो ?"

"हजुर ।"

"ए ए ।"

अब के भनौं ? के सोधौं ? कुरै केही छैन । हाम्रो च्याटमा फेरि एक चोटि सन्नाटा छायो ।

उसैले मौनता चिर्दै लेखी, "हजुरले फेसबुकमा राख्ने कुराहरू मलाई एकदम मनपर्छ ।"

"धन्यवाद ! म मान्छे नराम्रो भए पनि फोटो चाहिँ राम्रै आउने है ?"

"हाहाहा अत्ति के हजुर त । मैले कहाँ फोटोको कुरा गरें र । कविताको कुरा पो गरेको । क्या मन छुने हुन्छन् ।"

म इमोजीबाट मुस्कुराएँ ।

"तर मान्छे पनि राम्रै होइसिन्छ ।"

म दङ्ग परें, तारिफ सुनेर ! उसले अझै थपी, "एउटा कुरा सोधौं ?" मन उत्सुक भयो । अक्सर एउटा कुरा सोध्नेहरूले मनमा हजार ओटा कुराहरू खेलाइदिन्छन् । कुतूहल बढाइदिन्छन् ।

"सोध्नुस् न ।"

"कसरी लेखिसिन्छ प्रेमका मीठामीठा कुराहरू ?"

"म लेख्दिनँ ।"

"हजुर ?" उसले गोलभेँडे आँखा भएको इमोजीको खप्पर पठाई ।

"टाइप गर्छु ल्याप्टपमा," मुसुमुस हाँस्दै लेखें ।

"कत्ति जिस्किनुपर्ने है ? साँच्ची सोधेको । आफ्नै प्रेमकहानी लेखिसेको हो ?"

"मेरा बिछोडका कविताहरू चाहिँ पढ्नु भाछैन ?"

"पढेर त हजुरसँग बोल्न मन लागेको ।"

"मेरो बिछोड भएको होला भनेर चाहिँ सोच्नुभएन ?"

"बिछोडका कुराभन्दा मलाई प्रेमिल कुराहरू मात्र पढ्न मनपर्छ," उसले बेप्रसङ्गको कुरा गरी । मेरो प्रश्नको जवाफ दिइन तैपनि मैले अर्को प्रश्न गरें, "किन नि ?"

"यथार्थमा बिछोड भोगेकाहरूलाई अरूका काल्पनिक कुराले छुँदैनन् । कविता पढेर रून्नलाई आँसु नै बाँकी हुँदैनन् ।"

"म मान्दिनँ । मेरा कविता पढेर बिछोड भोगेकाहरूले नै आँसु झऱ्यो भनेका छन् ।"

"अरूको के थाहा ? मैले मेरो कुरा पो गरेकी त ।"

"ओहो ! के भएको थियो र तपाईंको ?"

"होस् छोडिस्यो ।"

लौ छोडिदिएँ ! मलाई के चासो कोही न कोही मान्छेको ! एकछिन मेरा औंलाहरू के लेखम भनेर टोलाए । उसको पनि टाइपिङ देखिएन । अधैर्य भएका मेरा औंलाहरू फेरि कुराहरू गाँस्न जुर्मुराए ।

"सरी ! मैले तपाईंको व्यक्तिगत कुरामा चासो दिनुहुँदैनथ्यो ।"

"प्लिज, सरी नभनिस्यो । कुनै दिन भनौंला हजुरलाई मेरो कथा । बरू हजुरको फोन नम्बर दिन मिल्छ ?"

लौ अचम्म ! प्रेममा बिछोड भोगेकी छु भन्ने केटी । त्यसमाथि सुन्दर देखिन्छे तस्बिरमा । उसैले मेरो फोन नम्बर मागेकी थिई । त्यो पनि पहिलो पटकको च्याटमै ! मेरो मनमा फूलहरू फुल्न थाले, चराहरू उड्न थाले । कल्पनामा एकजोडी चरा चुच्चो जोडेर प्रेममा लीन भए । मेरा औंलाहरूले खरर फोन नम्बर टाइप गरिसकेछन्, मलाई नै थाहा नदिई ।

"थ्याङ्क यू भेरी मच ।" उसले मुस्कानको इमोजी पठाई ।

"तिम्रो नम्बर ?" मैले लेखें ।

"के रे ? केटीमान्छेसँग फोन नम्बर माग्न लाज लाग्दैन ? अझ सीधै तिमी रे," उसले मजाक गरी । इमोजीबाट बेस्सरी हाँसी । तर मलाई हाँसो लागेन । मैले त साँच्ची नै उसको नम्बर मागेको थिएँ ।

"सरी, तिमी फुत्केछ," म निन्याउरो भएँ ।

"हैन, तिमी नै भनिस्यो । मलाई मनपर्छ," आँखा झिम्क्याएको इमोजी आयो । कति चेताउन सकेकी केटीले । दैव !

"हस् । फोन नम्बर दिँदैनौ ?" म आज्ञाकारी बन्दै थिएँ ।

मेरो म्यासेज 'सिन' भएन । एयरपोर्टमा आफन्त कुरिरहेको कुरूवा झैं एकोहोरिरहँदा पनि म्यासेन्जरमा उसको म्यासेज ल्यान्ड भएन । धेरै बेर कुरें, उसको अत्तोपत्तो भएन । म्यासेन्जरले एकछिनपछि उसलाई 'एक्टिभ वान मिनेट अगो' भन्यो । दिक्क मानेर फेसबुकमा 'न्युज फिड' हेर्न थालें । एउटा देवदासले सायरी हालेको रहेछ ।

कमेन्टमा 'वाह' लेखें । सम्झनेले फेरि कम्मरमा हात राखेको फोटो राखिछ । क्याप्सन थियो–

बुझ्दै छु आज, किन भनेको रै'छौ मलाई स्वर्गकी परी, तिम्रो त्यो न्यानो अँगालो नै स्वर्ग जो रै'छ !

लाइक गरिदिएँ ।

च्याटमा जवाफ नआएर मन बेचैन भयो ।

च्याटमा धेरै केटीहरू यसै गरी बोल्न आउँथे । सम्झने पनि सुरूमा यसै गरी जिस्किने गर्थी । यसै गरी कविता मन पऱ्यो भनेर आएकी थिई । च्याटमा सम्झने म्यासेजभन्दा बढी फोटो पठाउँथी । पोखराकी सम्झना मेरो मनको धेरै नजिक पुगेकी थिई । ऊ तल्लो पेट दुखेको, महिनावारी भएको सबै कुरा सुनाउँथी । कहिले 'आज पेट दुखेर खाना नखाको' भन्थी, कहिले 'पकाउन अल्छी लाग्यो' भन्थी । म 'आएर पकाइदिऊँ त ?' भनेर सोध्थें । ऊ 'हस्' भनेर हाँस्थी । म 'आफ्नै हातले खुवाइदिऊँ त ?' भन्थें । ऊ 'धत् पागल' भनेर गाली गर्थी । ऊ मनमा बस्न थालिसकेकी थिई ।

मन बेचैन गराएकी थिई सम्झनेले । त्यति बेला पनि मेरो मनमा फूलहरू फुलेका थिए । एकजोडी चरा आएर चुच्चोले एकअर्काको छाती कोतरिरहेका थिए । मैले एउटा चरो म र अर्को सम्झनेलाई सोचेको थिएँ । उसलाई मैले मनका कुराहरू घुमाउरो पाराले बताउन थालेको थिएँ । म जिस्किएको ठानेर उसले त्यति वास्ता गरिन । मैले 'साँच्ची नै माया गर्छु' भनेको दिन उसले आफ्नो प्रेमीको फोटो पठाएकी थिई । मैले अझै पत्याएको थिइनँ । 'दाजुबहिनीको अनुहार मिल्दैन त' भनेर जिस्क्याएको थिएँ ।

उसले अँगालो मारेको फोटो पठाएपछि भने बेस्सरी टुटेको थिएँ । गाला जोडेको फोटो देखेपछि मनमा फुलेका फूलहरू सब झरेका थिए । उजाड मनबाट चराहरू पनि एउटाले अर्कोलाई ठुँगेर छुट्टिएका थिए ।

आजकल सम्झनेसँग बोलचाल हुँदैन । मन पनि केही न केही आस राखिरहँदो रहेछ । मनले आस नराखेका मान्छेहरू खास नहुँदा रहेछन् । आस मरेपछि मनले सम्झनेको मनसम्म पुग्ने बाटो मोडेको थियो ।

आज धेरैपछि मन उहिले झैं उथलपुथल भयो । आज बोल्न आएकी केटी सम्झनेभन्दा फरक छे । ऊ सिङ्गल छे । मेरो मन पुलकित भयो । मेरा आँखा फेरि उसको फेसबुकको भित्तामा पुगे । कति प्यारो उसको नाम । रूबा । कस्तो स्विट सुनिने । वाउ !

फोटाहरू फेरि हेरें । चञ्चल नशालु आँखा । गुलाब झैं फक्रिएको पीपलपाते ओठ । हरेक फोटोमा हाँसेकी, हरेक हाँसोमा खुलेकी, यिनी गुडिया जस्ती लागिन् । केही बेर कुर्दा पनि उनलाई अनलाइन नदेखाएपछि ल्यापटप बन्द गरें । कोठाको ताल्चा लगाएँ । मनमा रूबा नाम गुन्जिरह्यो । चञ्चल आँखा भएकी फुच्चीको मुहार आँखामा नाचिरह्यो ।

अनि फटाफट क्याफेतिर कुदें ।

भेटघाट क्याफे । अति चल्ने यो चियापसल थियो, बेरोजगारहरूले दिनभर अड्डा जमाउने ठाउँ । रोजगारहरू पनि बेलाबखत पसेर चिया, चुरोट खाने ठाउँ । चुरोट तानिरहेका स्कुले केटाहरूलाई बाउले च्याप्प कठालोमा समाउने ठाउँ । मेरो पनि साथी भेट्ने अड्डा यही थियो ।

मैलो स्यान्डो लगाएर सोकेसपछाडि साँघुरो ठाउँमा चिया उमालिरहने क्याफेको साहूलाई अगाडि जे भने नि पछाडि भने सबैले गोविन्दे भन्थे । क्याफेमा आउने र जानेहरूको लहर थियो । ग्यासचुलोमा चिया पाकिरहेकै थियो । चुरोटको धुवाँ चलिरहेकै थियो ! गोविन्देलाई पनि थाहा थिएन होला, चिया कति पाक्यो, चुरोट कति बिक्यो ।

म भित्रपट्टि छिरेपछि गोविन्दे मलाई देखेर ङिच्च हाँस्यो । सोकेसमाथि राखेको फोक्सो कुहिएको चित्र भएको बट्टाबाट दुई ओटा

चुरोट निकालें । मलाई कालो फोक्सोको चित्रले डर लाग्दैन । फोक्सो जाबो काठमाडौंको धुवाँधूलोमा बस्ने कसको सफा होला र ! चुरोट च्यापेर साहूलाई हेरें । उसले मुन्टो हल्लायो । मलाई चिया ल्याऊ भन्नलाई बोलिरहनुपर्दैन ।

झन् भित्र पसें ।

भित्र टेबलहरूलाई घेरेका कुर्सीहरूमा बसेर केटाहरू चुरोटको धुवाँ उडाइरहेका थिए । मैले भित्तामा झुन्डिएको लाइटरबाट चुरोट सल्काएँ, एउटा सर्को धुवाँ श्वासनलीलाई छाम्दै फोक्सोमा पुग्यो । काउकुतीको तरङ्ग उठ्यो ।

'दिवस' भनेर कसैले चिच्याएर बोलाएको आवाजपट्टि फर्किएर हेरें । एउटा कुनामा आकाशलाई देखेपछि त्यतै गएँ ।

"कता गायब आजभोलि ?" उसले चुरोटको लामो पफ तानेर सोध्यो ।

"अस्ति भर्खर यही क्याफेमा भेट्या हैन ?"

"तँलाई एक दिन नभेट्दा पनि वर्षौं नभेटे जस्तो लाग्दो रैं'छ यार," ऊ बेस्सरी हाँस्यो !

"गर्लफ्रेन्डलाई जस्तो माया गर्न थालिस् बे ?"

"तेरो माया सधैं लाग्छ यार !"

"गर्लफ्रेन्ड भएपछि पनि ?"

"म जस्तो हावासँग कोही पनि पट्टिंदैनन् हेर् । पट्टिहाली भने पनि माया चाहिँ तेरै लाग्छ केटा ।"

"के खाइस् बिहानै ?" मैले सोधें ।

उसले जवाफ दिएन । हाँसिरह्यो । गोविन्देले टेबलमा चिया राखिदियो ।

"यसलाई के देको गोविन्द दाइ ?" मेरो प्रश्नको जवाफमा गोविन्दे केवल मुसुमुसु हाँस्यो, केही बोलेन ।

"रक्सी भन्देऊ न गोविन्दे दाइ, भन्दैमा के जान्छ र !" आकाशले गोविन्देलाई आँखा झिम्क्यायो ।

"अहिले रक्सीकै पैसा लिन्छु नि मुला । कि गोविन्दे भन् कि दाइ मात्र भन्," यसपालि गोविन्देले रन्किएर भन्यो ।

आकाशले मुसुक्क हाँसेर आँखा झिम्क्यायो, "माया गरेर भनेको गोविन्दे दाइ । नरिसाऊ न । यो दिवसेपछि त तिम्रै माया लाग्छ यार," गोविन्देको भुँडीमा काउकुती लगाउन खोज्दै आकाशले थप्यो ।

आकाशबाट तर्किएर गोविन्देले ओठ लेर्ब्याउँदै एकछिन आँखा तरेर हेर्‍यो । केही जुठा कप उठाएर रछ्यानमा राख्यो । एकैछिनमा ऊ सोकेसपछाडि ग्यास बाल्न पुगिसकेको थियो ।

"कति गफ आउँछ है तँलाई ? यतिको गफ कुनै केटीलाई दिएको भए तेरो उहिल्यै लभ परिसक्थ्यो !"

"दिएको यार । एउटीले पनि घाँस हालिन र पो," ऊ खिन्न पर्‍यो ।

"यस्तो पारा छ अनि कसले घाँस हाल्ने तँलाई ।"

"घाँस त बोकालाई नै हाल्नुपर्ने हैन र ?" उसले नहाँसी सोध्यो तर मेरो भने हाँसो फुत्कियो ।

"चर्न हिँड्ने बोकालाई किन घाँस हाल्थे त केटीहरूले !"

"सही हो यार," यसपालि आकाश पनि हाँस्यो । परतिर चियरमा बसेर धुवाँ उडाइरहेका केटाहरू जिल्ल परेर हामीलाई हेरिरहेका थिए ।

चुरोटका केही अरू खिल्लीहरूलाई ठुटा बनाएपछि केही बेरमा हामी क्याफेबाट निस्कियौं । गोविन्दे चियाको भाँडो समाउने टालोले पसिना पुछ्दै थियो । पैसा सोकेसमाथि राखिदिएको थिएँ मैले । उसले लियो होला ।

च्याट

नागार्जुनको डाँडाबाट बालाजुमा साँझ ओर्लियो । राइसकुकर चेक गरें । खाना बिहानैको बाँकी रहेछ, बनाउनुनपर्ने भयो । खाटमा पल्टिएँ । कोठा डुङ्ग गन्हाएको थियो । हुन पनि पोहोर गाउँबाट आमा आउँदा मात्र हो, सबै कुनाकाप्चा बढारेको । भाँडाहरू काला भइसकेका थिए । प्रेसरकुकरको पिँध डढेको थियो । होस्, यहाँ मनै कालो हुने मान्छेहरू त हुन्छन् संसारमा, जाबा भाँडाहरू !

सोचहरूमा डुब्दा मान्छे गरूङ्गो हुने रहेछ । जति सोच्यो, त्यति नै गहिराइमा डुब्दै जाने । त्यसैले सोचहरू कहीँ पर थन्क्याएर मन हल्का पार्ने मन भयो । उठेर ल्यापटप खोलें, सीधै फेसबुक लगइन गरें । चिनेजानेका साथीहरूका पोस्टहरू हेर्दै नहेरी लाइक गरिरहँदा अचानक म्यासेन्जरमा कसैको म्यासेज आएको सङ्केत देखियो ।

"हेल्लो," रूबाको आइडीले बोलायो ।

"जाऊ बोल्दिनँ," केटाकेटीले जस्तो घुर्की देखाएँ ।

"नरिसाइस्यो न, प्लिज ।"

"किन नरिसाउनु ? गएँ पनि नभनी जाने है ? म कति बेरसम्म च्याटमा कुरिरहें," रिसाए जस्तो गरें । मलाई उसले फकाए हुने जस्तो लागिरह्यो । भन्छन् नि, आत्मीयताको परीक्षण हल्का रिसाएर गर्नुपर्छ । फकाउनेहरू नै आफ्ना हुन्छन् ।

"ठ्याक्कै त्यही बेलामा डाइरेक्टर सर आउनुभो । जागिर बचाउनुपरेन ?" उसले फकाइन । मलाई खासै फरक परेन । सोचें, अलिअलि मात्र चिनेको मान्छेलाई फकाइहाल्न उसलाई पनि के

खाँचो ? भर्खर त बोलचाल हुन थाल्या छ, आत्मीय हुन त टाइम लागिहाल्छ नि ।

"ल ल ठीक छ," म नरम भएँ ।

"खाना खाइस्यो ?"

"छैन । तिमीले ?"

"आज पकाउनै अल्छी लाग्यो । चाउचाउ खानुपर्ला । हजुरको त पकाइदिने मान्छे होलान् है ?"

"अँ छन् । कुक राख्या छु एक जना अनि लुगा धोइदिने पनि छन् ।"

"हेहे । सरी । एक्लै बसिसिन्छ ?"

"अनि के त ।"

"एक्लै बस्न गाह्रो हुन्छ है ?"

"हैन रमाइलो हुन्छ । फ्रिडम हुन्छ । आफ्नो जिन्दगी जसरी जिए पनि भो ।"

"मलाई त झ्याउ लाग्छ," उसले दिग्दारीका शब्दहरू लेखी ।

"कोसँग बस्छ्यौ र ?"

"एक्लै ।"

"झ्याउ लाग्यो भने बिहे गरे भैगो त ।"

"बिहे गर्नुको कारण र फाइदा त्यही एउटा हो ?"

"म कसरी भनौं ? मैले बिहे गरेको छु र ?"

"अघि बिहे गर भनिस्यो त ।"

"तिमीलाई एक्लोपनबाट मुक्ति होला भनेर नि ।"

"यो दुनियाँमा भीडमा पनि एक्लो भएर हिँड्ने मान्छेहरू हजारौं छन् । हजुर मलाई कोही एक जनासँग बिहे गर भन्दै होइसिन्छ ।"

"त्यसो भए हजारौंसँग नै गर न त," मैले दिक्क मानें । तैपनि हाँसेको इमोजी पठाउन भने छुटाइनँ ।

"कोही एउटा होस् जो हजारौं होइन, लाखौंमा एक होस्, उसैसँग गर्ने हो बिहे ।"

"भयो, मैले तिमीसँग कुरा गरेर सकिनँ ।"

"ल मलाई बधाई दिस्यो ।"

"किन ?"

"हिहि ! हजुरलाई हराएँ ।"

"ल बधाई छ," मलाई हार्दा पनि मज्जा लाग्दै थियो । केटीमा मैले एउटा मीठो आकर्षण भेटेको थिएँ । यो आकर्षणको कोपिला नै माया बनेर फुलिदिन बेर थिएन । मलाई भर्चुअल दुनियाँमा भए पनि ऊसँग निकटताको आभास हुन थाल्यो । हुन त यस्तो सम्झनेसँग पनि भएको थियो । तर रूबा सम्झने जस्ती कसैकी अमानत थिइन । यो त सिङ्गल थिई । यही मेरा लागि खुसीको कुरा थियो ।

"हजुर पनि बोलिस्यो न," उसको म्यासेजले कुरिरहेको थियो । मलाई उसले टाइप गर्ने हरेक शब्दहरू फूल जस्ता लाग्न थाले । वाक्यहरू सुन्दर माला जस्ता लाग्न थाले ।

"मलाई तिमीसँग भेट्न मन छ," एकोहोरो भएको मेरो मनले औंलाहरूलाई काबुमा राख्न छोडे झैं लाग्यो । पत्तै नपाई लेखेछु ।

"ओहो कविज्यू, कति फास्ट हो हजुर त ।"

"मैले आजै भेट्छु भनें र ?" फेरि मेरा औंलाहरू मनको काबुमा आए ।

"मैले आजबाहेक अरू दिन भेट्दिनँ भनें भने ?" उसले सताई ।

"घडी हेरेकी छ्यौ ? नौ बज्न लाग्यो ।"

"म हजुरको मनको तौल नाप्दै थिएँ । चाहना जोख्दै थिएँ ।"

"बुझिनँ ।"

"मानौं मलाई आज यति बेलाबाहेक फेरि जिन्दगीमा कहिल्यै पनि भेट हुन्न । यस्तो अवस्था आयो भने के गरिसिन्छ ? आइसिन्छ ?"

"आइहाल्छु नि ।"

"खराब मान्छे । रातिराति एउटी केटी मात्र बसेको ठाउमा आउँछु भन्न लाज लाग्दैन ? हाहाहा ।"

म फेरि जिल्लिएँ ।

"बधाई छ । तिम्ले फेरि जित्यौ," मैले लेखें । मलाई फेरि हार्नुमा मज्जा लाग्यो । के थाहा यसरी हारिरहँदा कुनै दिन उसैलाई जित्न सकिन्छ कि !

"जे भए पनि हजुरमा भेटको भोक चाहिँ महसुस गरें ।"

उसले लेखेको 'भोक' पढेर पेटका मुसाहरू परेड खेल्न थाले ।

"तिमीसँग गफ गरिरहँदा मन त अघाएको छ । तर पेटलाई भने भोक लाग्यो । खाना खान्छु ल ?" मैले लेखें ।

"हस् । म पनि अब चाउचाउ उमाल्छु । बाई ।"

ऊ अफलाइन भई ।

सरर न्युज फिड हेरें । सम्झनेले फोटो राखेकी रहिछ । लिपस्टिक लगाएको ओठ गाढा रातो थियो । मलाई सम्झने पहिले जस्ती राम्री लाग्न छोडेकी थिई । त्यो रातो ओठ पनि उसैको प्रेमीले कति चोटि चुमिसक्यो होला । छि !

जब कसैसँग मायाको आस रहँदैन नि, तब उसको सुन्दरता पनि फिका लाग्ने रहेछ ।

फोन

रातभरि असरल्ल छरिएको अँध्यारोलाई घामले बढारेपछि दिन सुरू भयो । झ्यालको पर्दा बटारेर गाँठो पारें । थोरै उज्यालो कोठाभित्र पस्यो । भित्ताको ऐनामा मेरो गहुँगोरो अनुहार टल्कियो । खिस्स हाँसेर ऐनालाई हँसाएँ । बाटाका जुठा भाँडाहरू पनि मलाई हेरेर हाँसे । बाथरूम जान लाग्दा भुइँमा छरिएका किताबहरूले भने मुख अँध्यारो बनाएर हेरिरहेका थिए ।

बाथरूमबाट आएर चिया बसालें । कालो दिउरेमा कालो पानी भुक्लुक्क उम्लियो । कप एउटै मात्र चोखो रहेछ, त्यसैमा चिया खन्याएँ । अरू जुठा कप बाटामा डुबिरहेका थिए ।

चियाको कप लिएर खाटमा बसें । सिरानीमुनिबाट चुरोट झिकेर सल्काएँ अनि खाटमुनिबाट एस्ट्रे बनिसकेको कप निकालें । चुरोटको लामो सर्को तान्दै झ्याल खोलें । एक मुस्लो धुवाँ बाहिर गयो र भित्र पस्यो एक मुस्लो उज्यालो ।

सधैंभरि धुवाँ उडेर जाँदा उज्यालो कहाँ हुन्छ र ? घाटहरूमा उज्यालो पारेर चित्ता जल्दा केही जीवनहरू अँध्यारा पनि हुन्छन् ।

फोन हेरें, फेसबुकका केही नोटिफिकेसनहरू थिए । म्यासेन्जरमा आँखा गयो, रूबा अनलाइन थिइन । म्यासेन्जरले ऊ सात घण्टाअघि मात्र अनलाइन भएको बतायो । ऊ अनलाइन नभएपछि फेसबुक स्क्रोल गरेर अलमलिरहें ।

एकछिनमा फोन बज्यो । नचिनेको नम्बरबाट आएको थियो, त्यो कल । उठाएर सुस्तरी हेल्लो भनें तर आवाज आएन । धेरै पटक हेल्लो

भन्दा पनि आवाज आउँदै आएन । फोनमा नबोल्ने मान्छेले फोन चाहिँ किन गर्नु ? रिस उठ्यो । फोन काटिदिएँ । चुरोटको अन्तिम सर्को बेस्सरी तानें, धुवाँ नाइटोसम्म पुग्यो अनि आगो फिल्टरसम्म । ठुटोलाई कपमा झोसें । यो नयाँ ठुटो पनि सामूहिक चिहानमा मिसियो । चिहानलाई खाटमुनि राखिदिएँ ।

फेरि बज्यो फोन । नम्बर उही । दिक्क लाग्यो । उठाउँ कि नउठाउँको दोसाँधमा जेसुकै होस् भनेर उठाएँ । यसपालि भने आवाज आयो ।

"हेल्लो ।" आवाज नारीको थियो । रूबा होली त ?

"को बोल्नुभएको ?"

"तपाईंको फ्यान," आवाजले भन्यो ।

"नाम त होला नि ?"

"नाममा के छ र त्यस्तो ? नाम जेसुकै भए पनि मलाई तपाईंका कविताहरू मन परिहाल्छन् केरे ।"

म विश्वस्त भएँ, कल गर्ने रूबा हैन । उसले हजुर भन्थी । यसले तपाईं भनी ।

"म कथाहरू पनि लेख्छु । ती चाहिँ मन पर्दैन ?"

"किन नपर्नु र । फ्यान भएपछि सबथोक मनपर्छ ।"

"पढ्नुभएको छ कथाहरू ?" शङ्का लागेर प्रश्नहरूको सिलसिला बाँध्न थालें ।

"पढेको छु ।"

"सबभन्दा मन परेको कुन हो, भन्नुस् त ?"

"सबै मन परेका छन्, कुन भनौं ?" ऊ असजिलो गरेर बोली । म चोर पक्रिनलाई नजिकनजिक पुग्दै थिएँ ।

"कुनै एउटाको नाम भन्देऊ न ।"

एकछिन मौनता छायो । मैले मोबाइलमा मन्दमन्द गुनगुन सुनें । "हेल्लो" भनेर बोलाएँ ।

"ग... ग... गुलाबको रङ," आवाज आयो ।

म बेस्सरी हाँसें ।

"किन हाँस्नुभाको ?"

"चोर पक्रियो ।"

"मतलब ?" ऊ सशङ्कित भई ।

"मेरो फ्यान भन्छौ अनि मैले लेखेको कथाको नाम जान्दैनौ ।"

"किन र ? गुलाबको रङ हैन ?"

"गुलाबको हैन गुलाबी रङ हो ।"

ऊ लजाए जसरी हाँसी । उसको हाँसोमा झुट स्विकारेको सङ्केत आयो ।

"नढाँटी भन तिमी को हौ ? किन फोन गरेकी ?"

एकछिन फेरि मौनता छायो । फोनमा केही खासखुस सुनियो । मौनताको पर्दा उसैले उघारेर सोधी, "रूबा शाही चिन्नुहुन्छ ?"

"किन नचिन्नु त्यो मुसीलाई ?"

"आबुई मुसी रे !" ऊ खितखिताई । केही गुनगुन फेरि सुनियो । उसको छेउमा उसलाई बोल्न निर्देशन दिने अर्को कोही छ भनेर मलाई भान भइसकेको थियो । यसपालि पक्का भएँ ।

"दि' रिसाउनु भयो । यहीँ हुनुहुन्छ ।"

"मुसीलाई मुसी भन्दा किन रिसाउनु ?"

"खै !" ऊ हाँसिरही ।

"तिमी चाहिँ को नि ?"

"दि'को बहिनी भने पनि हुन्छ साथी भने पनि हुन्छ । म नीलिमा ।"

"आफ्नै बहिनी ?"

"मनले आफ्नै ।"

"कुरा त्यसो पो ? तिम्री दिदी चाहिँ बोल्न नहुने रे ?"

"एकै चोटि भेटेर सुन्ने रे हजुरको आवाज ।"

"कहिले भेट्ने रे त ?"

"हजुरको फुर्सद भए आजै ।"

"आजै ?"

"आज स्याटर्डे । दि'को बिदा छ नि ।"

"यो सब तिम्री दिदी आफैंले किन नभनेकी ?"

"भनें त । एकै चोटि भेटेर सुन्ने रे तपाईंको आवाज ।"

"अचम्म । किन नि त्यस्तो ?"

"तपाईंको अनुहार फोटोमा देखिसकेको अनि लेखहरू पढिसकेको भएर आवाजको सस्पेन्स बाँकी राखेको रे ! हुन पनि सरप्राइज भएन भने भेटघाटको मज्जा पनि आउँदैन, हैन र ?"

"होला," म हाँसें । मलाई यो सस्पेन्स अत्ति मन पऱ्यो । एकछिन घाँटी साफ गरें । मलाई आफ्नै आवाज नारायणगोपालको भन्दा पनि खतरा लाग्यो !

"यो नम्बर दि'कै हो । दा' सुन्नुभो ?"

मैले एकछिन पछि "अँ अँ" भनें तर नीलिमाको आवाज फोनबाट हराइसकेको थियो ।

भेट

जुठा भाँडा माझेर खाना बनाएँ । मनमा छुट्टै रौनक छाएको थियो । जाँगर भन्ने चीज खुसीसँगै आउने रहेछ । पकाउँदा पकाउँदै मन अघाएर खाना रूच्दैनथ्यो पहिले । तर आज मज्जाले रूच्यो । टिसर्ट फेरीफेरी लगाएर ऐना हेरें, दुब्लो ज्यानमा कुनै पनि सुहाएन जस्तो लाग्यो । ब्याडमा चरा भगाउन उभ्याइएको बुख्याँचा जस्तो देखियो जीउ । दिक्क लाग्यो । फेरि उही पुरानै धर्के सर्ट झिकेर लगाएँ, बल्ल सुहायो । धेरै लगाएपछि त लुगासँग पनि यतिबिघ्न प्रीति बस्दो रहेछ । ऐना मसँगै हाँस्यो । जेल लगाएर कपाल ठाडो पारें अनि जिन्स पाइन्ट उनेर निस्किएँ ।

कोठाको ताल्चा लगाउँदै गर्दा रूबाको एसएमएस आयो । उसको नम्बर 'मुसी' भनेर सेभ गरेको थिएँ ।

"वसन्तपुर भेटम् है, एक घण्टामा ?" उसले लेखेकी थिई ।

मेलै सोचेको थिएँ, "वसन्तपुर आऊ भनेर म्यासेज गर्नेछु अनि अगाडि नै गएर कुरिरहनेछु ।" कस्तो संयोग ! एउटै विचार फुरेछ उसको र मेरो मनमा, एकै चोटि ।

मन पुतली झैं फुरफुर गरी हावामा नाचिरहेको थियो । चञ्चले मनलाई च्याप्प समातेर माइक्रोबस चढें । अन्तिम लहरको झ्यालको सिट मेरो फेबरेट हो । त्यही सिटमा बस्दै 'हस् म निस्किसकें' लेखेर उसलाई रिप्लाई गरें ।

मेरो मनको उथलपुथललाई बिथोल्न आडैको सिटमा एउटी केटी आएर बसी । मलाई सीधै हेर्न अप्ठ्यारो लाग्यो । कतै रूबा त होइन ?

ला ! मैले त ऊ कता बस्छे भनेर पनि सोधेको रहेनछु । अर्कोपट्टिको झ्यालबाट कहीँ पर हेरे जसरी केटीलाई हेरें । यो त रूबा होइन । यसका आँखामा रूबाको फोटोमा देखे जस्तो चञ्चलता छैन । ओठ पनि पीपलपाते छैन । यसको बरू चिउँडोमा मसिनो कोठी रहेछ । के रूबाको पनि यस्तै कोठी होला ?

केटीले मतिर मुन्टो फरक्क फर्काई । झसङ्ङ हुँदै अप्ठ्यारो लागेर दायाँ फर्किएँ । आफ्नै तालमा झ्यालबाट हेर्न थालें । धूलोको बादल सडकमाथि फिँजारिएको थियो । झ्याल बन्द गरें, धमिलो सिसाबाट बाहिरको उज्यालो संसार देखियो । बाटोछेउमा चस्मा बेच्न बसेको केटो आँखा मिचिरहेको थियो, सायद आँखामा धूलो पस्यो होला !

सोह्रखुट्टे र लैनचौरको सडकको छातीमा टेकेर गाडी जमल पुग्यो । जमलमा केही मान्छेहरू झरे । छेउकी केटी पनि झरी । टुँडिखेललाई गाडीले फन्को लगाउँदा मुटु जोडले धड्कियो । नर्भस भएँ । नौली केटी भेट्दै छु, त्यो पनि केही दिनकै बोलचालमा । ठकुरी केटीहरू घमन्डी हुन्छन् भन्ने सुनेको छु । पहिलो इम्प्रेसन नै बिग्रिने त होइन ? मनमा चिसो पस्यो । मुटु बाहिरै आउला जस्तो भयो । आजै सहिद हुन्छु कि के हो ?

सहिदगेटलाई पछाडि छोडेर माइक्रोबस सुन्धारामा रोकियो । म झरें । डर र धक मेरा पछिपछि लागे । रूबाले म्यासेज गरेकी छ कि भनेर आँखा मोबाइलमा टाँसिइरहे । हिँड्दाहिँड्दै एउटा अपरिचितसँग ठोक्किएँ ।

"कम से कम बाटोमा हिँड्दा त मोबाइल नहेर, भाइ । गाडीमा ठोकिएलाऊ," एक जना प्रौढ व्यक्तिले भने ।

मैले नसुने झैं गरें । आफ्नो मुटु नै ठोकिनेवाला थियो । सोच्दैमा मनभित्र फेरि चिसो बतास चल्यो । आफैंले म्यासेज गरें, "कता छौ ? म न्युरोड आइपुगें ।"

भूगोलपार्कमा बसेर उसको म्यासेज कुरिरहें । पर बेन्चमा एक जोडी बूढाबूढी बसेका थिए । बूढामान्छेको गफ सुनेर बूढीआमै थोते दाँत देखाएर हाँसिन् । मलाई उनीहरूको जिन्दगी लोभलाग्दो लाग्यो । सँगै हास्ने, सँगै रून्ने साथ पो असली साथ त । दुःखहरूको जँघार सँगै तर्ने माया पो साँचो माया त । सङ्घर्षको पहाड सँगसँगै उक्लिँदै सँगै बूढो हुने प्रेम पो असली प्रेम त । आफ्नी प्रेमिकाको ओठमा फूल अनि सिरमा कपाल फुलेको हेर्न पाउने भाग्यमानी पो असली भाग्यमानी त । मलाई त्यो जोडी भाग्यमानी लाग्यो ।

मोबाइलको म्यासेज टोन बज्यो । हत्तपत्त हेरें । लेखिएको थियो– "कुमारीघरअगाडि भेटम् ल ?"

म हिँडें ।

कुमारीघरअगाडि पुगेर पेटीमा बसें । फागुन अन्तिमको पारिलो घामले मलाई टाउको माथिबाट हेरिराखेको थियो । चहकिलो उज्यालोमा गद्दीबैठक सेताम्मे भएर उज्यालिएको थियो । छेउमा हस्तकलाका सामानहरू बेच्न राखिएका थिए । पर्यटकहरू गद्दीबैठकअगाडिको बाटो नापिरहेका थिए । गाइडहरू पर्यटकहरूकै भाषा फलाक्दै सँगसँगै हिँडिरहेका थिए । मेरा अघिल्तिरबाट धेरै सुन्दर केटीहरू हिँडे । तर रूबा आइन । मैले पर दरबार स्क्वाएर छिर्ने ठाउँमा आँखा ओछ्याइदिएँ ताकि ऊ मेरा नजरको बाटो हुँदै आओस् ।

एउटी खिरिला हात भएकी र हातजत्रै पातलो घाँटी भएकी सानी फुच्ची मेरा अघिल्तिर देखापरी । उसको मयल परेको घाँटीमाथि सुलुक्क परेको चिउँडो थियो । चिउँडोमाथि थोते दाँत हाँसिरहेका थिए भने त्यसमाथि टुपुक्क परेको नाक थियो । नाकका सुरूङ्गबाट निस्किएका सिँगानका धारालाई उसले सुलुत्त भित्र तानी र बोली, "अङ्कल, पानी लिनु न ।"

"कति पैसा नानी, यसको ?" पानीको बोतल समाउँदै सोधें ।

"पच्चीस रूप्पे ।"

"स्कुल जाने गरेकी छैनौ ?"

"छ नि ।" ऊ हाँसी । किच्च हाँस्दा थोते दाँतबाट उसको निर्दोषिता देखियो ।

"कतिमा पढ्छ्यौ ?"

"दुईमा ।"

"स्कुल नगएर किन पानी बेच्न हिँडेकी त ?"

"शनिबार बिदा हुन्छ भन्नि था'छैन ?" ऊ च्याँट्ठिई । उसको बोलीमा कोमल हृदयको सङ्गीत गुन्जियो । निर्दोष अनि अबोध गीत सुनियो । मलाई रमाइलो लाग्यो । उसलाई अझै जिस्क्याउँ जिस्क्याउँ लाग्यो । उसको बोली सुन्न भए पनि चिढ्याउँ चिढ्याउँ लाग्यो ।

"थाछैन नि । म स्कुल पढ्दिनँ त्यही भएर ।"

"खुब होला । क्याम्पस पढ्नी होला अनि । झुक्काउनु हुन्च ।" ऊ फेरि मुस्कुराई । मैले पच्चीस रूपियाँ दिएर पानी किनें । तर उसको मुस्कान किन्ने मेरो हैसियत थिएन । त्यो लाखको थियो ।

मसिना हत्केलामा पैसा गुटुमुटु अँठ्याएर फुच्ची गई । तर मुसी अझै आइन ।

बरू म्यासेज आयो । ऊ नजिकै आइपुगेकी रहिछ । मोबाइल खल्तीमा राखेर हेरें, परबाट ब्राउन कलरको वानपिस लगाएकी फुच्ची केटी हात हल्लाउँदै मतिर आइरहेकी थिई ।

ऊ मेरा अगाडि आएर टक्क उभिई । स्लिभलेस वानपिसमा उसका सलक्क परेका हात देखिए । आँखाका परेला लामा थिए । ओठमा हल्का गुलाबी रङको ग्लस लगाएकी थिई । छोटा तर सुलुक्क परेका खुट्टामा न रौं देखिन्थे, न त कुनै दाग । लौन ! उसको त नाकको टुप्पोमा कोठी रहेछ, सानो । कस्तो सुहाएको !

हातमा सानो पर्स र पर्सजत्रै मोबाइल बोकेकी ऊ थोरै झुकी । हाँसीहाँसी 'दर्शन' भनेर नमस्ते गरी । मैले लाज मान्दै नमस्ते फर्काएँ । मैले जिन्दगीमै पहिलो चोटि कुनै भर्खरकी केटीलाई नमस्ते गरेको थिएँ !

"कति बेला आइसेको ?" उसको बोली मीठो थियो, सुरिलो, पर बाँसुरी बेच्नेले बजाइरहेको धून जस्तै ।

म बोलिनँ । केवल उसलाई ट्वाल्ल परेर हेरिरहें, ङिच्च हाँसिरहें ।

"बोलिस्यो न," उसले निधार खुम्च्याउँदै भनी । ओठमा भने मुस्कान पोतिएकै थियो । उसका आँखिभौं जोडिदा धनुष जस्तै देखिए ।

मैले उसलाई अझै चिढ्याउन मुख चिम्म पारेर आवाज निकालिनँ ।

"भयो मलाई पनि हजुरको आवाज सुन्नु छैन । गएँ अब," ऊ मुन्टो फर्काएर उभिई ।

"एकफेर हाँसिदेऊ न, मेरी रूबा," मैले खितखिताउँदै गुन्गुनाएँ ।

ऊ फरक्क फर्किई, "खुब नबोली बस्नुपर्ने है यतिन्जेल ? कुट्दिन्छु अनि !" उसले आँखा तरी ! हत्तपत्त जिब्रो टोकेर लजाई ।

"केरे ?"

"हिहि सरी । किन नबोलेको त हजुर ?"

"तिमीलाई सरप्राइज चाहिएको हैन ?"

उसले मुन्टो हल्लाई ।

"त्यही भएर सरप्राइजलाई अझै सस्पेन्स बनाको ।"

"खुब, म त एकछिन जिल्ल परेको, बोल्नै नसक्ने मान्छे हो कि भनेर ।" ऊ हाँसी । उसका राता गाला टिलिक्क टल्किए, पखालेको स्याउ जस्तै ।

"जेहोस् हजुर बुझ्झकी होइसिँदो रै'छ ।"

"किन ?"

"मलाई तिर्खा लागेको थाहा पाएर पहिले नै पानी किनेर राखिसेछ," मेरो हातबाट पानीको बोतल लिएर ऊ हिहि गरेर हाँसी । म हेरिरहें उसको हँसाई । उसका ओठ हाँसे, कुम हाँसे । आँखाका परेलीहरू पनि एकै चोटि मुस्कुराए । मेरो बोली सुन्न भनेर आएकी ऊ आफू मात्र बोलिरहेकी थिई । हुन त उसलाई हेरिरहँदा मेरा पनि शब्दहरू नै हराएका थिए ।

उसले उभिएरै बोतलको पानी पिई । एक थोपा पानी उसको चिउँडोबाट घाँटी हुँदै लुगाभित्र पस्यो, छातीमा । मलाई त्यही पानीको

थोपा हुने मन लाग्यो । छि, कस्तो लाज पचेको म । तर छातीको धड्कन सुन्न केको लाज ! कतै मेरै नाम पो धड्किरहेको छ कि ?

"यहीँ उभिइरहने ?" मैले सोधें ।

"कता लगिसिन्छ त्यतै जान्छु नि ।"

"साँच्ची ?" आँखा ठूला बनाएर सोधें ।

"घुम्ने ठाउँमा भनेको, जेपिटी सोच्ने हैन त्याँ," उसले भनी ।

"एकछिन हिँडम् अनि कतै बसम्ला ।"

उसको मुस्कान हनुमानढोकासम्म पुगिसकेको थियो । हामी भीडसँगै हिँडिरह्यौं । उसलाई नछोईकन अलि नजिकबाट हिँडेर ऊसँग उचाइ दाँजें । मेरो कुमसम्म आउने उसले थाहा पाइछे । भृकुटी खुम्च्याई । आँखिभौं फेरि जोडिन आए । फेरि धनुषको आकार बन्यो उसको निधारमा ।

उसले शब्दहरूको तीर फ्याँक्न थाली, "के गरिसेको ?"

म हाँसें । केही बोलिनँ ।

"हाइट नापिसेको ?"

"हैन ।"

"खुब । झूट नबोलिस्यो है ? कुट्दिन्छु अनि," उसले फेरि लाजले जिब्रो टोकी ।

म वाल्ल परेर हेरेको देखेर निन्याउरो बनेर भनी, "कुट्दिन्छु भन्ने थेगो नै बस्यो भन्या ।"

"ठिकै छ । भन्दा त केही नहोला । साँच्ची नै कुट्यौ भने चाहिँ गाह्रो पर्ला ।"

दुवै जना हाँस्यौं ।

इन्द्रचोक आइपुग्दा घाम पनि बादलको पर्दाले छेकियो । थोरै अँध्यारो छायो ।

उसले अघिको प्रसङ्ग उप्काउँदै भनी, "अघि मसँग हाइट नापिसेको है ?"

"तिमीले किन बढ्न बिर्सेकी त ?"

"खोइ," उसले अनुहार अँध्यारो बनाउँदै भनी, "मेरो हाइट अति नै कम छ र ?"

"अहँ, यति हाइट त ठिकै हो नि । फेसबुकको 'बायो'मा नै लेख्नुपर्ने गरी मुसी पनि छैनौ ।"

उसका आँखा फेरि चम्किए । मुसुक्क हाँसी । आकाशमा पनि घाम बादल पन्छाएर हाँस्यो । आडको लस्सी बेच्ने पसले पनि सुर्तीको काई लागेको दाँत देखाएर हाँस्यो ।

"तिमीलाई लस्सी मनपर्छ ?"

"अहँ, दहीदूधको बानी नै छैन ।"

"आज खाऊ, बानी पर्छ । यहाँको लस्सी फेमस छ ।"

उसले मुन्टो हल्लाई । मुन्टो हल्लाउँदा कपालको एउटा फुर्को निधारमा आयो । उसले फू गरी । घाममा केही रातो टल्किने त्यो कपाल आफ्नै ठाउँमा गएर अडियो । तर मेरो मुटु ठाउँमा अडिएन । उसका अदाहरू मलाई सुस्तरी घायल बनाउँदै थिए ।

"दुई ग्लास लस्सी," मैले अर्डर गरें ।

लस्सी साहू एउटा ठूलो भाँडोको दही काठको मुङ्ग्रोले चलाउँदै थियो । उसले बरफका केही टुक्रा मिसायो । केही टुक्रा किसमिस र काजु राखेपछि दुई ग्लास लस्सी हाम्रा हातमा आइपुगे ।

चिसो लस्सीले गर्मी भगायो । मुखको प्यास मेटायो । मनको प्यास मेटाउने त प्रेमले नै होला । मनको प्यास मेटाउने लस्सी पनि बेचिन्थ्यो भने कति ठूलो लाइन लाग्थ्यो होला ! कति महँगो हुन्थ्यो होला । साठी रूपियाँ त के हो र लाखौं खर्चिन्थे होला मान्छेहरू । धन्न प्रेम बजारमा किन्न पाइँदैन ।

"लस्सी कस्तो लाग्यो ?" मैले सोधें ।

उसले ओठमाथि जुँगा बनेको दही पातलो जिब्रोले चाटी । मुट्ठी कसेको हातको बूढीऔंला उचालेर 'थम्ब्स अप' देखाउँदै भनी, "दाम्मी !"

"अरू खान्छ्यौ ?"

"पुग्यो," गिलास राख्दै ऊ बोली ।

लस्सीका अरू पारखीहरू बढ्न थालेपछि हामी देब्रेतिरको गल्लीमा सोझियौं । एकसुरले हिँडिरहँदा रूबाको हिलजुत्ताको लय मेरै जुत्तासँग मिल्न आउँथ्यो । साँघुरो गल्ली हुँदै हामी चुपचाप हिँडिरह्यौं । मैले केही कुरा झिक्दा मात्र ऊ बोल्थी नत्र केही चनाखा आँखाले मलाई हेरिरहेकी हुन्थी । कति चम्किला आँखा, कति उज्यालो मुहार ! यिनको साथ पाएको मान्छेको जिन्दगीमा कतैबाट पनि अँध्यारो पस्दैन होला ।

सिगल पुग्यौं । मलाई कुनै बेला आकाशले लागेको थियो, त्यहाँको पपुलर हट लेमन पिलाउन ।

हामी पसलबाहिरको मुडामा बस्यौं । वानपिसले गर्दा उसलाई बस्न अप्ठ्यारो भए झैं लाग्यो तैपनि मिलाएर बसी । उसका घुँडा जोडिए अनि दुवै हात घुँडानेर लुगाको फेर थिचेर बसे ।

"अप्ठ्यारो भयो ?"

"ठीक छु," ऊ मुसुक्क हाँसी ।

मैले दुइटा हट लेमन अर्डर गरें ।

"तिमी ठकुरी नै हो त ?"

"नागरिकता देखाउनुपर्ने हो ?" उसले मुस्कुराउँदै जवाफ दिई ।

"मैले देखेका ठकुरीहरू डम्म मोटाएका, गाला पुक्क परेका थिए क्या... त्यही भएर ।"

"म खाना खान्न नि," ऊ हाँसी ।

"सानामा चाहिँ खान पाइनौ होला," मैले जिस्किने मनसायले बोलिहालें ।

ऊ केही बोलिन । न मुस्कुराई, न त केही प्रतिक्रिया नै जनाई । आँखाबाट एकाएक चमक ओभायो ।

"सरी, मैले नराम्रो भनें है ?" मलाई आफ्नै शब्दमा ग्लानि भयो ।

"हैन, ठीक छ," उसले ठीक नभए जसरी ठीक छ भनी । कतै कुनै घाउमा प्रहार गरेर मैले चोट त दिइनँ ? सानो ठट्टा न गरेको थिएँ । यति निर्मम प्रतिक्रिया त हुनुनपर्ने ।

"सुनेको थिएँ, ठकुरी केटीहरू आँटिला र कठोर हुन्छन् । तिमी त कति धेरै नाजुक," मैले अझै बानी सुधारिनँ, प्याच्च बोलिदिएँ ।

"म अलि कमजोर नै छु," ऊ नरम भएर बोली, बिल्कुल भावविहीन भएर ।

हट लेमन आइसकेको थियो । एउटा आफूले समातेर अर्को गिलास उसलाई दिएँ । उसको एउटा हातले गिलास समात्यो भने अर्को हात घुँडामै थियो, वानपिसको फेर समातिरहेको । अलि पर एउटा बेन्च खाली भएपछि हामी त्यतैतिर सर्‍यौं । ऊ सजिलो गरी बसेपछि मेरो मन पनि सहज बन्यो । हट लेमनको पहिलो सिप सुरूप्प पार्दा उसका आँखाका चमक फिर्ता आए ।

"ओठमा मुस्कान नभएसम्म मान्छे सुन्दर नदेखिँदो रै'छ ।"

"मतलब ?" उसले सोधी ।

"अघि निराश हुँदा तिमी नराम्री देखिएकी थियौ," मैले हट लेमन सुरूप्प पार्दै भनें । अमिलो अनि बिरेनुनको नुनिलोले घाँटी भिजाउँदै गयो ।

"अहिले नि ?" ऊ टक्क मुस्कुराई । लामा परेला दुई चोटि झिमझिम गरी । हल्का भिजे जस्ता गुलाबी ओठ जोडिए । ती खरबुजाका चिरा जस्तै रसिला देखिए ।

"अहिले त एकदम राम्री ।"

"खुब, मजाक नगरिस्यो न," उसले आँखा तरेर चोसे ओठ देब्रेतिर फर्काउँदै भनी ।

"हो के ।"

"म नराम्री छु है ?" ऊ सिरियस बनी ।

"नजर कमजोर हुनेले मात्र तिमीलाई नराम्री भन्ला ।"

"मलाई धोका दिनेको नजरलाई के भनिसिन्छ ?" उसका आँखा रसिला भए । हामी कुरा गर्दागर्दै उठिसकेका थियौं । उसले पर्स खोतल्दै गर्दा मैले पैसा तिरिसकेको थिएँ ।

"मान्छे बाहिरी सुन्दरताले हैन, भित्री व्यक्तित्वले सुन्दर हुन्छ । तिमी असल छ्यौ, स्विट छ्यौ । तिमीलाई त्याग्ने मान्छेले ठूलै कुरा गुमाएको हो । जिन्दगीको कुनै मोडमा पश्चात्ताप अवश्य गर्नेछ ।"

हामी मूलबाटोमा निस्कियौं । शीतल मन लिएर गएका हामी हट लेमन पिएसँगै न्यानो मन लिएर फर्कियौं कि ?

"जेसुकै होस्, कुनै गुनासो छैन । मैले स्वार्थी प्रेम गरेकी थिइनँ । ऊ नराम्रो भयो भनेर मेरो मन बदलिन्न । राम्रै होस् उसको, खुसी होस्, सुखी होस्," ऊ भारी मनले बोल्दै थिई । नदेखे, नभेटे पनि उसलाई धोका दिने मान्छेसँग मलाई रिस उठ्दै थियो । उसले राम्रै होस् भनिरहँदा मुर्मुरिएँ । जलन भयो ।

"उसलाई अझै प्रेम गर्छ्यौ ?" मैले निरीह भएर सोधें ।

"न प्रेम गर्छु, न त घृणा नै ।"

ऊ साँघुरो बाटोमा अर्को दिशाबाट आइरहेको बाइकसँग झन्डै ठोक्किइन । मैले हत्तपत्त उसको हात समातेर आफूपट्टि तानें । उसले हत्तपत्त आफ्नो हात छुटाई । कति नरम हात । मीठो काउकुती मेरो हात हुँदै नाइटोमा पुगेर नाच्यो ।

के रे ? उसले प्रेम गर्दिन, ठिकै छ । घृणा पनि गर्दिन रे ? उसले पूर्वप्रेमीलाई घृणा गरोस् जस्तो लागिरह्योे । दाह्रा किटेर गाली गरोस् जस्तो !

"अलि बताऊ न आफ्नो बारेमा," हनुमानढोकाअगाडि मन्दिरको पेटीमा बस्दै गर्दा सोधें । मलाई उसका पुराना कुरा जान्ने इच्छा भयो ।

"सबै आज नै सोधिसिन्छ ? फेरि भेट्न मन छैन ?" ऊ एउटा आँखा झिम्क्याएर मुसुक्क हाँसी ।

"कता बस्छ्यौ, के गर्छ्यौ भनेर सोध्न पनि अर्को चोटि भेट्नुपर्ने ?" मैले जानीजानी कुरा मोडें ।

"अहिले कुट्दिन्छु अनि..." उसले भृकुटी खुम्च्याउँदै भनी ।

"किन ?" म जिल्ल परें ।

"यति बेला आएर कहाँ बस्छ्यौ रे ! अहिले एकछिनमा हजुरले मलाई को हौ भनेर सोध्न पनि बेर छैन ।" ऊ रून्चे हाँसो हाँस्न थाली ।

"साँच्ची मैले गफैगफमा सोध्नै बिर्सेछु," याचनायुक्त आँखाले हेरेर भनें ।

"स्कुल पढाउँछु पेप्सीकोलामा । बसाइ पनि त्यहीँ हो," ऊ सहज भएर बोली ।

"मलाई त फिल्म खेल्छ्यौ होला जस्तो लागिराथ्यो ।"

"हाहाहा जोक नगरिस्यो न ।"

"आफैँले भनेकी हैन, डाइरेक्टर आएर च्याटबाट अफलाइन भाकी भनेर ?"

"आलु मान्छे, कस्तो बुद्धु हजुर त ! स्कुलको डाइरेक्टर पो भनेको । ठ्याक्कै क्लास अब्जरभेसनमा आइपुगेका थिए । क्लासमा पढाउन छोडेर मोबाइल चलाको देख्दा मार्दैनन् ?" उसले कति मीठो बोलीमा आलु भनी, बुद्धु भनी । मन परेकी मान्छेले त बाँदर, पागल, बुद्धु जे भने पनि रमाइलो लाग्ने रहेछ ।

हामीले व्यक्तिगत कुरालाई टाढा राखिराख्यौं । कुनै घाउ छोइएर दुख्ला भन्ने पीर थियो । अरू कुराहरू गरेर जिस्किनुमै बरू मज्जा थियो ।

मैले खाजा खाऊँ भनें । औपचारिकतावश । धन्न उसले मानिन । मलाई खाजा खाने समय पनि खेर फ्याँक्ने मन थिएन । लागिरहेको थियो, उसैसँग कुरा गरिरहूँ, उसैलाई हेरिरहूँ ।

समय पापी कहाँ रोकिन्छ र ! मनको कुरो नबुझ्ने समय निष्ठुरी हुँदो रहेछ । पश्चिमको आकाश रातो हुँदै आयो । वसन्तपुरमा भीड बढ्न थाल्यो । साँझको रङले नुहाएका मान्छेहरू देखिन थाले । बल्ल त वसन्तपुरमा चहलपहल सुरू हुँदै थियो । मान्छेहरू एकअर्काका हात

समाएर मन्दिर र दरबारका छेउछाउमा बरालिन थालेका थिए । हामी भने टाढाका पाहुना जसरी बेलैमा निस्कियौं ।

उसलाई पेप्सीकोलाको बस चढाएर म माइक्रो स्ट्यान्डपट्टि लागें । माइक्रो चढेर बालाजु जाँदै गर्दा केही हराए जस्तो लाग्यो । कतै मुटु ? हो त, उसैले लगिसकिछ !

साँझ घर आउँदा पनि आँखामा उसैको तस्बिर नाचिरह्यो । कति राम्रा आँखा, कति राम्रा ओठ, कति मीठो बोली । यति सुन्दर मान्छेलाई कसले किन धोका दियो होला ? जसले दिए पनि राम्रै गऱ्यो, मसँग जो भेटिनु रहेछ । कस्तो स्वार्थ पलायो मनमा । यतिकै खुसी भएँ ।

म्यासेन्जेरको नोटिफिकेसन टोन बज्यो । उसैको म्यासेज आउँदा मन फुरूङ्ङ भयो ।

"हजुरका रचनाहरू जति सरल हुन्छन्, मान्छे पनि त्यति नै शालीन हुनुहुँदो रहेछ ।"

मलाई नाचौंनाचौं भयो ।

हतारहतार टाइप गरें, "तिमी पनि त्यस्तै रै'छौ । हेरेरै भोकप्यास मेटिने । थाहा छ, तिमीलाई हेरिरहँदा आज खाजा पनि खाइएनछ ।"

"खुब होला । हजुरलाई भोक त लागेको थियो । मैले नखाँदा हजुरले पनि खान पाइसेन ।"

"तिमीलाई हेरेर अघाको हो क्या ।"

"ढाँटिस्यो ।"

"कसम, हैन । कति बेला पुग्यौ ?"

"भर्खर । आउनासाथ म्यासेज गरेकी ।"

"ए ।"

"थाहा छ हजुरलाई ? नीलिमाले हजुर कस्तो लाग्यो भनेर सोध्दै थिई ।"

"के भन्दियौ त ?"

"असल अनि केयरिङ ।"

"जोक नगर न ।"

"प्रमिस ।"

"कसरी नि ?"

"मलाई बाइकले हान्न लाग्दा हजुरले तानिस्यो, त्यति बेला केयरिङ लाग्यो ।"

"अनि ?" मलाई रमाइलो लाग्यो । केटीहरू कति नाजुक हुन्छन् । कति संवेदनशील हुन्छन् । उनीहरूलाई प्रभाव पार्न ठुल्ठूला कुरा दिनुपर्दैन । साना कुराको ख्याल गर्दिए पुग्छ ।

"अरू पनि छ," उसले भनी ।

"के नि ?"

"हट लेमन पिउने ठाउँमा मेरो अप्ठ्यारो बुझेर अर्को बेन्चमा बसम् भनिस्यो, त्यो अत्ति मन पर्‍यो । हजुरले केटीहरूलाई इज्जत दिइसिँदो रैं'छ ।"

उसका तारिफले मलाई आकाशमा उडाइसकेको थियो । मोबाइल फ्यात्त ओछ्यानमा राखेर उत्तानो परेर लडें । काउकुतीले पेटमा तबला बजायो ! केही लेख्न सकिनँ । मोबाइल टिपें र एउटा पानको इमोजी टाँसिदिएँ ।

मैले जिस्किएर 'सानोमा खान दिएनन् जस्तो छ' भन्दा उसले नराम्रो मानेकी थिई । त्यसबारे सोध्ने हिम्मत अझै आएन । मनमा कुतूहलताको मूल भने रसाइरह्यो ।

हामीले एकअर्काको तारिफ गरिरह्यौं । मन रमाइरह्यो । यति आनन्द त प्रेममा परिसक्दा पनि हुँदैन होला । मित्रताभन्दा अलिकति माथि अनि प्रेमभन्दा अलिकति तलको जुन सम्बन्ध हुन्छ, त्यो जति स्वर्गीय र मीठो सम्बन्ध अरू हुँदैन रहेछ । पर्नै आँटेको प्रेम त पाक्नै आँटेको अम्बा जस्तै गुलियो हुने रहेछ ! म त्यही मिठास चाखिरहेको थिएँ ।

झरी

घमाइलो दिनमा बादल फाटेपछि आकाश कञ्चन देखियो । साथी आकाशले तीन चोटि फोन गरिसकेको थियो । क्याफेमा कुरिरहेको उसलाई निस्किसकें भनेको पनि आधा घण्टा भएछ । राम्रो बन्ने धून चढेर होला, ऐना हेर्दै कपाल मिलाउँदा समय बितेको पनि पत्तो पाइनछु ।

आकाशले चौथो चोटि फोन गरेपछि म साँच्ची नै निस्किएँ । अचम्म लाग्छ, हेर्दा घमन्डी जस्तो देखिने आकाशसँग मेरो गहिरो नाता बस्छ भनेर कल्पना पनि गरेको थिइनँ । मान्छेहरू चुरोट खराब हुन्छ भन्छन् तर यही चुरोट नै थियो, हामीलाई मित्रताको रोग लगाइदिने । मित्रताको रोग पनि कस्तो अचम्मको, जति गढेर जाने, उति नै मन रमाउने ।

त्रिचन्द्र कलेज पढ्दा हामी बागबजारको एउटा क्याफेमा जक्सन बनाएर बस्थ्यौं । कक्षाभन्दा बढी क्याफेमा हाजिर लगाउने हाम्रो टोली त्यही क्याफेमा जम्मा हुन्थ्यौं, जहाँ आकाश पनि आउने गर्थ्यो । सधैंजसो देखिने भए पनि बोलचाल थिएन । हाम्रा कुराहरू सुन्दै चुरोट तानेर जाने आकाश कहिलेकाहीँ छोटो मुस्कान फ्याँक्थ्यो । जवाफमा म पनि मुस्काउँथें ।

एक दिन ग्यास सकिएर म पसल पुगेको थिएँ । पसलेले ग्यासको सिलिन्डर त दियो तर त्यो कोठासम्म लगिदिने मान्छे भएन ।

ने केटो आ'को छैन । कसरी लैजाने हो आफैं
' ग्यासकै सिलिन्डर जस्तो रातोपिरो साहूजीले भुँडी
।

। भनेर ट्वाल्ल परिरहेका बेलामा बाटोमा हिंडिरहेको एउटा अनुहार मलाई हेरेर मुस्कुरायो । अनुहार र मुस्कान दुवै परिचित लागे तापनि फ्याट्ट याद आएन ।

"आफू यतै बस्ने हो र ?" घुलमिल नभइसकेको मान्छेसँग बोल्ने भाषामा उसले सोध्यो ।

ऊ त्यही केटा थियो, जो बागबजारको क्याफेमा सधैं देखिइरहन्थ्यो । बल्ल याद आयो ।

"हो नि, तिमी पनि यतै हो र ?" आफ्नै उमेरको जस्तो लागेर 'तिमी' भनिदिएँ । मलाई धेरै औपचारिक हुने मन भएन ।

"अँ, यतै हो । ग्यास किनेको ?"

"किन्न त किनियो तर कसरी लैजाने आपत् पऱ्यो यार," मैले समस्या बताउन लाज मानिनँ ।

"सँगै लैजाऔं न त उचालेर । तिमी उता समाऊ म यता समाउँछु," उसले सिलिन्डरको फेद समायो । मैले माथिपट्टि समाएँ । ग्यास सिलिन्डर हाम्रा हातमा झुन्डिएर मेरो कोठासम्म पुग्यो ।

झ्याल खोलेपछि कोठाको अँध्यारो थोरै मेटियो । आकाशको अनुहार यसै उज्यालो थियो । समस्या टरेपछि म पनि उज्यालिएँ ।

"चिया बनाऊँ ?" मैले सोधें । खाटमा बसेर कोठा नियालिरहेको आकाशले मुन्टो हल्लायो ।

चिया उम्लिरहँदा मनमा उम्लिएका जिज्ञासा शान्त भएका थिए । हाम्रो परिचय भइसकेको थियो । मलाई उसको घर यहीं हो भन्ने थाहा भइसकेको थियो । शङ्करदेव कलेजमा पढ्दै गरेको आकाश र त्रिचन्द्र कलेज पढ्ने मेरो आउने, जाने समय र बाटो एउटै पर्ने पनि थाहा भइसकेको थियो ।

चियाको एउटा कप आकाशलाई दिँदै मैले चुरोटको
निकालें ।

उसले चुरोट सल्काएर भन्यो, "अबदेखि कलेज सँगै आउनेजाने गरम्ला, मेरै बाइकमा ।"

मैले हुन्छ भनेर मुन्टो हल्लाएँ ।

सजिलै नजिक बन्ला जस्तो लागेको थिएन आकाश । तर यो सम्बन्धले पाँच वर्ष मनाइसकेको थियो । मित्रताको सम्बन्ध पनि कति अनौठो, तीन अक्षरको 'तपाईं' हुँदै दुई अक्षरको 'तिमी' अनि जब एक अक्षरको 'तँ'मा आइपुग्छ नि, तब अक्षरसँगै मनको दूरी पनि छोटिँदो रहेछ । हामी पनि 'तँ' भन्ने गरी नजिक भइसकेका थियौं ।

आकाशको पाँचौ पटक फोन आउँदा म क्याफेअगाडि नै थिएँ । फोन काट्दै क्याफेभित्र छिरें ।

"किन मर्न आँटेको ? कति फोन गरेको ?" क्याफेभित्र पस्दापस्दै भनें ।

"साले ! ढिलो हुन लागिसक्यो," चुरोटको लामो सर्को तानेर आकाश बोल्यो, "अनुराग काश्यपको फिल्म हेर्दैनस् ?"

"साँच्ची ?" मेरा आँखा ठूला भए । अस्ति शुक्रबार रिलिज भएको फिल्म हिजो शनिबारसम्म पनि हेर्न पाइएको थिएन ।

"हो राजा, मैले बुक गरिसकें । सिटी सेन्टर पुग्नुपऱ्यो अबको एक घन्टामा ।"

"फोनमै भन्नुपर्दैन त साले ? नभए कोठामै आ'को भए नि हुन्थ्यो," म खुसी मिसाएर रिसाए जस्तो गर्दै थिएँ ।

"कश्यपको ग्रेट फ्यानलाई सरप्राइज !"

मैले त खानै खाएको थिइनँ । ऊ भने उतै थकालीमा खाउँला भनेर कर गर्न थाल्यो । एक चोटि कोठामा पुगेर आउँछु भन्दा पनि 'किन ?' भनेर झर्कियो ।

"लुगा लगाउनुपऱ्यो के, अलि गतिलो ।"

"यतिकै हिरो छस्," ऊ अलि बढी नै हतारिएको थियो ।

"कहाँ यस्तो चप्पल लगाएर जानु, आइहालें छिटो" भनेर म निस्किएँ । ऊ बोल्दै थियो, म सुन्दै नसुनी बाटोमा पुगिसकेको थिएँ । भाइब्रेसनले तिघ्रामा काउकुती लागेपछि खल्तीबाट मोबाइल झिकेर हेरें । मोबाइलले 'मुसी कलिङ' भनेर बतायो । फोन उठाउनासाथ 'हेल्लो'को मधुर आवाज कान हुँदै शरीरभरि गुन्जियो । मनमा तरङ्ग उठ्यो । उसको एकएक शब्द ध्यान दिएर सुन्ने मन भयो । एकछिनअघि हतारिएर हिँडेको मान्छे अहिले भने सबथोक भुलेर बाटोछेउमा उभिएको थिएँ ।

"हेल्लो," मैले पनि मिठास लेराएँ बोलीमा ।

"खाना खाइस्यो ?"

"छैन, तिमीले ?"

"किन ढिला ? म त खाइवरी बसेको ।"

"अँ, ढिलो नै भयो । स्कुल नगाको आज ?"

"आज लास्ट सन्डे ।"

"मोज रैं'छ ।"

"के मोज हुनु खै, दिक्क लाग्छ । बिदाहरू त नआए पनि हुने जस्तो लाग्छ ।"

"किन ?"

"स्कुलमा कम से कम केटाकेटीसँग त भुल्न सकिन्छ । दिनभरि कोठाभित्र बसिरहन त उकुसमुकुस हुन्छ ।"

"घुम्न जाने नि बिदामा ।"

"कोसँग घुम्नु र ?"

"साथीहरूसँग, नभए डेटिङ जाने," जिस्क्याएँ ।

"हजुर घुमिसिन्छ मसँग ?" ऊ खितिति गरी ।

"आज ?"

"अरू दिन त मेरो स्कुल लागिहाल्छ ।"

उसको मीठो चाहनाको मेरो मनले भेउ पायो । आकाशले कति दुःख गरेर फिल्मको टिकट लेराको होला, नजाऊँ पनि भएन । यता

रूबाले भने नजिक हुने मौका जुराएकी थिई । म असमञ्जस्यमा परें । कश्यपलाई चित्त दुखाउने भइयो । अर्को दिन हेरम्ला सोल्टीको काम ! अनि आकाश ? त्यो त आफ्नै जिग्री हो, पछि फकाउँला नि ।

"हेल्लो, हेल्लो..." रूबा फोनमा कराउँदै थिई ।

"एकछिनपछि कल गर्छु ल ?" मलाई सोच्न समय चाहिएको थियो । उसले पनि हस् भनी । क्याफेबाट हतारिएर निस्केको मान्छे सोच्दैसोच्दै कोठामा सुस्तरी पुगेको थिएँ । के गरौं भएर एकछिन खाटमा बसें । खाना पनि खा'को छैन । घुम्न जाने भए त फेरि खाना बनाएर खानुपर्छ । आकाशलाई बहाना बनाएर टार्न पनि गाह्रो थियो । रूबालाई फोन गरेर आउँदिनँ भनौं ?

मोबाइल समातेपछि फेरि सोच आयो– साना कुराहरू पनि ख्याल गर्ने उसले मेरो बारेमा के सोच्ली ? बिचरीको कोही साथी छैन रे ! के गरेर बस्दी होला दिनभरि ? हामी पो चाहेका बेला जता पनि जान्छौं । उसको त बिदा हुँदा पनि जाने ठाउँ छैन । मलाई उसको माया लाग्यो । हातमै खेलाइरहेको फोनमा रिसेन्ट कलको लिस्ट हेरें । रूबा आशालाग्दा नजरले हेरिरहेकी थिई । डायल गरें ।

"कता जाने घुम्न ?"

"हजुर नै भनिस्यो ।"

निकै बेरपछि 'तिमी भन न' अनि 'हजुर नै भानिस्यो न'को दोहोरी चलेपछि अन्त्यमा मैले नै भन्न बाध्य भएँ, "गोदावरी ?"

"हुन्छ," मुसुक्क हाँसेको उसको तस्बिर मेरो कल्पनाको भित्तामा झुन्डियो । सँगै झुन्डिएको रहेछ, आकाशको रिसाइरहेको तस्बिर । आकाशलाई बिर्सिएर केवल रूबाको अनुहार सम्झिएँ । लुगा फेरेर कोठाबाट निस्किएँ । मान्छेको मन स्वार्थी हुँदो रहेछ, चाहनेहरूको मन दुखाएर चाहेकाहरूलाई खुसी बनाउन मरिमेट्दो रहेछ ।

"कति बेर लगाको ?" आकाशले फोनमा भन्यो ।

"म आउन नपाउने भएँ यार," सम्भावित आक्रोशको त्रास हुँदाहुँदै बोलें ।

"के रे ?" ऊ जङ्गियो ।

"गाउँबाट एक जना बिरामी भएर ल्याएका रहेछन्, हस्पिटल नगई भएन ।"

"कुन हस्पिटल ? पख् बरू सँगै त्यता जाउँला, भ्याइन्छ होला ।"

"हैन यार, म निस्किसकें । पाटन हस्पिटल," मैले हतारमा भनें । गोदावरी जान लगनखेल पुग्नुपर्ने भएर होला पाटन मनमा आएछ ।

"जोक नगर् साले, नुवाकोटबाट आउने मान्छे कसरी पुग्छन् पाटन ? किन झूट बोल्छस् ?"

मैले झूट बोलेको छैन भनेर अर्को झूट बोलें !

नयाँ बसपार्क पुग्दा हरियो रङको साझा बस 'अन योर मार्क' गरेर दौडिन तयार धावक झैं थर्थराउँदै उभिएको थियो । महिला, अपाङ्ग अनि ज्येष्ठ नागरिक सिट सकिएपछिको सामान्य नागरिक सिटमा बसें । आकाशलाई धोका दिएको सम्झेर मन रमाएन । जीवनमा यस्ता परिस्थितिहरू धेरै आउँछन्, सामना गर्नैपर्छ । मैले रूबाबारे पनि भनेको थिइनँ उसलाई । कुनै दिन थाहा पायो भने के सोच्ला भन्ने लागिरह्यो । ऊ त आफ्नो सबथोक बताउँथ्यो, म मात्र किन यस्तो एकलकाँटे भएर हिँडेको हुँला ? मैले कहिले पनि आफ्नो स्वभाव बदल्न सकिनँ भनेर मनमा पश्चात्तापको बादल मडारिइरह्यो ।

गाडी गुड्यो । आज खाना नखाई निस्किएँ । हिजो खाजा खाएको थिइनँ । कसैले भनेको सत्य नै रहेछ, मायामा मान्छेहरू भोक, प्यास, आफ्नो अर्को सब बिर्सिन्छन् ।

बेतोडले कुदेको गाडी एकैछिनमा लगनखेल पुग्यो । पाइलट हुनुपर्ने मान्छे ड्राइभर भएछ क्यार, गाडी गुडेको होइन, उडे झैं लाग्थ्यो ! बसबाट उत्रिएर यताउता हेरें । लगनखेल बसपार्कनेर उभिरहेकी थिई रूबा । उसले परैबाट हात हल्लाई । परैबाट उसको हँसिलो अनुहार देखिन्थ्यो । जतिजति म ऊनजिक गएँ उसको सुन्दरता झन्झन् मनमोहक लाग्दै आयो । केही अग्लै हिलजुत्तामा उभिएकी थिई ऊ । उसका पातला खुट्टामा सपक्क मिलेर बसेको थियो कालो रङको जिन्स । रातो रङको टिसर्टभित्र कम्मरको तुलनामा थोरै फुकेको पेट

र त्यसमाथि अलि धेरै नै फुकेको उसको छाती थियो । गोरा गलामाथि हँसिलो अनुहार र अनुहारको बीचमा टुपुक्क परेको नाक थियो । नाकको टुप्पोमै भएको कोठी कन्याउँदै ऊ मुस्कुराई ।

"के छ, मुसी ?" उसको टाउकोभन्दा झन्डै एक बित्तामाथि पफ बनेको कपाल हातले छुँला जस्तो गरेर बोलाएँ ।

"उहुँ उहुँ," ऊ पितरिई । अनि आँखिभौं जोडेर रिसाएझैं गरी "मुसी रे" भनी ।

कस्तो मीठो नखरा, वाह !

"यतै उभिइरहने ?"

"जाऔं जाऔं ।" ऊ फुरूक्क परेर अगाडि लागी ।

ठूलो ब्याग बोकेकी उसको हिँडाई बडो आकर्षक थियो । र्‍याम्पमा हिँडेका मोडेलहरूको जस्तै लचकदार !

हामी गोदावरी जाने बसमा चढ्यौं । बोकिरहेको ब्याग काखमा लिएर ऊ झ्यालपट्टिको सिटमा बसी । छेउपट्टि बसे पनि मेरो नजर झ्यालतिर नै थियो । अलिअलि गरेर बस भरियो । कलेज पढ्ने केटाकेटी धेरै थिए, त्यसैले होहल्ला ज्यादा थियो । ठूलो आवाज निकाल्ने प्रतिस्पर्धा थियो क्यार !

"के हेरिसेको ?" उसले सोधी ।

"हेरेको हैन सुँघेको," म हाँसें । मिनिबसको साँघुरो सिटमा हामी दुई ठिक्क अटाएका थियौं । म ऊपट्टि फर्किंदा मेरो नाक उसको कपालको पफसँग ठोक्किएको थियो ।

"के सुँघिसेको त त्यसो भए ?"

"तिम्रो कपाल ।"

ऊ हाँसी । नजिकबाट उसका खर्बुजाका चिरा जस्ता ओठ देख्दै थिएँ । समुद्र जस्ता आँखा देख्दै थिएँ । मन फुरफुर गर्दै थियो ।

"लोरियल प्यारिस स्याम्पुको कमाल हजुर, बास्ना मीठो छैन त ?" उसले भनी । ऊ बोल्दा कुनै कुशल नृत्याङ्गनाको आकर्षक भङ्गीमा झैं उसका ओठ र आँखा सँगसँगै चले ।

"छैन, बरू गन्हाको छ जुम्राको आची !"

उसले प्याट्ट मेरो कुममा हिर्काउँदै भनी, "हजुर जस्तो हो र जुम्रा पर्नलाई ? अहिले कुट्दिन्छु अनि !"

ऊ अचम्मकी थिई । पहिले कुट्थी अनि मात्र 'कुट्दिन्छु' भन्थी ! हामी धेरै नै सहज हुँदै गइरहेका थियौं । उसको शालीनतामा चञ्चलता मिसिन आउँदा अत्ति सुहाउँथ्यो ।

"खाइसिन्छ ?" उसले ब्यागबाट चुइङ्गम निकाली । मलाई एउटा दिएर अर्को आफ्नो मुखमा हाली । चुइङ्गम मुखमा हालेर चपाउँदै भनें, "स्विट !"

"चुइङ्गम ?"

"हैन, तिमी," मैले आँखा झिम्क्याउँदै भनें ।

"हावा !"

उसले चुइङ्गम ओठ ढाकिने गरी फुलाई, प्याट्ट पारेर पड्काई अनि हिहि गरेर हाँसी । गुलाबी ओठभरि टाँसिएको चुइङ्गम जिब्रोले सोहोरेर फेरि चपाउन थाली । साँच्चै ऊ चुइङ्गम जस्तै स्विट थिई । मलाई यो चुइङ्गम सधैंभरि चपाइरहने मन भयो । गुलियो सकिएपछि थुक्ने होइन, स्वाट्ट निल्दिने मन भयो । भित्र कतै मुटुको छेउछाउमा गएर टाँसिन्छ कि ?

गाडीसँगै हामी सातदोबाटो पुगिसकेका थियौं । कलेजका केटाकेटी बेस्सरी हल्ला गर्दै थिए । लभ, रिलेसनसिप अनि ब्रेकअपका कुरा गर्दै थिए । कति सजिलै मायामा पर्दा रहेछन् । कति सजिलै दिँदा रहेछन् ब्रेकअप ! बस् हेर्‍यो, हाँस्यो, बोल्यो अनि माया बस्यो । हेरेन, हाँसेन, बोलेन अनि माया टुट्यो । माया त त्यो मन परेको पुस्तक जस्तो पो हुनु त, जति नै पानाहरू च्यात्तिएर धुजाधुजा हुँदा पनि दराजमा सजाइरहन मन लागोस् । माया त त्यो पत्रिका जस्तो नहोस्, जुन पढेको भोलिपल्टै पत्रुमा फ्याँक्नुपरोस् ।

ललितपुरका गाउँहरूलाई पछाडि छोडेर कुदेको गाडीले स्टेसनपिच्छे मान्छेहरू पनि छाडेर जाँदै थियो । रूबा झ्यालबाट बाहिर

हेर्दै थिई । म पनि उसकै नजरको दिशामा हेर्दै थिएँ । हामी मौन यात्रीहरूलाई प्रतीक्षा थियो त गोदावरीको ।

गाडीबाट उत्रिनुअगाडि नै फिर्र पानी बर्सिन थाल्यो । शुभकार्यमा पानी पर्नुलाई त राम्रै मानिन्छ क्यारे ! हामीबीचमा के शुभ हुन गइरहेको थियो कुन्नि ?

पार्कभन्दा धेरै वर बसपार्कमा गाडी रोकियो । हामी उत्रियौं । घुम्नुपर्ने पार्क उति पर थियो, हामी भने बाटोमै अलिअलि भिज्न थालिसकेका थियौं । रूबा आफूले आजै चाहिँ छाता नबोकी हिँडेकोमा थक्कथक्क मान्दै थिई । बर्सातको हरेक थोपाका स्पर्शले मलाई तरङ्गित पार्दै थियो । ऊ भने अप्ठ्यारो माने जस्तो गर्दै थिई । बिहान लगाएको पाउडर बगाउला भन्ने चिन्ता थियो होला ! भिजेको लुगामा हिँड्न पनि अप्ठ्यारो हुन्छ । केटीमान्छेले धेरै कुराको ख्याल गर्छन् । केटामान्छेले केवल केटीमान्छेको ख्याल गर्छन् ! मैले पनि त्यही गरें ।

"एकछिन यता बसौं," बाटोछेउको एउटा चियापसल देखाएर भनें ।

एउटा बेन्चमा बस्यौं । पानी झन् ठूलो भएर बर्सिंदै थियो । मौसम चिसिँदै थियो । उसले ब्यागमा बाँधेको सलले हात र अनुहार पुछी । चिम्टी खोलेर भिजेको कपाल झड्कारी । उसको पफ बिग्रिसकेको थियो । म हातले नै कपालको पानी पुछेर हेरिरहेको थिएँ ।

"लिस्यो," उसले आफ्नो सल दिई, मैले समातें ।

उसको सलले अनुहार पुछिरहँदा मीठो बास्ना मुटुमै गढ्ने गरी नाकभित्र पस्यो । वाह ! कस्तो मीठो सुगन्ध । अरू केही मान्छेहरू पनि ओत लाग्न भनेर त्यही पसलमा आइपुगे । धेरैजसो जोडीहरू नै थिए । ठाउँ साँघुरो हुँदै थियो । म रूबासँगै टाँसिन पुगें ।

"चिया हो ?" पसले साहूजीले सोधे । यसको मतलब थियो, चिया पिउने भए बस्न पाइन्छ नभए भीड नगर्नुस् । मैले दुई ओटा चिया भनें । झरी झन् बेस्सरी बढ्यो ।

"कस्तो दिनमा हजुरलाई घुम्न जाऔं भनेछु । बिहान त मज्जाको घाम लागेको थियो," उसले बाहिरको झरी हेर्दै खिन्न मानी ।

"रोमान्टिक दिन छानेछौ ।"

"कति गफ आउँछ हजुरलाई ?" ऊ उसकै स्टाइलमा रिसाए जस्तो स्वाङ पारेर मुस्कुराई ।

दङ्ग परेर किच्च दात देखाएँ । छेउमा कसैले चुरोट सल्काएछ, बेस्सरी बास्ना चल्यो । मलाई पनि चुरोट खाने मन भयो । तर रूबाको अगाडि कसरी खानु ? बडो अप्ठ्यारो । हातमै भएको उसको सल फेरि सुँघेछु ।

"छिः," आँखा तर्दै उसले मेरो हातबाट सल फुत्त तानी । मैले सिगान पुछ्न लागेको भन्ठानिछ ! झसङ्ग भएँ । होस् ! मन बाँधें, उसको अगाडि चुरोट पिउँदिनँ ।

"के भो ?" उसले सोधी ।

"केही हैन ।"

हातमा भरी कपहरू आपुगेपछि चिया पिउन थाल्यौं । पानी बिस्तारै कम हुन थाल्यो । बाटामा मान्छेहरू फाट्टफुट्ट देखिन थाले । चिया पसलबाट पनि मान्छेहरू घट्न थालिसकेका थिए । उभिएकाहरू गइसकेपछि बेन्चमा बस्नेहरू मात्र बाँकी थिए ।

भर्खर नुहाए जस्तो फ्रेस देखिएकी थिई रूबा । मैले उसले चिया पिएको हेरिरहें । ऊ भने परपर हेरिरही । एउटा प्रेमिल जोडी हाम्रो अगाडिबाट गयो । चिसो भएर होला, केटीलाई केटाले आफ्नो विन्डचिटर लगाइदिएको थियो । यो दृश्य हेरेर म मुसुमुसु हाँसें । रूबा पनि मुस्कुराई । मैले गिलास उठाएर अर्को सुर्को चिया सुरूप्प पारें ।

"मेरो चिया खाइदिस्यो," उसले साउतीको भाकामा भनी ।

"हो र ?" झुक्किएर मैले त उसको कप पो उठाएछु, "अर्को चिया भन्दिम् ?"

"नाइँ पर्दैन ।"

मलाई के गरम्, के गरम् भयो । त्यही कपबाट अर्को 'सिप' चिया पिइदिएँ । मुसुक्क हाँसेर उसले भनी, "अब दुई कप नै खाइस्यो ।"

"माया बढ्ने भयो," मैले आँखा झिम्क्याउँदै भनें ।

"खुब होला, वान साइडेड हुन्छ माया ।"

"कसरी ?"

"हजुरले मात्र जुठो खाइस्यो ।"

"तिमी पनि खाऊ न त ।" मैले आफ्नो कप ऊपट्टि सारें ।

"नाइँ ।"

"मैले मात्र माया गर्नुपर्ने ?" मैले उसका आँखामा हेरेर सोधें ।

हातमा मेरो चियाको कप लिएर ऊ टोलाई । स्तब्धतालाई पन्छाएर एकछिनपछि ऊ चुपचाप चिया पिउन थाली । मैले उसको कपबाट चिया पिइदिएँ । बाहिर झरी रोकिइसकेको थियो । एकअर्काको कप साटे झैं हाम्रा मनहरू पनि एकअर्कामा खुले । मनहरू जस्तै छ्याङ्ग खुल्यो बादलले ढाकेको आकाश ।

चियाको पैसा तिरेर गोदावरी गार्डेनतिर लाग्यौं । गेटछेउको काउन्टरबाट उसले टिकट काटेपछि हामी भित्र पस्यौं । रूखका पातहरूबाट शीत जसरी पानीका थोपाहरू अझै चुहिरहेका थिए । हामी अग्ला रूखहरूका बीचबाट हिँडिरह्यौं । झरीले नुहाएका रूखहरू सफा देखिन्थे ।

एक हूल केटीहरू सेल्फिस्टिक लिएर फोटो खिच्दै हिँडिरहेका देखिए । कुनातिर प्रेमिल जोडीहरू भेटिन्थे होला अघिपछि तर आज पानीले भिजेकाले बस्ने ठाउँ थिएन ।

खोल्सा जस्तो ठाउँमा पुगेर मैले मोबाइल निकालें ।

"फोटो खिच्ने हैन ?"

उसले नाइँ भनी । मैले कर गरेपछि एउटा मात्र सेल्फी लिन मानी । गफ गर्दै जिस्किँदै हिँडिरह्यौं हामी । केही बेर बोटानिकल गार्डेनको सेरोफेरो घुमिसकेर एउटा काठको बेन्चमा बस्यौं । ऊ जति बेला पनि एकोहोरो हेरिरहन्थी ।

"के भयो ?" उसका आँखाछेउमै हात हल्लाएर सोधें ।

ऊ फिस्स हाँसी, केही होइन भने जसरी मुन्टो हल्लाई ।

"भन न," अझै सोधें, "किन टोलाकी ?"

"टोलाको छैन ।"

"के सोचेको त ?"

"सोचेको पनि छैन ।"

"भन न ।"

"केही हैन क्या ।"

"भन न, प्लिज ।"

ऊ निहुरिएर केही सोचे जस्तै गर्दै थिई । मैले सुस्तरी उसको हात छोएँ । उसले हुरूक्क भएर लामो सास फेरी र मेरो काँधमा टाउको अड्याई । मैले आफ्नो हातले अँगालेर उसलाई आफूसँगै टाँसें । एउटा मीठो न्यानोपन मुटुसम्म पुग्यो । हामी निकै बेर त्यसरी नै बसिरह्यौं । केही बोलेनौं । भावनाहरू सायद अव्यक्त नै मीठा हुँदा हुन् । उसले जोडले सास फेर्दा मेरो कानछेउमै काउकुती लाग्यो । मैले त्यसको केही पर्वाह गरिनँ । ऊ मेरो अँगालोमा हुँदा लाग्यो, संसार मेरो अँगालोमा छ । संसारको सम्पूर्ण आनन्द मेरो छातीमा छ ।

"जाने हैन ?" धेरै बेरपछि आफैंले भनें, "भोक लाग्यो ।"

उसले पुलुक्क मेरो अनुहारमा हेरी ।

"तिमीलाई त खाजा खानुनपर्ने होला । हिजो पनि भोकै राख्यौ," जिस्क्याएँ ।

"थाहा थियो यही भनिसिन्छ," भन्दै ब्यागबाट उसले कुरकुरे निकाली ।

"मलाई कुरकुरे मन पर्दैन," मैले निधार खुम्च्याउँदै भनें ।

"यो पनि थाहा थियो । कुरकुरे मेरा लागि हो बाई द वे," ब्याग खोतलेर उसले सादा आलुचिप्सको प्याकेट निकाली । अनि मेरो हातमा थमाइदिई ।

"यही भएर पो रहेछ आफैं अटाउने जत्रो ब्याग बोकेर आएकी मुसी," मैले हाँस्दै भनें ।

ऊ प्याट्ट मेरो कुममा हिर्काएर हाँस्न थाली । मोतीका माला जस्ता दाँत लोभलाग्दा देखिए ।

"मलाई आलुचिप्स मनपर्छ भनेर कसरी थाहा पायौ ?"

"हजुरको बारेमा डिप स्टडी गरेकी छु ।"

"मलाई यही आलुचिप्स मनपर्छ भनेर कसरी थाहा पायौ ?" म अचम्ममा परेको थिएँ । फेरि त्यही प्रश्न दोहोऱ्याएँ ।

"हजुरले सादा आलुचिप्स मनपर्छ भनेर फेसबुकमा स्टाटस राखिसेको याद छ ?"

बल्ल याद आयो । "सादा जीवन उच्च विचार ! सादा आलुचिप्स, टमाटरको अचार !" क्याप्सन लेखेर राखेको थिएँ चिप्स र अचारको फोटो, कुनै बेला । ह्यासट्यागमा लेखेको थिएँ, फेबरेट !

हामी चिप्स खाँदै कुरा गरिरह्यौं । उसले ब्यागबाट पानीको बोतल निकाली । पानी पियौं । मलाई ऊप्रति झन् धेरै प्रेम बढेर आयो । मेरा निम्ती त्यति धेरै कुरा बोकेर आएकी रहिछ । कति गलेको थियो होला त्यो काँध । कति गाह्रो भएको थियो होला, अग्लो हिल लगाएर गह्रुङ्गो ब्याग बोक्न ?

घामलाई आउनै नदिई दिनले साँझको पर्दा लगायो । हामी बोटानिकल गार्डेनबाट निस्कियौं । अलि परसम्म हिंडेर आयौं । गाडीहरू हामीलाई लगनखेलसम्म छोड्न भनेर कुरिरहेका थिए । एउटामा चढ्यौं । एकअर्काको मनमा बसिसकेका हामी माइक्रो बसको लास्ट सिटमा बस्यौं । गाडी गुड्यो । उसले झ्याल खोली । हावाको एउटा झोक्का भित्र पसेर उसलाई र मलाई एकै चोटि चुमेर हरायो । त्यसपछि बतासका साना केटाकेटीले हाम्रा गाला मुसारिरहे ।

इमेल

"थाहा छ ? आजजति म कहिल्यै खुसी थिइनँ । हिजो एउटा प्रशंसक बनेर भेट्न चाहेकी थिएँ । तर हजुर त्यस्तो नशा होइसिँदो रहेछ, एक चोटिको भेटले मात्र नपुग्ने । यस्तो लत होइसिँदो रैछ, छुटाउनै मन नलाग्ने । आज एउटा साथी जसरी भेट्ने मन भयो र भेटें । अब भेट हुँदा हजुरकी प्रेमिका बनेर भेट्न चाहन्छु ।

"हजुरको अँगालोमा आज टाउको लुकाउन पाएँ । लाग्यो, मैले सबैभन्दा सुरक्षित घर पाएकी छु । हजुरको स्पर्शमा असीमित मायाको महसुस गरेकी छु । हजुर मेरो गलत छनोट पक्कै होइसिन्न । विगतमा मान्छे चिन्न भूल गरेकी थिएँ । आज त्यो गल्ती दोहोरिन्न सायद । हजुरलाई मन भयो भने म्यासेज गरिसेला ।"

रूबाको म्यासेज थियो । हेरेर दङ्ग परें । माया यति मीठो हुन्छ, थाहै थिएन । मायाका कविता लेख्ने मलाई के थाहा ? मायाको असली स्वाद ! कागजमा लेखिएका मायाका मोटा शब्दहरूभन्दा हृदयमा लेखिने मसिना अक्षरहरू नै सुन्दर हुँदा रहेछन् । उसले मेरो मनमा मायाको सिङ्गो वर्णमाला नै लेखिदिई ।

मेरै जस्तो भावना उसको मनमा पनि कसरी आयो होला ? मेरो मनमा झैं प्रेमको बिरूवा उसको मनमा पनि कसरी टुसायो होला ? जेहोस्, खुसी म पनि थिएँ आज, ऊभन्दा पनि धेरै ।

"मजति खुसी त तिमी पनि छैनौ होला । मैले जिन्दगीमा यति विशेष मान्छे भेटेको छु, त्यसको बयान गर्ने मसँग शब्दहरू नै छैनन् । शब्दसँग रमाउने मलाई यसरी शब्दविहीन बनाउने तिमीमा पक्कै

विशेष केही छ । भोलि हामी अवश्य भेट्नेछौं । समय र ठाउँ तिम्रै रोजाइ, हुन्छ ?"

टुक्राटुक्रामा यी कुराहरू टाइप गर्दै गर्दा सबै म्यासेजहरू 'सिन' हुँदै गए । ऊ पनि मेरो जवाफको प्रतीक्षामा रहिछ । सबै म्यासेजहरू हेरिसकेपछि ऊ लेख्न थाली ।

"थ्याङ्क यू सो मच । मेरो माया स्विकारिस्यो । हजुरको बारेमा मलाई थाहा भएजति सायद हजुरलाई मेरो बारेमा थाहा छैन । भोलि भेट्नुअगाडि नै म मेरा बारेमा सबै कुरा बताउनेछु । सायद हजुरका आँखासँग आँखा जुधाएर म आफ्ना विगत खोतल्न नसकुँला, या मेरो विगतको नमीठो स्वाद हजुरलाई पचाउन गाह्रो होला । त्यसैले अघि साँझ हजुरको रिप्लाई कुरून्जेल इमेल लेखेकी थिएँ । पठाएकी छु, हेरिसेला ।

"हजुरको माया टाइमपास त हैन होला नि है ? हजुरका निम्ति म योग्य छैन भने इमेल पढेर भनिसेला । म सुरूक्क आफ्नो बाटो लाग्नेछु । नत्र एक चोटि चर्किसकेकी छु, फेरि टुटे जोडिन सक्दिनँ ।"

उसका हरेक शब्द मलाई फूल जस्ता लाग्थे । ऊ पनि फूल जस्तै लाग्न थालेकी थिई । यस्ती प्यारी फूललाई धोका दिन सकुँला र ? कसरी सक्छन् होला, मान्छेहरू फूलको पत्रपत्र च्यातेर मिल्काउन ? म कहाँ त्यस्तो पापी बन्न सकुँला र ?

मेरो माया छल होइन, भनेर उसलाई आश्वस्त बनाएँ । मैले त उसको विश्वासको जगमा उभिएर पो यति माया पाएको छु । यति सम्मान पाएको छु । कसरी उसको मन दुखाउन सकुँला र ! तैपनि उसले इमेल पठाएकी छ भन्दाखेरि अधैर्य भयो मन । के कहानी छ र उसको ? के लेखेकी छ उसले ?

इमेल खोल्नलाई म्यासेन्जर बन्द गर्नुअघि देखें, आकाशले पनि म्यासेज गरेको रहेछ ।

"साले, हुँदाहुँदा मेरो म्यासेज पनि नहेर्ने भइस् ! धेरै ठूलो भएछस् साथी, प्रगति गर्नु !" तीन ओटा म्यासेजको पछाडि यही लेखेर अफलाइन भएको रहेछ ।

आकाशलाई म्यासेजमा पनि इग्नोर गरेर जिमेल खोलें, musi_ruba22@gmail.com को इमेल खोलें ।

कविज्यू,

केही कुरा छन्, जो हजुरसँग आँखा जुधाएर भन्न सक्दिनँ । भन्नैपर्‍यो भने पनि हजुरका अगाडि सबै सम्झिन नसकुँला । डराउँला, धकाउँला, बोली अड्किएला, शब्द बिलाउला । त्यसैले यो इमेल लेख्दै छु ताकि निश्चिन्त भएर आफूलाई देखाउन सकूँ । विगतका हरेक पाना पल्टाउन सकूँ । आफूलाई चिनाउन सकूँ ।

मेरो बुबा हुनेखाने ठकुरीको छोरो । मुवाँ सामान्य परिवारकी छोरी । यौवनले भरिपूर्ण मेरी मुवाँलाई देखेर मनमा चाहनाका फूलहरू नफुलाउने सायदै कोही थिए, त्यति बेला । तर चाहनाको फूल फुलाएर मात्र कहाँ हुन्छ र ! टिपेर सिउरिदिनु पनि त पर्छ, मायालुको शिरमा ।

काठमाडौंमा पढ्न बसेका मेरा बुबाले मायालुको शिरमा चाहनाको फूल मात्र होइन, सौभाग्यको सिन्दूर नै छरिदिस्यो एक दिन । जात, वर्ग अनि हैसियत नमिल्ने, गरिब बाआमाकी छोरी । यस्ती केटीलाई कहाँ बुहारी स्विकार्नु मेरा हजुरबुबाले ? तैपनि बुबासँग अपरिचित ठाउँलाई कर्मघर ठानेर जानुभयो मुवाँ । हेला, दुर्व्यवहार सहेरै बस्नुभयो कर्मघरमा ।

म जन्मिएँ अभागी निधार बोकेर । कमजोर नारीहरू छोरी जन्मिँदा खुसी हुँदैनन् । म जन्मिँदा मुवाँ पनि धेरै रूनुभयो रे ! नरूनु पनि किन, छोरीको कर्म नै सिन्दूरको पछि लाग्नुपर्ने । चाहे त्यो नरक नै किन नहोस्, पछ्याइरहनुपर्ने ।

तर नारीले चाहे के सक्दैनन् र ! हेर्दाहेर्दै नरकलाई स्वर्ग बनाइदिनुभयो मुवाँले ।

छुट्टै बसे पनि जिन्दगी सहज बनाउँदै हुनुहुन्थ्यो मुवाँ । तर एक्कासि बज्रपात भयो उहाँको भाग्यमा । बुबाको मन बिस्तारै बदलिन थाल्यो । सायद माया पहिले जस्तो रहेन । प्रेम सायद एकछिनको भावुकता मात्र थियो बुबाका निम्ति । व्यवहारको जञ्जाल निकै ठूलो

देख्नुभयो सायद । दाजुभाइभन्दा आफू कमजोर देख्न थाल्नुभयो होला । आवेशमा प्रेमविवाह गर्नुभएका बुबाले सामाजिक प्रतिष्ठा गुमेको देख्नुभयो । खै के खेलेको थियो उहाँको मनमा । हामीबाट बिस्तारै टाढा हुन थाल्नुभयो । अर्को बिहे गर्नुभयो, हजुरबुबाकै इच्छाबमोजिम ।

रूँदैरूँदै केही खेत र एउटा सानो धन्सार लिएर मुवाँ बेग्लै बस्नुभयो । मैले सानोमा धेरै पटक मुवाँ रोएको देखेकी छु । रूने अनि पिर्ने मेरो कलिलो उमेर मुवाँलाई फकाउनमा व्यतीत भयो । म जिन्दगीमा यति कठोर भएर हुर्किएँ कि मलाई अरूले बगाउने आँसु निकै सस्ता लाग्थे । जो आफ्नो थियो, त्यसले मुख फेरेको थियो । जो पराई हो, त्यसले सहानुभूति देखाउला भन्ने के आस ?

मैले स्नेहको अपेक्षा गर्ने उमेरमा उपेक्षा भोगेकी छु । रहर त थियो मलाई चिटिक्क परेको सर्टफ्रक लगाएर बोर्डिङ स्कुल जाने । तर भाग्यले चप्पल लगाएर सरकारी स्कुलतिर लखेटिरह्यो । जिम्मेवारीको होस् या घाँसको, मैले सानो उमेरमै ठुल्ठूला भारीहरू बोकेकी छु । रहर त थियो राम्रो पढेर नर्सिङ पढौँ । पापी पेटले कहाँ देख्छ र रहरहरू ?

सानिमाको सल्लाहअनुसार एसएलसी दिएर काठमाडौँ आएँ । जिन्दगी बनाउने हो भने आफैँले हिम्मत नगरी नहुने थियो । मैले त्यही आँट गरेँ । सानिमाको डेरामै बसेर प्लस टू सकेँ । बिहान कलेज जान्थेँ, दिउँसो स्कुल पढाउँथेँ ।

म बच्पनमै मायाको अभावमा हुर्किएकी मान्छे । मुवाँले त माया दिनुभयो तर त्यो सिङ्गो परिवारले दिने मायाभन्दा कम हुन्थ्यो । मलाई पनि बुबाले माया गर्दिए हुन्थ्यो जस्तो लागिरहन्थ्यो । माया टाढा भयो भने घृणा नजिक बन्न आउँदो रहेछ । जति म बुबाको मायाबाट टाढा हुँदै गएँ, त्यति नै घृणा मेरो मनमा बस्दै गयो । म मेरो बुबालाई मात्र होइन, हरेक बुबाहरूलाई घृणा गर्न थालेकी थिएँ ।

प्लस टू सकेपछि म सानिमासँग बसिनँ । सधैँ अरूका भरमा बस्न पनि अप्ठ्यारो लागेर छुट्टै कोठा लिएर एक्लै बस्न थालेँ । म ब्याच्लरको विद्यार्थी थिएँ । बिहानभरि कलेज जान्थेँ, दिउँसो स्कुल

पढाउन । दिनहरू यसै गरी बितिरहेका थिए । एक्कासि मेरो मनको शान्त तलाउमा कसैले यसरी ढुङ्गा हान्यो कि तरङ्ग जिन्दगीभरि फैलियो ।

म हरेक दिन कलेजबाट निस्केर हतारहतार स्कुल कुदिरहँदा एउटा बाइक मेरो छेउबाट जान्थ्यो । सुरूसुरूमा त केही पनि चाल पाइनँ । पछि भने कसैले मेरो पिछा गरे जस्तो लाग्न थाल्यो । सधैं एउटै बाइक किन मेरो छेउबाट अघिपछि गरेर जान्छ ? मलाई डर लाग्थ्यो तैपनि केही पत्तो नपाए जसरी म सरासर आफ्नो बाटो लाग्थें ।

एक दिन त अति गऱ्यो त्यो बाइकवालाले । मेरो छेउबाट गयो अनि अलि पर पुगेर फरक्क बाइक घुमायो । ठ्याक्क मेरो अगाडि आएर भन्यो, "आउनुस् म लगिदिन्छु तपाईंको स्कुलसम्म ।"

म हुरूक्क भएँ । केही बोल्नै आएन । एउटा अपरिचितले उसको बाइकमा बस भन्दा म आत्तिएकी थिएँ । अझ स्कुलसम्मै लगिदिन्छु भन्छ ! कसरी थाहा पायो मेरा बारेमा ? म थर्कमान भएँ । केही नबोली एउटा लामो सास तानें । अनि भुइँतिर हेर्दै खुरूखुरू आफ्नो बाटो लागें । मलाई त्यो हेल्मेटभित्रको अनुहार हेर्ने हिम्मत आएन ।

मलाई त्यो बाटो नहिँडी सुख थिएन । हिँडूँ भने पनि त्यो अपरिचित सम्झेर डर लाग्थ्यो । तैपनि हिँडिरहें । बिस्तारै ऊ देखिन छाड्यो । जो मान्छे मेरै लागि भनेर त्यो बाटो हिँड्थ्यो र मसँग बोल्नकै लागि स्कुल लगिदिन्छु भन्थ्यो त्यो हरायो ।

नियत जे जस्तो भए पनि त्यो अपरिचितले मलाई आफू विशेष छु भन्ने आत्मविश्वास दिलाएको थियो । म कता पढ्छु, कता पढाउँछु सबै थाहा पाएको त्यो अपरिचित पनि मलाई विशेष लाग्न थालेको थियो । मलाई नियास्रो झैं लाग्न थाल्यो । बाटोमा कतै त्यो मेरो पछिपछि बाइक स्लो बनाएर आउँछ कि भनेर हेर्ने गर्थें । तर ऊ आएन । म हरेक बाइकका आवाजमा पछाडि फर्केर हेर्ने गर्थें । तर ऊ देखिएन ।

रिजल्ट बाँड्ने दिन । कक्षा तीनको क्लासटिचर भएकाले मलाई रिजल्ट बाँड्ने जिम्मेवारी थियो । अभिभावकहरू रिजल्ट लिन आइरहेका

थिए । सबै केटाकेटीका मम्मीहरू आएका थिए तर अचम्म एक जना केटामान्छे पनि आइपुगे ।

"आरूषको रिजल्ट दिनुहोला," उसले नरम बोलीमा भन्यो ।

"हजुर आरूषको... ?" मैले सोधें ।

"अङ्कल ।"

मैले रिजल्ट दिएँ । ऊ केही बोलेन । आरूषका बारेमा केही सोध्दा पनि सोधेन । जाने बेलामा फरक्क फर्कियो र सोध्यो, "आजभोलि त भेट पनि हुँदैन है ?"

म जिल्ल परें । कहीँ कतै देखे जस्तो लाग्दैन । कतै भेटे जस्तो लाग्दैन । यो केटाले कसरी भेटको कुरा गर्न सकेको होला ।

"अस्ति न स्कुलसम्म बाइकमा छोडिदिन्छु भन्दा मिसले अप्ठ्यारो मान्नुभयो," उसले फिस्स हाँस्दै भन्यो ।

बल्ल याद आयो, त्यो दिन हेल्मेटभित्रबाट एकोहोरो मलाई हेरेका आँखाको । मैले उसका आँखामा हेरें । त्यो गहिराइ उही थियो । गोरो, पातलो दाह्री भएको मोटेमोटे केटो आकर्षक थियो । अलि कम नै हाँस्ने उसको बानी रहेछ । जब हाँस्थ्यो अति सुहाउँथ्यो ।

"नचिनेर नि," म सुस्तरी बोलें । अघिको मेरो सहजतामा खै कताबाट लाज मिसिन आइपुग्यो ।

"म पनि आजकल काठमाडौंबाहिर छु । पहिले त मेरो पनि अफिस जाने बाटो त्यही पर्थ्यो र भेट हुन्थ्यो । आरूषले पहिले मिस भनेर चिनाएको थियो । त्यही भएर स्कुलसम्म छोड्दिन खोजेको थिएँ त्यो दिन । खैर छोडम् यो कुरा," उसले भन्यो ।

छेउछाउका मिसहरूले ध्यान देलान् भनेर म केही बोलिनँ । सोध्न त मन थियो ऊ के काम गर्छ, अहिले बाहिर कुन ठाउँमा छ ? तर सकिनँ । ऊ मेरो मनमा हलचल मच्चाएर गयो ।

आरूष मेरो फेबरेट विद्यार्थी हुन थाल्यो । म ऊसँग उसको अङ्कलको बारेमा सोध्थें । उसको अङ्कल गगन एनजिओमा काम गर्दा रहेछन्, अहिले विराटनगरमा पोस्टिङ भएको रहेछ । बेलाबेलामा काठमाडौं आइरहन्छन् रे !

आरूष कहिलेकाहीँ अङ्कलको बिहे गर्ने कुरा छ भनेर पनि सुनाउँथ्यो । त्यति बेला मलाई जलन हुन्थ्यो । खै किन के आस गरेको हो, यो मनले मैले बुझ्नै सकेकी थिइनँ । सायद जलन नै प्रेमको एउटा सूचक हो ।

एक दिन आरूषले मेरा निम्ति खुसीको खबर सुनायो । उसको अङ्कल अबदेखि काठमाडौंमै बस्ने गरी आउने रे ! गगनको हेडक्वार्टरमै सरूवा भएछ ।

दिनहरू बितिरहे । म फेरिएँ । मनभित्र सुषुप्त बनेर बसेको प्रेमको चल्ला चिर्बिराउन थालेको थियो । त्यो चिरबिर कुनै सुमधुर सङ्गीतभन्दा कम थिएन । त्यही मायालु सङ्गीतको तालमा मेरो मनमा गगनबारे भावनाहरू नाचिरहन्थे । मलाई भावनाका नाचहरू खुब राम्रा लाग्न थाले ।

एक दिन आरूषको कपी चेक गर्दै जाँदा अन्तिमको पानामा एउटा फोन नम्बर देखें । मिस पल्टेर उसलाई हप्काएँ ।

"कापीमा जे पायो त्यही लेखेर फोहोर गर्ने हो ?" म कड्किएँ ।

"मिस मैले लेखेको हैन, अङ्कलले लेख्नुभा'को," आरूष निर्दोष बनेर बोल्यो ।

"किन के भनेर लेख्नुभा'को अङ्कलले ?" मलाई अचम्म लाग्यो । उसले अङ्कल भनेर उच्चारण गर्नासाथ मेरो शरीरमा काउकुती पैदा हुन्थ्यो ।

"रूबा मिसको कपी कुन हो भनेर सोध्नुभाको थियो ... ।"

आरूष हात पछाडि राखेर मायालाग्दो पाराले उभिएको थियो । मैले उसको गाला मुसारेर बस भनें । ऊ बस्यो । मैले उसको अनुहारमा गगन मुस्कुराइरहेको देखें ।

मैले खुसुक्क त्यो नम्बर टिपें ।

मनमा काउकुती लागिरहेको थियो । घरको माथिल्लो फ्ल्याटमा बस्ने बहिनी नीलिमा मसँग नजिक भएर कुरा गर्थिन् । उनलाई सबै कुरा बताएँ ।

"यो त पक्कै माया नै हो दि'," नीलिमाले भनिन् । अभिभावकको मायाको कमी महसुस गरेको मेरो मन साह्रै कोमल थियो । गगनको सानो उपस्थितिले पनि उथलपुथल भएको थियो मेरो मन । साँझ गगनलाई डराई-डराई फोन गरें । ऊ बोल्यो । मैले आफूलाई आरूषको मिस भनेर चिनाएँ ।

"के परेर फोन गर्नुभा'को, मिस ?" उसले कति सजिलै सोध्यो । मेरा लागि जवाफ अप्ठ्यारो थियो ।

"आरूषको बारेमा..." मेरो बोली लर्बरियो । कुनै पूर्वतयारीबिना नै फोन गरेकी थिएँ । त्यसमाथि म कुरा बनाएर गफ गर्न नजान्ने, फसें ।

"हाहा आरूषकै बारेमा हो त ?" उसले जिस्क्यायो ।

"ह... हजुर ।"

"कि आरूषको अङ्कलको बारेमा हो ?" मोरोले जिस्क्यायो । कति रिसउठ्दो मान्छे । किन यसरी अरूलाई जिस्क्याउनुपरेको होला । कस्तो सीधासीधा अरूलाई मर्का पर्ने गरी बोलेको ।

सहनै सकिनँ, "हिहि हो त," मैले पनि उसको मेख मार्न सीधै भनिदिएँ ।

"तिम्रो कम्प्लेन गर्नुपर्ने भयो स्कुलमा," उसले भन्यो ।

"किन ?" म सशङ्कित भएँ ।

"तीन दिनअघि लेखेको कुरा बल्ल आज पढेर फोन गर्दै छ्यौ । राम्रोसँग कपी चेक पनि गर्दैनौ कि के हो ?" उसले फेरि सतायो ।

"हो त । किन चेक गर्नु त जे पायो त्यही लेखेको कपी ? बच्चाको कापीमा ठूलो मान्छेले लेख्ने हो त ?" मैले पनि जवाफ दिएँ ।

उसले मलाई 'तिमी' भन्न थालिसकेको थियो । उसले कर गरेपछि मैले पनि 'तिमी' नै भनिदिएँ । हामी घनिष्ठताको एउटा चरणमा पुग्दै थियौं । आरूष स्कुल बसमा आउनेजाने गर्थ्यो । म कलेजबाट हिँडेरै स्कुल पुग्ने गर्थें । बीस मिनेट हिँड्नुपर्थ्यो मलाई । तर त्यो बीस मिनेटको यात्रा अग्लो हिलजुत्ता लगाएर अप्ठ्यारो गर्दै हिँडिरहनुपरेन । गगनले लगिदिन थाल्यो मलाई स्कुलसम्म, बाइकमा ।

हामी बेलाबेलामा घुम्न जान थाल्यौं । उसको साथमा हुँदा आफूले कहिल्यै नपाएको अभिभावकत्व पाउन थालें । मलाई कतै ढिला हुँदा, कतै अप्ठ्यारो पर्दा ऊ बाइक लिएर आइपुग्थ्यो ।

केही महिनाको त्यो सम्बन्ध मानौं शताब्दीऔं पुरानो हो कि झैं लाग्थ्यो । लाग्थ्यो यो संसारमा मजतिको भाग्यमानी अर्को कोही छैन । उसको माया र केयरले मैले एउटा गतिलो ओत पाएकी थिएँ । उसको अनुहारमा एउटा स्नेही अभिभावकसमेत देख्न थालेकी थिएँ । तर संसार कहाँ एकै ठाउँमा अडिँदो रहेछ र ! मान्छेको मन पनि कहाँ स्थिर रहँदो रहेछ र ! झन् स्वार्थी मान्छेको मन त फट्याङ्ग्रा जस्तो फुत्तफुत्त उफ्रिएर ठाउँ सरिरहँदो रहेछ । गगन पनि मेरो प्रेमको घेरा नाघेर टाढिन थाल्यो । समयले प्रकृतिको त रङ फेरिदिन्छ भने ऊ त मान्छे थियो । फेरिँदै जान थाल्यो । हप्ता, दुई हप्ता गर्दै केही महिनामा ऊ मेरो फोन नउठाउने हुन थाल्यो । मलाई भेट्न आउन पनि अनेक बहाना बनाउन थाल्यो ।

"किन भेट्दैनौ आजभोलि ?" म गगनलाई सोध्थें ।

"कामले भ्याउँदिनँ," ऊ ओठे जवाफ फर्काउँथ्यो ।

म रून्थें, रिसाउँथें, कराउँथें । ऊ पत्थर बनेर सुन्थ्यो । केही बोल्दैनथ्यो । के सोच्थ्यो कुन्नि, जब मेरो घरपरिवारको बारेमा थाहा पाएको थियो, ऊ एकोहोरो टोलाउने भएको थियो ।

सबै मान्छे कहाँ एकैनास हुन्छन् र ! सबैको मन कहाँ एकै हुन्छ र ! सबैले कहाँ मैले जस्तै चोखो माया गरेका हुन्छन् र ! गगनको माया पनि झूट रहेछ । म त केवल उसका निम्ति एउटा आकर्षण रहिछु । त्यही आकर्षण जुन मन भरिएपछि सकिएको थियो । बल्ल त्यसपछि उसले सम्झियो घरपरिवार अनि हैसियत । आरूषको समेत स्कुल फेरेपछि मैले बुझ्न थालें कुरा ।

"मेरो बिहे हुँदै छ । प्लिज अबदेखि मलाई सम्पर्क नगर," एक दिन उसले फोनमा भन्यो ।

"अनि म ?" अड्किएको बोलीमा सोधेकी थिएँ ।

"तिमी राम्री छ्यौ, असल छ्यौ, राम्रो केटा पाउनेछौ... ।"

ऊ बोल्दाबोल्दै मैले रोकेर भनें, "म असल छु भने किन मलाई धोका दिँदै छौ ? तिमीलाई असल केटी नचाहिने हो र ?"

"मैले घरमा भनेको थिएँ तिम्रो बारे । बुबा मान्नुभएन । तिम्रो घर गतिलो भएन रे । बाउले छाडेकी आमाकी छोरी भन्नुभयो । प्लिज चित्त नदुखाऊ ल ? म तिमीलाई धेरै मिस गर्नेछु ।"

उसको जवाफले पेटभरि भयो । म अघाएकी थिएँ । मैले फेरि कहिल्यै फोन गरिनँ । झन् उसले बिहे गरेको खबर सुनेपछि भने अलिअलि बाँचेको आशा पनि मऱ्यो । मलाई त्यो कायर मान्छेसँग प्रेम गरेकोमा पछुतो लागिरह्यो । बाबुलाई मन परेन भन्दैमा छोड्ने प्रेम यति कमजोर हुन्छ र ? मलाई गगनले होइन, मेरो किस्मतले धोका दिएको थियो । अवस्थाले धोका दिएको थियो ।

सायद नभनेको भए पनि हुने थियो । ढाँटेको भए पनि हुने थियो । तर कसलाई भ्रममा राखौं ? त्यसलाई, जसलाई माया गर्छु भनेको छु ? माया गर्नेलाई ढाँटेर के अर्थ ? म फेरि जङ्घारमा पुगेर अल्मलिन चाहन्नँ । फेरि गन्तव्यहीन यात्रामा बीचैमा अलपत्र पर्न चाहन्नँ । फेरि हैसियतका कारण अस्वीकृत हुन चाहन्नँ । आफ्नो विगत म ढाँट्न चाहन्नँ । फेरि मेरो समर्पणको कसैले फाइदा नउठाओस् । फेरि मेरो प्रेमको लिलामी नहोस् । फेरि म बिचरा नबनूँ । त्यसैले बताएकी छु हजुरलाई सबै कुरा ।

म ठीक लाग्छ भने भनिसेला, भेट्नेछु । ठीक लाग्दैन भने पनि भनिसेला, चुपचाप हराउनेछु ।

हजुरको जवाफको आशामा,

रूबा

इमेल पढिरहँदा मनमा अनेक थरी कुराहरू आएर गए । अरूले छोडेकी केटी । फेरि सोचें, उसले त आफ्नै ठानेर पो विश्वास गरेकी थिई, धोकेबाजले धोका दियो त रूबाको के अपराध ? मनमा उसका

लागि माया त छँदै थियो, अब त दया पनि जाग्यो । तर उसको भावनामा खेलेर छोड्ने त्यो गगन सम्झेर रिस उठ्यो । रूबाले पनि किन विश्वास गरेकी त त्यस्तो केटालाई ? ऊसँग मलाई कहिले रिस उठ्थ्यो त कहिले उसको विवशता सम्झेर माया लाग्थ्यो । कहिले उसको टुटेको दिल सम्झेर झन् धेरै दया लाग्थ्यो ।

उसलाई के जवाफ दिऊँ ? के भनौं ? केही सुझेन मनमा ।

निकै बेर चुपचाप पल्टिएँ । रात चकमन्न भएर सुतिरहेको थियो । निष्तब्धता कोठाभरि थियो, मनमा मुर्दाशान्ति ।

मोबाइलले रातको एघार बजे बताउँदा रूबाको फोन आयो ।

"पढिस्यो इमेल ?"

"अँ ।"

"किन केही रिप्लाई नगरेको ? म कत्ति खराब लाग्यो होला है ?" निन्याउरो स्वरमा उसले भनी ।

अरू त केही थिएन । उसले आफ्नो प्रेमीसँगको इतिवृतान्त बताउँदाखेरि भने कस्तोकस्तो लागिरहेको थियो । अघिसम्म मायालाग्दी अनि आकर्षक केटी ऊ अब भने विदीर्ण अनि औसत लाग्न थालेकी थिई ।

"तिम्ले सेक्स पनि गरेकी थियौ त्योसँग ?" सोध्दिनँ भन्दाभन्दै प्रश्न फुत्कियो । सायद मेरो अन्तरमन बोल्यो । अवचेतन बोल्यो ।

"हँ ?" प्रश्न अप्रत्याशित थियो । ऊ केही बोल्न सकिन ।

"भन न," मैले अझै कर गरें ।

"यसले फरक पर्छ र ?" अलमलिएको जिब्रो र काँपेको ओठबाट उसको बोली निस्किए झैं लाग्थ्यो ।

"हैन, जान्न मन लाग्यो ।"

उसले लामो स्वास फेरी र भनी, "त्यो एक प्रकारको बलात्कार नै थियो ।"

"खुब, तिमीले नमानी कसरी सम्भव छ ?" म चिढिएँ ।

"प्लिज त्यो कुरा नगरिस्यो । मैले यो कुरा हजुरलाई नभन्न पनि सक्थें । तर लुकाउन मन लागेन ।"

हो त बरू नभनेको भए हुने थियो । नसुन्नु ऊबाट नै सुनेपछि मन खिन्न भयो । आफ्नो कुनै प्यारो चिज लुटिए जस्तो भयो ।

"केटीहरू एउटा जाबो मन थाम्न सक्दैनन् है ? कसरी कसैलाई यतिबिघ्न विश्वास गर्न सक्छौ ? पछि दोषजति केटामान्छेलाई दिन्छौ । आफ्नो चरित्र कस्तो छ, थाहै नपाई अरूलाई दोष दिन कति सजिलो है ?"

"चरित्र ?" ऊ एकाएक मलाई रोकेर बोली । अनि चुप लागी । सायद मेरो प्रश्नको जवाफ कसरी दिने भनेर ऊ सोच्दै थिई ।

"हेल्लो," मैले बोलाएँ ।

"ल ठीक छ आज मेरो चरित्रका बारेमा कुरा गरिस्यो हजुरले । पुग्यो मलाई," उसले ट्वाक्क फोन राखी ।

म अकमक्क परेँ ।

दुईतीन चोटि फोन गरेँ । उसले उठाइन । मलाई आफ्ना शब्दमा पश्चात्ताप भयो । एसएमएस पठाएँ– "डियर रूबा, आई एम सरी । तिमीले मलाई गलत बुझ्यौ, सायद लेखिएका शब्दभन्दा बोलिने शब्दहरू प्रभावकारी होलान्, म तिमीलाई भेट्न चाहन्छु, भोलि । तिम्रो स्कुल सकिएपछि, ठीक चार बजे । म वसन्तपुरमा कुरिरहनेछु ।"

रातभर तनाव भइरह्यो । म्यासेज गर्नुको कुनै अर्थ थिएन । ऊ अनलाइन नै थिइन । तैपनि मन बराल्न फेसबुक हेरिरहेँ ।

सम्झनेले आज पनि एउटा फोटो राखेकी रहिछ, जसको मुन्तिर लेखिएको थियो– सबैले राम्री छौ भन्छन्, आजकल सबैको नजर तिम्रै जस्तो भइसकेछ !

कति एडिट गर्न सकेकी होली उसले । मान्छे पूरै फोटोकपी पेपर जस्तो देखिएकी थिई । अनि आफूले आफैँलाई राम्री भन्न कस्तो लाज पनि नभएको ! त्यो तिमी भनेर ब्वाइफ्रेन्डलाई भनेकी होली ! झनक्क रिस उठ्यो ।

फेसबुक स्क्रल गरिरहेँ । ध्यान भने रूबातिर नै गइरह्यो ।

कविता

न्युरोडका सडकपेटीहरूमा अति नै भीडभाड हुन्छ । कतिसँग ठोकिइन्छ कताकता टेकिन्छ ठेगान नै हुँदैन । झुक्किएर बाटोमा तौल लिन राखेको भाँडोमा टेकियो भने कसैले पाँच रूपियाँ माग्न बेर हुँदैन ।

न्युरोडमा आज पनि भीडभाड थियो । भीड छिचोल्दै अगाडि बढ्दै थिएँ । वसन्तपुर आइपुग्यो ।

चार बजिसकेको थियो । माया भएदेखि, मेरो आशयको गलत अर्थ नलगाएदेखि मेरो एसएमएस पढेर ऊ आउने झिनो आस थियो । फोन गर्न मन लागेन, हिजोदेखि नै उठाकी थिइन । फगत ऊ आउने बाटोतिर हेरिरहन मन लाग्यो । पानीमा घुमिरहने घट्टेकिरो जस्तै घुमिरह्यो मनमा मात्र एउटा प्रश्न– ऊ आउली कि नआउली ?

आकाशमा केही टुक्रा बादलहरू भेला भएका थिए, कालो अनुहार लिएर । म झैं । आकाश पनि मुस्कुराउन सकेको थिएन । म झैं । लाग्थ्यो, मेरो मन र मौसम उस्तै छ ।

वसन्तपुरमा हेरिटेज वाक सुरू भइसकेको थियो । एउटा ठूलो राष्ट्रिय झन्डा लिएर एक जना बूढामान्छे उभिएका थिए । म उनकै छेउ पेटीमा बसें । केही केटाकेटीहरू आए, झन्डावाल मान्छेसँग उभिएर फोटो खिचेर हाँस्दै गए । मेरो मन भने अझै उदास थियो । कसैको मन बिनाकारण दुखाउँदा धेरै पीडा त आफैंलाई नै हुने रहेछ । रोएर मन हल्का गर्न पाइने पीडा बरू नरम हुँदो हो, रून नसक्ने पीडा त साह्रै कठोर पो हुँदो रहेछ ।

आजभोलि साँझ पर्नासाथ पानी पर्नु आकाशको दैनिकी नै थियो। पानीका केही साना छिटा मेरा कुम अनि टाउकोमा खसिसकेका रहेछन्, मलाई हेक्का थिएन। तर एउटा थोपा गालामा तप्प खसेर टाँसिएपछि भने जुरूक्क उठें।

मान्छेहरूले छाता उघार्न थाल्नुअगाडि नै म एउटा मन्दिरको पेटीमा ओत लाग्न पुगें। जुम्रा पार्ने सिमिसम पानी बर्सिरहेको थियो। बिजुली बेस्सरी चम्किरहेको थियो। एक चोटि ठूलो आवाजमा मेघ पनि गर्जियो। मेरो छेउमै बसिरहेकी एउटी केटी डराएर आफ्नो प्रेमीको छातीभित्र गुडुँल्किई। मैले उनीहरूलाई हेरें। केटा मतिर हेरेर मुसुमुसु हाँस्यो। मैले पनि जवाफी मुस्कान पठाएँ। बेलाबखत म सोच्ने गर्छु, केटीहरू मेघ गर्जिंदा किन यति धेरै डराउँछन् ? साँच्ची बाघभालुभन्दा बढी कक्रोच देखेर पनि डराउँछन् नि !

एक्कासि मेरो अनुहारमा छाएको उदासीको बादल हटाउन परबाट फिका गुलाबी कुर्तासुरूवाल लगाएकी रूबा हल्का कुदेर आउँदै थिई। उसले त्यो स्कुले मिस पोसाकमाथि सेतो सल ओढेकी थिई। बिचरा छाता नलिईकन आइछे क्यारे, टाउको सलले नै ढाकेकी थिई।

मेरो अघिल्तिर आएर उभिँदै उसले सलले अनुहार पुछी। अनि आँखिभौं खुम्च्याएर उभिई, केही पनि नबोलीकन।

"मलाई त तिमी आउँदिनौ झैं लागेको थियो," म मुस्कुराउँदै बोलें।

"किन नि ?"

"माया गर्दिनौ कि जस्तो लागेर।"

"खुब। आफूले नि आफूले ?"

"म त गरिहाल्छु नि।"

"किन हिजो त्यस्तो भनिसेको त ?" ऊ लाडे पल्टिई।

"सरी भनें त। आफूले माया गरेकी मान्छेलाई त्यति सोध्ने हक पनि छैन ?"

"हजुरले मलाई चरित्रहीन भनिसेको," ऊ झन् बच्चा जस्तो बन्दै मुन्टो अन्तै फर्काएर छेउमा बसी ।

"धत्, लाटी । मैले तिमीलाई भनेको हो त ? किन त तिमीले त्यो धोकेबाजसँग..." म रोकिएँ । ऊ मपट्टि फर्किई ।

पानी बढ्न थालिसकेको थियो । मन्दिरको आँगनमा खसेका पानीका ठूलाठूला थोपाहरू फुटेर केही छिटा हामीलाई हिर्काउन आइपुग्थे । बिजुली चम्किन्थ्यो । मेघ गर्जन्थ्यो ।

ऊ मसँग लगभग टाँसिएर बसी ।

"त्यो धोकेबाज भनेर पहिल्यै कसरी थाहा पाउनु त ?" उसले मायालाग्दो नजरले मलाई हेर्दै भनी ।

म चुपचाप उसका आँखामा हेर्न लागें । उसका दुवै आँखामा मैले आफ्नो अनुहार देखें । उसको मन अझै दुखाउन मन भएन । मेरो तस्बिर सजाएका आँखामा अझै आँसु देख्ने रहर भएन । आँसुले मेरै तस्बिर धमिलो होला भन्ने डर थियो । सुस्तरी उसको कम्मर समाएर उसलाई आफूसँगै टाँसें । ऊ पनि टाँसिन आई, मेरो कुममा आफ्नो टाउको अड्याई ।

"हजुरलाई मेरो विगतले फरक पर्छ हो ? हो भने भनिस्यो म टाढा गइदिन्छु, हजुरलाई नचिने जस्तै गरिदिन्छु," उसले मेरो कानमै फुस्फुसाई । मलाई काउकुती लाग्यो । उसको अँगालोको न्यानोपनले बेग्लै आनन्दको सञ्चार गऱ्यो ।

"धत् लाटी, त्यस्तो कुरा पनि गर्ने हो ? पुराना कुरा बिर्सिदेऊ । अब त हामीले नयाँ सुरूवात गर्ने हो । जे पनि गऱ्यौ आफूले माया गरेको मान्छेलाई विश्वास गरेर गऱ्यौ ।" मैले उसलाई कसिलो गरी अँगालें । खै के हिम्मत पलायो कुन्नि, उसको गालामा किस पनि गरिदिएँ । उसको गालाको चिसो स्पर्श पाएको मेरो ओठ काँप्यो । कुत्कुतीले ऊ पनि काँपी । लाजले नजर झुकाई । अघिको प्रेमिल जोडी मलाई हेरिरहेको रहेछ । म हासें, उनीहरू पनि जवाफमा मुस्कुराए ।

"मलाई सधैंभरि यसरी नै माया गरिसिन्छ ?" उसले सोधी ।

"यसरी हैन, अर्कै तरिकाले गर्छु बिहेपछि," मैले आँखा झिम्क्याएँ ।

"धत् छाडा," उसले मेरो गालामा प्याट्ट हिर्काई । मलाई उसको हरेक स्पर्श मीठो लाग्यो । माया गरेर कुटेको होस् कि भुत्ल्याएको होस्, नखरा गरेर चिमोटेको नै किन नहोस्, मायालुको हरछुवाइ स्वादिलो हुने रहेछ ।

घनघोर वर्षाले चिसो बढाउँदै थियो भने उनको अँगालोले न्यानोपन । बिजुली निरन्तर चम्किरह्यो, मेघ गर्जियो अनि झरी परिरह्यो । हामी एकअर्काको बाहुपासमा बसिरह्यौं, बर्सात नरोकिउन्जेल, साँझ नपरून्जेल ।

आरएनएसी पुगेर उसलाई कोटेश्वरको टेम्पो चढाएपछि मात्र म साँझमा घर फर्किएँ, छातीभरि उसको सुगन्ध अँगालेर, मनभरि माया सँगालेर ।

म ऊसँग दिनरात च्याट गर्थें । बेलाबेलामा फोन गरिरहन्थें । मभन्दा पनि धेरै त उसैले मेरो फोन बजाइरहन्थी । ऊ मेरो दैनिकी बनिसकेकी थिई । हामी हरेक शनिबार भेट्ने गर्थ्यौं । मैले कुरैकुरामा भनेको थिएँ उसलाई कुनै दिन, "स्याटरडे इज द मुसी डे !" मेरो शनिबार केवल उसका लागि थियो ।

लाग्थ्यो, शनिबार र वसन्तपुर केवल हाम्रा लागि हुन् । लाग्थ्यो, सार्वजनिक बिदा र सहरका डेटिङ स्पट केवल हाम्रा लागि हुन् । हामीलाई एकअर्कालाई हेर्ने र अङ्गालोमा बाँधिने व्यग्रता रहन्थ्यो, जुन व्यग्रताको गति हरेक साँझ वसन्तपुरमा पुगेर रोकिन्थ्यो किनकि अब हाम्रा भेटहरू हप्ताबाट घटेर दिनमा आइपुगेको थियो ।

मलाई ऊसँग कुनै गुनासो थिएन तर उसको भने एउटै गुनासो रहिरहन्थ्यो ।

"हजुरको र मेरो हाइट नै मिल्दैन है ?" एक दिन सिद्धपोखरीको डिलमा बसिरहँदा उसले सोधी ।

"किन र ?"

"हजुर धेरै अग्लो अनि म यति फुच्ची," ऊ खिन्न परेर बोली ।

"तिमी ठिक्क छौ नि, मुसु । बरू म नै धेरै अग्लो हो," उसलाई सम्झाएँ । उसको मनमा पलाएको हीन भावनालाई उखेलेर चित्त बुझाउन खोजें ।

"यति अग्लो हिल लगाउँदा पनि हजुरको छातीसम्म मात्र आइपुग्दी रै'छु भन्या," आफ्नो जुत्ता देखाउँदै उसले भनी ।

"राम्रै हो नि ।"

"कसरी ?" प्रश्नको नजरले हेर्दै उसले सोधी ।

"तिमी मेरो छातीमा कान राखेर तिम्रै नाम पुकार्ने मेरा दिलका धड्कनहरू सुन्न सक्छ्यौ नि ।"

"उस् ! अनि हजुरले नि ?" उसले मेरा हातका औंलाहरू एकएक गरी गन्दै सोधी ।

"मैले पनि यसो निहुरिएर मेरै नाम लेखिएको तिम्रो निधार चुम्न सक्छु नि," भन्दै मैले उसको निधारमै चुमिदिएँ ।

"खुब । कवि पल्टिनुपर्ने है हजुरलाई ?"

"कवि भएपछि पल्टिनुपरेन त ?" मैले हातमा भएको भुजाको प्याकेटबाट एक मुट्ठी भुजा पोखरीका माछाहरूलाई फ्याँक्दै बोलें । माछाहरू एकै ठाउँमा थुतुनो निकालेर भुजिया खान निस्किए ।

"हजुरले मेरा लागि एउटा कविता पनि लेखिसेको छैन," केही मिनेटको मौनतालाई चिरेर आँखा तर्दै उसले भनी ।

"किन नलेख्नु, अहिले नै सुन्छ्यौ ?" उसका आँखामा हेर्दै मैले भनें ।

"साँच्ची ?" उसले पत्याइन ।

मोबाइलको नोट्स खोल्दै हिजो मात्र लेखेको कविता उसलाई सुनाउन थालें–

विश्वास गर प्रिया
तिमी सानी छ्यौ र त छातीमै चुम्न आइपुग्छ्यौ
जहाँ निस्वार्थ मन हुन्छ

अक्सर ओठसम्म ओठ ल्याएर चुम्नेहरू
मन भरिएपछि
स्वाद फेर्न अर्कै ओठ खोजेर गएका छन्

तिमी मनको धरातलमा उभिएकी
मेरो शिरमा बसेकी
मुटु जस्तै बाटुली
यस्तो लाग्छ
तिमी निर्दोष बच्चाहरूका मुस्कान सापटी लिएर हाँस्ने गछ्र्यौ
मयूरको पैताला सापटी लिएर नाच्ने गछ्र्यौ

तिमी फुच्ची छ्यौ र त
छातीमा लुटपुटिन आइपुग्छ्यौ
अक्सर कुमसँग कुम ठोक्काउन आउनेहरूले
मायाप्रेमको वासलात तयार पारेर
बराबर हिस्सेदारी खोजेर गएका छन्

जिन्दगी तिम्रो उचाइजत्तिकै छोटो होला
तर पनि जिन्दगी
तिम्रो मुहार जत्तिकै उज्यालो पनि त होला
तिम्रो एक टुक्रा मुस्कानको घामले
हरबिहान मेरो सिरकको फेर तानेर देखाओस्
एउटा लजाउने बिहान

यहाँ स्वार्थभन्दा अग्ला मान्छेहरूले बरू
सम्बन्धलाई युद्ध सम्झेर लडेका छन्
र आफैंसँग हारेर खोइ कोसँग पो हो जितेका छन्
तिमी होची छौ अनि सोझी छौ

र हरेकपल्ट मेरोभन्दा दोब्बर माया दिएर मलाई
मायाको प्रतिस्पर्धामा थाकुन्जेल कुदाइरहेकी छ्यौ ।

मैले कविता सकिसक्दा पनि ऊ एकतमासले मेरा आँखामा हेरिरहेकी थिई । रसिला आँखाले उसको मनको अवस्था बयान गरिरहेको थियो । सिद्धपोखरीमा त माछाहरू खेलिरहेका थिए तर उसका आँखामा जमेको पोखरी शान्त थियो ।

"के भयो ?" मैले आँखा र ओठ दुवै चलाएर सोधें ।

उसले 'केही हैन'को शैलीमा मुन्टो हल्लाई । थोरै मुस्कुराउन खोजेका ओठ र भिजेका आँखाले मिश्रित भाव देखाइरहेका थिए ।

"मैले गलत भनें ?" अझै सोधें ।

"मेरा आँखा हेरिसेन ?" उसले हातले हल्कासँग आँखा पुछी ।

"तिमी रोएकी ?"

"भावुक बनायो हजुरको कविताले । आज पहिलो चोटि मलाई आफ्नो आस्तित्वप्रति खुसी लागेको छ । थ्याङ्क यू सो मच, मलाई हजुरले स्पेसल बनाइदिस्यो ।" ऊ मेरो अँगालोमा टाँसिई । मैले निधारमा चुमें ।

"थ्याङ्क यू भन्नुपर्छ त, लाटी ? मैले दया गरेको हो र ? माया पो गरेको । मैले पनि त तिमीबाट मेरोभन्दा धेरै माया पो पाएको छु ।"

निकै बेर आलिङ्गनमा बाँधिएर बसेपछि अन्ततः हामी उठ्यौं ।

मैले हातमा भएको भुजाको पोको सबै पोखरीमा खन्याइदिएँ । पाइन्ट टकटक्याएर उठ्दै गर्दा रूबा पनि झोला बोकेर उठिसकेकी थिई । हामी जाँदा सिद्धपोखरीका माछाहरू भुजा खाँदै हामीलाई बिदा गरिरहेका थिए ।

काम

पढाइ सकिएको थियो, जागिर थिएन । जति बेलै सोचेर बसिरहने, सोचहरू लेखेर बसिरहने, लेखेका कुराहरू पत्रपत्रिका र ब्लगमा पोस्ट गरिरहने । मेरो यही नै दैनिकी थियो ।

"यति लाठे भइसकिस्, अब त आफ्नो खर्च आफैं धान्नुपर्‍यो नि, छोरा," एक दिन आमाले फोनमा भन्नुभयो । बाले यस्तो कुरा कहिल्यै गर्नुभएको थिएन । समय आएपछि आफैं कुनै काममा लाग्छ भन्ने सोच्नुहुन्थ्यो होला । मैले पनि लोकसेवा पढेर अधिकृत बन्छु भनेको थिएँ, त्यसैले सानोतिनो जागिरका लागि दबाब दिनुभएन । तर आमाले आज अलि बढी नै जोड दिएर जागिर खाए हुन्थ्यो भन्नुभयो ।

"भने जस्तो जागिर पाउनु पनि पर्‍यो नि," आमालाई ओठे जवाफ फर्काएको थिएँ । आमाको कुराले मन बेस्सरी पोलेको थियो । घरमा खर्च माग्नु लाजमर्दो भएछ भन्ने महसुस भयो ।

तर केही गर्नै नचाहेको, नगरेको त कहाँ हो र ! पोहोर क्याफेमा बसेर कुरा गरिरहँदा आकाशले दुखेसो पोख्दै भनेको थियो, "अब केही नगरी भएन यार !"

"के गर्ने भन्छस् बे ?" वाल्ल परेर मैले उसका आँखामा हेरेको थिएँ ।

"पैसा नकमाई भएन क्या !"

"के पर्‍यो र त्यस्तो ?"

"बाउले आफैं केही गर्ने भए गर् । अब तेरो वाइयात खर्च धान्न सक्दिनँ भने यार ।"

"किन त एक्कासि ?"

"बाइकको सर्भिसिङका लागि पैसा मागेको, बूढाले झपार्नु झपारे ।"

"के गर्ने त त्यसो भए ?"

हामी दुवैका आँखाले एकअर्कालाई प्रश्न गरेका थिए । बाको गालीले अहम्‌मा चोट लागेछ क्यार, साँच्ची नै केही गर्नुपर्छ भनेर आवेशमा आएको थियो आकाश । म भने उसको लहैलहैमा मात्र मिसिएको थिएँ ।

"पसल थापौं," मैले भनेको थिएँ ।

"केको ?"

त्यसपछि दिमागमा धेरै थरी पसलका सटरहरू खुले । मोबाइल पसल, लुगा पसल, जुत्ता पसल आदि । तीमध्ये अलि आफू सुहाउँदो पसलको प्रस्ताव मैले राखें– रक्सी पसल ।

थरीथरीका ब्रान्डेड देशीविदेशी रक्सीहरू मनभित्रका सोकेसभरि सजिए । रूस्लान भोड्का, एन्टिक्विटी, खुकुरी रम, ब्ल्याक लेबल, रेड लेबल, जेडी सबै लहरै उभिए ।

"हुन्न यार त्यो त ! बाउले लात हान्छन् । पैसा पनि दिँदैनन् होला ।"

"अनि के गर्ने त ?" कन्चेटको कपाल कन्याउँदै सोधेको थिएँ मैले ।

"पढेलेखेको मान्छे, अलि त्यस्तै काम गर्नुपर्छ क्या भलादमी टाइपको ।"

"त्यसो भए स्कुल पढाउन जा !"

"स्कुल त हैन बरू यसो ट्युसन मात्र पढाउन पाए बूढासँग जहिल्यै ल्याङल्याङ गर्नु त पर्थेन ।"

उसको ट्युसनको कुराले मेरो मनभित्र आइडियाको बत्ती झिलिक्क बलेको थियो ।

"यसो गरम्... ।"

"कसो गरम् ?"

"ट्युसन इन्स्टिच्युट खोलम् ।"

"हाहाहा । अनि कसले पढाउने नि ?" उसले व्यङ्ग्य गरेर सोधेको थियो ।

"तैंले र मैले ।"

"तँ आर्टस् पढेको मान्छे, त्यसमाथि सोसिओलोजी । अनि म कमर्स पढेको मान्छे । कसलाई के पढाउने हामीले, भन् त ?"

"तँलाई अकाउन्ट पढाउन आउँदैन एघार र बाह्रलाई ?"

"अलिअलि ।"

"त्यसो भए त सक्किहाल्यो नि । हेर् ! ट्युसन नै पढ्न आउनेहरू भनेका त्यस्तै घाँसहरू हुन् । अघिल्लो दिन झ्याप्प गाइड घोक्ने अनि भोलिपल्ट त्यही पढाइदिने हो । नडरा, आँट्नुपर्छ ।"

कति सजिलै उसलाई फुरूक्क पारेको थिएँ । खुसीले उसका आँखा गोलभेँडा जस्तै भएका थिए ।

गमक्क परेर उसले सोधेको थियो, "तँ चाहिँ के पढाउँछस् ?"

"म इङ्गलिस हान्दिम्ला एसएलसीका केटाकेटीलाई ।" भन्न त इङ्गलिस पढाउँछु भनेको थिएँ तर कसरी पढाउँला आफैं ढुक्क थिइनँ । सम्झँदा त अत्यास लाग्थ्यो ।

"अरू सब्जेक्ट पढ्न आउनेलाई के गर्ने ?"

"त्यसको चिन्ता नगर् । त्यस्तो कोही आए भने अरू इन्स्टिच्युटमा पढाउनेलाई बोलाउँला ।"

मेरो मास्टर प्लान देखेर आकाशले मलाई नतमस्तक भएर भनेको थियो, "मान्छे कम बोल्ने भए पनि भित्रभित्रै तँ सैतान होस् ।"

आफ्नो तारिफ सुनेर म दङ्ग परेको थिएँ !

केही दिनमा हाम्रो इन्स्टिच्युट खोल्ने प्रोपोजल पारित भएको थियो । आकाशका बाले पनि छोरोले केही गर्ला भन्ने विश्वासमा पैसा दिएका थिए । बालाजुकै एउटा घरको माथिल्लो तलामा भाडामा लिइएका दुइटा कोठामध्ये एउटालाई प्लाइवुडले बारेर आधा अफिस र आधा

क्लास बनाएका थियौं । अर्को कोठा भने पूरै क्लास थियो । केही डेस्कबेन्च राख्यौं । ह्वाइटबोर्डहरू झुन्डायौं भित्ताहरूमा ।

"यो भित्री गल्लीमा पनि इन्स्टिच्युट चल्ला र ?" आकाशले कोठा भाडामा लिनुअघि सोधेको थियो ।

"किन नचल्नु । बागबजार जाने विद्यार्थीलाई यतै तान्ने हो नि," मेरो आत्मविश्वास बोलेको थियो ।

अफिसभन्दा पनि ठूला थिए हाम्रा पदहरू ! "ब्राइट फ्युचर इन्स्टिच्युट"को म्यानेजिङ डाइरेक्टर भएको थियो आकाश । "एडमिनिस्ट्रेटिभ अफिसर" भएको थिएँ म ! केही थान दिनहरू बित्दा पनि बाहिर झुन्ड्याइएको साइनबोर्ड पढेर कोही छिरेनन् हाम्रो इन्स्टिच्युटमा । मलाई दिक्कलाग्दा आँखाले हेर्थ्यो आकाश ।

"एकै चोटि हुरूरू कहाँ आउँछन् र विद्यार्थी । पख् न भर्खर त जाँचको सिजन सुरू हुँदै छ," आफ्नै मनमा अलिअलि संशय हुँदा पनि म ढाडस दिन्थें उसलाई ।

झल्याँस्स भएँ म । सबै कुरा मिलाउँदा पनि एकथोक छुटेछ । बल्ल पो थाहा भयो, हाम्रो खाली क्लासको रहस्य । खै त पोस्टर छापेर टालेको बजारभरि ?

फिक्का नीलो, रातो आदि सादा रङमा छापिए पोस्टरहरू ।

"एसएलसी, एघार अनि बाह्र कक्षाका ट्युसन कक्षाहरू धमाधम सुरू हुँदै छ, ब्राइट फ्युचर इन्स्टिच्युट, बालाजु गङ्गहलपछाडि, अनुभवी तथा दक्ष अध्यापकद्वारा अध्यापन गराइने..." आदि लेखिएका पोस्टरहरू छापिएर आइपुगे । आउन त आइपुगे अब कसरी टाल्ने ? कताकता टाल्ने ? हाम्रा आँखाले फेरि एकअर्कासँग छलफल गरे ।

एक साँझ निस्कियौं हामी दुई । मेरो हातमा मैदा घोलेको बाल्टी थियो भने आकाशको हातमा पोस्टरको बन्डल । बाटोछेउका बिजुलीका पोलहरू, घरका पर्खालहरू कुनै बाँकी छाडेनौं । सबैतिर पोस्टरहरू टाल्यौं ।

बालाजु चोकभन्दा अलिवर एउटा पर्खाल देखेर आकाश अडियो । उसले एउटा पोस्टर निकाल्यो । मैले पोस्टरको पछाडिपट्टि गम

लगाइदिएँ । उसले अँध्यारोमा नै पोस्टर टाँस्यो । त्यही बेला एउटा बाइक अलि सुस्तसुस्त गर्दै आएर हाम्रै छेउमा रोकियो । हामी लाजले बाइकपट्टि नहेरि उभियौं ।

"ए भाइ," बाइकवाला करायो ।

म वास्तै नगरी विपरीत दिशामा हेरिरहें ।

"ए भाइ सुन न," उसले फेरि बोलायो । यसपालि भने आकाशले हेऱ्यो ।

"तिमीहरूले यस्तो टालेको कति पैसा लिन्छौ ?" उसले सोध्यो ।

मेरो कन्पारो तातेर आयो । अलिअलि हाँसो पनि लाग्यो । आकाश जिल्ल परेर मेरो मुखमा हेरिरहेको थियो ।

"हामीले पैसा लिएर टाँसेको हैन । चिनेको दाइको टाँस्देको," यत्ति भन्न आयो मलाई ।

"मलाई पनि पोस्टर टाँस्दिने मान्छे चाहिएको थियो । कता पाइएला त खै ?" आफैँसँग बोल्दै बाइकवाला एक्सिलेरेटर बटारेर कुद्यो ।

"थुक्क मुजी ! हुँदाहुँदा यस्तो काम पनि गरिएछ हैन ?" बाँकी रहेको पोस्टर भुइँमा फ्यात्त पछारेर आकाश एक चोटि फनक्क घुम्यो ।

"काम सानो र ठूलो हुँदैन बे, लाज मान्नहुन्न ।"

म उसलाई सम्झाउँदै थिएँ । ऊ मलाई लोप्पा खुवाउँदै बोल्यो, "इस् हुँदैन, अघि किन चिनेको दाइको टाँस्देको भनिस् त ? किन हाम्रो आफ्नै टाँसेको भनिनस् ?"

"कसरी म्यानेजिङ डाइरेक्टर आफैं पोस्टर टाँस्दै छ भनौं ? तेरो इज्जतको सवाल छ नि बे !" मैले उसलाई जिस्क्याइरहें । ऊ भने घर आइपुग्दासम्म पनि रातभन्दा पनि अँध्यारो अनुहार पारिरहेको थियो ।

नचलेका पसलमा साहूजीहरू झिँगा धपाएर बस्थे । तर हामी अभागीको झिँगा धपाउने भाग्य पनि कहाँ र ! झिँगा धपाऊँ भने सफा नै थियो अफिस । हामी जिल्ल परेर बसिरह्यौं । कुनै विद्यार्थीले पाउकष्ट

गरेनन् हाम्रो इन्स्टिच्युटमा । आकाशलाई सम्झाइरहने मसमेत आत्तिन थालेको थिएँ । डोरीमा सुकाएका लुगाहरू एकै ठाउँमा जम्मा भएर लत्रक्क लत्रिए जसरी लत्रिन थाले, हाम्रा अनुहारहरू ।

एक दिन हाम्रा लत्रिएका अनुहारहरू फरर पारेर फर्फराउन आइपुगी एउटी केटी । भनी, "सर, मलाई अकाउन्टको क्लास लिनुपर्नेछ ।"

उसले यति बोल्दा झन्डै आँसु निकालेन आकाशले ।

हामीले 'हुन्छ' भनेर भन्दाभन्दै उसले सोधेकी थिई, "कति जना छन्, सर, क्लासमा ?"

आकाश नाजवाफ थियो । फेरि उसका आँखाले मेरा आँखालाई कोट्याएका थिए ।

"अहिले तपाईं क्लास लिँदै गर्नुस् । अरू पनि आउँछन् केही दिनमा । एउटा क्लासमा दस जनाभन्दा धेरै राख्दैनौं," उसलाई ढुक्क पार्दै भनेको थिएँ । ऊ मुसुक्क हाँसेर भोलिबाट आउँछु भनेर गएकी थिई । ऊ हाँस्दा मानौं हाम्रो अफिस पूरै झिलिमिली गरेर बलेको थियो ।

केटी भोलिपल्ट आई । उसलाई पढाउन आकाशले रातभर पढेको थियो । त्यसैले जिन्दगीको पहिलो कक्षा उसले एक जना विद्यार्थी राखेर मज्जाले पढाएछ ।

चार दिनसम्म केटी आइरही । आकाशले बडो मिहिनेतले पढाइरह्यो । तर कक्षा खालीखाली रहिरह्यो । त्यसपछि पाँचौं दिनमा केटी आइन । हाम्रा ओठमुख सुके । आकाश अनुहारभरि तनाव पोतेर झोक्राइरहेको थियो । मेरो त केही गएको थिएन तर उसको बाउको कोठाभाडा र अरू लगानीसमेत गरेर पचास हजार डुब्ने तयारीमा थियो ।

मैले केटीलाई फोन गरें ।

"सर, कोही अरू विद्यार्थी नै छैनन्, मलाई अप्ठ्यारो लाग्यो । अबदेखि आउँदिनँ म त," यति भनी केटीले ।

मसँग जवाफ थिएन । तैपनि उसलाई फकाउन बोलें, "तपाईंका साथीहरू छैनन् ? बरू अरू मान्छे ल्याउनुस्, तपाईंलाई फ्रिमा पढाउँला ।"

"फ्रिमा पर्दैन, सर ! म त साथीहरूसँगै बागबजार जान थालेकी छु पढ्न ।"

इन्स्टिच्युट डुबेको घोषणा गर्न ढिला गर्नुहुँदैनथ्यो । त्यो शुभकार्य पनि म आफैंले गरेको थिएँ । आकाश बाउको अनुहार सम्झिएर आत्तिएको थियो । फर्निचर बेचेर बाउको पैसा फिर्ता दिने बेलामा मलाई बोलाएको थियो ।

घरभाडा तिरेर बाँकी बचेको पन्ध्र हजार लिँदै उसका बा जङ्गिएका थिए, "यो नलायकले गरिखाँदैन भन्ने मलाई पहिल्यै थाहा थियो ।"

म फर्किएपछि अझ बढी रीत पुऱ्याएर गाली खाएको हुनुपर्छ उसले । त्यसैको केही दिनपछि उसले ठमेलको एउटा ट्राभल एजेन्सीमा जागिर खान थाल्यो । म भने बाउको पैसालाई चुरोटको धुवाँ बनाएर उडाउँदै थिएँ ।

आमाका कुराहरूले भित्रैसम्म पोलेको थियो । म पोहोरकै आकाश जस्तो भएको थिएँ । आकाश डुबेको आफ्नै आँखाले देखेकाले मलाई घरबाट लगानी माग्ने हिम्मत आएन । सुरूमा जागिर नै खानुपर्छ भन्ने विचार पलायो । इख नभएको छोरो र बिख नभएको सर्प काम लाग्दैन भने झैं म पेटभरि इख बोकेर हिँडेको थिएँ । हरेक बिहान पत्रिकाहरू पढ्ने बानी बस्यो । फिल्म हलको फोन नम्बर खोज्न पत्रिका हेर्ने म सबै पानाहरू पढ्न थालेको थिएँ । राशिफलसँगै 'आवश्यकता'का विज्ञापन पहिलो रोजाइ हुन थाले पत्रिकाहरूमा ।

भाग्य वृद्धि, कार्य नाश, धन प्राप्ति, अधिक खर्च आदि वाक्यांशहरू घुमिरहन्थे मेरो मिथुन राशिमा । अनि घुमिरहन्थे एनजिओका लागि पाँच वर्ष र बैङ्कका लागि तीन वर्ष अनुभव भएका कर्मचारी मागिएका

विज्ञापनहरू। तर म जस्तो अनुभवहीन मान्छेका लागि कहिल्यै आएनन् विज्ञापनहरू । बेलाबेलामा मःम बनाउने मसाल्चीको माग आउँथ्यो 'चाहियो' भनेर । पन्ध्र हजार तलब देख्दा जाऊँजाऊँ लाग्थ्यो तर रोकिन्थें, एकै चोटि दुई प्लेट मःम खाने मलाई मःम कसरी डल्लो पार्छन् भन्ने नै थाहा थिएन !

जागिरका लागि कोकोलाई भनिएन, कताकता गइएन, सम्झेरै अचम्म लाग्छ। सर्टिफिकेटहरू फोटोकपी गरेको थिएँ, 'क्लियर ब्याग'मा सबै कागजपत्रहरू बोक्न थालेको थिएँ। सधैं जिन्स र टिसर्ट लगाएर हिँड्ने मान्छे कटनको सर्ट र पाइन्ट स्त्री गरेर लगाउन थालेको थिएँ । अन्तर्वार्ताहरूको लाइनमा हुन्थें । कोही चिनेजानेका भेटिन्छन् कि भनेर लाज पनि लाग्थ्यो। जताजता धाए पनि जति दौडधूप गरे पनि कहिल्यै भएन जागिरसँग जम्काभेट ।

दिनहरू बितिरहे ।

"किन जागिर जागिर भनेर आत्तिसेको ? बेला आएपछि पाइहालिन्छ नि," रूबा सान्त्वना दिन्थी । तर मनले मान्दैनथ्यो । तीन चोटि नाम ननिस्केपछि लोकसेवाको भर लाग्न छाडेको थियो । हुन पनि मेरो ध्यान पढाइमा जाँदै गएन। किताब खोलेर हेर्नासाथ ध्यान अन्तै घुम्न निस्किन्थ्यो। अलि अस्थिर थिएँ म।

कहिलेकाहीँ संयोगहरू पनि अचम्मसँग आइदिन्छन्। मैले खोजेर हिँडिरहेको जागिर मलाई नै खोज्दै आइपुगेको थियो एक दिन ।

"दिवस क्षत्रीजी बोल्नु भा हो ?" फोनमा एउटा आवाजले सोधेको थियो ।

"हजुर ।"

"म लिटिल रोज स्कुलबाट । हजुरको साथी हुनुहुन्छ नि रमेश सर । उहाँले नम्बर दिनुभएर कल गरेको ।" फोनमा बोल्ने व्यक्ति शालीन थियो। मैले सम्झिएँ, मास्टर्स सँगै पढेको रमेश। अस्ति भर्खर च्याटमा बोलेको थियो। उसले हालखबर सोद्धा मैले आफू बेरोजगार बताएको थिएँ ।

"कविलाई जागिरको के चिन्ता नि," भनेको थियो उसले । मेरो अवस्थामाथि निर्मम व्यङ्ग्य गरेको थियो । तर आज त्यही मान्छेमार्फत फोन आउँदा अचम्मित थिएँ ।

"हजुरले हाम्रोमा पढाउन आइदिनुपर्‍यो," फोनमा बोल्ने व्यक्तिले भने ।

"तर मैले त अहिलेसम्म पढाएको छैन," सोझो उत्तर दिएँ । अलिकति रोमान्च अनि अलिकति डर पैदा भएको थियो ।

"एक चोटि आउनुस् न हाम्रो स्कुलमा, सर । प्रिन्सिपल सरले पनि सल्लाह गरौंला भन्नुभा'छ ।"

प्यासीले कुवा भेटे जस्तो भएको थियो मलाई । "हस्" भनेर स्वीकारोक्ति जनाएँ । स्कुल महाराजगन्जमा रहेछ । फोन गर्ने भाइस प्रिन्सिपल रहेछन् । मलाई भोलिपल्टको निम्तो दिए, ठीक नौ बजे ।

थोरै डरसँगै मनमा धेरै खुसीका लहरहरू दौडिन थाले । अहिलेसम्म नपढाएको मान्छे, कसरी उभिने होला विद्यार्थीका अगाडि ? के भनेर सुरू गर्ने होला पढाउन ? पढाउन जानिनँ भने के होला ? सबैसबै सम्झेर खुट्टा काँपे ।

रमेशलाई फोन गरें । "मैले नै पढाइरहेको स्कुल हो । म विदा लिएर गाउँ आएको थिएँ, यतै एउटा काम मिल्यो अनि छाड्नुपर्‍यो । भाइस प्रिन्सिपललाई तिम्रो नम्बर दिएको थिएँ यार, खाली भए जाऊ है ?" उसले भन्यो ।

"भोलिलाई बोलाका छन्, म जान्छु," रमेशलाई भनें ।

जागिरका लागि कति ठाउँमा धाएको थिएँ, कस्ताकस्तालाई नमस्ते टक्र्याएको थिएँ । आँखामा सबै चित्रहरू घुम्न थाले । अचम्म ! जागिर त यसरी पो मान्छेलाई खोज्दैखोज्दै आउने रहेछ । हामीले एकअर्कामा धन्यवाद आदानप्रदान गर्‍यौं, उसको समस्या मैले र मेरो उसले टारिदिएकोमा ।

भोलिपल्ट बिहान साढे आठ बजे नै चक्रपथ पुगिसकेको थिएँ । भाटभटेनी स्टोर्सअगाडि गाडीबाट ओर्लिंदैमा खुट्टा काँपे । नयाँ

अनुभवले गर्दा नर्भस थिएँ । चिसो बतास आएर मुटुभित्र पसे जस्तै भयो । म तरङ्गित भएँ । स्कुलमा फोन गरेर ठाउँ पहिल्याउँदै हिँडें । टिलिक्क टल्किएका छालाका जुत्ताले मलाई हिँडाइरहेका थिए । सर्ट र पाइन्टका आइरन लगाइएका धारहरूले व्यक्तित्वको हतियार मजबुत बनाएको थियो ।

रूबालाई फोन गरें । "नआत्तिस्यो केही हुँदैन, अल द बेस्ट," भनेर उसले मेरो हौसला बढाएकी थिई ।

पचास मिटरजति हिँडेपछि देब्रे मोडिएँ । रिङरोडबाहिरको सानो सहायक सडकमा हिँड्दाहिँड्दै नजर एउटा कम्पाउन्डमा पुगेर ठोकियो । बाहिरी भित्ताभरि केटाकेटीलाई ज्ञान दिने उद्देश्यले बनाइएका ठुल्ठूला चित्रहरू थिए । पानी जोगाउनुपर्ने, वनजङ्गल जोगाउनुपर्ने, वातावरण सफा राख्नुपर्ने आदि इत्यादि कुराहरूबारे ज्ञान दिइएका चित्रहरू नियाल्दै गेटमा पुगें । टाउको उठाएर गेटमाथिको बोर्ड पढें, लिटिल रोज सेकेन्डरी स्कुल ।

गेटभित्र पस्दापस्दै एक जना कैलो जुँगा र खिरिलो ज्यान भएको साठी वर्षजत्तिको गार्डले सोध्यो, "के काम छ होला ?"

"प्रिन्सिपललाई भेट्नु थियो," मैले भनें ।

पालेले नीलो रङ लगाएको भवन चोर औंलाले ताकेर देखाइदियो । करिब तीस मिटर फराकिलो स्कुल प्राङ्गणबाट नीलो रङको पाँचतले भवनतिर गएँ । मनमा डरले बेस्सरी डेरा जमाएको थियो । कम्पाउन्डको पर्खालसँग ढेसेर लहरै विभिन्न हाउसका रातो, पहेंलो, नीलो, हरियो आदि झन्डाहरू राखिएका थिए । बीचमा गेटसँगै पर्ने गरेर नेपालको झन्डा राखिएको थियो । प्राङ्गणको छेउमा बास्केटबलका खम्बाहरू थिए । एउटा सेतो रङको बिल्डिङ पनि उति नै पाँच तले थियो । म भने देब्रेपट्टिको नीलो रङको भवनमा पसें ।

त्यो सेकेन्डरी ब्लक रहेछ । छ कक्षादेखि दससम्मका कक्षाहरू त्यो भवनमा थिए । त्यही भएर त्यो केही शान्त थियो । उता सेतो बिल्डिङबाट सारूँ बासे जस्तो हल्लाको आवाज आइरहेको थियो ।

दोस्रो तल्लामा प्रिन्सिपलको कोठा देखियो । बाहिरै नेमप्लेट राखिएको रहेछ, विद्या पराजुली । प्रिन्सिपल ।

ढोका थोरै ठेलेर चिहाएँ । प्रिन्सिपलको कुर्सी खाली थियो । एक जना मान्छे भित्ताको दराजमा केही किताबहरू झिकिरहेका थिए ।

"एक्स्युज मी," मैले भनें । हातमा एउटा किताब समातेर उनले कुनै प्रतिक्रिया नै नजनाई मेरो अनुहारमा हेरे ।

"विद्या म्याडम हुनुहुन्न ?" ढोकामै उभिएर सोधें । एकाएक उनको अनुहारको भाव बदलियो ।

मलाई शिरदेखि पाउसम्म नियालेर उनले भने, "विद्या म्याडम हैन सर चाहिँ मै हो ।"

मेरो कानमा घन हाने जस्तो भयो । गल्यातगुलुत भएँ । लाजले राता भएका मेरा कान, अनुहार र शरीरमा बढेको तातोपनले महसुस गर्न सक्थें म । मनमनै भनें, कस्तो केटी जस्तो नाम राखेको त, केटाको नाम नै नभए जस्तो ! तैपनि नमस्ते गर्दै भनें, "सरी सर, झुक्किएछु ।"

मेरो नमस्तेको एउटा हातले मात्र जवाफ फर्काएर उनले मलाई भित्र आउन इसारा गरे ।

"एउटा डेमो क्लास लिइदिनुस् न है," मैले आफू आउनुको प्रयोजन बताइसकेपछि विद्या सरले भने । मलाई दस कक्षाको ढोकामा छाडेर उनी बाहिरै कतै अलमलिए । धन्न ! म एक्लै पस्ने भएँ क्लासमा । भित्र पस्दा विद्यार्थीहरू उत्साहित देखिए । मैले आफ्नो परिचय दिएँ, उनीहरूको सोधिनँ । बेकार जागिर फिक्स नभई किन एकएकको नाम सोधिरहनु । अड्कीअड्की भए पनि अङ्ग्रेजीमै पढाएँ । पढाउँदा पढाउँदै 'नर्भसनेस' हट्यो । 'रूल अफ ल'को बारेमा एउटा क्लास सकाएर निस्किएँ । विद्यार्थीहरूको ध्यानमग्न अनुहारमा सन्तुष्टि झल्कियो । पढाइको चाखभन्दा पनि नयाँ टिचरप्रतिको ध्यान हुन सक्थ्यो ।

ढोकाबाहिर मलाई नै कुरिरहेका विद्या सर भेटिए । मलाई उनकै कोठामा गएर बस्न भन्दै उनी त्यही क्लासमा पसे । के होला, कस्तो

होला भन्ने थियो अघिसम्म । तर अहिले डर र संशयबाट उन्मुक्ति पाएको थिएँ । पिसाब च्यापेको निकै बेरपछि पिसाब फेर्न पाएको मान्छे झैं आनन्दको महसुस गरेर फर्किएको थिएँ क्लासबाट । अफिसमा बसेर पानी पिउँदै गर्दा विद्या सर आए ।

"ल सर विद्यार्थीहरूले मन पराए । बाँकी कुरा भोलि डाइरेक्टर सरसँग भेट गरेर फोन गरौंला," उनले भने ।

म 'हुन्छ' भनेर निस्किएँ ।

तीनचार दिनसम्म पनि फोन आएन । म झुक्किएँ वा विद्यार्थीहरूले मलाई मन पराएनन्, शङ्का लागिरह्यो । असैह्य भएपछि विद्या सरलाई फोन गरेर बुझें ।

"डाइरेक्टर सर बङ्गलादेश जानुभा'छ । केही दिनमा आउनुहुन्छ अनि खबर गरौंला, सर ।"

विद्या सरको जवाफले आशा अझै जीवित बनायो ।

मान्छेहरू आशा र भरोसामा नै त जिउने रहेछन् । मान्छे भएर बाँच्न सासजत्तिकै महत्त्वपूर्ण त आस पनि रहेछ ।

डेरा

शनिबारको बिहान । स्याटरडे इज द मुसी डे लेखेर रूबाले दुवै आँखामा पान भएको इमोजी टाँसेर म्यासेज पठाई । म्यासेज देखे पनि 'सिन' नगरी हेरें । म्यासेज हेरेपछि फेरि जवाफ दिएन भनेर ऊ कराउन थाल्थी । ट्वाइलेटमा बस्दा मलाई च्याट गर्न मन पर्दैन । कुरैकुरामा भुलिन सकिन्छ । त्यसमाथि पूरै फ्ल्याटको एउटै ट्वाइलेट । बाहिर पेट समातेर लाइन बस्नेहरू बढ्लान् भन्ने पनि पीर ।

उसले फोन गरी । हत्तपत्त रिङटोन सानो बनाएँ । बाहिर अरूले सुन्लान् भनेर लाज लाग्यो । फोन नउठाई भएन नत्र गरेको गऱ्यै गरिदिने बानी थियो उसको ।

"के गर्दै हो ?" फोन उठाएपछि उसले सोधी ।

"आची गर्दै," सत्य नबोली भएन ।

"छिः यति बेला ? नौ बजिसक्यो ।"

"समाचार हो र ठिक्क सात बजे नै आउनलाई ?"

ऊ बेस्सरी हाँस्न थाली । "पछि फोन गर्छु," भन्दै फोन राखी ।

बाथरूमबाट निस्किएर चिया बसाल्दै थिएँ । फेरि फोन गरेर सोधी, "आज कता भेट्ने ?"

"तिम्रै घरमा । अन्त कता जानु र ?"

"के भनिस्या ? लाज लाग्दैन ?"

"आफ्नी मायालु कसरी, कता बसेकी छ थाहा पाउने अधिकार छैन मलाई ?"

"त्यो त छ, तैपनि... ।"

"किन ?"

"केही हैन," ऊ झनै नरम बनी अनि केही बोलिन ।

"के तिमीलाई मेरो विश्वास छैन ? गगनभन्दा पनि गएगुज्रेको हो म ?"

"कति बेला आइसिन्छ ?" उसले मेरा कुराको जवाफमा केही भनिन, भावुक बनेर उही नरम आवाजमै सोधी । सायद गगनको नाम लिएर उसलाई प्रहार गर्नु हुँदैनथ्यो ।

"तिमीलाई अप्ठ्यारो पर्ने भए... भैगो आउँदिनँ म ।"

"अब फेरि के नाटक हो ? आइस्यो खुरूक्क," बल्ल उसको आवाजमा प्राण आयो ।

दिउँसो गाडीबाट पेप्सीकोला चोकमा म उत्रिँदा ऊ आइसकिछे । सेतो रङको वानपिसमा दिन जस्तै उज्यालो भएर खुलेकी थिई । उसका सेता खुट्टा हाँगामा गएर झुन्डिएका लौका जस्तै सलक्क परेका थिए । स्लिभलेस वानपिसबाट उसले सलक्क परेका हात उठाएर बोलाउँदा रौं खुर्किएको काखी झन् आकर्षक देखियो । म बाटो काटेर उसले हात उठाएतिर गएँ । मलाई देख्नासाथ हल्का आँखा तरी । परेलीका कोसहरूमा मज्जाले बसेका थिए, गाजलुका रङ । कपालको पफ उस्तै थियो, अनि आँखामा उही गहिराइ ।

"घर नलग्ने हो र ?" मैले सोधेँ ।

"हजुर ?" उसले मेरो अनुहारमा हेरी ।

"यसरी सजधज गरेर निस्केकी छ्यौ, कतै बाहिर जानलाई हो कि ?"

"मेरो स्कुल नै यतै हो । विद्यार्थी अनि गार्जेनहरू भेटिन्छन्, झुम्री बनेर हिँड्न भो त ?"

ऊ अघिअघि लागी, म पछिपछि । हामी चोकबाट टाउन प्लानिङपट्टि हिँडिरह्यौं । उसलाई कसैले देखेर कुरा काट्ला भन्ने डर थियो क्यार, चुपचाप छिटोछिटो पाइला चाल्न थाली । उसको अनुहार नर्भस देखिन्थ्यो, खुलेर हाँस्न सकिरहेकी थिइन । बिगमार्ट पुगेपछि हामी देब्रे मोडियौं । सय मिटरजति हिँडिसकेपछि हामी फेरि देब्रेपट्टि

नै मोडिएर कच्ची सडकमा लाग्यौं । पन्ध्रबीस पाइला हिँडिसकेपछि उसले एउटा नीलो रङको गेट खोली । हामी गुलाबी रङ लगाइएको दुईतले घरमा पस्यौं ।

"नीलिमाको कोठा चाहिँ यो हो," उसले माथिल्लो तलामा देखाउँदै भनी ।

"घरबेटी बस्दैनन् ?" मैले सोधें ।

"अमेरिकामा बस्छन् रे ! घरभाडा उठाउने मान्छे महिना दिनमा मात्र आउँछन्," भुइँतलाको पछाडिपट्टिको कोठामा पस्दै गर्दा उसले भनी ।

सानो, चिटिक्क रहेछ कोठा । झ्यालछेउमा एउटा पलङ थियो । ढोकासँगैको भित्तोमा टाँसिएको सफा किचेन र्‍याक थियो । किचेन र्‍याकमा ग्यासचुलो थियो भने भित्रपट्टि नुनमसलाका बट्टाहरू अनि कर्नफ्लेक्सको एउटा ठूलो प्याकेट थियो । भुइँमा थियो रातो बुट्टा भएको कार्पेट, जसमाथि नीलो रङको गलैंचा ओछ्याइएको थियो । भुइँतलाको भए पनि कोठा उज्यालो थियो । लुगा झुन्ड्याउने ह्याङ्गर एउटा कुनामा थियो । काठको र्‍याक थियो अर्को कुनामा, जहाँ केही किताबहरू कोचेर राखिएका थिए । सोकेस भएको दराज थियो सँगै, जहाँ टेड्डीहरू सिसाबाट हामीलाई नियालिरहेका थिए । ठिङ्ग उभिएर हेरिरहेको मलाई देखेर उसले अप्ठ्यारो मानी ।

"यी यस्तो छ मेरो कोठाको हालत ।"

"कस्तो हुन्छ त ?" खाटमा बस्दै गर्दा म बोलें, "सबैको यस्तै हो नि । सजिलो हुनलाई त आफ्नै घर हुनुपर्छ ।"

"यस्तो बिजोग देखाउन 'अड' लागेर हजुरलाई बोलाउन नचाहेकी ।"

"यस्तो पनि बिजोग हुन्छ भने म्यानेज्ड चाहिँ कस्तो हुन्छ ? मेरो त झन् योभन्दा झुर छ," मैले उसलाई सहज महसुस गराउन खोज्दै भनें ।

बाँसको मुडा तानेर ऊ खाटभन्दा अलि परै बसी । उसले मलाई हेरी, मैले उसका आँखामा हेरिरहें । ऊ जुरूक्क उठेर मेरो छेउमा आई, उसको ओठ मेरो ओठनजिकै चोसो पारेर ल्याई । म उसको

गतिविधि अचम्म परेर हेरिरहेको थिएँ । अकस्मात् उसले मेरो टाउको पछाडिबाट समाई र मेरो ओठलाई चुम्न थाली ।

धनुष बाङ्गिए जसरी पछाडिपट्टि झुकेको थिएँ म । अप्ठ्यारो भएपछि खाटमा टेकेको दुवै हात उठाएर उसलाई पन्छ्याएर बोलें, "के गरेकी यो ?"

"अस्ति न वसन्तपुरमा हजुरले जे गरिसेको, त्यही गरेकी," उसले लाडे पल्टिएर भनी ।

ऊ अझै ओठ चोसो पारेर मेरो ओठनजिक ल्याउँदै थिई । मैले पनि उसलाई कम्मरमा समाएर तानें । उसलाई आफ्नो छातीमा टाँसेर खाटमा पल्टिएँ । हाम्रा ओठहरू जुधिरहे । मेरो अँगालोमा भरिएको उसको शरीरले गर्मी पैदा गर्दै थियो । उसको नाकबाट निस्किएको लामो स्वासले मेरो ओठमा काउकुती जगाउँदै थियो ।

अकस्मात् हाम्रा जिब्राहरूले अङ्कमाल गरे । जिब्राहरू खेलिरहँदा मुखभरि मिठास भरियो । कुनै अद्‌भुत प्यास मेटिरहे झैं लाग्यो । मनले भन्दै थियो, यो प्यास लागिरहोस्, कहिले नमेटियोस् । तर उसले जिब्रो जोडले चुसी । जरैदेखि दुखेर आयो, म रन्थनिएँ ।

"के गरेकी यस्तो, दुख्दैन हामीलाई ?" उसको ओठबाट ओठ छुटाएर बोलें ।

"दुखोस् न त । फटाहा मान्छेलाई यसरी नै माया गर्ने हो," ऊ अझै लाडिएर बोली ।

उसका नशा भरिए जस्ता आँखा लोलाएका थिए । ठ्याक्कै रक्सीका प्याला जस्ता थिए, उसका एकजोर आँखा । मैले उसलाई झन् जोडले अँगालोमा कसें । हाम्रा ओठहरू फेरि घम्साघम्सी गर्न थाले । यसपालि उसको जिब्रो मैले चुसिदिएँ, बेस्सरी । उसले आँखा ठूला बनाई, मेरो ढाडमा बेस्सरी चिमोटी ।

"ऐय्या ! के गरेकी ?" मैले आफूबाट उसलाई छुटाउँदै सोधें ।

"झन्डैले नमारेको, पागल मान्छे," ऊ जिब्रो स्युस्यु गर्दै बोल्न लागी ।

"के रे ? हेपेकी ?" मैले उसका गालामा हल्कासँगले एक चड्कन लगाइदिएँ ।

उसले रून्चे अनुहार बनाई । भन्दाभन्दै रोइदिई । उसको रूवाइ बनावटी हो भनेर बुझ्न सकिन्थ्यो । हेर्दाहेर्दै उसका आँखामा मसिना आँसुका थोपा टिल्पिलाए । हैन कसरी सक्छन् केटीहरू यसरी ठाउँको ठाउँ झूटो आँसु निकाल्न ? मसँग उसलाई फकाउनुको विकल्प थिएन ।

"आई एम रियल्ली सरी, डियर ।" मैले उसलाई सुस्तरी छातीमा टासें । ऊ पनि लुटपुटिई ।

"किन कुटिसेको मलाई ?" ऊ पिल्पिलाई ।

"माया गरेको हो नि, यसलाई कुटेको भन्छन् र ?"

ऊ मेरो छातीमा घुस्रिएर लोलाई । मेरो हातले उसको ढाड थपथपाउन थाल्यो । उसको ढाड मुसार्दै गर्दा कति बेला लुगाबाहिरैबाट उसको अन्तरवस्त्रको फित्तामा औंलाहरू खेलिरहेका रहेछन् थाहै भएन । जब थाहा भयो, तब बिजुलीबत्ती बले जस्तो एउटा बेग्लै रहरको बत्ती बल्यो मेरो छातीभरि । जिउभरिको सबै गर्मी घाँटीमा आएर अड्कियो । मेरो देब्रे हात उसका छोटा पिँडुला मुसार्न पुग्यो । सुस्तरी त्यही हातले उसको वानपिसको फेर तिघ्रातिर सार्दै आयो ।

"छि के गरिसेको ?" छातीमा निदाए जसरी टाँसिएकी ऊ एकाएक सशङ्कित भई । वानपिसको फेर तलतिर तन्काई ।

"माया गरेको नि," मैले लुगा माथितिर नै फर्काइदिएँ । मधुरो उज्यालो भरिएको कोठामा उसका सेता तिघ्रा टलक्क टल्किए । लुगा पूरै फुकाल्न खोज्दा ऊ एउटै गुडुल्को परी ।

"छोड है, लुगा च्यातिएला ।"

लुगाको पीरले हो वा किन हो, उसले जीउ सजिलो बनाइदिई । उसको जीउमा अब अन्तरवस्त्र मात्र बाँकी थियो । ऊ दुवै हात बाँधेर छाती ढाकिने गरी कोल्टे सुतेकी थिई । एक पटक उसको पूरा शरीर हेरें । कुनै महान् कविताभन्दा कम सुन्दर थिएन । लय मिले जस्तो शरीरमा छन्द मिलेका एक जोडी स्तन थिए अनि थिए, उत्तिकै

लोभलाग्दा नितम्ब । ऊ दुवै खुट्टा कैंचे बनाएर सुतेकी थिई । ती खप्टिएका खुट्टा छुट्टाउन खोजें । ऊ डेग नहल्लिने गरी सुतिरही । उसका छातीभरि सलबलाउन थालेका मेरा हात हटाउन खोजी ।

"नाइँ प्लिज, नगर्ने," बल्ल उसको बोली फुट्यो । उसले दयालाग्दो अनुहार देखाई ।

"मेरो विश्वास छैन ?"

"छ तर.. ।" उसको अनुहार पूरै मलिन भयो ।

उसको भन्दा पनि दयालाग्दो अनुहार मैले देखाएँ । लोलाएका आँखाले एक पटक मेरा आँखामा हेरेपछि उसले आफ्ना आँखा चिम्म गरी ।

"पछि विश्वासघात गर्ने हो कि ?" ऊसँग बिगतको नमीठो नजिर थियो । त्यसैले उसले आँखा चिम्म गरेर मनमनै यस्तै सोची होला तर भन्न सकिन । कसरी सक्नु र, हामी प्रणययात्राको गन्तव्यमा पुग्नै आँटेका थियौं । उसले मलाई एक्लै पारेर यात्रा बिथोल्न पनि त सक्दिन थिई ।

हामी आपसमा लिन हुँदा समयसमेत लजाएर भागिसकेको थियो । सोचहरू, यादहरू बिराना भइसकेका थिए । दिमागले आफूलाई शून्य बनाएको थियो । केवल बाँकी थिए, जोडले धड्किरहेका धड्कन हामीसँग । बाँकी थिए, हाम्रा केही थान लुगा तर ती पनि लजाएर खाटमुनि डल्लो परेर बसिसकेका थिए । उसले सम्पूर्ण रूपले मलाई साथ दिई । मैले उसलाई प्रेमका थोपाहरूले सिंचन गरिदिएँ । निधारभरि मोती जस्ता पसिनाका मसिना थोपा थिए उसका । मेरो नाङ्गो ढाडमा औंला गाडेर उसले मलाई बेस्सरी अँगाली । लाग्थ्यो, ऊ हाम्रा शरीर जोडेर एक बनाउन खोज्दै छे । मानौं हामी पानीका दुई भिन्न थोपा हौं, जो स्पर्शले एउटा सिङ्गो थोपा बन्दै छौं । मिल्ने भए त ऊ मलाई सुलुत्तै निल्थी होला अनि म पनि उसलाई । तर हामी धेरै बेर एकअर्कालाई चुमी मात्र रह्यौं ।

त्यस बेला उसको शरीरको भूगोलमा मेरो ओठले पाइला नटेकेका कुनै कुनाकन्दरा बाँकी थिएनन् !

स्कुल

आनन्ददेव खनाल । डाइरेक्टर । लिटिल रोज सेकेन्डरी स्कुल । भित्र ।

प्रिन्सिपल विद्या पराजुली र म यही लेखिएको बोर्ड टाँसेको कोठाबाहिर उभिएका थियौं । बिहानै विद्या सरले मलाई फोन गरेर बोलाएका थिए । सरले ढोका बिस्तारै ठेलेर यसो चिहाएर भित्र हेरे । त्यसपछि ढोका पूरै खोले । अनि मात्र हामी भित्र पस्यौं ।

कालो रङको सुट, सेतो सर्ट अनि रातो रङको टाईमाथि कालो भादगाउँले टोपी लगाएका डाइरेक्टर सर ठ्याक्कै प्रचण्ड जस्तै देखिँदा रहेछन् । लगभग उस्तै खालको तीलचामले जुँगा पनि । अग्लो कदका खनाल सर त्यति हँसमुख भने लागेनन् । अघि अफिसमै पनि प्रिन्सिपल सरले उहाँका बारेमा अलिअलि भनिसकेका थिए । झापाबाट पढ्न भनेर काठमाडौं आएका आनन्ददेव खनाल पढाउने पनि गर्थे । डाक्टर र इन्जिनियर कुनै बन्न नपाएका खनाल सरले विज्ञान पढेर एमएस्सी सकेका थिए । पढाउने लत यसरी लाग्यो कि उनी न त विदेश गए, न त नेपालमै अरू जागिर खाए । आफूले नै पढाइरहेको स्कुल किनेर यसरी चलाए कि त्यसपछि कहिल्यै पछाडि फर्केर हेर्नुपरेन । पैसा र इज्जत दुवै कमाए । आफूले पढ्न नपाएर होला, उनले छोरोलाई इन्जिनियर र छोरीलाई डाक्टर पढाएका रहेछन् । आफैंले खोलेको कलेजमा पनि पढाउने हुँदा केही वर्षदेखि स्कुल हेर्न भ्याएका रहेनछन् । पुरानो र अनुभवी भएका कारण विद्या सरलाई स्कुल जिम्मा लगाएका रहेछन् । खनाल सरकै व्यक्तित्वको प्रभावले होला, विद्या सर सानो सानो कुरा पनि खनाल सरलाई

सोध्दा रहेछन् । त्यही सिलसिलामा हामी खनाल सरको अफिस पुगेका थियौं ।

"आफ्नो परिचय दिनुस्," आफ्नो कुर्सी छोडेर म बसेको सोफाको सामुन्ने आएर बस्दै खनाल सरले अङ्ग्रेजीमा सोधे । अर्को सोफामा बसेका विद्या सर भने चुपचाप थिए ।

"दिवस क्षत्री, मास्टर्स इन सोसिओलोजी फ्रम त्रिभुवन युनिभर्सिटी ।"

बूढाले मुस्कुराउँदै सोधे, "किन पढाउने रहर लागेको ?"

"पढाउने रहर हैन जागिरको आवश्यकता हो," भन्न त मनमा आएको थियो तर त्यही आवश्यकताले झूट बोल्न बाध्य बनायो । भनें, "पढाउनु भनेको पवित्र काम गर्नु हो, धर्म गर्नु हो ।"

"धर्म कसरी हुन्छ शिक्षक हुँदा ?"

"कसैको अज्ञानताले ढाकिएको आँखा खोलिदिनु, कसैलाई ज्ञानको ज्योति प्रदान गर्नु ।"

"आजभोलि शिक्षकको त्यस्तो इज्जत छ त ?"

"अरूको थाहा छैन, सर । म इज्जत गर्छु गुरूहरूको । मेरो बुबा पनि शिक्षक हुनुहुन्छ । उहाँले यही पेसालाई आफ्नो जिन्दगी बनाउनुभयो । मेरो मनमा त सदैव आदर रहन्छ, सर ।"

मेरा कुरा सुनेर विद्या सर मुसुमुसु हाँसिरहेका थिए । यता खनाल सरको अनुहार पनि उज्यालियो । मैले बुबाका बारेमा बताउँदा उनका आँखा अझ ठूला भए । उनले मेरो बुबाका बारेमा पनि चासो लिए । केही बेरको अन्तर्वार्तापछि जागिर पक्का भएको बताए । मेरो तलब महिनाको बीस हजार तोके, जसमा मलाई कुनै आपत्ति थिएन । रमेशले पनि यति नै लिन्थ्यो रे ! विद्यार्थी कुट्न नपाउने, अङ्ग्रेजीमै व्याख्या गरेर बुझाउनुपर्ने, टाइममै स्कुल आउनुपर्ने, सफा भएर आउनुपर्ने, कक्षामा केटीहरूपट्टि मात्र लहसिनु नहुने इत्यादि नियमहरू बुझाउँदै थिए, खनाल सर । मलाई उनका कुनै कुराहरूमा बिमति थिएन ।

भोलिबाट क्लास लिन आउने गरी जागिरमा अनुबन्ध भएर निस्किएँ ।

यतिको खुसी म पहिले कहिल्यै थिइनँ । जागिर धेरै ठूलो त थिएन तैपनि स्वाभिमानी जीवनको पहिलो ढोका उघ्रिएको थियो । मौकाहरू सानो रूपमा नै आउने गर्छन्, बस् आफूले मिहिनेतले सिँचेर ठूलो बनाउनुपर्छ । यत्ति त हेक्का थियो मलाई ।

बाहिर निस्किएँ । विभिन्न कक्षाबाट हल्ला आइरहेका थिए । झ्यालढोकाबाट ठूलो कक्षाका विद्यार्थीहरू मलाई चासो दिएर हेर्दै थिए । अब यही होला हाम्रो नयाँ सर भनेर खासखुस गर्दा हुन् । केही केटाकेटी बास्केटबल खेल्दै थिए । स्कुलको परिसरबाट निस्किँदै गर्दा मनमा कुराहरू पनि खेलिरहे । "तपाईंको छोरोले पनि पैसा कमाउन थाल्यो आमा," भन्दा आमा कति खुसी हुनुहोला । सम्झँदा भावुक बनें । बुबालाई फोन गरेर भनौं कि नभनौं ? मलाई बुबासँग सीधा बोल्न धक लाग्थ्यो । भो भन्दिनँ, आमाले नै सुनाइदिनुहोला नि ।

बूढो पाले गेटमै रहेछ, मुसुक्क हाँस्यो, म हाँसिनछु । मनमा एकोहोरो कुरा खेलाउँदै हिँडेपछि यस्तै हुन्छ । फराकिलो गेटको मान्छे मात्र आउनेजाने गर्ने ढोका तानेर बाहिर निस्किन खोज्दै थिएँ, बेस्सरी कुदेको गाडी विपरीत दिशाबाट आएको अर्को गाडीसँग जुधे जसरी झ्याम्म एउटा शरीरसँग जुध्न पुगेछु । आँखा तिरिमिरी भए । मैले इन्द्रेणीका रङहरू धूलो भएर उडे जस्तो दृश्य देखें । दिमाग शून्यतामा रूमल्लियो त्यो पल । जब सोच्यो, ठान्यो कि कुनै नारी शरीरसँग ठोक्किएको हुनुपर्छ ।

एक त सोचमा डुबेर हिँड्दै थिएँ, त्यसमाथि गेटमा थोरै निहुरिनुपऱ्यो, अगाडि आएको मान्छेको हेक्का पनि भएनछ । फेरि नियतिको कस्तो संयोग कि मैले गेट तान्नु र उनले ठेल्नु एकै चोटि भएछ । मेरो खुट्टाले उनको खुट्टो कुल्चिएछ । मेरो जीउले पेलेर उनी झन्डै लडिनन् । धन्न मेरै हातमा समातेर सम्हालिन् आफूलाई ।

"आँखा छैन ?" उनी जिरे खुर्सानीले जस्तो चिरिक्क पोल्ने आवाजमा बोलिन् ।

एकजोर आँखामा चस्मासमेत लगाएकी थिइन् उनले । उनले पनि त देखिनन् नि । मसँग मात्र किन च्याँट्ठिएकी होली ?

"सरी," भनेर सरासर हिँडें । लाज र डरले उभिइरहन सकिनँ । उनी गेटभित्र पसेको महसुस भएपछि एक पटक फर्किएर हेरें । पूरै पोखिन नपाएको रिस अनुहारभरि पोतेर गेट लगाइन् । चामलको पिठो दले जस्तै गोरो अनि बेदाग अनुहार थियो । रिसाउँदा भने जीउभरिको रगत जम्मै सोरिएर अनुहार रङ्गिएको थियो । कति रातो भएको थियो त्यो कोमल अनुहार, नाकको टुप्पोबाट तुरूरू रगत चुहिएला जस्तो !

को होली त्यो केटी ? मनमा कुतूहलताले दस्कत दियो । मेकअप नै गर्नुनपर्ने अनुहार । जिन्स र टिसर्टमा पनि यति स्टाइलिस र भलादमी देखिएकी को होली ? यही स्कुलको मिस ? हो भने त रमाइलै हुने भयो जागिर । एकछिन फुरूक्क परें अनि सोचें, ह्या जोसुकै होस् । मनलाई स्थिर बनाएर निस्किएँ ।

चक्रपथ निस्किएपछि आमालाई फोन गरें, उठेन । दोहोऱ्याएर गरें, अझै उठेन । मनमा कति ठूलो उत्साह थियो, झन् आमालाई बताउन खोजेको, बूढीमाउले फोन नै उठाउनुभएन । आमा जहिल्यै मोबाइल घरमै छाडेर हिँड्नुहुन्छ । यसो बोकेर हिँड्नु नि कतै निस्किँदा त ! सम्झेर रिस उठ्यो । रूबालाई फोन लगाएँ, उसले पनि उठाइन । रिसको पारो धेरै माथि चढिसकेको थियो । फेरि सम्झिएँ, बिचरी क्लासमा होली ।

मैले आफ्नो खुसी साट्ने कोही फेला पारिनँ, मन खिन्न भयो । बुबालाई फोन गरौं ? उत्साहको रन्कोमा खै कहाँबाट आयो मेरो मनमा हिम्मत । मैले बुबालाई फोन लगाएँ । केही लामो रिङ बजेपछि बल्ल फोन उठाउनुभयो बुबाले ।

"कस्तो हुनुहुन्छ ?" मैले सोधें ।

"ठीक छु," यत्ति भन्नुभो, मेरो हालखबर सोध्नुभएन । चित्त दुखेन किनकि छोरोसँग धेरै कुरा नगर्ने बानी नै थियो बुबाको ।

"मैले स्कुल पढाउन थालें, बुबा ।"

"लौ ! म जस्तै नाथे मास्टर हुने भइस् ।"

छोरो कुनै गैरसरकारी संस्थाको हाकिम वा कुनै सरकारी कार्यालयको अधिकृत बनोस् भन्ने कामना राख्नुभएको बुबाले निराशाको श्वास फेर्नुभयो ।

"तपाईं जस्तो त केही अंश मात्र पनि हुन पाए मलाई संसारभरका सबै सफलताहरू फिका लाग्नेछन्, बुबा ।" यही भन्न आएको थियो तर सकिनँ, मनमै गाँठो परेर बस्यो । "अर्को गतिलो ठाउँमा नपाउन्जेल किन खाली बस्नु भनेर मात्र," यति बोलें मैले । बुबा धेरै बोल्नुभएन । गह्रौं मन बनाएर फोन राखें ।

बाटो काटेर पल्लोपट्टि गएँ । एउटा बस आयो । त्यसैमा चढें । म सँगसँगै चढे केही उत्साह, केही असन्तुष्टि, केही कुतूहलता अनि केही निराशा ! केही बेरमा मान्छेहरूले बस भरियो । भरिएको बसमा थरीथरीका भावनाहरूले भरिएको मन लिएर म बालाजुतिर लागें ।

जेठका झुपुझुपु निद्रा लाग्ने दिनहरू आए । काठमाडौंको आकाशबाट घाम केही दिन रिसाएर तल हेर्थ्यो । फेरि कुनै एक दिन त्यही घामलाई चिढ्याउन बादलले पानी खन्याउँथ्यो । यसरी घाम पानी जिस्किरहन्थे । कहिले पसिनाले भिज्नुपर्थ्यो त कहिले असिनाको कुटाइ खानुपर्थ्यो ।

लिटिल रोज स्कुलमा मेरा दिनहरू राम्रैसँग बितिरहेका थिए । कडा जस्ता देखिए पनि विद्या सर त्यति कडा थिएनन् । तर पढाइ र बिदाको कुरामा भने ल्याङल्याङ गरिरहन्थे । शिक्षकले सकभर बिदाको दिनमा पनि आएर पढाइदिए हुने जस्तो सोच्थे ! साँच्चीकै कडा खनाल सर भने हप्ता दिनमा मात्र एक चोटि स्कुल आइपुग्थे । सोसल स्टडिज गाह्रो मान्थे विद्यार्थीहरू । उनीहरूको ध्यान तान्न कहिलेकाहीँ म कविता पनि सुनाउने गर्थें ।

उस्तै उमेरको भएर होला, रोशन सर मेरो मिल्ने साथी भएका थिए । त्रिचन्द्र कलेजबाट फिजिक्समा बिएस्सी सकेका उनी पहिले

यही स्कुल पढेका रे ! मोटोघाटो अनि म्याथ पढाउने सर, त्यसमाथि यही स्कुलको भूपू विद्यार्थी, आफ्नो रवाफ देखाउन के चाहिन्छ र यति भए ? रोशन सरको राम्रै रवाफ थियो स्कुलमा । उनी नै मेरा मिल्ने साथी बनेर आए ।

"म अर्को साल पढाउँदिनँ । अब एमएस्सी गर्नुपर्छ," कहिलेकाहीँ रोशन सर भन्थे । उनी त्यसैत्यसै मुर्मुरिन्थे । उनलाई आफ्नो पढाइ थाँती राखेर स्कुल पढाइरहेको चित्त बुझेको थिएन । "बूढाले भनेर मात्र हो, नत्र उहिल्यै छोडिसक्थें ।"

उनी खनाल सरलाई बूढा भन्थे । पछि थाहा भयो, सबै शिक्षकहरूका बूढा रहेछन् खनाल सर ।

सबै शिक्षकहरूका प्रिय रोशन सर । सबै विद्यार्थीले मान्ने रोशन सर । फटाहा विद्यार्थी तह लगाउने पनि रोशन सर । बिहान एसेम्बली गराउने पनि रोशन सर । कतै भ्रमण, टुर अथवा पिकनिक जानुपरे पनि नेतृत्व लिने रोशन सर । यस्ता रोशन सर आजभोलि चिढचिढो भएका थिए । म त भर्खर एक महिना भएको थियो, स्कुल आएको । पहिल्यैदेखि सँगै पढाएकाहरूले त पत्तो पाउनुपर्ने । उनी किन तनावग्रस्त छन् ? कसैलाई थाहा थिएन ।

तर स्टाफ रूममा केही मिसहरू भने रोशन सरको नाम लिएर गुनगुनगुनगुन गरिरहेका हुन्थे, मैले ध्यान दिन खोज्दा भने सतर्क भएर कुरा मोड्थे ।

आखिर के पाकिरहेछ यो स्कुलमा ? के हुँदै छ रोशन सरलाई ?

प्रेम

"तिमीले मलाई बिर्सियौ है ?" रूबालाई फोनमा भनें ।

"फोन र च्याटमा कुरा भएकै छ त," उसले भनी ।

"त्यस्तो जाबो कुरा ।"

मेरो मन थिरमा थिएन, के नपुगे जस्तो, के बिर्सिए जस्तो भइरहेको थियो ।

"कस्तो कुरा हुनुपर्‍यो त बाँदरलाई ?" ऊ पनि मस्किन थाली ।

"अस्तिको जस्तो," म खितखिताएँ ।

"अहिले कुट्दिन्छु अनि, कस्तो लाज पनि नभाको ।"

"माया गर्न पनि लाज हुन्छ त ? त्यो पनि आफ्नी मायालुलाई ?"

"त्यस्तो माया लाग्नेले खोइ त भेटिसेको ?"

हुन पनि केही दिन भइसकेको थियो भेट नै नभएको । मेरो मनमा पनि मिलनको प्यास झन् धेरै जागेर आयो । झन् ऊसँग रतिरागमा लीन भएको पलको झल्कोले मेरो ध्यान नै एकत्रित हुन सकिरहेको थिएन । स्कुल, कोठा, सधैं त्यही विद्यार्थीहरूको अनुहार, हल्ला, कापी, किताब यसैमा पो भुलाउने दुष्प्रयासमा रहेछु म । तर कहाँ सक्नु र ! च्याट र फोनको भर्चुअल भेट त प्लास्टिकको फूल जस्तो न हो, निष्प्राण अनि खुश्बुरहित ! भावनाको खेती त केवल भौतिक उपस्थितिमा मात्र फल्न फुल्न सक्छ ।

"कहिले भेट्ने भन न त ?"

"स्याटरडे, हुन्न ?"

नहुने के थियो र, मनमा बसेकी मायालुलाई भेट्न ।

"भोलि हैन र शनिबार ?"

"हजुर ।"

"कता भेट्ने त ?" अन्जान बनेर सोधें ।

"कता रे ?" आश्चर्यको आवाजमा ऊ बोली ।

"अँ त ।"

"घरमै आइस्यो न हस् ?" ऊ सुस्तरी लजाएर बोली । मलाई नरम खित्का सुने जस्तो भान भयो । एकाएक मेरो शरीरभरि रतिरागको रसायन बन्यो । उसका मादक आँखा, सराबी ओठ अनि बान्की परेको जिउडाल । मलाई अहिले नै जाऊँ र उसलाई अँगालूँ भयो । दिनभर ऊसँग सिरकभित्र गुडुल्किएर चलिरहन मन भयो ।

"आजै आऊँ त ?"

"कस्तो मात्तेको," ऊ खितखिताई ।

"किन र ?"

"स्कुल जानुपर्दैन ?"

"बिदा लिउँला नि । आज गुड फ्राइडे भनेर यसै पढाइ हुन्न ।"

"मेरो बिदा मिल्दैन नि ।"

"लेऊ न प्लिज," कर गरें मैले ।

"ओके बाबा," ऊ हिहि गरेर हाँसी, "खाना खाने गरेर आइसेला, म कुरिराख्छु ।"

म काउकुतीले बटारिएँ ।

विद्या सरलाई फोन गरेर बिदा मागें । उनले आए हुन्थ्यो भने जसरी गनगन गरे । सन्चो छैन भन्दा पनि हिजै खबर गर्नुपर्थ्यो भने । कस्तो बटारिएको लिँडे मान्छे रै'छन्, भोलि बिरामी हुन्छु भनेर अघिल्लो दिनदेखि नै थाहा हुन्छ र ? यो फगत निहुँ मात्रै हो भन्ने लागेर पनि त्यसो भनेका होलान् । अनुभवी न परे, स्टाफका अनेक बहाना उनलाई थाहा छ ।

मेरो रहरको उडान यति व्यग्र बनेर उडेको थियो कि मलाई पेप्सीकोला जाने गाडी पनि ढिलो घिस्रिए झैं लाग्यो । कति ठाउँमा

रोक्नुपरेको ? कति चाहिँ मान्छे चढाउनुपरेको होला ? लाग्थ्यो गाडीको ड्राइभर सारा काठमाडौँलाई आफ्नै गाडीमा चढाउन चाहन्छ । अनि त्यो फुच्चे खलाँसी पनि यसरी बोलाउँछ कि उसले कर गर्दा अन्तै जानुपर्ने मान्छे पनि फुरूक्क परेर पेप्सीकोला नै जाओस् ।

पेप्सीकोला नपुग्दै रूबाले तीन चोटि फोन गरिसकेकी थिई । "आइपुगें, आइपुगें," भन्दै बल्ल एघार बजे म उसको कोठाको ढोकामा पुगेको थिएँ । उज्यालो कोठाभित्र अँध्यारो अनुहार बनाएर ऊ खाटमा पल्टिरहेकी थिई ।

"के भो ?" हाफ पाइन्ट लगाएकी उसका तिघ्रामा प्याट्ट हिर्काएर सोधें ।

"बल्लतल्ल आउँदा पनि यति ढिलो आउनुपर्ने है ?" ऊ साँच्ची नै रिसाई ।

"गाडीले ढिला गरेर नि, मुसु ।"

उसले एक चोटि ओठको चोसो बङ्ग्याई अनि आँखा तरी ।

"झन् तिमीलाई भेट्न बिदा लिएर आएको छु ।"

ऊ बल्ल थोरै मुस्कुराई । सुतिरहेको ठाउँबाट जुरूक्क उठी । उसको चिउँडो आफ्नो दाहिने हत्केलामा लिएर देब्रे हातका औंलाहरूको काइँयोले उसको कपाल सुमार्दै ओठलाई चुमें । ऊ आफ्ना आँखा अर्धखुला पारेर लोलाई । केही सम्झे जसरी अकस्मात् मेरा हात छुटाएर उठी ।

"खाना हाल्छु हस् ? भोक लाग्यो हजुरलाई," ऊ खाटबाट उठेर जान लागी ।

"पहिला मिठाई खाऊँ न हुन्न ?" मदहोस नजरले उसलाई हेरेर हाँसें ।

हिँड्नै लागेकी उसलाई कम्मरमा च्याप्प समाएँ । एउटा हात उसको टिसर्टभित्र पसिसकेको थियो । उसले रोक्न खोज्दाखोज्दै पनि हातले उसको छातीमा स्पर्श गरेरै छाड्यो । उसले आफूलाई मेरो काखमा फ्याँकी । मेरो हातको प्रत्येक स्पर्श र घर्षणमा ऊ चलायमान हुन्थी, बटारिन्थी ।

हाम्रा ओठ र जिब्रोसँगै अरू अङ्गहरू पनि समीपमा आए, एकअर्कालाई छोए, थिचे, घचेटे । मानौँ यो एउटा प्रेमको यज्ञ थियो । ऊ चरू होम्थी, म तेल हवन गर्थें, प्रणयको आगो दन्दनी बलिरह्यो, केही बेर । हामी थाक्यौँ, आगो सुस्तरी सेलायो । उसले उठेर लुगा लगाई । म पनि लुगा लगाएर खाटमा पल्टिएँ ।

उसले थालमा खाना फिजाउँदा बास्ना कोठाभरि फिँजियो । भुइँको गलैंचामाथि पत्रिका ओछ्याएर उसले भातको थाल राखिदिई । एक कचौरा मासु, एक कचौरा दाल, एउटा सानो प्लेटमा टमाटरको अचार, सबै थाललाई घेरेर बसे ।

"किन यति धेरै दुःख गरेकी ?" नीलो बाटामा नीलै जगको पानीले हात धोएर भुइँमा बस्दै गर्दा म बोलें ।

"के दुःख हुनु नि ?" मेरो छेउमा बस्दै उसले भनी । केही सम्झे जस्तो गरेर उठी अनि किचन भएको कुनातिर गई ।

"करेला भुटेको खाइसिन्छ ?"

"म यसै तीतो छु नि !"

"धेरै स्विट भएर तीतो भइसेको," उसले भनी । मेरो थालको एक छेउमा केही करेलाका टुक्राहरू राखिदिई अनि पहिलेकै ठाउँमा टुक्रुक्क बसेर मैले खाएको हेरिरही ।

"तिमीलाई खै त ?" भातको पहिलो गाँस मुखमा हाल्नुअगाडि सोधें ।

"हजुरले खाएपछि खान्छु ।"

"नाइँ, सँगै खाने । आफूलाई पनि पस्क ।"

"हैन, पहिला हजुर खाइस्यो ।"

"यही थालबाट खाऔँ न हुन्न ?"

ऊ नाइँनाइँ भन्दै थिई, मैले जबर्जस्ती एक गाँस भात उसको मुखमा कोचिदिएँ । उसले मुखको भात नमिठो गरी निली । राता भएका आँखाभरि आँसु टिलपिल पारेर सोधी, "के गरिसेको यो ?"

"सँगै खान मन लाग्यो मेरी मुसुसँग ।"

"म भेजिटेरियन भन्ने थाहा छैन हजुरलाई ?"

"ला ! के था त ?" रोमान्टिक बन्ने धुनमा ओभर स्मार्ट भएकोमा आफैंलाई पछुतो भयो ।

उसले निधार खुम्च्याएर अनुहार घोप्टे बनाई ।

"थुकेको भए भइहाल्थ्यो त ।"

"हजुरले माया गरेर खुवाएको कसरी थुक्नु," एकैछिनमा अनुहार उज्यालो पारेर ऊ बोली, "थाहा छ हजुरलाई, पहिलो चोटि मेरो मुखमा मासु परेको आज । मुवाँ पनि शाकाहारी भा'को भएर मैले कहिल्यै मासु खाइनँ ।"

खाँदाखाँदै अडिएर सोचें, कत्रो त्याग, कति महान् प्रेम, कति मीठो समर्पण । भाग्यमानीहरूलाई मात्र मिल्छ यतिबिघ्न प्रेम । आँखा पनि साह्रै कुरौटे हुने रहेछ, मनभित्र लुकाएको कुरा सबै अरूलाई बताइदिने । सायद मेरा आँखामा रसाएको केही थोपा करूणा देखेर होला, उसले सोधी, "के भयो ?"

'केही हैन'को भावमा मुन्टो हल्लाएर निहुरिँदै खाना खान थालें ।

"मीठो भएन है ?" चाख लिएर उसले सोधी ।

"प्रेम नै यति मीठो छ, जिन्दगी नै यति स्वादिलो छ भने खाना नमीठो होला र ! त्यो पनि मायालुले बनाकी, यत्रो समर्पण राखेर," मनमा यही कुरा खेले पनि भरिएको गहले भन्न चाहेन, 'मीठो छ' मात्र भनिदिएँ ।

मैले खाना खाएपछि उसले एउटा प्लेटमा खाना राखी । दाल र करेलासँग ऊ चराले चारा टिपे जसरी कुपुकुपु भात खान थाली । म खाटमा पल्टिएर हेरिरहें ।

उसले खाना खाई, भाँडा माझी, ग्यास पुछी, कुचो लगाई । म खाटमै पल्टिएर हेरिरहें । सानी अनि चिटिक्क परेकी केटी कस्तो छरितो बनेर काम गरेकी । कति सुन्दर मन, कति सुन्दर व्यवहार । प्रेम गर्नु त यसरी नै आस्थावान् भएर गर्नु, समर्पित भएर गर्नु । मलाई ऊ देउता लागी । दुःखको नदीमा हेलिएर आएकी उसलाई थाहा थियो,

कति अत्यासलाग्दा हुन्छन् विश्वासघातका भङ्गालाहरू । तैपनि त्यति सानो जीउमा कति विशाल हृदय, म छक्क परिरहें ।

सबै काम सकेर हात पुछेपछि मेरो छातीमा टाँसिन आएर सुत्दै उसले 'के भयो मेरो बाबालाई ?' भनेर सोधी । 'केही हैन'को भावमा मुन्टो हल्लाएँ ।

"किन टोलाइसेको त ?" मेरो च्यापुमा आफ्ना मसिना औंलाहरूले झकझक्याउँदै सोधी उसले ।

"काम सकियो ?" उसको प्रश्नको उत्तर नदिई उल्टै सोधें ।

"उम्," उसले मेरो घाँटीमा चुमी, बेस्सरी काउकुती लाग्यो । मैले पनि उसको कपाल पन्छाएर घाँटीमा ओठ लैजाँदै गर्दा ऊ खितिती गरेर बटारिई ।

हामीलाई गर्मीको पनि पर्वाह भएन, सिरकभित्र गुडुल्कियौं । ऊ मेरो छाती, कान, घाँटी सबैतिर चोरीचोरी चुम्बन गर्थी । म पनि उसका गोप्य अङ्गहरूमा हात पुऱ्याउँथें । हामी केटाकेटी जस्तो जिस्किरह्यौं, चलिरह्यौं, हाँसिरह्यौं । समय बिचरा हाम्रो मिलनसँग जलेर होला, हतारहतार कुदिरहेको रहेछ । खुसी धेरै भए पनि थोरै जस्तो लाग्ने रहेछ अनि दुःख थोरै भए पनि धेरै जस्तो । सुखको समय खोला जसरी कुद्ने रहेछ भने दुःखको समय तलाउ जसरी जमिरहँदो रहेछ ।

"ला ! पाँच बजिसकेछ," अपत्यारिला आँखाले घडीका सुईहरू हेरेपछि म चिच्याएँ । ऊसँगको मिलनमा समय बितेको पनि पत्तो पाइनछु ।

"के भो त ?" मेरो छातीको सिरानीबाट टाउको उठाएर ऊ बोली ।

"जानुपर्छ अब ।"

"खुब ! म जानै दिन्नँ ।"

"किन नि ?"

"यतै बसिस्यो न आज," आशाका नजरले उसले हेरी, "प्लिज," ऊ मायालाग्दी देखिई ।

"के भन्लान्, कसैले थाहा पाए ? राति त बस्नुहुन्न," अत्यासको सास फेरेर भनें ।

"यो मासु के गर्नु त ?" उसले बिहान बाँकी रहेको मासुको भाँडो देखाउँदै भनी, "झन् हजुरलाई भनेर मैले आधा किलो किनेको ।"

"पोको पार्देऊ, म लिएर जान्छु ।"

"नाइँनाइँ म जानै दिन्नँ । भोलि शनिबार बिदा पनि छ । गएर एक्लै पकाएर पनि खाइसिन्न हजुर ।" ऊसँग अनेक तर्कहरू थिए मलाई छेक्न ।

अन्त्यमा म हारें । मलाई उसका बहानाहरूले रोके । मनभित्र डर थियो, कसरी बसौं ? तर उसको समर्पणको आडभरोसाले गर्दा बसिदिएँ ।

साँझमा चोकतिर डुल्न निस्कियौं । मान्छे हिंड्ने फुटपाथभरि तरकारी बेच्न राखिएका थिए । गाडी हिंड्ने सडकमा मान्छे हिंडिरहेका थिए ! सडकमा हिंड्नुपर्ने गाडीहरू बिचरा, मान्छेहरूलाई बाटो दिएर उभिएका थिए ।

साँझको उज्यालोमा चोक रमाइलो लाग्यो । त्यसमाथि रूबाको हात मेरो हातमा थियो । हामीले ठेलागाडाको पानीपुरी खायौं । फर्कंदा बिगमार्टअगाडिको चिया पसलमा चिया पियौं । मैले एउटा चुरोट सल्काउँदा ऊ रिसले बेस्सरी फुलेकी थिई ।

"के हो यो ?" मेरो हातमा चुरोट देखेर विश्वास नै गरेकी थिइन उसले । प्याट्ट मेरो कुममा हिर्काएर "कुट्दिन्छु अनि..." भन्दै उसले चुरोट खोस्न खोजी तर मैले दिइनँ । मलाई अति नै तलतल लागेको थियो, मन थाम्नै सकेको थिइनँ । कति दिन लुकाउनु भनेर उसकै अगाडि तानिदिएको थिएँ । उसका अगाडि म केवल ङिच्च परेको थिएँ ।

"यत्ति एउटा खराब बानी छ । पछि छुट्छ भन्ने आस छ," उसलाई फकाउन भनेको थिएँ ।

"खुब छुट्छ, झन् लाज नमानी तान्नेको बानी छुट्ला ?" ऊ पिलपिल गरिरही ।

ऊ पितरिइरहेकी थिई । म सम्झाउँदै हिँडिरहें । हामी केही बेर पेप्सीकोला चोक डुलेर फर्कियौं ।

"साँच्ची नीलिमा देखिनँ नि," बाटोमा प्रसङ्ग मोड्नलाई सोधें ।

"जाँच सकेर गाउँ गएकी छ, धेरै भयो । ऊ नहुँदा पनि म साह्रै एक्ली हुन्छु," ऊ बल्ल खुलेर बोली ।

राति उसले मेरा लागि बिहानको मासु तताई । आफ्ना लागि भने सिमी पकाई । हामी खाना खाएर पल्टियौं ।

"हजुर बूढो भइस्यो," मेरो कन्चटको एउटा फुलेको कपाल थुतेर उसले भनी ।

"म बूढो नै त हो ।"

"कसको ?"

"आफ्नै बूढीको," उसको निधारमा चुमिदिएँ । उसका आँखा खुसीले भिजे । लज्जालु मुस्कान उसका ओठमा आएर नाच्यो ।

"मसँग बिहे गरिसिन्छ ?"

"विश्वास लाग्दैन ?"

"मेरो हृदयमा मरिसकेको विश्वास हजुरको माया पाएरै ब्युँतिएको हो । तैपनि... ।"

"के तैपनि ?"

"केटामान्छेको के भर," भन्न खोजेकी थिई होला, भनिन । केवल 'केही हैन'को भावमा मुन्टो हल्लाई ।

"तिमीसँग बिहे नगर्न त म पहिल्यै मरें भने मात्र हो ।"

"यस्तो कुरा नगरिस्यो," उसले मेरो ओठ आफ्ना औंलाहरूले थुनिदिई ।

हामी रातभर गफ गरिरह्यौं । ऊ कहिले बेस्सरी मेरो छातीमा टाँसिन्थी । कहिले मलाई ढाडपट्टिबाट अँगाल्थी । हामी कति बेला

निदाउँथ्यौं, कति बेला बिउँझिन्थ्यौं ठेगान थिएन । बिहान आँखा खुल्दा मेरा आँखा उसका एकोहोरो टोलाइरहेका आँखासँग जुधे ।

"किन टोलाएकी ?" मैले सोधें ।

"आज गएपछि हजुर फेरि हराइसिन्छ, मलाई भुलिसिन्छ, त्यही भएर ।"

"कामले गर्दा हो । तिम्रो पनि त फुर्सद हुँदैन नि ।"

"मलाई यहाँ लभबाइट दिस्यो न," उसले छातीतिरको लुगा थोरै तल सारेर भनी ।

"किन ?"

"पहिला दिस्यो न ।"

मैले उसको छातीमा चुमिदिएँ, थोरै दाँत गाडेर चुसिदिएँ । एउटा नीलो दाग बन्यो । दाग हेरेर ऊ मुसुक्क हाँसी ।

"किन चाहिएको यो दाग ?"

"हजुर यो दाग हराउनुअगाडि नै आउनुपर्छ मलाई भेट्न, हस् ?" ऊ लाडिई । मैले पनि ज्ञानी बालक जसरी मुन्टो हल्लाएँ । मनभित्र प्रेमका लहरहरू उठे । नजाऊँ नजाऊँ लाग्यो तैपनि जानु नै पर्ने थियो ।

शनिबार दिउँसो ऊसँग छुट्टिएर कोठातिर आउँदै गर्दा मन भारी भयो । रूबा मलाई मेरी अर्धाङ्गिनी जस्तै लाग्न थालेकी थिई ।

स्कुल डे

झमझम झरी परिरहेको दिनमा म स्कुलको बरन्डामा थिएँ । ग्राउन्डमा पानीका थोपाहरूले जमिनलाई बेस्सरी कुटिरहेका थिए । स्कुलको हल कोठाबाहिर बेस्सरी फिँजारिएका थिए, गन्हाउने जुत्ताहरू । विद्यार्थीहरू भित्र थिए टनाटन । केही दिन भयो, टिफिनपछिका कुनै पनि पिरियडहरू भएका थिएनन् । अचम्मलाग्दो स्कुल थियो, साउनमा अभिभावक दिवस मनाउने । त्यसैको तयारीमा जुटेका थिए, विद्यार्थीहरू । नाच्ने विद्यार्थी उफ्रिरहेका थिए हलभित्र । केही मिसहरू पनि त्यहीँ थिए ।

म भने हेरिरहेको थिएँ, ग्राउन्डमा नाचिरहेका झरीका बुँदहरू । सोचमा डुब्दै थिएँ । मान्छेको जीवन पनि झरीको बुँद जस्तै हो । यही धर्तीबाट बाफ बनि उडेर जानुपर्छ । फेरि कुनै अर्को नयाँ थोपा बनेर खस्नुपर्छ यहीँ । मान्छेको आत्मा पनि एउटा ऊर्जा हो, जसको न त रचना हुन्छ, न विनाश । हुन्छ त केवल परिवर्तन, एउटा रूपबाट अर्कोमा, एउटा थोपाबाट अर्को थोपामा ।

मलाई पनि नटेरी केही केटाहरू प्याट्टपुट्ट गर्दै चल्दै, उफ्रिँदै रहेछन् मेरो छेउमा । विद्या सर कताबाट हो आइपुगेपछि कुलेलाम ठोकेछन् क्लासभित्र ।

"सरको खाली पिरियड हो ?" उनले सोधे ।

"हैन सर, नाइनमा हो तर क्लासमा आधाजति पनि केटाकेटी छैनन् । डान्स सिक्न गएका छन्," मैले हाकिमलाई स्पष्टीकरण दिएँ ।

"ती आधाजतिलाई पनि यसो थामेर राख्नुपर्‍यो, सर, नत्र पूरै स्कुल उचाल्छन् हल्ला गरेर," उनले आफ्नै तरिकाले मलाई काम अह्राए, "बरू उनीहरूलाई यसो कवितासविता सिकाइदिनुस् ।" उनी हाँसे ।

विद्यार्थीलाई कविता सुनाएर हल्ला कम गर्ने मेरो प्रयास आत्मघाती हुन पुग्यो । केही उट्पट्याङ र रमाइला कविताहरूमा केटाकेटी झन् जोडले वाहवाह गर्न थाले । टेबल ठटाउँदै ताली परर पार्न थाले । म आजित भएर निस्किन लागेको थिएँ, एउटा बोल्यो, "सर स्कुल डेमा हजुरले यस्तै कविता सुनाउनुपर्छ है ?"

"हुन्न, लाज हुन्छ," मैले भनें ।

"हजुरले सुनाउनुभएन भने हामी हुटिङ गर्ने हो," उसले मायालु धम्की दियो । म गमक्क परें ।

केही दिनपछि ।

दुई दिनदेखिको झरी रोकिएको दिनमै आइपुग्यो अभिभावक दिवस । बास्केटबल कोर्टनेर बनाइएको थियो मञ्च । ग्राउन्डभरि हार मिलाएर राखिए कुर्सीहरू । टेन्टहरू बाँधिए । हलको कोठामा गुन्जिरहेका गीतमा रिहर्सल गर्दै थिए, केही विद्यार्थी । साना कक्षाका नानीहरू पनि गालाभरि लाली पोतेर हिँडिरहेका थिए । कोही कसैलाई फुर्सद थिएन । रोशन सर धेरै नै व्यस्त भएका थिए ।

एउटाले सोध्थ्यो, "स्पिकर कता राख्ने, रोशन सर ?"

उनी आफैं स्पिकर उचाल्न पुग्थे ।

अर्कोले सोध्थ्यो, "माइक नै चल्दैन त, रोशन सर ।"

उनी माइकमा नयाँ ब्याट्री हालेर 'हेलो हेलो टेस्टिङ' भनेर कराउँथे ।

अझ अर्कोले सोध्यो, सर टेन्ट यति अग्लोमा अड्काए पुग्छ ?

उनी उफ्रिएर टेन्टको हाइट नापेर हुन्छ भनिदिन्थे ।

कसरी सबैको आवश्यकता र चाहना हुन सकेका होलान् यी मान्छे ? पढाइमा पनि अब्बल अनि सबै कुरामा फिट ।

बिस्तारै पाहुनाहरू आउन थाले । गेटमा बसेका मिसहरू झुकेर नमस्ते गर्दै थिए । आमाहरूसँग आएका साना नानीहरूको चिउँडो समातेर माया दर्साउँथे उनीहरू । हाँसो मानौं पहिरन हो एउटा, सबैले ओठमा लगाएर आएका थिए । कोही निराश थिएनन् ।

कुर्सीमा निम्तालुहरू भरिँदै गए । खनाल सर पनि आइपुगे । सँगै आइपुगे प्रमुख अतिथि जिल्ला शिक्षा अधिकारी । विद्या सरलाई भ्याइनभ्याई थियो, अतिथिहरूलाई स्वागत गर्न । एक चोटि सिट्टी बजे जसरी माइक बेस्सरी करायो । नेपाली पढाउने सरले एक चोटि बेस्सरी खोकेर माइकमा नमस्ते भने । कार्यक्रम सुरू भयो । अतिथिहरूलाई मञ्चमा बोलाइयो । दुई जना मिसहरूले सबैलाई ब्याज लगाइदिए ।

मञ्चको देब्रेछेउमा उभिएर भुइँमा बसेका केटाकेटीलाई हेर्दै गर्दा आँखा अघिल्लो लहरका चियरहरूमा गएर अल्झिए । म अवाक् भएँ । म यो स्कुलमा आएको सुरूकै दिन गेटमा जोसँग ठोक्किएको थिएँ, उही केटी बसिरहेकी थिई, त्यहाँ एक जना मोटी महिलासँग । उसले देख्छे कि भनेर रोशन सरको पछाडि छेलिएँ । को होली त यो केटी ? सोचिरहें ।

आठ कक्षाका केटीहरूले स्वागत गीतमा नाचे । बसेका विद्यार्थीहरूले उठेर हेरे । पछाडिकाहरूले बसबस भनेर अगाडि उभिएकाहरूको टाउको थिचे । अल्छीलाग्दा भाषण सकिएपछि फेरि नाचगानको कार्यक्रम सुरू भयो । तितरबितर भएका केटाकेटी फेरि अगाडि आए । ठेलमठेल र पेलापेल भयो । मिसहरूले भीड सहज बनाए ।

नौ कक्षाका केटीहरू चोलो, फरिया लगाएर मञ्चमा झुल्किए । बेस्सरी हुटिङ र हल्ला भयो । आआफ्ना छोरीहरूलाई देखेर त्यहाँ आएका आमाहरू भिडियो लिन मोबाइल समातेर अगाडि आएर उभिए । गीत सुरू भयो । 'सुर्के थैली खै' भनेर नानीहरूले बेस्सरी कम्मर मर्काए ।

केही केटाहरूले कमेडी गरेर पेट मिचिमिची हँसाए । अनि केही गितार बोकेर आए अनि बेस्सरी घोक्रो फुलाए । नर्सरी, केजीतिरका

नानीहरूले राइम्स गाए । चिटिक्क परेका लुगाहरूमा परी जस्ता देखिएका थिए उनीहरू । त्यसपछि दस कक्षाको एउटा केटोले अघि बिहान मैले नै अलिअलि सम्पादन गरिदिएको कविता सुनायो । उसले कविता सुनाउँदा सबैले एकछिन छेउछाउकाहरूसँग गफ गर्ने फुर्सद पाएका थिए !

केटोको कविता सकिएपछि खै कुन लहडले हो, उद्घोषण गरिरहेका नेपाली सरले पनि एउटा कविताको पङ्क्ती सुनाए । त्यसपछि त के चाहियो र, नौ कक्षाका विद्यार्थीका आँखा मतिर सोझिए ।

एउटाले अर्कोको कानमा खुसुखुसु के भन्यो कुन्नि उनीहरू अस्ति नै बाचा गरेअनुसार नै हुटिङ गर्न थाले ।

"दिवस सर, कविता ! दिवस सर, कविता ! दिवस सर, कविता !" यसरी सानो सानो हुँदै लयबद्ध यो नारा ठूलो हुँदै आयो । मैले कविता लेख्छु भन्ने थाहा नपाउने विद्यार्थीहरू पनि उक्त नारामा स्वर मिलाउँदै थिए । मञ्चमा बसेकाहरू जिल्ल परे । एउटा, दुइटा, पाँच ओटा, दस ओटा गर्दै धेरै टाउकाहरू ट्वाल्ल परेर म भएतिर सोझिए । यो अप्रत्याशित घटनाले मेरो अनुहार रातो हुँदै आयो ।

"दिवस सर, कृपया अगाडि आउनुहोला । विद्यार्थीहरूको चाहना पूरा गरिदिनुहोला," उद्घोषक सरले चिप्लो बोलीमा फलाके ।

म तयार छैन भन्ने सङ्केत दिइरहँदा पनि विद्यार्थीहरू नारा लगाई नै रहे । मैले औंलाले ओठ थुनेर चुपचुप भन्ने सङ्केत दिएँ तर उनीहरू झन् जोडले कराए, "दिवस सर, कविता !"

आखिर मैले मञ्चमा नउक्लिई धर पाइनँ ।

कहिलेकाहीँ मात्र त्यो पनि थोरै मान्छेहरू भएका कवि गोष्ठीहरूका मञ्चमा उभिएको म आज उभिएको थिएँ, यति धेरै मान्छेहरूको बीचमा । खुट्टा लगलग काँपिरहेका थिए । मलाई नै थाहा थिएन, मैले त्यहाँ के बोल्नेछु अनि कुन कविता सुनाउनेछु । विद्यार्थीहरू ताली ठोकिरहेकै थिए । अतिथिहरू एउटा बेग्लै कुतूहलताका आँखा

मतिर सोझ्याइरहेका थिए । माइक समाएर अगाडि हेरें । मसँग गेटमा ठोक्किएकी केटी जिल्ल थिई । उसलाई देखेर म झन् नर्भस भएछु । तैपनि साहस निकालेर बोलें ।

"प्रमुख अतिथिज्यू, अतिथिज्यूहरू, डाइरेक्टरज्यू, प्रिन्सिपलज्यू, अभिभावकज्यूहरू, मेरा शिक्षक साथीहरू अनि प्याराप्यारा विद्यार्थी भाइबहिनीहरू !

अभिभावक दिवसको शुभकामना दिँदै भाइबहिनीहरूको आग्रहमा म एउटा कविता सुनाउन गइरहेको छु ।" यति बोलिरहँदा केटाकेटीहरूको आवाज फेरि एक चोटि गुन्जियो– "मिस, मिस ।" यही कविता मैले क्लासमा पढ्दा विद्यार्थीहरू बेस्सरी रमाएका थिए । मैले हतपत्त मोबाइलको नोट्स खोलेर अर्कै कविता पढ्न खोजें तर विद्यार्थीको हल्लाले 'मिस' भन्ने कविता नपढी सुख पाइनँ । लाज मानीमानी सुरू गरें–

मिस

स्कुल पढ्दा हाम्री एउटी मिस थिइन्
मिस राम्री थिइनन्
उनी ला...स्ट ठिस थिइन्
नाक अत्ति चुचो थियो, बोली अत्ति छुचो थियो
कपाल त झन् कपाल हो र ! त्यो त ठ्याक्कै कुचो थियो !

ठूलो स्वरले कराइदिन्थिन्
अनि होसहवास हराइदिन्थिन्
कहिलेकाहीँ त सपनामै डराइदिन्थिन् !
एक दिन त म कलासमै सुतेछु
मिसले बेस्सरी कान समातिन्
मैले त कट्टुमै मुतेछु !
दिनभरि एक्लै रोएर बसें

बेलका आमाले था' नपाउने गरी
कट्टु धोएर बसें !

लौ जा !
होमर्क गर्न पनि बिर्सेछु
मिसलाई देखेपछि पो सम्झेर तर्सेछु
त्यो दिन फेरि मिसले
सुरूमा कन्चटको रौं थुतिन्
पछि दुवै हातमा लौरोले कुटिन्
मिसले कुट्ने अनि मैले कट्टुमा मुत्ने
यही थियो मेरो हरदिनको रूटिन !

म्याथको टेबल रटाउँथिन्
खरर भन्नुपर्थ्यो, रोकियो भने ठटाउँथिन्
चर्को घाममा कलासबाहिर
कुखुरा बन्न पठाउँथिन्
टिफिन बक्स खोलेर हाम्रो खाजा चाखिदिन्थिन्
धेरै आफू खाएर हाम्लाई थोरै राखिदिन्थिन्
मान्छे त लास्टै खड्डुस थिइन्
ठ्याक्कै रगत खाने उड्डुस थिइन् !

समयले नि भाग्य फेरिदिंदो रैछ
देउताले नि दुखीलाई हेरिदिंदो रैछ
मेरो पनि एक दिन खुसीको दिन आयो
जब बेहुला र एक हूल जन्ती मिसलाई लिन आयो
म त पञ्चेबाजामा बेस्सरी नाचेछु
मिसलाई अन्माउँदा सबै रोए
म चाहिँ बेस्सरी हाँसेछु !

छुच्ची मिस त्यसपछि कहिले पनि आइनन्
सपनामा पनि सताइनन्
मिसले घरजम जोडिन् रे
जागिर पनि छोडिन् रे
उनको ठाउँमा त नयाँ मिस आइन्
हैट ! म त खुसीले झन्डै मरेको
मिस बनेर त मेरै ठूली 'सिस' आइन् !

कविता पढिरहँदा केटाकेटीहरू ताली ठोक्दै हाँसिरहेका थिए । उता मिसहरू भने रातो अनुहार लगाएर मुसुमुसु हाँस्दै थिए । मञ्चबाट म ओर्लँदै गर्दा विद्यार्थीहरू 'वान्स मोर' भनेर चिच्याउँदै थिए । लाजले रातो हुँदै ओर्लिएका मेरा आँखा उही चस्मा लगाउने केटीमा गएर अडिए । उनी पनि आनन्द मानेर हाँस्दै थिइन् । यो देखेर मेरो मनमा रहेको लाज अनि संशय हटेर गयो । उनको हाँसो देखेर म यसै तृप्त भएको थिएँ ।

"क्या दिनुभो, सर, मज्जा आयो," रोशन सरले मसँग हात मिलाउँदै भने ।

धेरै बेरसम्म पनि अभिभावकहरूका नजर मतिर थिए । म एकाएक सेलिब्रेटी भएको थिएँ स्कुलभरि !

भाषणहरू सकिए, नाचहरू सकिए, गानाबजाना सकिए । सबै जना चियापानमा लागे । रोशन सर, म अनि अरू दुई जना सर पाहुनाहरूलाई चियापान गराउन व्यस्त थियौं ।

"के छ रोशन हालखबर ?" एक्कासि एउटा सुरिलो स्वरले रोशन सरलाई पछाडिबाट बोलायो । हामी सबै जना त्यतैपट्टि फर्कियौं ।

चस्मा लगाएकी, सलक्क परेकी अग्ली अनि गोरो अनुहार भएकी केटी हातमा खाजाको प्याकेट लिएर उभिएकी थिई । मलाई अलिअलि लाज लाग्यो । यो त्यही केटी थिई, जसको खुट्टामा कुल्चिएको थिएँ कुनै दिन मैले । मसँग ठोक्किएर झन्डै लडेकी थिई ।

"ठीक छ । तिम्रो के छ नि ? नेपाल आइसकिछ्यौ, भेटघाट, खबर केही छैन है ?" रोशन सर मानौं औपचारिकता निभाउन मात्र बोलिरहेका थिए । उनले बोलेका शब्दहरूमा उत्साह थिएन ।

"एक दिन आएको थिएँ स्कुल, तिमीलाई त भेटिनँ । बरू कोही नयाँ मान्छेसँग भने चिनजान भएको थियो," उनले मतिर आँखा नचाएर बोलिन् । सायद मलाई व्यङ्ग्य गरेकी होलिन् तर मलाई जवाफ दिन आएन ।

"उहाँसँग चिनजान गर न," रोशन सरले मलाई देखाउँदै भने । अरू सरहरू भने यताउति व्यस्त भए ।

"चिनिसकेको छु मैले," उनी हाँस्दै बोलिन् । लौन ! दाँतमा त ब्रेसेस रहेछ ।

"कसरी ?" अचम्म मान्दै रोशन सरले मेरो अनुहारमा हेरे । मलाई उनले त्यही जम्काभेट अनि ठोक्किएर खुट्टा कुल्चेको कुरा गर्छिन् कि भनेर लज्जाबोध हुँदै थियो ।

"उहाँको त सारा स्कुल फ्यान रै'छ । कवि दिवस क्षत्री ।" उनको मुखबाट मेरो नाम उच्चारण हुँदा पनि मन त्यसै फुरूङ्ङ भएर माथि उड्यो अनि टेन्टमा ठोक्कियो ।

रोशन सर "ए ए" भनेर अन्तै व्यस्त हुन पुगे । त्यहाँ थियौं त केवल हामी दुई, जिल्ल परेर उभिएका ।

"तपाईंको परिचय दिनुहुन्न ?" मैले सोधें ।

"आरती," भनेर कसैले बोलायो । उनी हजुर भनेर गइन् । उही मोटी महिला थिइन्, अघि सँगै बसेकी । सायद आमा हुनुपर्छ । उनले मलाई आफ्नो परिचय नदिई गइन् तैपनि नाम थाहा पाएँ, आरती ।

आरती

डाक्टर आरती खनाल । एमबिबिएस फ्रम युनिभर्सिटी अफ साइन्स एन्ड टेक्नोलोजी, चटगाउँ, बङ्गलादेश । पिता आनन्ददेव खनाल अनि आमा रमिला खनालकी एक मात्र छोरी । नाम पनि बाआमाको नामको पहिलो अक्षरबाट मिलाएर राखिएको । त्यसैले होला, बाआमा दुवैकी प्यारी । बाबाको स्कुलमा पढेकी छोरी, घमन्डी त अलिअलि हुनु नै पऱ्यो । नत्र कसले चिन्ने, कसले गन्ने ? तर त्यो घमन्डीपना अलि बनावटी जस्तो लाग्थ्यो ।

लिटिल रोज स्कुलकै इतिहासमा आरती खनालको जाँचको कापी मात्र दुई चोटि चेक गर्ने प्रावधान थियो । पहिले विषय शिक्षकले अनि दोस्रो चोटि डाइरेक्टर आनन्ददेव खनाल स्वयम्ले । कम नम्बर आउँदा शिक्षकले स्पष्टीकरण दिनुपर्थ्यो । कहाँकहाँ कमजोरी छ, खनाल सरको कोठामा बसेर छलफल हुन्थ्यो । अनि सुरू हुन्थ्यो, भोलिपल्टैबाट एक्स्ट्रा क्लास ।

पढाइ, एक्स्ट्रा क्लास, जाँच, टेस्ट, रिजल्ट अनि नम्बरकै सेरोफेरोमा घुमेको थियो आरतीको जीवन । किताबका मसिना अक्षरहरू हेर्नलाई सानैमा लगाइएको थियो ठूलो चस्मा । आँखा त उनका थिए तर त्यहाँ सपनाहरू थिए बाबाका । उनका सपनाहरू त छोपिएका थिए, मोटा चस्माका लेन्सहरूभित्र । अरूको जस्तै गरी यौवन दौडिएर आएको थियो, उनीभित्र पनि । अरूलाई जस्तै काउकुती लगाएको थियो, बैंसले उनलाई पनि । तैपनि मनका उत्तेजनाहरू थिचेर दिमाग तेजिलो पार्नुपर्थ्यो उनले । दूधमा मह घोलेर पिउनुपर्थ्यो हरबिहान ।

दूधमा चेवनप्रास घोलेर पिउनुपर्थ्यो हररात । साथीहरूले अटो बनाउँदा उनी नोट बनाउँथिन् । सपनामा कहिल्यै आएन कोही राजकुमार । केवल आउँथे न्युटनका फर्मुलाहरू ।

स्कुल पढुन्जेल कहिल्यै तेस्रो हुनुपरेन आरतीले । तर पहिलो पनि धेरै पटक हुन पाइनन् । जुन वर्ष उनी पहिलो भइन्, स्कुल छोडेर गएको थियो फस्ट ब्वाईले । "आफ्नी छोरीलाई जबर्जस्ती फस्ट बनाए," भन्ने आरोप खेपे खनाल सरले । त्यसपछिको फस्ट ब्वाई रोशन थापाले कहिल्यै सेकेन्ड हुनुपरेन । न त स्कुलमा फी नै तिर्नुपऱ्यो । गर्नुपर्थ्यो त केवल आरतीसँग कम्बाइन्ड स्टडी । जाँचमा पनि सिकाउनुपर्थ्यो आरतीलाई ।

एसएलसी पनि सकिएको थियो । रोशनले टप गऱ्यो, आरती पाँचौं भइन् । झन्डै फेल नै भएकी थिइन्, अप्सनल म्याथमा । तर रोशन सँगै परेको हुँदा त्यो दुर्भाग्य टरेको थियो । केही उत्तरहरू सार्न पाएकी थिइन् उनले । कुरा काट्नेहरूले कुरा काटे पनि खनाल सरले भने खसी काटेका थिए । आखिर आफ्नो सपनाको एउटा खुट्किला जो उक्लिदिएकी थिई छोरीले । बाबाआमाको चाहनालाई शिरोधार्य गरेर पढेकी आरतीले साइन्स पढिन् । भारी गह्रुङ्गो थियो । धकेलिदिने बाबा थिएनन् न त उचाल्दिने रोशन नै थियो, कलेजमा । बायोलोजी, केमेस्ट्री अनि फिजिक्सका मोटामोटा ठेलीहरू आफैंले छिचोलिन् । आफ्नो अनुहार हेर्न बिर्सिइन् । आफूलाई चिन्न भुलिन् अनि सकिन् प्लस टू ।

छोरोलाई इन्जियर पढाउने बेलामा अहिले जस्तो धेरै सम्पत्ति थिएन, खनाल सरसँग । तर छोरीलाई पढाउने बेलामा भने कुस्त सम्पत्ति भइसकेको थियो । त्यसैका बलमा उनले छोरीलाई एमबिबिएस पढ्न पठाए बङ्गलादेश । घरबाट टाढा पढ्न पुगेकी आरतीलाई केही कुराको अभाव थिएन । न त पैसाको, न त अरू कुनै कुराको । तर साथी सर्कलसँग नभिजेकी, जिन्दगीका रङहरूसँग नरङ्गिएकी उसलाई रङ्गीन लाग्यो त्यो नौलो दुनियाँ ।

जिन्दगीमा आरतीका धेरै साथीहरू बनेनन् । एक्लो, एक्लो अनि नीरस जिन्दगी । साथी बनाउने पनि एउटा शिल्प हुँदो रहेछ,

कला हुँदो रहेछ । पाठ घोक्न सिकेकी आरतीले जानिनन् साथीहरू बनाउन । ठुल्ठूला किताबहरूको चेपमा कतै च्यापिएका थिए होलान्, आरतीका खुसीहरू । लिसो बनेर बसेको आरतीको मनको त्यही भावना उप्काइदिएको थियो राजाले ।

खासै धेरै साथी नबनाउने आरतीलाई नेपालीभन्दा बङ्गाली साथीहरू नै बेस लाग्न थालेका थिए । जति बेला पढाइबाट फुर्सद मिल्थ्यो, प्राक्टिकलबाट फुर्सद मिल्थ्यो, यादमा आउँथ्यो राजा, हातमा गितार समाएर गाइरहेको, अरिजितको स्टाइलमा । नामको राजा साँच्चैको राजा बनेर बसेको थियो मनको दरबारमा ।

"तुझे याद करलिया है आयात कि तरह... ।"

युएसटिसीको वेलकम प्रोग्राममै गाएको थियो, राजाले यो गीत । त्यसै दिन आरतीको हृदय खोसलेर प्रेमको शीला खोजिदिएको थियो राजाले । त्यसै दिनदेखि बसेको थियो, ऊ आरतीको मनभित्र । आउन थालेका थिए, उसका मनमा राजाका चित्रहरू । बज्न थालेका थिए, आरतीको आइपडमा अरिजितका गीतहरू ।

"तेरे लिए दुनियाँ छोड दिई है..." भन्ने गीत त घन्टौं बज्थ्यो ।

तर प्रेम केवल अनुभूति थियो आरतीको । त्यहाँ प्राप्तिको चाहना किञ्चित थिएन । भाषा फरक थियो, भूगोल फरक थियो, धर्म फरक थियो । संस्कार अनि सोचाइ सबै फरक थियो । सजिलो ठाउँमा त किन आउँथ्यो र प्रेम । समाजका यस्तै अप्ठ्यारा, गल्छेंडा अनि अक्केराहरूमा नै रहेछ प्रेमको झार टुसाउने त ।

जसरी टुसाएको थियो त्यो प्रेम, त्यसरी नै मरेको थियो । साढे पाँच वर्षसम्म पनि बोलचाल भएन उनीहरूको । कहिल्यै कहीँकतै व्यक्त भएन त्यो अद्‌भुत प्रेम । सायद डर कतै बसेको थियो, आरतीको अवचेतनमा । पढेर डाक्टर बन्नुपर्ने डर, पढाइको भारीको डर अनि बाबाको इज्जतको डर । राजा त आयो, मनमा डेरा बसायो अनि समयसँगै डेरा छोडेर गयो । तर छाडेर गएको थियो आरतीलाई आत्मविश्वास । देखाइदिएको थियो, उसलाई नारी हुनुको असली परिभाषा । मानव मनको अभेद्य यथार्थ, प्रेमको एउटा शाश्वत चित्र ।

बङ्गलादेश गएर आरतीले डाक्टरी मात्र पढिन । सिकेर आएकी थिई प्रेमको भाषा । बुझेकी थिई बल्ल, विपरीत लिङ्गप्रतिको आकर्षण ।

आजभोलि अलिअलि खुल्न थालेकी, हाँस्न थालेकी थिई ऊ । नत्र त "के छ रोशन ?" भनेर आफैं सोध्न आउने केटी त त्यो हुँदै होइन ।

रोशन सरले बताएका थिए, आरतीको जीवनगाथा । छक्क परेका थिए उनी आफैं, कसरी एउटा झुसिल्किराबाट बनेकी थिई आरती, एउटी रङ्गीन पुतली ।

"बल्ल आरती पनि केटी जस्ती लाग्न थाली, सर," अट्टहास हाँसेर भनेका थिए उनले ।

"कसरी थाहा पाउनुभयो त उसको बारेमा यी कुराहरू ?" सोधेको थिएँ मैले ।

"चासो हुन्छ, सर, सँगै पढेको मान्छे डाक्टर भइसक्दा । राम्रा कुराहरू आफन्तले फैलाउँछन् अनि नराम्रा कुराहरू दुश्मनले ।"

"तपाईंलाई कस्ती लाग्छ नि आरती ?" मन चोर्न खोजेको थिएँ मैले ।

"साथी हो, माया लाग्छ । बिचरीले कहिल्यै आफ्नो जिन्दगी जिउन पाइन । बाउको इच्छा पूरा गरिदिई । खनाल सरसँग पनि मेरो कहिल्यै गुनासो छैन । मेरो आफ्नो परिवारले गतिलो स्कुल त पढाउन सक्ने थिएन, डाक्टर त परको कुरा । धन्न खनाल सरले स्कुल सित्तैमा पढाइदिए । अहिले जागिर दिए, खुसी यसैमा छु, सर । आआफ्नो भाग्य न हो ।"

रोशन सर बोलिरहँदा मन यतिकै खुसीले झुमिरह्यो । कुनै रिस, राग, द्वेष अनि आहारिस नभएको, कति सुन्दर मन । मिसहरूले अस्ति गुनगुन गरेको सम्झिएँ । बल्ल बुझें त्यति बेला अलिअलि सुनेका कुरा । आरती आएपछि रोशन सरलाई हीनताबोधले गाँजेको छ भन्ने कुरा सबै झूट लाग्यो ।

हुन पनि कुरा काटेर रमाउनेहरू किन फोकटमा कसैको तारिफ गर्दै दुःखी भई बस्थे र !

फोटो

एक साँझ मोबाइलबाट फेसबुक खोल्दै जाँदा दर्जनौं नोटिफिकेसनहरू देखेर अचम्म लाग्यो । नोटिफिकेसन केलाउँदै गर्दा थाहा पाएँ, स्कुल डेमा मैले माइक समातेर कविता वाचन गरिरहेको फोटो खिचेका रहेछन् रोशन सरले, ट्याग गरेका रहेछन् मलाई । अर्को अचम्म चाहिँ मेरा सबै पुराना पोस्टहरू लाइक गरेकी रहिछन् एउटी अपरिचितले । लाइक गर्ने जोसुकै होस् भनेर वास्ता नगरी फोटोका कमेन्टहरू हेर्न पुगें । रूबाले 'लभ रियाक्ट' गरेको फोटोमा 'ह्यान्डसम' लेखेकी रहिछ सम्झनेले । देवदासले आफ्नो सायर अन्दाजमै 'गज्जब गुरू' लेखेछ । केही मान्छेहरूले 'हिरो' लेखेका रहेछन्, उही रेडिमेड पारामा । एउटा अपरिचित नाम झुल्कियो पुछारतिर । उही सबै पोस्ट लाइक गरेकीले नै कमेन्ट गरेकी रहिछन् ।

"वाह ! कविको बेजोड प्रस्तुति ।"

कमेन्ट पढ्दा एउटा स्वर गुन्जिए जस्तै भयो मनमा । कतै सधैंभरि सुनिरहे जस्तो आवाज । कतै एक पटक मात्र सुनेको जस्तो आवाज ।

हत्तपत्त त्यो प्रोफाइल खोलेर हेरें । छद्म नाम, फोटा छैनन् । केवल केही अङ्ग्रेजी कोट्सहरू छन्, पुराना स्टाटसहरूका नाममा । तर म्युच्युअल फ्रेन्ड रहेछन् रोशन सर । को होला, को होला भनेर एकछिन टोलाएपछि बल्ल अघि मनमा गुन्जिएको आवाजले एउटा अनुहार पायो, आरती खनालको ।

कमेन्ट्सहरू सबै लाइक गरिदिएँ । रातो बनेर रिसाइरहेको म्यासेन्जरलाई सुमसुम्याएँ । केही नामहरू हेल्लो, हाई गरेर हाँसिरहेका थिए । रोशन सरले केही फोटाहरू पठाएका रहेछन् स्कुल डेका । त्यसपछि आँखा पुग्यो उही अपरिचितको म्यासेज रिक्वेस्टमा, सायद आरतीको । हत्तपत्त खोलें म्यासेज । रूबाको म्यासेज बेवास्ता गरें आज । सोचें, आफ्नै मायालु त हो नि ।

"हेल्लो मिस्टर पोएट," लेखेकी रहिछ ।

"यस प्लिज," लेखिदिएँ ।

म्यासेज यति छिट्टो सिन भयो कि मानौं ऊ मेरै जवाफको पर्खाईमा थिई ।

"चिन्यौ ?" उसले एकै चोटि तिमी भनेर सम्बोधन गरी । मलाई अलि असहज लाग्यो । सोचें, मान्छेहरूसँग बोल्न पनि नआउने रहेछ केटीलाई ।

"अलि गाह्रो पऱ्यो ।"

"आरती ।"

कस्तो सीधा व्यवहार । न त जिस्किन, न त बढी बोल्न आउने, अचम्म लाग्यो । यही बानीले होला सायद उसका धेरै साथीहरू नबनेका । सीधै आफ्नो नाम नभनेर केही बेर मेरो दिमाग पनि त चाट्न सक्थी ।

"ए ए आरती ?"

उसले मेरो प्रश्नको उत्तरमा केवल मुस्कान पठाई ।

"डिस्टर्ब भयो कि ?" सोधी उसले ।

"छैन त ।"

अनौठो लाग्दै थियो, मेरो दानापानीको व्यवस्था गर्दिने मेरो हाकिमकी छोरी, डाक्टर मान्छे, आज मसँग बोल्न आएकी थिई ।

"सरी है ! रोशनको फोटोमा देखेर म्यासेज गरेकी । फ्रेन्ड रिक्वेस्ट पठाइहाल्न अड लाग्यो ।"

"लौ ! किन अड मान्नुपऱ्यो र ! म पनि साथी हो नि ।"

"रियल्ली ?" ऊ रोमाञ्चित भई सायद, यता म जस्तै ।

"या ।"

एकैछिनमा उसको फ्रेन्ड रिक्वेस्ट पनि आयो, एसेप्ट गरिदिएँ ।

के बोल्ने के बोल्ने, म बिलखबन्दमा थिएँ । बढी बोलौं, हाकिमकी छोरी रिसाउने पो हो कि ! कम बोलौं, फेरि पनि हाकिमकी छोरी, म ठूलो पल्टिएँ भनेर रिसाउने पो हो कि ! ठिक्क बोल्नलाई मसँग शब्द जोख्ने तुलो नै थिएन ।

"डू यू ह्याभ ब गर्लफ्रेन्ड ?" एक्कासि सोधी उसले ।

"सरी ! बुझिनँ मैले," अप्रत्याशित प्रश्न थियो मेरा निम्ति ।

"तिम्रो प्रेमिका छैन ?" उसले मलाई अङ्ग्रेजी नआउने ठानी क्यारे तर मैले त प्रश्नको नियत पो बुझेको थिइनँ त ।

"हाहाहा । नोप ।"

मलाई आफ्नो व्यक्तिगत कुरा यतिकै कसैलाई साट्न मन भएन । कि मलाई यो केटीसँग मात्र झूट बोल्न मन लाग्यो ? सायद मेरो अवचेतन मनले कुनै बेग्लै चाहनाको भाषा बोल्न लगायो मलाई ? खैर जेसुकै होस् ।

"यति राम्रो कविता लेख्नेको पनि प्रेमिका छैन र ?"

"त्यति राम्री डाक्टरको चाहिँ छ कि छैन होला ब्वाईफ्रेन्ड ?"

"हाहाहा ।"

"किन हाँसेकी ?"

"आइ डन्ट इभन ह्याभ फ्रेन्ड्स, ब्वाईफ्रेन्ड त परको कुरा ।"

हुन पनि बिचरीका साथी पनि त धेरै थिएनन् । मलाई उसको राजाको बारेमा सोध्ने मन थियो तर सोधिनँ । नियतिले पनि अचम्मको खेल खेल्दिने रहेछ । म उसको बाबाको स्कुलमा पढाउन जानु र ऊ नेपाल आउनु लगभग एकै समयमा भएछ । अनि उसको र मेरो भेट त्यही स्कुलमा हुनु, ऊसँग म ठोक्किनु, कतै हाम्रा भाग्यहरू त एकआपसमा ठोक्किन आएका होइनन् ? एकछिन टोलाएपछि म फेरि यथार्थमा ओर्लिएँ । हैट ! केके सोचेको होला मैले ? मेरी त त्यति राम्री गर्लफ्रेन्ड छे, रूबा । सम्झेर लाज लाग्यो ।

"आज नै होला, मैले यति धेरै बेर फेसबुक चलाएको । बाबाले थाहा पाउनुभयो भने मार्नुहुन्छ," यति भनेर ऊ जान लागी । मलाई किन किन ऊसँग बोल्न मन लागिरहेथ्यो ।

"आजकल के गर्दै छ्यौ ?" कुरा तन्काएँ ।

"केही गर्दिनँ ।"

"डाक्टर भएर पनि खाली बसेको ?"

"हैन त्यस्तो । एउटा क्लिनिक जान्छु साँझमा । अरू बेलामा चाहिँ पढ्छु ।"

"डाक्टर भएपछि पनि अझै पढ्नुपर्ने ?"

"स्पेसलिस्ट बन्नुपरेन त बुद्धु ? एमडीको इन्ट्रान्स एक्जामको तयारी गर्दै छु ।"

मलाई उसले दिएको बुद्धु भन्ने नाम अति नै मनपऱ्यो । कस्तो आफ्नै जस्तो महसुस गराउने, कति निकटताको आभास गराउने । म दङ्ग परेँ एकछिन । बुद्धु बनेरै वाल्ल परेर हेरिरहन मन भयो उसैलाई ।

"मुटुको विशेषज्ञ बन ल ?" म सहज हुँदै गएँ ऊसँग ।

"किन ?"

"मायामा आजकल धेरैको दिल टुट्ने गर्छ । इस्कोप राम्रो छ ।"

"हिहिही दयाट्स लाइक अ पोएट" भनेर हाँस्दै उसले 'बाई' भनी ।

कस्तो अनुशासन । समयको कस्तो पावन्द । हुन पनि डाक्टर पो त । मलाई भने ऊसँग कुरा गर्न पुगेकै थिएन । मन नलागीनलागी अरू म्यासेजहरू हेरेँ । आफ्नी मायालुको म्यासेजले टुलुटुलु हेर्दै रहेछ मलाई ।

"नबोल्ने हो मसँग ?" रूबाको म्यासेज बोल्यो ।

"किन नबोल्ने नि आफ्नी बूढीसँग ?"

"खुब ! आजभोलि हजुर मलाई वास्तै गरिसिन्न ।"

"बल्ल साँझमा एकछिन फेसबुक चलाउँछु, यताउति हेर्दाहेर्दै म्यासेज गर्नै पाउँदिनँ ।"

"होला होला ! कोसँग च्याटमा बिजी हो अनि... ।"

"कसम हैन," कति सस्तो अनि कति सजिलै खाइदिएँ झूटो कसम ।

"कोहीसँग त पक्कै हो । नत्र मलाई यसरी बेवास्ता गर्ने मान्छे त हैन हजुर," उसले भनी । मैले उसलाई यथार्थ बताउन चाहिनँ । वा मेरो मनले त्यो जरूरी ठानेन । उसको प्रेममाथि सानै भए पनि यो पहिलो विश्वासघात थियो मेरो । मन खासै रमाएन । उसले केके केके कुराहरू भनिरही, बोलिरही तर पनि मेरो ध्यान अन्तै गइरह्यो । मलाई उसका कुराहरूमा त्यति वास्ता लागेन । आरतीले गज्जबको इन्ट्री मारेकी थिई मेरो मनमा । अनि जीवनमा ?

"म सुत्छु ल ?" उसका गन्थनहरू गनगन लाग्न थालेपछि भनें ।

"यति छिट्टै ?"

"अँ, थकाई लागेको छ ।"

"त्यसो भए सुतिस्यो ।"

बिचरीलाई के थाहा मेरो मनमा के पो लागेको छ ! उसले त माया गरेर सुत्न भनी । ख्याल राखी मेरो । कति निर्दोष छे बिचरी । तर मेरा आँखाको आँगनमा भने आरती आएर बसिरही । मलाई निदाउनै दिइन । सुत्छु भन्दा पनि निद्रा मेरो नजिक पर्नै आएन । मानौं निद्रा कुनै माखा हो, जसलाई आरती मेरो छेउमा आउन खोज्दा हम्केर भगाइदिन्थी ।

म:म

"कता छस् बे ?" एकाबिहानै आकाशले फोन गरेर सोध्यो ।

"कोठामै छु ।"

"मास्टर भएपछि बिर्सिस् त ।"

"हैन यार, नभ्याएर हो । बिहानै निस्किन्छु, साँझ मात्र आउँछु ।"

"शनिबार पनि पढाउँछस् र ?"

"केही न केही काम परिराख्छ शनिबार पनि ।"

मेरा अरू बारहरू लिटिल रोज स्कुलले किनेको थियो भने शनिबार त यसै 'मुसी डे' नै थियो । मेरा व्यस्तताहरूका बीचमा आकाश कतै हराएको थियो ।

"आज के छ तेरो ?" उसले मेरो फुर्सदकै बारेमा सोधेको थियो । मलाई अप्ठ्यारो लाग्यो प्रश्नको उत्तर । रूबासँग भेट्ने चाहना थियो मेरो । मेरो मौनतालाई पढेर आकाश बोल्यो, "यदि तेरो फुर्सद भए आज एक ठाउँमा जाऔं न ।"

"कता ?"

"कमलादी ।"

"किन र ?"

"तँलाई थाांहा हुनुपर्ने । तेरै खालको प्रोग्राम छ झन् ।"

"के छ भन् न ?"

"नेपाल लिटरेचर फेस्टिभल छ, था'छैन ?"

"त्यो त था'छ तर कताबाट इन्ट्रेस्ट लाग्न थाल्यो तँलाई चाहिँ ?" आकाश खासै साहित्यमा रूचि भएको मान्छे थिएन ।

"एक जना दाइलाई भेट्नु छ त्यहीँ ।"

"हुन्छ, जाउँला नि ।"

आकाशलाई त जाउँला भनियो तर रूबालाई के गरौं ? मन द्विविधामा घुमिरह्यो । यसै आजभोलि म टाढा भएको महसुस गर्दै छे ऊ । झन् आज एक दिन पनि नभेट्दा के गुज्रेला उसको मनमा ? एक्लै के गरेर बस्दी हो कोठामा दिनभर ? मनले ठान्यो उसलाई पनि कमलादी नै बोलाऊँ । तर आकाश ? के फरक पर्छ र ! देखोस् उसले पनि आज मेरी रूबालाई ।

"कमलादी आऊ ल ?" रूबालाई फोन गरेर भनें ।

"किन ?"

"त्यतै भेट्ने आज । हुन्न ?"

"हुन्छ नि । त्यसै पनि नीलिमा आइसकी गाउँबाट । कोठामा भेट्न पनि गाह्रो छ," उसले बताई ।

मेरा दुवै प्रिय मान्छेहरूलाई एकै ठाउँमा भेटेर समय दिन सक्ने भएकोमा आनन्दित भएँ ।

दिउँसो आकाशसँग कमलादी पुग्दा रूबा आइसकिछे । उसलाई देखेपछि अचम्मका आँखाले मलाई हेर्दै इसारामा 'को हो ?' भनेर सोधेको थियो आकाशले । उसले मेरो मुस्कान पढेर बुझेको थियो, रूबा र मेरो नाता । मैले यतिका दिन कुरा लुकाएको कारण होला, अलिअलि मुर्मुरिए जसरी आँखा तरेको थियो ।

बर्सातले फेस्टिभलको कार्यक्रममा डिस्टर्ब गरेको थियो । एकेडेमीको आँगनमा मञ्च सजाउने काममा बाधा भइरहेको थियो । मञ्च बनाउने सामान बोकेको गाडी ठिङ्ग उभिएको देखियो नजिकै । कार्यक्रम पानी नरोकिई सम्भव देखिएन । हामी भने ओत लाग्न अनि चिया पिउन भनेर गणेश मन्दिरछेउको चिया पसलमा पुग्यौं ।

टेबललाई घेरा हालेर हामी छेउको बेन्चमा बस्यौं ।

"आफू त सिङ्गल परियो । बेन्चमा सँगै बस्ने पनि कोही छैन," सामुन्नेको बेन्चमा बस्दै गर्दा आकाश बोल्यो ।

"तेरा मान्छेहरू एउटा बेन्चमा मात्र अट्छन् र ?" जिस्क्याएँ मैले ।

बेस्सरी हाँस्यो आकाश । लजाउँदै सुस्तरी हाँसी रूबा । आकाशले हाँस्दै गर्दा चोरीचोरी मेरी मुसीलाई हेरेको देखेको थिएँ मैले । मलाई थोरै जलन भएको थियो ।

चिया आइपुग्यो । बाफिँदो चियासँग गफिँदै थियौं हामी । लाज पचाएरै चुरोट सल्कायो आकाशले । हत्तपत्त केटीको अघि चुरोट सल्काउने मान्छे थिएन ऊ । "असल भएको इम्प्रेसन दिनुपर्छ, के थाहा लभ परिहाल्छ कि !" भन्थ्यो पहिलेपहिले । सायद साथीकी गर्लफ्रेन्ड भनेर उसले रूबासँग लभ पर्ने सम्भावना देखेन । जेहोस् म ढुक्क भएँ, धन्न यो बोकाले मेरी प्रेमिकामाथि गलत नजर लगाएन !

"तान्छस् ? कि छोडिस् ?" खाँदाखाँदैको आधा चुरोट मेरो अघिल्तिर तेर्स्याएर ऊ बोल्यो । मैले रूबालाई हेरें । ठूला आँखा बनाएर उसले मलाई हेरी । म उसलाई वास्तै नगरे जसरी सुरूक्क चुरोट समातेर तान्न थालें । उसले टेबुलमुनिबाट चिमोटी ।

बाक्लो चिया सकिँदा झरी पातलो भइसकेको थियो । हामी अझै केही बेर बसिरह्यौं, गफ गरिरह्यौं ।

"तपाईंको घर चाहिँ कता ?" आकाशले रूबालाई सोध्यो ।

"दैलेख," ऊ सुस्तरी बोली ।

"समरलाई चिन्नुहुन्छ ?"

"को समर ?" ऊ जिल्ल परी । आकाश खिस्स हाँस्यो ।

"साले, तेत्रो दैलेखमा एउटा मात्र समर छ र सोधेको ?" म जङ्गिएँ ।

आकाश डिच्च पऱ्यो । रूबा मुसुमुसु हाँसी । आकाश साथमा भएकाले होला, ऊ खुल्न सकेकी थिइन ।

"कुरा गर्ने कुरा नै नभएर केके पो सोध्न पुगेछु । खासमा समर भन्ने एउटा पुरानो साथी थियो क्या मेरो," रातो हुँदै आकाश बोल्यो । सोचें, बोल्ने यस्तो गति छ र पो यो बोकाको अहिलेसम्म लभ नपरेको ।

पानी रोकिएपछि हामी चिया पसलबाट निस्कियौं । एकेडेमीको डबलीमा भीड जम्मा भइसकेको थियो । कार्यक्रममा अतिथिका रूपमा चर्चित भारतीय लेखक अमिश त्रिपाठी आएका रहेछन् । उनीसँग फोटो खिच्नेहरूको बाटोमै लाइन थियो । झरीमा पनि यतिबिघ्न भीड देखेर दङ्ग परें । हामी तीन जना लहरै एउटा पेटीमा बस्यौं । अरू अतिथिहरूको आगमन भइसकेको थियो । एक जना गायक गीत गाउन थाले । भीड कहिले गायकसँगै गाउँथ्यो भने कहिले बेस्सरी हल्ला मच्चाउँथ्यो । हामी पनि भीडसँगै झुमिरह्यौं ।

फोन कानमा लगाएर यताउति नियालिरहेको आकाशले अलि परको भीडमा देखाएर हात हल्लायो । भीडबाट पनि एउटा जवाफी हात हल्लियो ।

"एकछिन है ?" भनेर उठेर गयो आकाश । मेरा आँखाले आकाश गएको हेरिरहे । आकाशले अघि हल्लिएको हातलाई गएर आफ्नो हात मिलायो, मुसुमुसु हाँस्यो । खै के कुरा गऱ्यो कुन्नि, ती मान्छेले हामी बसेको ठाउँतिर हेरे । तर हामीलाई ठम्याएनन् सायद । फेरि आकाशसँगै कुरा गरिरहे । एकछिनपछि आकाश फर्कियो । आएर बस्यो अघिकै ठाउँमा ।

"को हुन् ती मान्छे ?" मैले सोधें ।

"पछि भनौंला," उसले टारिदियो ।

एकैछिनमा अमिश स्टेजमा उक्लिए । भीड बेस्सरी चिच्यायो । उनले केही शब्दहरू बोले । ताली बज्न थाल्यो । मलाई कुनै अनौठो लागेन । शब्दको जादु कति हुन्छ भनेर मलाई थाहा थियो, प्रमाण थियो मसँग । मेरा शब्दहरूले तानिएर मेरो जीवनमा आएकी मेरी रूबा जो छेउमा थिई ।

आफ्नो 'शिव ट्रिलोजी'का बारेमा बोले अमिश। नयाँ लेख्नेहरूलाई केही टिप्स पनि दिए उनले। तालीहरू परर बजे। क्यामराहरूले तस्बिरहरू खिचे। भव्य भयो कार्यक्रम।

बाहिर अमिशका किताबहरूको स्टल पनि थियो। मान्छेहरू किताब किनेर अमिशलाई साइन गराउँदै थिए। मलाई पनि किनौंकिनौं लाग्यो। *सीता वारिएर अफ मिथिला* लिएँ।

"एउटा किने भइहाल्यो नि," अर्को किताब छान्दै गर्दा रूबा बोली, "हजुरले पढेपछि मलाई दिस्यो," ऊ मुसुक्क हाँसी।

मलाई त मन थियो दुई ओटा किताब किनौं। एउटा उसलाई उपहार दिऊँ। तर कति व्यावहारिक मेरी मायालु, खर्च बचाउने खालकी।

"मैले पढेर तिमीलाई दिन टाइम लाग्छ," मैले भनें।

"अर्को स्याटरडे ल्याइदिस्यो न।"

किताब किनेर लाइनमा बसें। अमिशले मुसुक्क हाँसेर साइन गरिदिए पहिलो पानामा। नाम सोधेर लेखिदिए, "टू डियर ब्रदर दिवस।"

बाहिर निस्किएर कमलादीकै एउटा मःम पसलमा खाजा खायौं। रूबाले भेज मःम अनि हामी दुईले बफ। मैले मःम मुखमा हाल्दा कागती निचोरिए जस्तो अनुहार पारेकी थिई उसले। टेबलमुनिबाट चिमोटेर साउतीको भाषामा बोली ऊ, "भैंसी खाएको मुख लिएर आउने हैन मेरो छेउमा।"

उसलाई वास्तै नगरेर कपाकप मःम खाएँ। मैले सक्दा आकाशले अघि नै प्लेट खाली पारिसकेछ।

"अझै थप्ने ? के छ विचार ?" सोध्यो आकाशले।

"थपौं न त," मैले भनें। रूबाले फेरि चिमोटी। म ऐय्या भनेर कराएँ। आकाश जिल्ल पऱ्यो। रूबा मुसुमुसु हाँस्दै निहुरेर चम्चाले भेज मःम फुटाउन थाली।

अर्को आधाआधा प्लेट मःम थपेर खाएपछि त्यहाँबाट निस्कियौं । रूबालाई गाडी चढाएर फर्किंदा आकाशले पहिलो चोटि सिरियस भएर सोध्यो, "तेरो कस्तो लभ हो यो ?"

"किन ?" बाइकपछाडि बसेको मैले उसको काँधमा आफ्नो टाउको पूरै सुताएर सोधें ।

"केटी त ठिकै हो तर तैंले योभन्दा धेरै राम्री केटी पाउँछस् ।"

म केही बोलिनँ, मौन बनेरै सुनिरहें ।

आकाश अझै बोलिरह्यो, "यू डिजर्भ बेटर देन हर ।"

बाइकको गतिको कारण मेरा आँखामा खै केके धूलो आएर बिझ्यो । त्योभन्दा बढी त मेरो मनमा आकाशको कुरा गएर बिझेको थियो ।

बर्थडे

मलाई किताब पढ्न समय लाग्दैन । लिएर आएकै दिन पढेर सकेको थिएँ अमिशको किताब । पढेपछि लेखेको थिएँ फेसबुकमा स्टाटस, किताबको फोटो हालेर, अटोग्राफ देखिने गरी । कमेन्टहरू टन्न आएका थिए, दङ्ग परेको थिएँ म । आज पढ्नु, लेख्नु केही थिएन । फेसबुकको भित्तामा डुलिरहेका मेरा आँखाले देखे आरतीको फोटो । आफूले नै आफ्नो फोटो नराखेकी उनलाई अरू कसैले 'बर्थडे विस' गरेको रहेछ, फोटो राखेर ।

रातको नौ बजिसकेको छ, यति बेला बर्थडे विस गरौं कि नगरौं, द्विविधामा परें । तैपनि त्यही फोटोको कमेन्टमा गएर 'ह्याप्पी बर्थडे' लेखिदिएँ । केही बेरमा नै आरतीले मेरो विस 'लाइक' गरेको नोटिफिकेसन आयो । एकछिनपछि रातो बल्यो म्यासेन्जर ।

"थ्याङ्क यू सो मच फर योर विस," लेखी उसले ।

"सरी ढिला भयो विस गर्न ।"

"नो ओरिज ।"

म सोच्थें, ऊ रिसाउली, 'किन यति ढिला विस गरेको ? छुच्चा' भन्थी होला, तर भनिन । कति सीधा मान्छे । मनमा आवेग, उत्तेजना केही नभएको सीधा रेखा जस्तो मन । उसको मनको ग्राफ बनायो भने पनि सीधा तेर्सो धर्को बन्छ होला ।

"ट्रिट खै त ?" मलाई उसलाई जिस्क्याउने मन भयो । नत्र त उसका सोझा कुराहरूले मलाई नै च्याटमा बोर हुने निश्चित थियो ।

"पहिला गिफ्ट चाहिन्छ," बल्ल अलिकति जिस्किई ऊ । मलाई पनि औंलाहरूमा काउकुती सलबलाए जस्तो भयो ।

"के चाहिन्छ ?"

"मागेको दिन्छौ ?"

"सक्ने कुरा अवश्य दिन्छु ।"

"आई नो, तिमीले दिन सक्छौ ।"

"त्यसो भए पक्का भयो ।"

"अमिशको अटोग्राफ भएको बुक देऊ न ल ?" कस्तो अप्रत्याशित डिमान्ड गरी उसले ।

"उसलाई कता भेटेर तिम्रा लागि अटोग्राफ लेराऊँ त ? अस्ति नै इन्डिया फर्किसक्यो !"

"तिमीले लेराको बुक के । फेसबुकमा फोटो राखेको थियौ नि, त्यही देऊ न ।"

"त्यसमा त मेरो नाम लेखिएको छ त ।"

"एक्ज्याक्टली । मलाई त्यही भएर त्यो स्पेसल गिफ्ट चाहिएको ।"

म असमञ्जस्यमा परें । रूबाले पढ्न मागेकी छ किताब, शनिबार भेटेर दिनु छ । अब के गरौं ? फेरि सोचें । जाबो किताब न हो, अर्को किनौंला । अर्को दिउँला रूबालाई ।

मैले हस् भनेपछि ऊ दङ्ग परी । भोलि भेट्ने बाचा गरी । साँझ मेरो स्कुल छुटेपछि भेट्ने भई, ओएसिस क्याफेमा । उसले आफ्नो फोन नम्बर दिंदा लाग्यो, केही विशेष बनाइरहेकी छ मलाई । केटाकेटीबीचको फोन नम्बर आदानप्रदान भनेको भावना साटासाट गरे जस्तैजस्तै हो, मुटु साट्न तयार भए जस्तै हो, भन्थ्यो आकाश ! मलाई पनि त्यस्तै लाग्न थालेको थियो । मैले आफ्नो पनि फोन नम्बर दिएपछि, उसले गुडनाइट भनी ।

उता म्यासेजमा रूबा कुरिरहेकी रहिछ ।

"हजुर निकै परिवर्तन भए जस्तो लाग्छ । हजुर मलाई यतिसम्म बेवास्ता गर्ने मान्छे हुँदै हैन । के भएको छ ? म मन पर्न छाडेको हो ?" अघिदेखि आएको म्यासेज थियो उसको ।

"नेटवर्क थिएन क्या," मैले लेखें । किनकिन रूबाले केही गुनासो गर्दा पनि झिँजो लाग्न थालेको थियो ।

"फोनको नेटवर्क छैन, थाहा छ । त्यही भएर मैले फोन नगरेकी । तर वाइफाई छ, म्यासेज रिप्लाई गर्न त सकिन्छ नि ।"

"वाइफाई पनि स्लो छ क्या !"

"जब मन तेज रफ्तारमा अन्तै कतै घुम्न थाल्छ नि तब वाइफाई आफैं स्लो हुन थाल्छ, कविज्यू ।"

उसको 'कविज्यू' भन्ने शब्दले मलाई ऊबाट टाढा धकेले जस्तो महसुस भयो । सायद उसलाई पनि यही महसुस भयो कुन्नि, सम्हालिएर बोल्न थाली, "बाबा, भोलि साँझ यतै बस्ने गरी आइस्यो न ।"

"भोलि भ्याउँदिनँ ।"

"आइस्यो न प्लिज, शुक्रबार हो नि ।"

"स्कुलबाट निस्कँदा ढिलो हुन्छ ।"

"जति बेला निस्किए पनि सीधै यतै आइस्यो न ।"

"मिल्दैन ।"

"मलाई सन्चो नहोला जस्तो छ, प्लिज," उसको प्लिजमा बिन्ती बिसाएको लय सुनियो ।

उसको 'सन्चो नहोला जस्तो' बहानाले मलाई थोरै पगालेर होला, भनिदिएँ, "हेरम् के हुन्छ ?"

लाग्दै थियो, ऊ जतिसक्दो मलाई भावनामा बगाएर आफूनजिक कस्न खोजिरहेकी छ । उसले मेरो बेवास्ता महसुस गर्न थालेकी छ । एक पटक बिछोड भोगिसकेकी उसले पक्कै चिनेकी छ, मान्छेहरूको बदलिने मन ।

भोलिपल्ट, साँझ चार बजे ठिक्क स्कुलबाट निस्कँदा आरतीको फोन आयो । गाडी चढेर चक्रपथबाट वसुन्धरा पुग्न धेरै बेर लागेन । मनमा बेग्लै अनुभूतिहरूले आएर हल्ला गरे । ममा आरतीले के देखि त्यस्तो

भेट्नैपर्ने गरी ? किन यसरी नजिक बन्न खोज्दै छे ऊ ? आफ्नो बाउको स्कुलमा पढाउने नाथे शिक्षकसँग नजिकिनुको कारण के हुन सक्ला ? त्यसमाथि डाक्टर पढेकी मान्छेले ? जेसुकै होस् तर मलाई आफूमाथि गर्व महसुस हुँदै थियो ।

ओएसिस क्याफेभित्र पस्दा भित्र ठूलो लबी देखियो । धेरै ओटा टेबलहरू देखिए पनि मान्छे धेरै थिएनन् । कस्तो खाली खाली रेस्टुरेन्ट । हुन त मान्छे जम्मा हुने समय पनि भएको थिएन । कुनापट्टिको एउटा टेबलमा बसिरहेकी रहिछ ऊ, मुन्टो ठाडो बनाएर माथि भित्ताको एलसिडीमा गीत हेरिरहेकी । म उसको नजिक पुगेपछि बल्ल मलाई हेरेर हाँसी ।

"ह्याप्पी बिलेटेड बर्थडे," ऊ सामुन्नेको कुर्सीमा बस्दै गर्दा बोलें । मैले हात दिएपछि उसले आफ्नो नरम हात मेरो हातसँग मिलाई ।

"थ्याङ्क यू सो मच," ऊ मज्जाले हाँसी । ऊ मुख र मन खोलेर हाँसेको आज नै देखेको थिएँ मैले यति नजिकबाट । उसका ब्रेसेसले बाँधिएका दाँत अलिअलि देखिए । हाँसिसकेपछि रगत नै नभए जस्तो गोरो अनुहारमा अलिअलि रगत दौडिए जस्तो देखियो ।

"खै मेरो ट्रिट ?"

"खै मेरो गिफ्ट ?" ऊ मेनु मतिर दिँदै बोली ।

मैले झोलाबाट किताब निकालेर दिएँ । उसले एकछिन किताब मुसारी । त्यसपछि सुरूको पाना पल्टाएर हेरी अनि बोली, "जेहोस् अटोग्राफ भएको नै रैछ ।"

"मेरो विश्वास थिएन र ?"

"विश्वासको कुरा गर्छौ । राम्रोसँग परिचय नभएको मान्छेसँग बर्थडे सेलिब्रेट गर्दै छु ।"

"तिमी पनि यस्तो नोबेलसोबेल पढ्छ्यौ ?" सकसक लागेर सोधें ।

"कहिलेकाहीँ मात्र । पढ्ने फुर्सद पनि पाइँदैन अनि इच्छा पनि लाग्दैन खासै ।"

"किन त एक्कासि ?"

"तिमीले पढेको भनेर फेसबुकमा लेखेपछि यतिकै रहर जाग्यो," उसले किताब गालामा टाँसेर मुसुक्क हाँस्दै भनी । म सोच्न थालें, जब केटाको सोख अनि रूचिहरूलाई केटीले आफ्नो पनि रूचि बनाउन थाल्छन् नि, तब बुझ्नु कुरो धेरै अगाडि बढिसक्यो । यस्तै भन्थ्यो आकाश !

वेटर आयो, अदबले दुई गिलास पानी राखिदियो अनि उभियो ।

"के डिसाइड गऱ्यौ ?"

"हजुर ?" अघिदेखि उसका आँखामा हेरेर उसले मसिनो आवाजले बोलेको सुनिरहेको म झसङ्ग भएँ ।

"के खाने सोच्यौ ट्रिट ?" उसले 'ट्रिट' अलि जोडले भनी । अघिदेखि हातमा खेलाइरहेको मेनु मैले हेरेको रहेनछु । रणभुल्लमा परें ।

"तिम्रो ट्रिट, तिम्रै च्वाइस," आफू फुक्का बनेर मेनु उसकै हातमा थमाइदिएँ ।

"म त कफी मात्र पिउँछु । बाहिर त्यस्तो केही खाने गरेको छैन ।"

"त्यसो भए मलाई पनि कफी ।"

"तिमीले त केही खानैपर्छ," उसले जोड गरी ।

"के खाऊँ त ?" एकछिन घोरिएपछि वेटरलाई हेरेर फ्याट्ट भनें, "एउटा फ्रेन्च फ्राइज ल्याउनुस् ।"

कागजमा टिपेर वेटर गयो ।

"त्यति मात्र ?" उसले सोधी, "आलु त्यस्तो मनपर्छ ?"

"म आलु मान्छे हो नि," मैले भनें ।

ऊ हाँस्न थाली, म हाँसिनँ । सम्झनाको एउटा बतास रूबालाई छुन पुग्यो । सम्झिएँ, 'आलु मान्छे' भन्थी उसले । कसरी मेरा सोचहरूमा नै कब्जा जमाएकी रहिछ रूबाले ।

फोन बज्यो । हेरें । मुसी कलिङ । कस्तो संयोग । मेरो अनुहार एक्कासि रातो बनेर आएको मैले टेबलको धमिलो प्रतिबिम्बमा देखें । उठाऊँ कि नउठाऊँको दोसाँधमा एकछिन टोलाएपछि फोनको रिङ साइलेन्ट गरेर खल्तीमा राखें ।

"गर्लफेन्डको फोन ?" पानीको गिलास ओठमा टाँस्नुअघि अनुहारमा प्रश्नवाचक चिह्न बनाई आरतीले ।

"हैन, नचिनेको नम्बर रैं'छ । तिमीलाई डिस्टर्ब होला भनेर उठाइनँ," पानी जस्तो सरल झूट बोलिदिएँ । न त चपाउनुपर्ने, न टोक्नुपर्ने, घुटुक्क निल्न मिल्ने ।

"साँच्ची तिम्रो गर्लफ्रेन्ड छैन ?"

"यस्तो अनुहारलाई कसले मन पराउने ? कसले माया गर्ने यति थोरै कमाउने मान्छेलाई ? बरू बाबालाई भनेर तलब बढाउन लगाइदेऊ न," कुरा छल्न जिस्किने प्रयास थियो मेरो । मैले किन प्रेमिका छैन भनें, आफैं अचम्ममा परें । के त्यो कुनै चाहना थियो ? कुनै महत्त्वाकाङ्क्षा थियो ?

उसको कफी र मेरो फ्रेन्च फ्राइज सँगसँगै आइपुग्यो ।

"नो ओरिज, मेरो झन् कोही साथी त छैनन्," उसले त्यही कुरा जोड्न खोजी । बाबा र तलबको कुरा वास्तै गरिन ।

"म छु त," यति भन्नु जरूरी थियो ।

"सो स्विट अफ यू । थ्याङ्क यू ।"

"तिम्रा साथी थिएनन्, म बनिदिएँ । मेरो गर्लफ्रेन्ड छैन, अब के हुन्छ ?"

"हाहाहा खोइ के थाहा के हुन्छ ।" टोमाटो केचप जस्तै रातो भयो उसको अनुहार । ऊ हाँस्दा ब्रेसेस लगाइएका दाँत देखिए । दाँतमा त्यो तारचाहिँ नभइदिएको भए !

"म बन्छु भनेर पनि भन्दिनौ ?" अझै जिस्क्याइरहें ।

"हेहे । आई विल थिङ्क अबाउट द्याट," जेहोस् उसले यति भनेरै छोडी ।

उसको कफीको कप र मेरो प्लेटको फ्रेन्च फ्राइज रित्तिसकेको थियो । केवल बाँकी थियो, अलिकति टोमाटो केचप मेरो प्लेटमा, अनि त्यस्तै रङ उसको गालामा । एकछिनपछि उसले नाडीको सानो घडी हेरी अनि आँखा ठूला पारी । काउन्टरमा हात हल्लाई । वेटरले

बिल ल्यायो । उसले केही नोट खुसुक्क च्यापिदिई बिलको बुकमा । वेटर गयो ।

"यू आर सो फन्नी," उसको कम्प्लिमेन्ट दिई मलाई । म गजक्क परें । फेरि भनी, "तर अरू बेला त सोझो देखिन्छौ नि ?"

"अरू बेला बाङ्गो बनाउने मान्छे छेउमा थिएनन् ।"

हल्का हाँसेर उसले भनी, "मेरो क्लिनिक जाने टाइम भयो ।"

क्याफेबाहिर पुगेपछि ऊ 'बाई' भनेर चोकतिर लागी । म मुस्कुराउँदै डेरातिर लागें ।

मैले "मेरी प्रेमिका बन्छौ ?" भनेर सोध्दा 'सोचौंला' भनेकी थिई आरतीले । आँखामा उसैको तस्बिर नाचिरह्यो । महत्त्वाकाङ्क्षाको पहाड अग्लिँदै आयो मेरो अगाडि । आफूलाई आरतीसँग उभिँदा धेरै अग्लो देखें मैले । फुरफुर गरेर मन बतासमा नाच्न थाल्यो । रूबा यादमा आएपछि भने मन खिन्न भयो ।

टोलाउँदै मोबाइल हातमा खेलाउँदै सामाखुसी चोक पुगें । एकाएक झल्याँस्स भएँ अनि हेरें मोबाइल । आठ ओटा मिसकल रहेछन् रूबाका । मोबाइल फेरि रिङ मोडमै राखें । मनमा अनेक कुराहरू खेल्न थाले । रूबा कुरूप बनेर यादमा आई । उसको खरबुजा जस्तो रसिलो ओठ पनि रूक्खासुक्खा लाग्यो । मुख सुक्यो । नजिकैको चिया पसल छिरेर दुई ओटा चुरोट मागें ।

"चिया ?" सोधिन् साहुनीले । पर्दैन भनेर इसारा गरेर चुरोट तानिरहें ।

"भाइको फोन बजेको हो ?" साहुनीले सोधिन् । झसङ्ग भएर खल्तीबाट फोन निकालें । रूबाले गरेकी रहिछ । मन नलागी नलागी उठाएँ ।

"हजुरले के गर्न खोजिसेको हँ ?"

"किन र ?" केही थाहा नपाए जसरी बोलें ।

"अझ किन रे ? कोसँग हो र हजुर ?" ऊ च्याँट्ठिएर बोली ।

"कोसँग हुनु, एक्लै छु ।"

"अघि त्यत्रो चोटि फोन गर्दा किन नउठाको ?"

"थाहा पाइनँ । स्कुलमा हुँदा साइलेन्टमा राखेको थिएँ, रिङमा राख्नै बिर्सेछु ।" कम बोल्ने म, सोझो जस्तो मान्छेले यति भनेपछि नपत्याउने कुरै भएन । ऊ नरम भएर बोल्न थाली, "यता आइसेको हो ?"

"किन आउनु ?" म झर्किएँ ।

"बिरामी हुँदा पनि वास्ता गरिसिन्न है ?" उसले मायालाग्दो आवाजमा भनी । यो उसको केवल बहाना हो भन्ने मलाई थाहा थियो ।

"आज त आउँदिनँ ।"

"मलाई यस्तो भाको बेलामा पनि ?" ऊ अझै मलाई गलाउन प्रयासरत थिई ।

"के भाको छ र ?" मैले उसको समस्यालाई नजरअन्दाज गरिदिएँ ।

"केही भाको छैन । भयो पुग्यो, कुरा बुझियो," उसले दुईतीन चोटि बेस्सरी खोकेर फोन राखी ।

आगो फिल्टरसम्म आउन लागिसकेको चुरोटमा अर्को चुरोट जोडेर जोडले तान्न थालें । रूबालाई घात गर्दै छु भन्ने मनमा आयो । ग्लानिको सानो टुसा पलायो मनको कुनामा । तैपनि कठोर बन्दै गएँ । उसले जेजे बहाना बनाए पनि म जाने थिइनँ । मलाई त राति कुरा गर्नु थियो आरतीसँग । म कस्तो लाग्यो सोध्नु थियो, नजिकिनु थियो । महत्त्वाकाङ्क्षा चुलिँदै जाँदा रूबा जमिनमै हराएकी थिई ।

त्यो चिया पसलबाट निस्किएर टोलाउँदै हिँड्दा गोविन्देको क्याफे पुगें । गोविन्दे मुसुक्क हाँस्यो, मैले वास्ता गरिनछु । दोधार र द्विविधामा आफ्नो हाँसो गुमाएको रहेछु । यतिसम्म एकोहोरो भएछु कि बनावटी हाँसो पनि हाँस्न जानिनछु । काउन्टरबाट एउटा चुरोट लिएर क्याफेभित्र पसें । चुरोटको धुवाँको भीड लागेको क्याफेको एउटा कुनामा गएर बसें । क्याफेभित्र भन्दा बढी मेरो मनमा हल्ला थियो । हाँसिरहेकी आरतीको खितखित अनि रोइरहेकी रूबाको कोलाहल ।

मोबाइल निकालेर हेरें । आकाशलाई बोलाऊँ कि नबोलाऊँ भयो । बोलाइनँ । मोबाइलको अनुहारमा हरियो टीकासँगै 'मुसी' देखियो । टीका छोएर फोन उठाएँ ।

"साँच्ची नै नआउने हो हजुर ?" दबिएको स्वरमा उसले सोधी ।

"आउँदिनँ भनेपछि कति फोन गरेकी ? कमन सेन्स छैन तेरो ?" बेस्सरी कराएँ । एकछिन क्याफेभित्रको हल्ला रोकिए जस्तै भयो । पल्याकपुलुक केही आँखाले मलाई धुवाँकै बीचमा हेरे ।

उसले फ्याट्ट फोन राखी । सायद ठूलै चोट परेको हुनुपर्छ । मैले पहिलो चोटि तँ भनेको थिएँ । यही 'तँ' मायालु बोलीले भनेको भए कति दङ्ग पर्थी होला । आज यही 'तँ'ले बेस्सरी बिझाएको हुनुपर्छ ।

रनाहामा क्याफेबाट निस्किएँ । बाहिर बाटोभरि अँध्यारो पोखिएको थियो । केही पसलभित्रका बत्तीका उज्यालाहरू सडकमा आएर अँध्यारो पखाल्दै थिए । म त्यही उज्यालो टेकेर कोठामा पुगें ।

कोठामा पुग्नासाथ कुतूहलता च्यापेर खाटमा पल्टिएँ । चासो थियो आरतीले के भन्ली भन्ने । आजको भेटघाट कस्तो भयो भन्ने । के ऊ पनि म जस्तै कुरा गर्न व्यग्र छे होली ? मलाई जस्तै चाहनाको लहर कुदेको होला, उसको नशामा पनि ? कहिले देखौं, कहिले भेटौं भएको छ होला त उसलाई पनि ?

फेसबुक खोलें । आरती अनलाइन थिइन, न त कुनै म्यासेज नै छोडेकी थिई । सायद क्लिनिकबाट फर्केकी छैन होला सोचेर चित्त बुझाएँ ।

बरू म्यासेजहरूको थुप्रो लगाइदिएकी रहिछ रूबाले । हेरेपछि जवाफ दिनुपर्छ । जवाफ दिएपछि बादविवाद गरिरहनुपर्छ । यही सोचेर म्यासेज हेरिनँ । फेसबुक बन्द गरेर मोबाइल चार्जमा राखिदिएँ ।

खाना बनाइवरि खाइसक्दा पनि आरती अनलाइन आइन । रूबाको म्यासेज नहेरी फेसबुककै भित्ता हेरिरहें । सम्झनेले आज भने कम्मरमा हात नराखेको फोटो राखिछ । हात गालामा रहेछ । ऊ दुःखी देखिन्थी । फोटो दुःखी क्याप्सनले सिँगारेकी थिई– "केही

मान्छेहरूलाई आँखामा राख्नै मन लाग्दैन, राख्दा बिझाइदिन्छन्, केही मान्छेहरू आँखामा बस्नै मान्दैनन् र आँखा भिजाइदिन्छन् !"

कतै सुने जस्तो लाइन । कपी गरेकी होली ! तैपनि लाइक गरिदिएँ ।

आरतीसँग बोल्न नपाउँदा छटपटी भइरह्यो । त्यही छटपटीले मलाई उसलाई फोन गर्न बाध्य बनायो । पूरा घण्टी जाँदा पनि फोन उठेन । मन बेचैन भइरह्यो । दिक्क लागेर फेरि फेसबुक चहारें र अन्तमा रूबाको म्यासेज खोलें ।

हजुरलाई के भएको छ आजभोलि ? किन यतिबिघ्न हेलाँ गरिसेको मलाई ? म यस्ता घटनाहरूबाट पहिले पनि गुज्रिसकेकी छु । मलाई धेरै नै डर लाग्न थालेको छ । गगनले पनि यस्तै गर्थ्यो पछिल्ला दिनहरूमा । यसरी नै परपर भाग्थ्यो मसँग । प्लिज मलाई फेरि धोका खानु छैन । सहन सक्दिनँ होला यस पटक । मैले धेरै सोचेर हजुरमा एउटा असल मान्छे भेटेकी हुँ । मेरो विश्वासमाथि प्रहार नगरिसेला ।

हजुरले माया नगरेको भए आज यसरी हजुरसँग गिडगिडाउने थिइनँ । पहिल्यै मायाको आस नदेखाएको भए यसरी पागल पनि हुने थिइनँ ।

के हजुरलाई मेरो पहिलेको सम्बन्धले पोलेको हो ? गगनलाई जस्तै मेरो पारिवारिक अवस्था चित्त नबुझेको हो ? कि म नराम्री लाग्न थालेर हीनताबोध भएको हो ? अथवा मसँग सुत्न पुगेको हो ?

हो भने किन सोचिसेन पहिल्यै यी कुराहरू ? किन मेरा अघिल्तिर मायाको नाटक गरिस्यो ? यदि हजुरको माया साँचो थियो भने आज म यो बिरानो ठाउँमा एक्लै बिरामी परेर सुत्दा किन पलाएन हजुरको मन ? के मेरो सद्धे शरीरसँग मात्र हो, हजुरको प्रेम ? मेरो मनसँग होइन ? आत्मासँग होइन ?

समयले मलाई धेरै कठोर बनाएको छ । यदि मलाई यसरी नै पीडामा छोडेर हजुर हाँस्ने हो भने मैले पनि के गर्नुपर्छ जानेकी छु ।

उसको म्यासेज पढेर मनमा संशयको हुरी चल्न थाल्यो । म्यासेजको अन्त्यमा एउटा धम्की हो या घुर्की थियो । आखिर के गर्न सक्छे उसले ? आत्महत्या ? मेरो मुटु जोडले हल्लियो । होइन, होइन । मृत्यु के यति सहज होला त ? ऊ मुडी छैन । समझदार अनि व्यावहारिक छे । पक्कै पनि मृत्यु अँगाल्न सक्दिन । अनि अरू के गर्ली त ? फेसबुकमा मेरो र उसको फोटो राख्छे ? या मेरो नाममा जथाभावी लेखेर बदनाम गर्न सक्छे ? यतिसम्म पनि अपरिपक्व त नहुनु पर्ने ऊ । के चाहिँ गर्ली त ?

सोच्दासोच्दै मन थोरै पग्लियो । हो त, मायाको आस देखाएको मैले त हो नि । कविताहरू लेखेको, उसले समेट्न नसक्ने गरी मायाको भारी दिएको पनि आफैंले हो । अहिले बिचरी बिरामी परेर रोइरहेकी छ । कोही आफ्नोको साथ खोजिरहेकी छ । म यसरी निर्दयी बन्न मिल्छ र ? न खाना पकाउन नसकेर भोकै सुतेकी पो छ कि ? या रिँगटा चलेर बेहोस नै छे ।

मलाई पश्चात्तापले गिजोलिरह्यो । फोन लिएँ र डायल गरें रूबालाई । कोठाभित्रै अलिअलि नेटवर्क टिप्ने ठाउँमा लगेर फोन राखें । घण्टी गइरह्यो । घण्टी सकिएर फोन काटिनै लाग्दा बल्ल उठ्यो फोन । फोन उठेसँगै लामो सास तानें ।

"हेल्लो," उसले सुकेको स्वरले भनी ।

"के भयो ? खाना खायौ ?"

नेटवर्क नभएर उसले के भनी, केही बुझिनँ । दुईतीन चोटि "म भोलि बिहान आउँछु" भनेर फोन राखिदिएँ । रातभरि मनमा उकुसमुकुस भइरह्यो । फोन पनि नउठाउने, वास्ता पनि नगर्ने आरती मलाई स्वार्थी लागी । यथार्थमा ओर्लिएर सोचें, डाक्टर मान्छे, त्यसमाथि धनी बाउकी छोरी । उसले मलाई चाहनु एउटा अनौठो घटना हुनु थियो । मैले मात्र ठूलो चाह राखेको रहेछु भन्ने एहसासले आफैंदेखि घिन लागेर आयो । मैले किन भन्न सकिनँ आरतीलाई मेरी प्रेमिका छे भनेर ? म यो कस्तो दुष्चक्रमा फस्दै छु ?

सोचमा डुबें, अर्धनिद्रामा पुगें । मनमा रूबा आई, आँखाभरि आँसु लिएर ।

"खोइ लेऊ म आँसु पुछिदिन्छु," उसको हात तान्दै भनें ।

"नाइँ नपुछ्ने यी आँसु," उसले हात फुत्काउँदै भनी ।

"किन ?"

"यो त हजुरले दिएको कोसेली, कसरी फ्याँक्न सक्छु र ?"

"यो त आँसु हो नि ।"

"आँसु भएर के भो त, सम्हालेर राख्छु नि । थाहा छ हजुरलाई, माया गर्ने मान्छेले दिएको त एक एक कोसेली प्यारो हुन्छ । चाहे त्यो आँसु नै किन नहोस्, बगाएर फ्याँक्न मन लाग्दैन," भन्दै ऊ रून्चे हाँसो हाँसी ।

आफूलाई धिक्कारें । उसका नरम हात समातेर ती हातहरूले आफ्नै गालामा पिटें । बिचरीले मलाई नदुखोस् भनेर आफ्ना हातहरू शिथिल पारिदिई ।

मैले माफी मागे, रोएँ, गिडगिडाएँ । म उसको अँगालोमा ननिदाउन्जेलसम्म ऊ मलाई बेस्सरी कसेर अँगालो हालिरही ।

किताब

भोलिपल्ट बिहानै पेप्सीकोला चोक पुगें । बाटोघाटो सुनसान तर टोलमा हल्लाखल्ला थियो । शनिबार भएर होला, भित्री गल्लीका घरका छतहरूमा धोएका लुगा टाँगिइसकेका थिए । माथि आकाशमा टाँगिएको थियो, बाटुलो घाम । रूबाको कोठामा पुग्नै लाग्दा सम्झिएँ, ला ! किताब मागी भने ?

उल्टो पाइला चोक आएँ । धेरै बेर चहारेपछि एउटा किताब पसल भेटियो । त्यहीँ किताब किनेर फर्किएँ । रूबा बसेको घरको गेट खोलेर सरासर भित्र पसें । केही अपरिचित अनुहारहरूले मलाई अनौठा नजरले हेरे । ती नजरहरू छिचोल्दै भित्र पुगेर ढोका ढकढक्याएँ । ढोका थोरै हल्लियो । चुकुल नलगाइएको ढोका केही बेरमा खुल्यो । आँखावरिपरि लतपतिएको गाजल जस्तो 'डार्क सर्कल' लिएर रूबा ढोकामा उभिई ।

सलक्क परिरहने कपाल जिन्ग्रिङ थियो । अँध्यारो थियो मुहार । बिरामी अनि कमजोर देखिएको अनुहारमा कुनै भाव नबदली ऊ फरक्क फर्किएर खाटमा गएर बसी । म भित्र पसेर ढोकाको छेस्किन लगाएँ ।

"के भयो ?" उसको निधार छामेर सोधें ।

'केही हैन'को भावमा उसले मुन्टो हल्लाई ।

"ज्वोरो त छैन । के भयो भन न ?"

"पेट बेस्सरी दुखेको छ, खोकी लागेको छ । सास पनि बेस्सरी गन्हाको छ । भित्र सबै कुहिए जस्तो लाग्छ," दबिएको स्वरमा ऊ सुस्तरी बोली ।

उसको अनुहार मायालाग्दो देखियो । आफ्नो हत्केलामा उसको चिउँडो राखेर उसको अनुहार हेरिरहें ।

"त्यस्तो त हैन होला । हस्पिटल जाउँला नि," मैले उसको काँध थपथपाएँ ।

"हजुर मलाई माया गरिसिन्न है ?" ऊ रून्चे बोल्दै मेरो अँगालोमा घुस्रिई ।

"त्यस्तो हैन," मलाई केही बोल्न आएन । शब्दहरू थुनिए । केवल उसलाई छातीमा चपक्क टाँसिरहें ।

"थाहा छ हजुरलाई ? मैले राति ढोका खुलै राखेर सुतेकी," मेरो छातीमै टाउको गुडुल्क्याएर ऊ बोली ।

"किन, मुसु ?"

"म मरिहालें भने पनि कसैले थाहा पाउँदैन कि जस्तो लाग्यो," उसले मेरो छातीमै टाँसिएर मेरा आँखा हेर्दै भनी ।

"टोइट । यस्तो पनि बोल्ने हो ?" मैले सुस्तरी उसका गालामा मेरा औंलाले पिटे जस्तो गरें ।

"अनि के त ! कुहिएर यही कोठाभित्र सड्छु होला जस्तो लाग्यो । मेरो ख्याल गर्ने यो दुनियाँमा कोही छैन जस्तो लाग्यो," उसले आँखामा आँसुको तलाउ जमाउँदै भनी ।

"चुप् अब केही नबोल । मलाई माफ गर । हिजो आउन सकिनँ, मेरै गल्ती हो ।" मैले उसका गाला थपथपाएँ । केही थोपा आँसु उसको निधारमा पनि खसिसकेका रहेछन् ।

एकछिनपछि उठेर किचनतिर नियालें ।

"के खायौ हिजो ?" पकाएका भाँडाहरू कहीँकतै नदेखेर सोधें ।

"दूध र कर्नफ्लेक्स ।"

एउटा भाँडामा दूध अझै बाँकी रहेछ । अचम्म लाग्यो, दहीदूध मन नपराउने केटी आजभोलि दूध पनि खाने भइसकिछ । सायद कसैका निम्ति रूचि नै बदल्न सक्नु पनि प्रेम नै हो ।

खाना बनाउनलाई म किचनतिर तुनतुनाउँदै थिएँ । ऊ सरक्क उठेर आई ।

"के गर्न लाइसेको ?" मेरो छेउमा आएर सोधी ।

"केही हैन । तिमी बिरामी मान्छे, गएर सुत," भन्दै उसको कुम समातेर बेडमा लैजान खोजें ।

"हैन बरू हजुर गएर बसिस्यो," भन्दै उसले मेरो पेटमा हातले ठेलेर उल्टै मलाई बसाउन खोजी ।

"तिमी बिरामी छौ । खाना म बनाउँछु ।"

"हजुरलाई सुहाउँदैन । म आफैं बनाउँछु, छोडिस्यो ।"

"के रे ? म सधैं खाना पकाएर खाने मान्छेलाई सुहाउँदैन ?" निधार गाँठो पारेर उसलाई हेरेर सोधें ।

फिस्स हाँस्दा ऊ थोरै उज्यालिई ।

"म हुँदाहुँदै सुहाउँदैन भनेको के आलु मान्छे," मुसुक्क हाँस्दै उसले भनी ।

हाम्रो गलफत्ती चलिरह्यो । ऊ मलाई खाना बनाउन नदिने । मलाई ऊ बिरामी देखेर काम गराउन मन नलाग्ने ।

"बरू सँगै मिलेर बनाऔं ।"

मेरो त्यो प्रस्ताव पनि उसले अस्वीकृत गरिदिई ।

केही बेरको छलफलपछि एउटा निष्कर्ष निक्लियो, चोकको भोजनालयमा खाना खाने । न पकाउन झन्झट, न भाँडा माझ्नुको टन्टा । मलाई मासुभात खुवाउने उसको चाहना पनि पूरा हुने अनि उसले सादा रोटी खाने रहर पनि ।

"बाबा, अस्तिको बुक ल्याइसेन ?" मलाई खाली हात देखेर यताउता नियालेर उसले सोधी ।

जिन्स पाइन्टको पछाडिको खल्तीबाट किताब निकालेर उसका अगाडि पछारें । आँखा ठूला बनाएर किताब टिपी उसले । किताब सुँघी र केही पानाहरू पल्टाई । एकाएक उसका आँखा साना भए । निधार खुम्चियो ।

"खै त अटोग्राफ ?"

"छैन र ?" मलाई उसले यो प्रश्न गर्ली भन्ने अनुमान नै थिएन ।

"अझ छैन रे ! कसलाई दिस्यो हँ त्यो किताब ?" ऊ शङ्काको नजर मतिर प्रहार गर्न थाली ।

"त्यो आफैंले राखेको । तिम्रा लागि यो मेरो तर्फबाट," उसको सिरानीको छेउबाट एउटा कलम निकालेर किताबको पहिलो पानामा लेखिदिएँ, "टू माई डियर मुसु ।"

ऊ रिसाए जसरी हाँसी । सोचें, कति सजिलै झुक्काएँ यति सोझी मान्छेलाई । मेरो अँगालोमा बाँधिएर ऊ मेरो मोबाइल खेलाउन थाली ।

"बाबा, प्याटर्न चेन्ज गरिसेको हो ?" मेरो अनुहारमा हेर्दै उसले सोधी ।

म खङ्गङ्ग भएँ । आरतीको रहस्य खुल्ने भयो भनेर आत्तिएँ ।

"झन् 'आर' माने रूबा भनेर राखिसेको प्याटर्न पनि हटाइसेको ?" ऊ निन्याउरो बनी ।

"अब 'ए' माने आकाश हो नि त प्याटर्न," कहाँबाट झूट आइडिया फुऱ्यो, कुन्नि ! अङ्ग्रेजी 'ए'को प्याटर्न बनाएर मोबाइल खोलेर उसलाई दिएँ । कतै म हतप्रभ भएको मेरो हडबडहाटबाट उसले महसुस त गरिन ?

"खुब ! को केटी होला अनि । आफ्नी बूढीको नाम हटाएर कसैले साथीको नाम राख्छ त ?"

"आकाश पनि बूढीभन्दा के कम छ र मेरो !" मैले अट्टहास हाँसेर कुरा मोड्न खोजेको थिएँ । तर ऊ मलाई शङ्काका आँखाले हेरिरहेकी थिई ।

"तिम्रो कसम, आकाशको 'ए' नै हो लेखेको," आँखामा आरतीको तस्बिर देखिएला भनेर आँखा चिम्म गरेर उसको टाउकोमा हात राखेर भनें ।

"मेरो झूटो कसम पनि खाइस्यो है ?"

"हैन, मुसु ।"

"म मरे हुन्थ्यो जस्तो लाग्छ है हजुरलाई ? म मरेपछि त ढुक्कले यो 'ए'बाट नाम आउने केटीसँग बिहे गर्न पाइसिन्छ है ?" यति भन्दाभन्दै उसको गह भरियो, आँखामा आँसुको रह भरियो ।

"हैन, मुसु, हैन," आँसु लुकाएर उसलाई बेस्सरी अँगालें । भित्रभित्रै अपराधबोधले लज्जित भएँ ।

केही बेरपछि भित्ताको ऐनाअगाडि उभिएर उसले कपाल कोरी । अगाडि कपाल थुपारेर ठूलो पफ बनाई । अनुहारमा पाउडर, आँखामा गाजल लगाई । उसले शृङ्गार गरेको खाटमा पल्टेर हेरिरहें । परेलाका माथिल्ला कोसमा गाजलको धर्को बनाएपछि उसले आँखा झिमझिम गरी । मलाई हेरी । म मुस्कुराएँ । उसले यताउती खोजे जस्तो गरी । मैले सिरानीछेउको टेबलमा भएको लिपस्टिक दिएँ ।

"यही खोजेको भनेर कसरी थाहा पाइस्यो ?"

"माया भएपछि सब थाहा हुन्छ ।"

"गफाडी ! हजुर मलाई माया नै गरिसिन्न," उसले आँखा तर्दै भनी । अनि ओठमा लिपस्टिक दौडाउँदै थपी, "त्यही 'ए' भन्ने केटीलाई गरिसिन्छ ।"

"के रे ?" मैले उसका फिलामा प्याट्ट पिटें ।

"उहुँ उहुँ ।" ऊ रोए जस्तो गरेर लाडे पल्टिई । अनि मतिर हेरेर भनी, "हजुर एकछिन बाहिर गइस्यो न ।"

म अलमल्ल परेर बसिरहें ।

"गइस्यो न भनेको," उसले मेरा हात समातेर खाटबाट उठाई ।

"किन ?"

"म लुगा फेर्छु ।"

"म बसेर के हुन्छ त ?" झन् ढसमस्स परेर बसिरहें ।

"लाज हुन्छ ।"

"मसँग पनि ?" उसलाई तानेपछि आफूसँग टाँस्दै आँखा झिम्क्याएर भनें, "मैले तिम्रो नदेखेको के छ र ?"

"छोडिस्यो, अहिले कुट्दिन्छु अनि," उसले फुत्किन बल लगाउँदै भनी ।

"अहँ," झन् च्यापेर उसलाई चुम्न खोजें । भर्खर मेकअप गरेकी ऊ बास्ना आउने भएकी थिई । त्यो सुगन्धले झन् लठ्याएको थियो मलाई ।

"मेकअप बिग्रिन्छ के !" उसले अझै फुत्किन जोड गरी ।

म उसका लुगाहरू सार्न थालें । फुकाल्न खोजें ।

"म बिरामी छु के, बुद्धु । छोडिस्यो न," उसले मेरो कानमा फुस्फुसाई ।

मैले छोडिनँ । भनें, "सन्चो भइसक्यो अब ।"

"पेट दुखेको बिरामी पर्सि मात्र सन्चो हुन्छ, बुद्धु । बुझिस्यो न ।" ऊ हाँसी, म झल्याँस्स भएँ ।

"ए बिरामी भनेको त यस्तो पो हो ?" हाँस्दै छोडिदिएँ ।

"यो त हरेक महिना हुने बिरामी । खोकी पो लागेको नि यो चोटि ।"

दुई चोटि खोकेर ऊ उठी अनि खाटछेउमा सीधा उभिई ।

"आँखा चिम्म गरिस्यो त," उसले लुगा सार्दै भनी ।

आँखा चिम्म गरे जस्तो गरें । एउटा आँखा खुला गरेर चिहाएँ । मिठाई पसलमा सजाइएका मिठाई जस्ता अङ्गहरू हेरेर घुटुक्क थुक निलें ।

"नहेरिस्यो न, आलु मान्छे," ऊ चिच्याई ।

मैले हतपत्त आँखा खुजुमुज्ज पारेर बन्द गरें ।

उसले स्ट्रेचेबल जिन्स लगाई । नीलो रङ्को प्रिन्टेड टिसर्ट लगाई । उसको छातीमा उचालिएको टिसर्टमा प्रिन्टका अक्षरहरू पनि कोही तल कोही माथि भएका थिए !

बिहान एघार बजे हामी चोकको भोजनालय पुग्यौं । उसले सादा रोटी र दाल खाई । मैले मासुभात खाएँ । खाना खाएर हामी केही वर फर्कियौं । एउटा क्लिनिकमा पस्यौं, टिकट काटेर बस्यौं । पालो आएपछि डाक्टरलाई देखायौं ।

"टन्सिलाइटिस भएको हुनुपर्छ," लक्षण हेरेर डाक्टरले अनुमान लगाए । केही एन्टिबायोटिक्स लेखिदिएर रगत जाँच्न भने । रगत दिएको हातको नशा कपासले थिचेकी उसलाई कुममा समाएर क्लिनिकबाट निस्किएँ ।

"कता जाने अब ?" उसले सोधी ।

"केको कता जाने हो नि ? बिरामी मान्छे घर गएर सुत खुरूखुरू ।"

"सुत्नैपर्ने बिरामी पनि हैन म," उसले अँध्यारो मुख लगाएर भनी ।

"तिमी घर जाऊ म पनि फर्किन्छु ।"

"बिरामीलाई एक्लै छोडेर गइसिन्छ ?"

"सुत्नुनपर्ने बिरामीलाई कुर्नु त ?"

उसले वसन्तपुर जाऔं भनेर कर गरी । हामीसँग सिङ्गो दिन बाँकी थियो । ऊ मेरो साथ कसै गरी नछोड्ने, मलाई उसको कोठामा गएर बसिरहन झ्याउ लाग्ने । त्यसमाथि ऊ केही गर्न नमिल्ने बिरामी थिई !

ट्याम्पु चढेर न्युरोड गेटअगाडि ओर्लियौं । दिउँसोको वसन्तपुरमा भीड केही पातलो थियो । कट्टु लगाएका केटीहरू, टालेका पाइन्ट लगाएका केटाहरू, कोही सेल्फी खिचिरहेका थिए, कोही ओठ चोसो पारिरहेका थिए । मन्दिरका पेटीहरूमा नाम्लो सिरानी हालेर केही भरियाहरू

सुस्ताइरहेका थिए । एक हुल केटीहरू मन्दिरको आँगनमा उभिएका थिए । एउटीले भर्खर किनेको एक माना मकै भुइँभरि थोरैथोरै गरेर छरिदिई । परेवाहरू जम्मा भए । परेवाका बथानले मन्दिरको आँगन छपक्क छोपिएपछि केटी फनक्क घुमेर नाची । परेवाहरू भुरूरू उडे । यो दृश्य उसका साथीहरूले मोबाइलबाट खिचे । यसरी पालैपालो सबैले फोटो खिचे ।

"चिया पिउने हो ?" दुई ओटा थर्मस हातमा बोकेर आएकी दिदीले मन्दिरको पेटीमा बसिरहेका हामीलाई सोधिन् ।

मैले रूबालाई पुलुक्क हेरें, उसले मुन्टो हल्लाई ।

"हुन्छ ।"

दुई कप चिया मैले हातमा समाउँदा आफ्नो पर्सबाट पैसा निकाल्दै थिई ऊ ।

"म दिहाल्छु नि," हातको चियाको कप राख्ने ठाउँ नभेटेर यताउति हेर्दै बोलें ।

"मैले पैसा तिर्दा चिया खल्लो होला र ?" उसले भनी ।

"झन् गुलियो होला ।"

हामी हाँस्यौं । चिया बेच्ने दिदी पैसा थैलीमा च्यापेर बनावटी हाँसो हाँस्दै गइन् ।

चिया पिउँदै गर्दा रूबा टोलाई ।

"के भयो ?" मैले सोधें ।

"याद आयो ।"

"के कुरा ?"

"हामी पहिले यहीँ कति रोमान्टिक भएर बस्थ्यौं है ?"

"अहिले के भएको छ र ?"

"पहिलेभन्दा अलि फिक्का भए झैं लाग्छ हाम्रो प्रेम ।"

"पहिले पो हामी प्रेमी-प्रेमिका थियौं त ।"

"अहिले नि ?" आँखीभौं जोडेर घोप्टे आँखाले हेर्दै रिसाएर सोधी उसले ।

"अहिले त बूढाबूढी, ठाकठुक परिहाल्छ नि," मैले भनें ।

"आलु मान्छे," उसले आँखा तर्दै भनी ।

हुन पनि केही महिनामै हामी वर्षौं पुरानो लाग्ने प्रेममा परिसकेका थियौं । सँगै हाँसेका थियौं, सँगै रोएका थियौं । हरेक दिनजसो प्रेमी-प्रेमिका बनेर वसन्तपुरमा भेटियौं, बेलाबखत अँगालोमा रातभर बाँधिएर बूढाबूढी बन्यौं । लाज थिएन, सरमको पर्दाले छेकिनुपरेन ।

तर पछिल्ला केही दिनमा भने केही टाढिएको थिएँ म । तर आज फेरि वसन्तपुरले हामीलाई उही स्नेहले आफूसँग राखेको थियो । हामी त्यहीँ बसिरह्यौं, गफ गरिरह्यौं निकै बेर । ऊ बल्ल उज्याली देखिएकी थिई । उसका लागि डाक्टर अनि औषधि नै म थिएँ । हामी बस्दाबस्दै दिनले आफ्नो ड्युटी सकेर साँझलाई पठाइसकेको थियो । गद्धी बैठकअगाडि उज्यालो बत्ती बलिसकेको थियो । मान्छेहरू भीड गरेर हिंड्न थालिसकेका थिए । हामी पनि फैलिन लागेको अँध्यारोलाई टेक्दै कालभैरवको मूर्तिलाई बायाँ पारेर फर्कियौं ।

सोच

"हेल्लो, कता गायब आजभोलि ?" म्यासेन्जरमा एक्कासि आरतीको म्यासेज आयो । मन फुरूङ्ङ भयो सुरूमा । फेरि फुङ्ग उड्यो मेरो अनुहार ।

"यतै छु । तिमी पो गायब भयौ । न फोन उठायौ, न आफैंले गऱ्यौ," उत्तर दिएँ । घुर्की लगाउने मन भएन । आफ्नालाई पो घुर्की लगाउनु । यो त कोहो कोहो । आफ्नी भए यतिका दिन हराउँथी र ?

"तिम्ले नै दिएको किताब पढ्दै थिएँ । फोन उठाउन पनि मिलेन । पछि गर्छु भनेको भुसुक्कै बिर्सेछु ।"

"लौलौ जे भने नि भयो । तीन दिन लाग्छ र एउटा किताब पढ्न ?"

"कति दिन लाग्छ र ?"

"म त एक बसाइमै सक्छु ।"

"तिम्रो जस्तो उपन्यास पढ्ने बानी भए पो ।"

"कस्तो लाग्यो किताब ?"

"ठीकै लाग्यो । मिथोलोजिकल रै'छ ।"

"लभस्टोरी मन पर्थ्यो होला तिमीलाई, मिथोलोजिकल बोर लाग्यो है ?"

"लभस्टोरी पनि मनपर्छ, यो पनि मन पऱ्यो," उसले भनी ।

"ए, भनेसी अर्काको लभस्टोरी पनि इन्जोय गर्छ्यौ ?"

"आफ्नो त भए पो," मेरो अनुमानअनुसार नै आएको थियो जवाफ ।

"यति राम्री डाक्टरको लभस्टोरी छैन होला त ?"

"हाहाहा अझ राम्री पनि ?"

"राम्री त छौ नि ।"

"थ्याङ्क यू सो मच । मैले अस्ति नै भनें त मेरो कहिल्यै प्रेम भएन ।"

"विश्वास लागेन ।"

"स्कुल पढ्दा डाइरेक्टर कि छोरीलाई प्रपोज गर्ने कसैको हिम्मत भएन...," ऊ लेख्दै थिई, म अधैर्य भएर सोधें, "अनि कलेज पढ्दा ?"

"कलेज पढ्दा त पढाइको प्रेसरले त्यस्तो सोचाइ नै आएन ।"

"नढाँटी भन त, कहिल्यै कोही मन परेनन् ?"

"मन त परेको थियो नि एउटा ।"

"अनि ?"

"भविष्य थिएन त्यो प्रेमको । अर्थ थिएन केही, सो व्यक्त गरिएन ।"

"कस्तो प्रेमको भविष्य छ त ? आफैं जस्तो डाक्टर खोजेकी ?"

"एक्सक्युज मी । मलाई त्यस्तो ठूलो प्रोफेसन, धनदौलत भएको कोही चाहिएको हैन । बाई द वे, मैले जसको कुरा गरेकी थिएँ नि ऊ पनि डाक्टर नै थियो । केही कुराहरू हुन्छन्, जसले गर्दा प्रेम सम्बन्धहरू अधुरा रहन्छन् ।" उसले कति सीधा कुरा गरी । कुनै कुरा नढाँटी, कुनै कुरा नलुकाई ।

"कस्तो खोजेकी त ?"

"कस्तो बयान लिएको हो, अपराधीलाई जसरी ! मैले ठ्याक्कै तिमी जस्तो खोजेकी हुँ ।"

उसले मजाकमै भए पनि भनिदिई । मलाई त्यही मजाक नै काफी थियो स्वप्नमहल सजाउन । मन यतिकै रमायो ।

"साँच्ची ?" मैले पनि जिस्के जस्तो गरिदिएँ ।

"हो क्या !"

"म हुँदाहुँदै किन म जस्तो चाहिएको नि ?"

"तिमी अर्कैको हौ जस्तो लाग्छ ।"

"कसैको हैन भनें भने ?"

किन यसरी फतक्क गल्छु होला आरतीका अगाडि । आफैं अचम्ममा परें । किन भन्न सक्दिनँ मेरी प्रेमिका छे भनेर ? के महत्त्वाकाङ्क्षा पलाएको छ मेरो अन्तरहृदयमा, आफैंले थाहा नपाउने गरी ?

"त्यसो भए तिमी मेरो हुनुपर्छ," कति सजिलै भनिदिई । झूट या साँचो जसरी भने पनि मलाई यी शब्दहरू मीठा लागे । मन फुरफुर गरी आकाशमा उडे जस्तो भयो ।

मलाई उसलाई भर्खरै हेर्न मन लाग्यो । लेखें, "एउटा हाँसेको फोटो पठाऊ न ।"

"किन ?"

"फेसबुकमा तिम्रो फोटो नहुँदा फिल नै आएन । अर्कै मान्छेसँग बोलिराछु कि जस्तो लाग्ने !"

"हस् ।"

केही सेकेन्डमै उसले कतै बाहिर बसेर थोरै मुस्काएको फोटो पठाई ।

"यो हैन के !"

"किन ?"

"यो त पुरानो फोटो जस्तो छ ।"

"यसमा हाँसेकी छु त ।"

"यो अरू कसैका लागि हाँसेको भयो । मलाई त अहिले भर्खर मलाई नै सम्झेर हाँसेको फोटो चाहियो ।"

"म कस्ती नराम्री बनेर बसेकी छु अहिले ।"

"तिमी राम्री हुने त अरूहरूका लागि हो । मलाई त नराम्री भए पनि मनपर्छ ।"

"हाउ स्विट" लेखेर उसले पानको इमोजी पठाई । सँगै एउटा फोटो पठाई । कोठाभित्रको फोटो अलि अँध्यारो आएछ । दाँत बाँधेको तार देखिन्छ भनेर होला उसले ओठ भने चिम्म पारेर फोटो खिचिछ ।

"वाउ चकलेटी ।"

"हेहे कुन चकलेट ?"

"स्निकर्स ।"

"हावा । झूट बोल्यौ ।"

"तिमीसँग झूट बोल्दा मलाई एनसेलले बोनस दिन्छ र ?"

"हाहाहा यू आर सो फन्नी ।"

हामी जिस्किरह्यौं । कुरा गरिरह्यौं । मलाई ऊसँग कुरा गरिरहँदा रूबासँग बोल्न मन लाग्न छाडेको थियो । आरती आउँदा रूबा मनबाट कहीँ पर जान्थी, मेरो सोचको परिधिबाटै गायब हुन्थी ।

"आजलाई पुग्यो कुरा गर्न । भोलि बोल्ने ल ?" दस बज्नै लाग्दा उसले लेखी ।

"किन ? कुरा गरौं न । कस्तो रमाइलो भइराको छ," मैले कर गरें ।

"अब एकछिन भए पनि पढ्नुपर्छ ।"

पढ्ने कुरा गरेपछि कसरी कर गरौं । म भए कहाँ सक्थें र कुरा गर्नै छोडेर पढ्नलाई । कति पढाकु केटीको फेला परिएछ ।

"बरू आउने स्याटरडे भेटम् न," बाई भनेर जान लागेकी उसले फेरि भनी ।

"ह्वाई नट," सोच्दै नसोची भनिदिएँ ।

"कता भेट्ने ?"

"तिमी जता भन्छौ ।"

"कतै नजिकमा घुम्ने ठाउँ छैन ? हाइकिङ टाइप ।"

"सुन्दरीजल जाने त ? स्याटरडे हैन तीजको दिन ।"

"हुन्छ," भनेर ऊ इमोजीबाट मुसुक्क हाँसी । मलाई घायल बनाई अनि टेक केयर भनेर गई !

मलाई उसको हरेक प्रस्ताव स्वीकार थियो । उसले मन पराउन जो थालेकी थिई । मलाई यही सोच काफी थियो खुसी हुन । "आई लभ यू" भन्न मात्र बाँकी थियो । "आई लभ यू" भन्नेहरूले त केवल

मुखले मात्र ठिक्क पार्छन् । नभनीकन मनमै राख्नेहरूले बरू मनबाटै माया गर्छन्, मलाई यस्तै लाग्थ्यो ।

अनि "आई लभ यू" भन्दा पनि धेरै पर पुगेर एउटै ओछ्यानमा सुतेर 'बूढी' बनिसकेकी रूबा नि ? के गर्ने उसलाई ? के भनेर जवाफ दिने ? सम्झेर मन अत्तालियो । दिमाग शून्यतामा घुम्यो । केही पनि उपायहरू आएनन् कतैबाट ।

किन यसरी धेरै जनासँग हुनुपरेको होला प्रेम ? रूबासँगको प्रेम, प्रेम नै हो ? एउटा हुँदाहुँदै अर्को मन पर्न थाल्नु पनि प्रेम होला त ? त्यो त केवल आकर्षण थियो, जसलाई हतारमा प्रेमको रूप दिइयो, कुनै भविष्य नदेखी । अनि आरतीसँग ? के त्यो पनि प्रेम होइन त त्यसो भए ? यो त स्वार्थ थियो, महत्त्वाकाङ्क्षा थियो, सम्पन्नताको मोह थियो । मनभरि कुरा खेलिरहे । आफ्नै मनले आफ्नै मनलाई गाली गरिरह्यो, सरापिरह्यो । तैपनि चक्रव्यूहमा फसिसकेपछि कहाँ सकिन्छ र सजिलै उम्किन ?

सोचें, अहिले नै भनिदिन्छु आरतीलाई, मेरी प्रेमिका छे भनेर । फेरि सोचें, अहिलेसम्म दुःख, पीडा, घात, चोट इत्यादि केहीको पनि सामना नगरेकी उसले कसरी सहन्छे र यति ठूलो झूट । भर्खर त उसले मलाई आफ्नो मनमा बसाउन थालेकी छ । उसले मलाई 'मनपर्छ, तिमी मेरो हुनुपर्छ' भनेर पक्कै जिस्केर भनेकी होइन । ऊ यसरी जिस्किने खालकी मान्छे हुँदै होइन । अब त झन् कहीँ टाढा घुम्न जाने कुरा छ । कति रमाइलो होला त्यो पल, सम्झेर पेटमा पुतली नाच्न थाले ।

रूबालाई के भनौं ? यही सोचले मन डराइरह्यो । सोचें, म फसिसकेको छु मझधारमा । उभिएको छु दोसाँधमा । मन कठोर बनाएर ठानें, अब बिर्सिंदै जानुपर्छ रूबालाई ।

तीज

तीजको रौनक सुरू भएकाले होला, बाटैभरि मन्दिर जान भनेर गहना, शृङ्गार अनि रातो पहिरनमा निस्केका नारीहरू देखिन्थे । म भने खाना खाइवरि सुन्दरीजल जान भनेर निस्केको थिएँ । चुरोट तान्न पसेको थिएँ, गोविन्देको क्याफेमा । रूबा हिजै सानिमाको घरमा दर खान गएकी छु भन्थी ।

एउटा चुरोट सल्काएर चिया कुरिरहँदा रूबाको फोन आयो, "वास्ताव्यस्ता केही गर्नु छैन है ?"

"किन र ?"

"हजुर त भेट हुँदा मात्र मेरो जस्तो लाग्छ । भेटेर गएपछि पराई जस्तो । किन टाढाको मान्छे जस्तो व्यवहार देखाइसिन्छ हँ ?" उसले उदास बोलीमा सोधी ।

"व्यस्त भएर नि," मैले टार्न खोजें ।

"व्यस्त म पनि छु । तर मलाई मात्र फोन, म्यासेज गर्ने चासो भए जस्तो, हालखबर सोध्ने इच्छा भए जस्तो लाग्छ । हजुरलाई त वास्तै छैन है ?"

"जसले फोन गरे पनि कुरा भए भएन र ?"

"मलाई पनि त हजुरले कहिलेकाहीँ फोन गरे हुने जस्तो लाग्छ नि । सन्चो-बिसन्चो, खायो-खाएन केही सोध्नुहुन्न र ? आफूलाई माया गर्ने मान्छेले स्पेसल बनाइदेओस् भन्ने आस लाग्छ नि ।"

के थाहा उसलाई, जो मान्छेलाई उसले आफ्नो प्रेमी ठानेकी छ, उसैलाई ऊप्रति मोह घट्दै छ भनेर । जोबाट उसले स्पेसल

व्यवहार खोजेकी छ, उसैले महत्त्वहीन सम्झिराछ भनेर । जो मान्छे साँच्ची नै टाढा जान खोज्दै छ, किन बनाओस् उसले स्पेसल ? किन सोधोस्, किन खोजोस् ?

"आज मैले पनि व्रत बसेकी छु," ऊ उत्साहित आवाजमा बोली ।

"ए," उत्साहहीन आवाजमा बोलें म ।

"हजुरका लागि बसेकी," उसले अलि जोड दिएर भनी ।

"किन बसेकी नि बेकारमा ?" झिँजोलाग्दो बोलीमा सोधें ।

"बेकारमा रे ? झन् हजुरको लामो आयुका लागि बसिराछु ।"

"यहाँ बाँच्नै गाह्रो भइसक्यो यति जिन्दगी त ! झन् लामो आयु मागिदिएर दुःख दिन्छ्यौ ?"

"के रे ? दुःख दिएँ रे ?" उसको बोलीमा रोदन मिसिएर आयो, "मैले त जे गरे पनि मन पर्दैन है हजुरलाई ? कम्तीमा आजको दिन त मलाई नरूवाइस्यो," ऊ धुरूधुरू रोइदिई ।

"भयो, भयो नरोऊ । सरी," मन नलागीनलागी भनिदिएँ । म जोसँग टाढा हुन खोजिरहेको थिएँ, उसैले मेरा निम्ति भोकभोकै व्रत बसेकी थिई । मेरो मनमा डर उम्लिएर आयो । उसको समर्पणको प्रताप देखेर कतै देउताले उसले भनेको मानिदिए भने ? मनको भित्री कुनामा बसेका डरहरू सतहमा नै आएर तर्साउन थाले ।

"यू डिजर्भ बेटर देन हर," आकाशले भनेको वाक्य मनमा गुन्जिरह्यो । आँखामा नाचिरहेको आकाश अगाडि नै आइसकेछ ।

"कोसँग हो फोनमा यतिबिघ्न टोलाउँदै ?" सामुन्नेको कुर्सीमा बस्दै उसले सोध्यो ।

"कोही हैन ।"

गोविन्देले चिया ल्याएर टेबलमा राखिदियो ।

"चिया पिउँछस् ?" आफ्नो कप समातेर आकाशलाई सोधें ।

"नाइँ, भर्खर खाना खाएको ।"

"मैले पनि भर्खर खाएको तैपनि चिया त जान्छ ।"

आकाश केही बोलेन । म चिया पिइरहँदा ऊ चुरोट तानिरह्यो अनि आँखा ठूला बनाएर सोध्यो, "कता निस्किस् हिरो भएर ? रूबा भाउजूलाई भेट्न ?"

"हैन," उसले रूबालाई भाउजू भनेको मलाई आज चित्त बुझेन, भनें, "भाउजू नभन् त ।"

"के भन्नु त तेरो गर्लफ्रेन्डलाई ?"

"जेसुकै भन्," मैले झर्को माने जसरी बोलें ।

केही बेरको मौनतालाई चिर्न उभिएर बोलें, "म निस्किन्छु अब । मिल्यो भने साँझ भेटौंला ।"

"कता निस्केको र ? म छोडिदिउँला, एकछिन पख्," उसले भन्यो ।

"पर्दैन," ढोकानेर पुगेर भनें ।

"ओइ सुन् त, भाउजूको फ्रेन्ड रिक्वेस्ट आको छ फेसबुकमा, के गरौं ?"

म टक्क अडिएँ । चसक्क कतै बिझे जस्तो भयो । फेरि सम्हालिएर भनें, "जेसुकै गर् । भाउजूचाहिँ नभन्, मुजी ।"

आकाश दाँत देखाएर हाँसिरहेको थियो । गोविन्देलाई पैसा दिएर म क्याफेबाट निस्किएँ ।

साबिकभन्दा आज भीड थियो रिङरोड । काठमाडौंको रङ पूरै रातो भएको थियो । बसहरू राता सारी लगाएकाहरूले कोचाकोच भएर राता, पशुपति जाने महिलाहरूको ताँतीले गर्दा सडकहरू राता । बल्लतल्ल नयाँ बसपार्कभित्र गएपछि भेट्टाएँ एउटा गाडीमा सिट । केही बेरमा भरिएको गाडी गुड्यो । गोंगबु पुग्दा नपुग्दै गाडीमा पाइला राख्ने ठाउँ पनि बाँकी रहेन । मेकअपको बास्ना र पसिनाको गन्धको कक्टेल बोकेर हिँडिरहेको गाडी चक्रपथ पुग्यो । भीडमा ठेलमठेल गरेर उत्रिएँ । पुलिसचौकीअगाडिको फुटपाथमा उभिएर आरतीलाई फोन लगाएँ । उसले 'आउँदै छु' भनी ।

कतै शून्यमा हेरेर एकतमासले टोलाइरहँदा आरती आएर कुममा कोट्याइसकिछ ।

"कति छिट्टो आइपुगेको तिमी," मसिनो फ्रेम भएको चस्मा लगाएकी ऊ ओठ चिम्म पारेर हाँसी । कोही त नेचुरल नै कति राम्री हुन्छन् । बरू मेकअप गरेकी भए ऊ झुर देखिन्थी होला ।

"एक्साइटेड भएर नि," मैले भनें ।

उसले बाक्लो बाहुले टिसर्ट लगाएकी थिई । कालो रङको जिन्स अनि स्पोर्टस् सुजमा थिई । मोबाइल मात्र अट्ने सानो साइडब्याग बोकेकी थिई ।

"ट्याक्सीमा जाने हैन ?" उसले सोधी ।

"ट्याक्सीमा ? सुन्दरीजल ?" मैले अचम्म लागेर सोधें ।

"अँ । नत्र कसरी जाने त ?"

"त्यही त ।"

ट्याक्सीमा जाँदा थोरै पैसाले पुग्ने थिएन । तैपनि ठूलाबडाकी छोरी, लोकल बसमा जान अड मानी जस्तो लाग्यो । त्यसैले ट्याक्सी रोक्न थालें तर कुनै रोकिएनन् । चाडबाडका दिन, भीडभाडका बेला । खाली ट्याक्सी कुर्दाकुर्दा आधा घण्टा बित्यो । तातो तेलमा पकौडा फुरे जस्तो दिमागमा सरर एउटा आइडिया फुऱ्यो ।

"एडभेन्चरका लागि हाइकिङ जान लागेको मान्छे पनि ट्याक्सीमा जान्छ त, लाजैमर्दो । आउ गाडीमै जाऔं । आज खाली ट्याक्सी भेटिएला जस्तो छैन ।"

आऊँ कि नआऊँ गरेर ऊ मेरो पछिपछि आई ।

हामी चाबहिल जाने गाडी चढ्यौं । भीड थिए सबै गाडीहरू । मेरा लागि त सामान्य थियो, खाँदिएर यात्रा गर्नु । तर ऊ असजिलो मान्दै थिई । बसभित्र भीडले च्यापिएर उसको अनुहार रातो भएको थियो । चाबहिलसम्म आइपुगेको थियो पशुपति दर्शन गर्नेहरूको भीड । हामी चाबहिल चोकभन्दा अलि तल नै उत्रियौं ।

हिँड्दैहिँड्दै चुच्चेपाटीसम्म पुगेपछि पाइयो सुन्दरीजलको गाडी । रत्नपार्क पुग्नुपर्ने गाडी त्यहीँबाट फर्काउन लागेकाले होला, भने जस्तो सिट पाइयो । भीडभाडमा गाडीमा सिट पाउनु पनि एउटा भाग्यकै कुरा । झ्यालपट्टिको सिटमा आरती बसी अनि छेउपट्टि म । मलाई रूबासँग गोदावारी घुमेका सम्झनाले सतायो । रातिको कुनै सिरियल भोलिपल्ट दिउँसो दोहोरिए जस्तै दोहोरिएको थियो यो यात्रा । फगत पात्र र स्थान फरक थिए । गाडी बिस्तारै घिस्रियो । बाटोभरिको भीडभाडले कछुवा गतिमा गुडिरहेका थिए गाडीहरू ।

"घरबाट के भनेर निस्कियौ ?" कुरा सुरू गर्दै सोधेँ ।

"बङ्गलादेशमा सँगै पढेकी एउटी साथी छे, उसकोमा जान्छु भनेर हिँडेकी । मामुले तीजमा घर बसेर रमाइलो नगरेर भन्दै हुनुहुन्थ्यो । आज एक दिन भए पनि रिफ्रेस हुन्छु भनेर निस्केकी । बाबाले ओके भनेपछि त सक्किहाल्यो नि," उसले एकै पटकमा बेलिविस्तार लगाई ।

"व्रत नबसेकी ?"

"झ्याउ लाग्छ । मामु, फुपूहरू बस्नुहुन्छ । बूढी भोकै बसिदिएर बूढाको आयु लामो हुने रे । हावा चलन," उसले खिसी गरेर मुख बिगारी ।

"मेरो आयु छोटो हुने भयो नि," मैले भनें ।

ऊ दाँतको माथिल्लो लहरमा बाँधेको तार सबै देखिने गरी हाँसी ।

"म डाक्टर भाको के काम ? उपचार गरेर आयु लामो बनाइदिउँला नि," उसले पनि जिस्किन जानिसकिछ ।

"हस्," भनें मैले । छाती गर्वले ठूलो भयो । मेरी हुनेवाली प्रेमिका डाक्टर छे भन्ने कल्पिएँ । आफूलाई सगरमाथाको चुचुरोमा उभिएजत्तिको अग्लो महसुस गरें । रूबा सम्झिएँ, मन खिन्न भयो । नरमाइलो लागेर आयो । सम्झनामा आएकी रूबा मोबाइलको स्क्रिनमा पनि आई । हत्केलाले स्क्रिन छेकेर आरतीले नदेख्ने गरी बजिरहेको मोबाइल हेरें ।

"कसको फोन ?" धेरै बेरसम्म पनि बजिरहेको फोन नउठाएपछि पुलुक्क मेरो हाततिर नजर फ्याँकेर उसले सोधी ।

"साथीको, आकाशको । बेला न कुबेला फोन गर्छ," लर्बरिँदै बोलें ।

उसले खासै महत्त्व दिइन वा नदिए जस्तो मात्र गरी, कुन्नि । मैले मोबाइल साइलेन्टमा राखें । मोबाइल मागेर हेर्न खोज्छे कि भनेर मन आत्तिरह्यो तर उसले त्यस्तो केही गरिन ।

जोरपाटी काटेपछि बसको झ्यालबाट हरिया रूख, खेत खलियानहरू देखिए । बस सँगसँगै त्यही दृश्यहरू हेर्दैहेर्दै हिँडिरह्यौं । राता लुगामा सजिएका महिलाहरू पनि धेरै देखिए । मेरो मौनतालाई चिर्दै उसले सोधी, "के भयो तिमीलाई ?"

'केही हैन'को भावमा मुन्टो हल्लाएर तनाव झार्न खोजें । ओठ च्यातेर मुस्कुराउन खोजें । तैपनि ध्यान खल्तीमा भएको मोबाइलमा नै गइरह्यो । आरतीका आँखा छलेर समय हेरे जसरी मोबाइल निकालेर हेरें । रूबाले फोन गरेको गऱ्यै रहिछ । फोन नउठेसम्म गरिरहने उसको बानी हो । दिक्क लागेर फोन 'फ्लाइट मोड'मा राखिदिएँ । बल्ल आनन्द भयो । अब कसैको पनि फोन आउनेछैन । डिस्टर्ब हुनेछैन । मन फुकाएर घुम्न सकिन्छ भन्ने हिम्मत आयो ।

सुन्दरीजलको मुख्य बजारमा बस रोकियो ।

'झन् तल साऱ्यो, झन् तल झर्छ हाए मेरो फरिया...' गीत घन्किरहेको थियो, ठूलो आवाजमा । बजारमा मैले केही प्याकेट चिप्स किनें, जम्बो कोक किनें, केही बोतल पानी पनि किनें । पसलेले चार सय भनेको आरतीले छेउमै बसेर सुनिरहेकी थिई । मैले पैसा झिक्नै लाग्दा उसले पनि आफ्नो पर्सबाट दुई सय रूपैयाँ झिकेर दिई ।

"लेउ मेरो कन्ट्रिब्युसन," मेरो हातमा पैसा थमाउँदै उसले भनी ।

"भो पर्दैन, म दिइहाल्छु नि," भन्दै हामीलाई हेरेर हाँसिरहेको बूढो पसलेलाई पाँच सयको नोट दिएँ । उसले सय रूपैयाँ फिर्ता दियो ।

उसले आफ्नो हातको नोट सुरूक्क पर्समा हाली । कि त चुप बस्नु, कि त सबै तिर्छु भन्नु । कस्तो अचम्म खालको व्यवहार । आफ्नो

हिस्साको खर्च आफैंले व्यहोर्नुपर्ने कस्तो संस्कार । त्यसैले होला, यसका धेरै घनिष्ठ साथी नबनेका ।

आर्मी क्याम्पको बाटो हुँदै हामी उकालो लाग्यौं । विद्युत्गृहको पाइप आएको बाटो हुँदै हिँड्यौं । खानेकुराको झोला मैले बोकेको थिएँ । उसले एउटा पानीको बोतल समातेकी थिई । बेलाबेलामा उसको फोन आउँथ्यो । त्यति बेला ऊ सासले "मामुको फोन" भन्थी अनि ओठ औंलाले थुनेर मलाई चुप हुने सङ्केत दिन्थी । अलि पर गएर कुरा गर्थी । ऊ कमिलाको भन्दा पनि सानो आवाजमा कुरा गर्थी !

हामी केही बेर सजिलै हिँड्यौं । केही बेरको हिँडाइपश्चात् मभन्दा पछाडि आफ्ना पाइलाहरू लतारिरहेकी उसले थकित आवाजमा भनी, "एकछिन बसौं न ।"

मैले पुलुक्क पछाडि हेर्दा ऊ कम्मरमा हातले समातेर खुइय्य गर्दै उभिई ।

"हिँड, हिँड ! अलि माथि गएर बसौंला ।"

"खुट्टा गल्यो के," उसको अनुहार रातो भइसकेको थियो ।

यसरी केही पाइला हिँड्दैमा बसिरहने हो भने माथि ड्याममा पुग्न दिनभरि नै लाग्ने थियो । त्यसैले मैले कर गरेको थिएँ । तर ऊ खुट्किला जस्तो बाटोको छपनी ढुङ्गामा थ्याच्च बसिदिई । म पनि केही पाइला पछाडि फर्केर उसको छेउमा बसें । उसले पानी पिई । स्याँस्याँ गरेर सास फेरी रही ।

"सुइँसुइँ हिँड्ने हो के । बरू खुट्टा भरे बेलुकी मामुलाई मसाज गर्न लगाऊ ।"

चिउँडोबाट खस्नै लागेका पानीका थोपाहरू नाडीले पुछेर ऊ हाँसी । अनि जुरूक्क उठेर भनी, "सही आइडिया दियौ तिमीले । सधैं मामुले तेल लगाइदिन्छु भनेर आउँदा लगाउँदिनँ भनेर झर्किन्थें । भरे आफैं लगाइदिन भन्नुपर्‍यो," ऊ मभन्दा अगाडि अलि छिटोछिटो हिँड्न थाली ।

"तिम्रो त मामु हुनुहुन्छ । आफू त खुट्टा दुखे पनि सहेर बस्नुपर्छ," निन्याउरो बोली बोल्दै म पछि लागें ।

"बिहे गर न त त्यसो भए," उसले मलाई हेर्दै नहेरी भनी । हिहि गरेर हाँस्दै हिँडी ।

"रेडी छौ त ?"

ऊ टक्क अडिई । फरक्क फर्किएर मेरा आँखामा हेरेर सोधी, "म तेल लगाइदिएर बस्ने जस्तो देखिन्छु ?"

उसका राता टल्किएका गाला र पसिना टिलपिलाएको निधारका बीचमा रसिला आँखा हेर्दै भनें, "अहँ ।"

"गुड ब्वाई," तारले बारेका दाँतहरू देखाउँदै ऊ मुसुक्क हाँसी । फेरि अगाडि हेरेर खुरूखुरू हिँड्न थाली ।

म बाटोछेउका झारपात चुँड्दै हिँडिरहें । म उसका कपालमा केही पातहरू राखिदिन्थें, थाहा नपाए जसरी ऊ सुरूसुरू हिँडिरहन्थी । म अझै अलि धेरै पातहरू राखिदिन्थें अनि हाँस्थें मसिनो आवाजमा ।

"पागल मान्छे," हातले टाउको छामेर एक मुट्ठी पातहरू सँगालेपछि उसले ती पातहरू मतिर हुत्याउँदै भनी ।

मैले लाग्छ कि भने जसरी छलें ।

बाटाभरि मान्छेहरू हिँडिरहेका थिए । माथि गाउँहरूबाट झर्दै थिए तीज लागेका नारीहरू । हामी जस्तो घुम्न निस्केकाहरू निकै कम थिए । अलि माथि पुगेर हामी फेरि एक ठाउँमा बस्यौं ।

"साँच्ची मसँग बिहे गर्छ्यौ कि नाइँ ?" सकसक लागेर सोधें ।

ऊ खित्का छोडेर हाँसी । त्यसपछि बोतलबाट एक घुट पानी पिई अनि परपर हेर्दै मुखमै खेलाइरही ।

"भन न, साँच्ची सोधेको हो के मैले ।"

मुखको पानी घुट्टुक्क निलेर भनी, "बाबाले दिनुहुन्न तिमीलाई त ।"

"त्यसो भए भागौं न ।"

"हाहाहा भागेर कहाँ जाने ?"

"जता गए पनि जाउँला ।"

"बाबाले यति धेरै सपनाहरू साँचेर हुर्काउनुभयो, पढाउनुभयो । के म बाबामामुलाई रूवाएर भाग्छु होला ?" ऊ अलि सिरियस भई ।

"त्यो त हो ।"

भविष्यको सोचले निराश हुनुभन्दा वर्तमानको खुसीसँग खेल्नुमा नै मज्जा हुन्छ । त्यसैले हत्तपत्त कुराको विषय बदलेर भनें, "जाऔं अब ।"

ऊ अल्छी मानेर बसिरही, उठिन । देब्रे हातमा खाजाको झोला बोकेको मैले उसलाई दाहिने हात दिएँ । अल्छी पाराले मेरो हात समाई । मैले जोडले तानेपछि बल्ल उठी । उसको हात समाउँदा मलाई बेग्लै रोमाञ्चको अनुभूति भयो । मलाई उसको हात जिन्दगीभर थाम्ने रहर भयो ।

"बल्ल पाइयो तिम्रो हात । अब जिन्दगीभर छोड्न मिल्दैन," हात समातेरै भनें ।

"यो हात मेरो भए पनि बाबाले नदिई कसैले थाम्न पाउँदैन ।" ऊ मुसुक्क हाँसी अनि मेरो हात फुत्काएर सरासर हिंड्न थाली ।

"तिमीलाई म कस्तो लाग्छ ?" हिंड्दा हिंड्दै सोधें ।

"धेरै मनपर्छ ।"

"माया लाग्छ ?"

"उम् ।"

"अनि बिहे गरौं न त हामी," फेरि त्यही कुरा दोहोऱ्याएँ ।

"खै माला ?" मैले बोंकेको झोला खोतल्दै ऊ जिस्किएर बोली ।

"जिस्केको हैन ।"

"त्यो त धेरै गाह्रो छ ।"

"के गर्नुपऱ्यो त मैले ?"

"हनिमुनका लागि पेरिस लैजान सक्छौ ?" उसले मुसुमुसु हाँसेर सोधी ।

"प्रयास गर्छु ।"

"पिएचडी गरेर आऊ बाबासँग माग्न । सक्छौ ?" यो सायद उसको मनकै आवाज हुनुपर्छ ।

"ल, डन," मैले मुट्ठी कसेर उसलाई घोप्टो हात देखाएँ । उसले पनि आफ्नो मुट्ठी ल्याएर ठोक्काई । हामी हाँस्दै हिंड्यौं ।

केही बेर हिँडेपछि ओरालो बाटो आयो । अलि पर देखियो एउटा पुल । हामी जे हेर्न त्यति तलदेखि हिँडेका थियौं, त्यो गन्तव्य बल्ल आइपुगेको थियो । उद्देश्यपूर्तिका निम्ति सङ्घर्षको बाटो हिँड्नैपर्छ । सपना पूरा गर्न मिहिनेतको जङ्घार तर्नैपर्छ । आरतीलाई आफ्नो बनाउन मैले पनि जीवनमा केही गर्नेछु भन्ने कल्पना बोकेरै पुल तरें ।

आरती उभिइरही पुलमा । पुलमुनि ड्यामको ओभरफ्लो थियो । छेउमा अघि आएको बाटोबाट लगिएको पाइपमा पानी पठाउने टनेल थियो । म पुलबाट फेरि पछाडि फर्किएर आरतीको छेउमा उभिएँ । ऊ निहुरिएर पानीमा हेरिरहेकी थिई । छचल्किएको पानीमा उसको अनुहार पोखियो, बगिरह्यो, फेरि पोखियो, फेरि बगिरह्यो... ।

"के हेरेकी ?"

"पानी । आनन्द लाग्यो ।"

"के देख्यौ र आनन्द लाग्ने गरी ?"

"आफ्नै छाया ।"

"के भन्न खोजेकी ?"

"म यो जमेको पानी जस्तै छु, मनभरि भावनाहरू जमाएर बसेकी," उसले ओभरफ्लोपट्टि देखाउँदै भनी, "यसरी नै जबर्जस्ती थुनिएकी ।"

म बुझ्न सक्थें उसका सङ्केतहरू । पढ्न सक्थें उसको मन किनकि त्यही ओभरफ्लोबाट चुहिएको पानी जसरी नै चुहिन्थे, बेलाबेलामा उसका भावनाहरू ।

"थुनिएको पानीले झन् बिजुली निकालेर उज्यालो बनाउँछ त ।"

"उज्यालो त अरूका निम्ति बनाउँछ । आफू उज्यालिन फेरि अरूकै उज्यालो चाहिन्छ पानीलाई," ऊ निहुरिएर पानीमा हेरेरै बोलिरही ।

मैले पनि त्यही पानी हेरिरहें । सोचें, आखिर म पनि यही थुनिएको पानी हुँ । मैले पनि सत्य थुनेर राखेको छु मनभरि ।

"तिमी पनि टोलाउन थाल्यौ ?" उसले कुममा झकझक्याएर सोधी ।

'हैन' भनेर मुन्टो हल्लाएँ ।

"लेऊ फोटो खिच्देऊ ।" मेरो हातमा उसको मोबाइल अड्याएर ऊ अलि पर गएर उभिई । पृष्ठभूमिमा गहिरो रह देखिने गरी मैले उसको फोटो खिचें । मिल्ने भए खिचिदिन्थे, रह जस्तै उसको मन पनि । अरू पनि पोजपोजका फोटाहरू खिचें । प्रत्येक फोटो खिचेपछि ऊ मोबाइल हेर्थी अनि दङ्ग पर्थी ।

"यति धेरै फोटो खिच्नुपर्ने मान्छेको फेसबुकमा चाहिँ एउटा फोटो पनि छैन । कता राख्छ्यौ ?" मैले सोधें ।

"हाहा इन्स्टाग्राम छ नि । बरू फोटो सीधा खिच्देऊ है ?"

केही फोटाहरू खिचेपछि हामी नहरको छेउमा गयौं । चौरमा बसेर थकाइ मार्दै पानी पियौं । उसले चाउचाउ लिई । मैले आलुचिप्सको सादा प्याकेट फुटाएँ । प्याकेटभन्दा बढी त मेरो मन फुट्यो, टुट्यो । कसरी मेरो रूचिलाई चिनेर ल्याएकी थिई, रूबाले मेरा निम्ति चिप्स । नुनिला चिप्सहरू टोकिरहँदा लाग्यो म रूबाको आँसु पिउँदै छु । मलाई अपराधबोधको छायाले छपक्कै छोप्यो । अँध्यारिएँ म । फेरि सम्हालें आफूलाई । सोचें, म नराम्रोसँग फसिसकेको छु । त्यसै पनि एउटा न एउटाको मन त तोड्नैपर्छ । मनले होइन, दिमागले सोच्ने बेला आएको थियो । अचम्म लाग्यो आफैंसँग, म कस्तो दोसाँधमा उभिएको रहेछु, कसैको मन दुखाउने तयारीमा रहेछु ।

के सहन सक्छे त रूबाले ? मन आत्तियो । सँगै बिताएका पलहरू आँखाभरि आए । अँगालो हालेर बिताएका रातहरू । कसरी रोएकी थिई ऊ मैले बेवास्ता गर्दाखेरि । कसरी बिरामी नै परेकी थिई ऊ, मबिना । झलझली आए सँगै वसन्तपुर अनि कोटेश्वरका बाटाहरूमा पाइला चालेका साँझहरू । कमजोर हुँदै गयो मन, जब सम्झिएँ उसलाई अर्धाङ्गिनी मानेको क्षण । अब कमजोर बनेर पनि त भएन । मन कठोर नबनाई मलाई यो घनचक्करबाट उम्किन गाह्रो थियो ।

अलिअलि पश्चात्ताप लाग्यो । किन फुकाउनै गाह्रो हुने गरी कसेछु रूबासँग सम्बन्धको डोरी । रहको किनारमै पौडिनुपर्ने रहेछ ।

सोच्दै नसोची मझधारमै डुबुल्की मारें, र त अहिले गाह्रो हुँदै थियो, उसको प्रेमको तलाउबाट उम्किन ।

रूबासँगको जिन्दगी अँध्यारो लाग्दै थियो मलाई । अनि आरतीसँग ? उसको त के तुलना जाबो स्कुल पढाउने रूबासँग ।

"किन टोलाको फेरि ?" आरतीले चिमोटेर सोधी ।

"केही हैन ।"

"तिमीलाई देखेर डर लाग्न थाल्यो । स्कुल डेमा, क्याफेमा भेटेको तिमीभन्दा आज भेटेको तिमी बेग्लै लाग्दै छ । जति बेला पनि टोलाको टोलाकै छ," अनौठा आँखाले हेर्दै उसले भनी, अनि एक मुट्ठी चाउचाउ मुखमा हालेर चपाउन थाली ।

"ल अब फ्रेस भएँ," हात र जीउ तनक्क तन्काएर हाँस्दै भनें तर त्यो हाँसो मनबाट आएको थिएन ।

"चाउचाउ खान्छौ ?" प्याकेट मपट्टि ल्याएर उसले सोधी ।

"तिम्रै हातले खुवाउने भए मात्र ।"

उसले एक मुट्ठी चाउचाउ मेरो हातमा राख्न खोजी ।

"यसरी नाइँ ।"

"कसरी त ?"

"यसरी," उसको नाडी च्याप्प समाएँ । उसकै हातबाट मुखमा बुझो लगाउँदै चाउचाउ मुखमा हालें । ऊ मुस्कुराउँदै हेरिरही । उसको हात छोडेर चाउचाउ चपाएँ । हातमा रहेको मसलाको धूलो टकटक्याउन खोज्दै थिई ऊ । मैले फेरि उसको हात च्याप्प समातें र 'मलाई यो मनपर्छ' भन्दै उसको हत्केला चाटें ।

ऊ जोडले आफ्नो हात छुटाउन खोज्दै थिई । मैले उसको हत्केला सफाचट पारिदिएँ ।

"छि के गरेको पागल ? घिन लाग्दैन ?" चस्माबाहिरबाट हेरेको भएर हो वा साँच्ची नै हो उसले आँखा ठूला बनाई ।

"तिम्रो हातबाट खान पनि घिन लाग्छ त ?"

"तैपनि," ऊ एकछिन यन्त्रवत् अडिई । के सोची, फेरि बोतलको बिर्को खोल्दै हाँस्दै भनी, "पागल नै हो तिमी त ।"

उसले पानीको बोतल खोल्न लागेको देखेर सोधें, "हात धुन लागेकी ? घिन लाग्यो ?"

घुमाइरहेको बिर्को घुमाउन छोडेर उसले भनी, "तिमीले चाटेको पनि घिन लाग्छ र ?" उसले एउटा आँखा झिम्क्याएको चस्माबाट अलिअलि देखियो । मलाई प्यास लागेर आयो । पानीको होइन, उसको मुस्काइरहेका ओठको । ती मसिना गुलाबी ओठ चुम्ने मन भयो । उसलाई अँगालोमा कस्ने मन भयो । यति बेला उसले नाइँनास्ती पनि त गर्दिन होला । यही आत्मबल माथि आकाशमा फैलिएको बादल जसरी नै फैलियो छातीभरि ।

फेरि उसको हात समाएँ । पालिस नलगाए पनि सफा नङ भएका सुन्दर औंलाहरू खेलाएँ । हेरिरहें एकोहोरो उसलाई । लिपस्टिक नलगाए पनि लाली चढेको ओठ । पाउडर नलगाए पनि उज्यालो चेहरा । गाजल नलगाए पनि काला हार मिलेका परेला । ऊ फिस्स हाँसी । त्यो दाँत बाँधेको तारले भिलेन खेल्दियो नि !

सुस्तरी उसको हात तानेर उसलाई अँगालोमा कस्न खोजें तर बाटोमा केही मान्छेहरू हिँडेको देखियो । त्यो देखेर मेरा हातहरू लुला भए । मेरो आत्मबल हरायो । उसले पनि आफूलाई मभन्दा अलि पर राखी । माथि हेरी । आकाशमा मिटिङ बसेका बादलहरूले ताली बजाउँदै केही छिटा पानी खसालिसकेछन् । हामीसँग छाता थिएन, त्यसैले उठ्यौं । पानी दर्किनुअघि नै पुग्नुपर्ने थियो बजार । चिप्स, चाउचाउ अनि कोक मात्र खाएका हामीलाई अलि गतिलो खाजा पनि खानु थियो ।

पुल तरेर उकालो चढ्दै गर्दा केही थोपा पानीले हामीलाई स्पर्श गरिसकेका थिए । तैपनि हामी हिँडिरह्यौं । एकाएक पानी ठूलो भएर बढ्यो । कतै ओत नलागी धर थिएन । तर कहाँ ओत लागेर बस्नु । एउटा रूखमुनि उभियौं । पानी बर्सिरह्यो । हामी आधासरो भिज्यौं ।

केही बेरमा पानी अलि कम भएपछि फेरि हिँड्यौं । बाटो चिप्लो हुँदै थियो । हामी एकअर्काका हात समातेर हिँडिरह्यौं । यो हात समातेर हिँडिरहन पाए त सारा संसार नै छिचोलेर हिँड्ने थिएँ भन्ने कल्पना आयो ।

बजार पुगेपछि बल्ल खुल्यो आकाश । उस्तै उज्यालो भएर खुल्यो आरतीको अनुहार । एउटा होटलमा पस्यौं । चाउमिनबाहेक अरू खाजा रहेनछ । दुई हाफ चाउमिन र दुई कप दूधचिया परेपछि हाम्रा एक जोडी पेटहरू खुसी भएका थिए ।

आकाशले धरतीमा साँझको रङ पोत्ने तयारी गर्दै थियो । मनभरि धेरै यादहरू सँगालेर हामी गाडी चढ्यौं । हाम्रा लुगाहरू झरीले भिजेका थिए भने मुटु प्रेमले । त्यही प्रेम जुन आरतीले सङ्केत गरेकी थिई । त्यही प्रेम जुन मैले पनि आरतीलाई धेरै पटक व्यक्त गरिसकेको थिएँ । एकअर्कालाई नभने पनि हामी दृढ थियौं यो प्रेमलाई गन्तव्यमा पुऱ्याउन । केही कुराहरू थिए मैले पूरा गर्नुपर्ने । मौन सहमति नै थियो हाम्रो एकअर्काको मनमा नारा लगाइरहेका भावनाहरूप्रति ।

टिसर्टको बाहुला निचोर्दै आरती कुनापट्टि सिटमा बसी । म छेउपट्टि बसें । कुनै बेला यसरी नै बस्थें म रूबासँग । रूबा सम्झिँदैमा आङ सिरिङ्ग भयो । उसको अनुहार आँखामा देखिन्छ कि भनेर आरतीसँग पनि आँखा जुधाउन धक लाग्यो । अपराधबोधले सतायो । तर म लाचार थिएँ । जति मायाप्रेम भनेर भावनामा बगे पनि बाँच्नु त यही समाजमै थियो । यही समाजले खडा गरेका मान्यताहरूसँग जिउनु थियो । जात, हैसियत, सुन्दरता आदिसँग सम्झौता गर्न निकै कठिन थियो समाजमा । म त कमजोर मान्छे, सकिनँ मैले यो समाजसँग पौंठेजोरी खेल्न ।

साँचो प्रेम त एउटा विशिष्ट भावना रहेछ, आदर्श रहेछ । मान्छे साँचो प्रेम गर्ने प्रयास मात्र गर्न सक्दो रहेछ । त्यो आदर्श स्थापित गर्न नसक्दो रहेछ । साँचो प्रेमको बाटोमा त विभिन्न छेकबार हुने रहेछन् । स्वार्थ मिसिएको सतही प्रेम मात्र सरल अनि सहज हुने

रहेछ । त्यसैले त मैले पहिले रूबालाई अनि अहिले आरतीलाई सहजै प्रेम गर्न सकें ।

गाडी गुड्यो । हामी सुन्दरीजललाई छोडेर हिँड्यौं । आरतीको फोन बजिरहेकै थियो । ऊ 'आउँदै छु, आउँदै छु' भनेर आश्वस्त पार्दै थिई । छटपटिँदै थिई ।

चाबहिल आइपुग्दा अँध्यारो पूरै गाढा भइसकेको थियो । गाडी त्यहिँबाट फर्किने भनेर रोकियो । हामी उत्रियौं । बसपार्क जाने गाडीहरू थिए चोकमा तर सबै भरिएका । एउटा गाडीमा खाँदिएर उभियौं । आरतीलाई घर छिटो पुग्नु जो थियो । गाडीले हामीलाई चक्रपथ पुऱ्यायो । राम्रोसँग बिदाबारी पनि हुन पाइएन ऊसँग । ऊ अनुहारभरि चिन्ता अनि डरका रेखाहरू बनाएर ओर्लिएकी थिई ।

बालाजु ओर्लिंदा घरहरू उज्याला अनि बाटो अँध्यारो भइसकेको थियो । मैले हिलो टेकेछु । जुत्ता भिजेर भित्रसम्म पानी पस्यो, सिकसिक लागेर आयो ।

दिनभरि नतानेको चुरोट । साह्रै तलतल लागेर आयो । पसें गोविन्देको चिया पसल । रात परिसकेकाले खाली थियो पसल । काउन्टरमा एक्लै टोलाउँदै थियो गोविन्दे । चुरोट लिएर भित्र पसें । चुरोट तान्दै मोबाइल हेरें । साढे आठ बजेको थियो । बिहान 'फ्लाइट मोड'मा राखेको मोबाइल फेरि 'रिङ मोड'मा राखेर चुरोटको धुवाँ उडाइरहें ।

सेक्स

गोविन्देको क्याफेबाट निस्किएँ । मेनरोडबाट अलि परको ठाउँ, थोरै अँध्यारो छाउनासाथ बाटो सुनसान हुन थालेको थियो । फाट्टफुट्ट केही बाइकहरू कुदेर जान्थे । केही कुकुरहरू ग्याङ बनाएर गस्तीमा निस्केका देखिन्थे । उनीहरू लर्बरिँदै हिँडेका मान्छेहरूलाई भुक्थे अनि केके न भए जसरी एक ठाउँमा भेला भएर छलफल गर्थे ।

ठाँटसँग हिँडेको मलाई कुकुरहरूले हेरी मात्र रहे, भुकेनन् । पाँच मिनेटको दूरीमा रहेको डेरामा पुग्नुअघि नै फोन बज्यो । हेरें । रूबाको कल रहेछ । बाटोछेउमा उभिएर फोन उठाएँ ।

"कोसँग होइसिन्थ्यो दिनभरि ?" उसको आवाज गला बसे जस्तो सुनिन्थ्यो ।

"कस्तो कोसँग भनेको ? बुझिनँ ।"

"दिनभरि नै हजुरको फोन लागेन । त्यही भएर सोधेकी ।"

"अनि फोन किन लागेन भनेर सोध न त," म रूखो भएँ ।

"मैले बुझिसकेकी छु हजुरको कुरा ।"

"के बुझ्यौ ?" म रन्किएँ ।

"मसँग रिसाउने, झर्किने अनि टाढा हुन खोजेको सब बुझ्दै छु," उसको बोलीमा थोरै रोदन मिसिएर आयो ।

"बुझेकी रै'छौ त किन ल्याङल्याङ गर्छ्यौ ?"

"मैले बोलेको पनि ल्याङल्याङ हुन थाल्यो अब ? को पाएर मलाई धोका दिन लागेको भनिस्यो त ?" रून्चे बोलीमा उसले अड्कीअड्की सोधी ।

मलाई आरतीको नाम भन्दिऊँ जस्तो लागेको थियो तर भनिनँ । के थाहा, उसलाई खोजेर म्यासेज गर्दिई भने ? मेरा बारेमा पोल लगाइदिई भने ? रिसको झोंकमा मेरो बेइज्जत गरिदिई भने ?

"जो भए पनि किन चासो ?" म फलामझैं कठोर हुँदै गएँ ।

"के भएको छ हजुरलाई ? किन यसरी चिढिसिन्छ ?" ऊ केही नरम बनी ।

म मौन भएँ ।

"बोलिस्यो न, के भएको छ ? कोही भेटिसेको हो अर्को ?"

"हो हो, अर्को भेटिसकें । सब कुरा मिल्ने भेटिसकें," म चिच्याएँ ।

बाटो हिँड्ने एउटा मान्छेले अँध्यारोमै ठिङ्ग उभिएर हेऱ्यो । अनि फर्कीफर्की हेर्दैहेर्दै गयो ।

"अनि म ?"

"के म ?"

"म के गरम् ?"

"तिमी जाऊ मेरो जिन्दगीबाट ।"

"कति सजिलो छ है यो सब भन्नलाई ?"

म फेरि मौन भएँ, मानौं शब्दहरूको खडेरी पऱ्यो मलाई ।

"के हामीबीच केही थिएन ?" उसको करूण आवाज आयो ।

"के थियो र त्यस्तो ?"

"सँगै बिताएका रातहरू केही हैनन् ? मलाई जीवनसाथी भनिसिन्थ्यो । त्यो सम्बन्धको पनि कुनै अर्थ छैन ? जुन प्रेमलाई मैले पूजा गरिरहें, के त्यो फगत अभिनय थियो ? मैले हजुरलाई आफ्नो मानेर सबथोक सुम्पिएकी थिएँ, त्यसको कुनै मूल्य छैन ?" ऊ एकोहोरो बोलिरहेकी थिई ।

"सुम्पिएको त अरूलाई पनि थियौ ।"

"के रे ?" ठूलो आवाजमा बोली ऊ, "के भनेको ?"

"सेक्स त म भेटिनुअघि अरूसँग पनि गरेकी थियौ," कति कठोर भएर भनें । सायद मेरो मनमा संवेदनाको एउटा थोपा पनि बाँकी

रहेन । ऊ फोनमा ग्वाँग्वाँ गरेरै रोइदिई । नरोऊ भनेर फकाउन पनि सकिनँ मैले । स्वार्थको रेफ्रिजेरेटरमा राखेपछि पानी जस्तो तरल मन जमेर कठोर बन्ने रहेछ । म त्यसरी नै कठोर भएको थिएँ ।

"हजुरले नै माया नदेखाएको भए म यसरी पागल जसरी मायाको भीख माग्ने थिइनँ । मैले आफ्नो सत्य कुरा नलुकाई भनेको त हजुरलाई विश्वास गरेर हो । यसरी मलाई जिउँदै नमारिस्यो न, बाबा । प्लिज ! मैले सानिमाहरू सबैलाई हजुरको बारेमा भनिसकेकी छु । मैले कसरी मुख देखाउनु भनिस्यो त ? मबाट केही गल्ती भए सुधार्छु तर यसरी छोडेर जा नभनिस्यो न," रूवाइमा घुलेर आएका उसका यी शब्दहरूले पनि मेरो कठोर मन पगाल्न सकेन । ऊ अनुनय गर्दै थिई । बिनाअपराध सजाय भोग्दै थिई । बिनागल्ती माफी माग्दै थिई । आफू झुकेर पनि सम्बन्ध जोगाउन खोज्दै थिई ऊ ।

"प्लिज मलाई अबदेखि फोन नगर । धेरै सोचें, तिमीसँग मैले भविष्य देखिनँ । गन्तव्य नपुर्‍याउने यात्रामा हिँड्नुको कुनै अर्थ छैन । तिमी असल छ्यौ, राम्रो केटा पाउनेछ्यौ," मैले भनें ।

"हजुरका लागि आज तीजको व्रत बसेकी थिएँ, पानी पनि ननिली । हजुरले फोन गरेर सोधिसेला भन्ने आस थियो । तर दिनभरि फोन नलाग्ने बनाएर राखिस्यो । यति बेला फोन गरेकी थिएँ फलफूल खाऊँ कि नखाऊँ भनेर सोध्न । तर यति धेरै माया पाएँ, यति धेरै केयर पाएँ, धन्यवाद यहाँलाई । मेरो निर्जल व्रत जुन हजुरका लागि बसेकी थिएँ, त्यसको प्रतापले हजुरलाई जिन्दगीभर खुसी अनि सुख मिल्नेछ । मेरो मन चोखो छ । मैले कुनै पाप गरेकी छैन । मैले त हृदयबाट नै हजुरलाई प्रेम गरेकी छु । यसको फल अवश्य मिल्नेछ हजुरलाई," निकै अड्कीअड्की करूण स्वरमा उसले भनी । त्योभन्दा बढी ऊ बोल्नै सकिन । अड्किए उसका शब्दहरू । काटिदिई फोन ।

केही व्यङ्ग्य थियो, केही पश्चात्ताप थियो उसको बोलीमा, जसले मलाई बेस्सरी हिर्काएको थियो । अनि केही त्यस्तो भाव थियो

जसले मलाई केहीँ भित्रसम्म घोचेको थियो । तर म पनि लाचार थिएँ । दुई जनासँगको सम्बन्धको घनचक्करमा फसिसकेको थिएँ । एउटालाई धोका दिनु नै थियो, चोट दिनु नै थियो । सजिलो थियो रूबालाई दुखाउन किनकि गाह्रो थियो ऊसँग जिन्दगी बिताउन । मैले दिमागले मायाको खेल खेलेको थिएँ । जब मायाको खेल दिलले खेलिन्छ, त्यहाँ हार्ने कोही हुँदैनन् । त्यही खेल जब दिमागले खेलिन्छ, तब त्यहाँ जित्ने कोही हुँदैनन् । म पनि मायाको त्यस्तै पराजित खेलाडी थिएँ ।

विडम्बना

हातको मोबाइल अघिपछि भन्दा गह्रुङ्गो लागेर आयो । फोन हातमै घुमाउँदै टोलाउँदै लागें डेरातिर । ठिक्क घरअगाडि पुगेको थिएँ, फेरि बज्यो फोन । यसपालि भने आरती रहिछ ।

"कति बिजी हो तिम्रो फोन ! अघिदेखि ट्राई गरेको गऱ्यै छु । बल्ल लाग्यो," उसले भनी ।

घरबाट मम्मीले गर्नुभाको, नानाभाँती गनगन गरिरहनुहुन्छ भनेर ढाँटें । आजको हाइकिङ कस्तो लाग्यो भनेर सोधें ।

"एकदम रमाइलो । थाहा छ, यस्तो एडभेन्चर त मैले जीवनमै पहिलो चोटि लिएको । अनि त्यसमाथि तिम्रो कम्पनी । यू आर ट्रुली अ बेस्ट कम्पानियन," उसले मेरा लागि तारिफको माला उनिदिई । त्यो माला पहिरिएर म गजक्क परें ।

"थ्याङ्क यू सो मच," यति भन्नैपर्ने थियो मैले ।

ऊ केही बोलिन । मैले नै बोल्नुपर्ने भयो । प्रसङ्ग बदलेर सोधें, "के भन्नुभो घरमा ?"

"ढिलो भयो भनेर मामु रिसाएर चौपट । तिम्रो बाइक भाको भए हामीलाई फर्कंदा यति दुःख हुन्नथ्यो है ?" उसले मायालु भएर भनी ।

मलाई पहिलो चोटि बाइकको अभाव महसुस भयो । आफू पहिलो चोटि कमजोर भएको महसुस गरें ।

"अब लिनुपर्ला," आश्वस्त पारेर बताएँ उसलाई ।

"लेऊ न ल । हामी कतै टाढा घुम्न जान हुन्छ नि । आफूलाई त गाडी, बाइक घरमै हुँदा पनि चलाउन डर लाग्छ ।"

उसको जस्तै हाल थियो मेरो पनि । मैले धेरै चोटि प्रयास गर्दा पनि गतिलोसँग बाइक चलाउन जानेको थिइनँ । तर अब बाइक नकिनी भएको थिएन । नत्र कसरी घुमाउनु आरतीलाई ? उसको घुम्ने लिस्टमा धुलिखेल, नमोबुद्ध, कुलेखानी थपिँदै थिए । गाडी चढेर जान र आउन गाह्रा थिए यी ठाउँहरू ।

आकाशलाई लिएर एक दिन रिकन्डिसन हाउसबाट एउटा सेकेन्ड ह्यान्ड बाइक किनें । अलिअलि पैसा आफैंसँग थियो, अलिअलि खोजखाज गरें । आफ्नै नामको सम्पत्ति जोड्दा आँखाबाट झन्डै आँसु चुहिएन । बिहानबेलुकी घरतिरै चलाउँथें, स्कुलसम्म चलाएर जान सकेको थिइनँ । लाइसेन्स लिउँला अनि जाउँला भन्ने सोच थियो ।

"रूबा भाउजूलाई घुमाउन सक्ने हुन्छस् यो हप्तामा," बाइक सिक्दै गर्दा आकाशले जिस्क्याएको थियो ।

"ह्या त्यसको कुरा नगर् ।"

"भनेपछि आजकल सम्बन्ध ठीक छैन जस्तो छ ।"

"आज न भोलि । कहिले पनि ठीक हुन्न अब," बेवास्ताको बोलीमा भनेको थिएँ ।

"त्यही भएर पो रै'छ भाउजूले मलाई म्यासेज गरेको," उसले आँखा नचाएर भन्यो ।

"के भनी र ?" मेरो मनमा गोमन साँपझैं ठूलो प्रश्नचिह्न फनक्क घुमेर बस्यो, "त्यसलाई भाउजू भन्न छोड्दे त । तेरो भाउजू अर्कै छे । कुनै दिन चिनाउँला तँलाई ।"

"ल ल रूबाले म्यासेज गरेकी थिई । जस्ट हाई, हेलो मात्र गरेको हो । तेरो बारेमा कुरा भाछैन," उसले यति भन्दा पनि मनभित्र कस्तोकस्तो भावना आएर डराइदिन थाल्यो । तैपनि केही नभए जस्तो गरेर प्रसङ्ग मोडेको थिएँ ।

रूबाको फोन उठाउन छाडेको थिएँ । उसले धेरैपल्ट गरेकी थिई । माफी मागेकी थिई म्यासेज पठाएर । म्यासेजको पनि जवाफ दिन छाडेको थिएँ । एक दिन च्याटमा उसले म्यासेजको थुप्रो लगाइदिई ।

"मैले हजुरलाई असल मान्छे ठानेर प्रेम गरेकी थिएँ । हजुरको कुरा सानिमासँग पनि गरेकी थिएँ । अब मैले कसरी मुख देखाउनु ? नीलिमाकै अगाडि दुई दुई जनासँग मेरो सम्बन्ध टुट्दा मलाई के सोच्ली उसले ? प्लिज मेरो इज्जत जोगाइदिस्यो । आफ्नो पनि विश्वास राखिस्यो । हजुरले पनि छोडे त म मरे पनि हुन्छ ।"

"किन मर्नुपर्‍यो र तिमीलाई ? अर्को भेटिसक्यौ त," म निठुर बन्दै गएँ ।

"के रे ?"

"हो त । आकाश भेटेछौ त ।"

"पापी । हजुर यतिसम्म घटिया छ भन्ने कहिल्यै सोचेकी थिइनँ ।"

"आकाशसँग च्याट गर्न थालेकी छौ रे भनेर उसले नै भनिसक्यो । धेरै धर्मात्मा बन्न नखोज ।"

"आफू मेरो फोन नउठाउने, म्यासेजको जवाफ नदिने भएपछि मैले के गरौं ? उसले सम्झाउन सक्छ कि भनेर मात्र बोल्न खोजेकी थिएँ ।"

मैले केही लेखिनँ । उसैले लेखिरही, "आफ्नै साथीसँग जोडेर मलाई बदनाम गराउने हजुर मान्छे त हो ? मैले कस्तो अपराधीलाई प्रेम गरेछु । छि !"

मलाई भने जस्तै हुँदै थियो । म राम्रो बनिरहँदा उसले मलाई सजिलै छोड्नेवाला थिइन । मलाई नराम्रो बन्नुमा नै फाइदा थियो ।

"यस्तो अपराधीसँग किन टाँसिइरहन्छेस् त ? किन माग्ने जसरी भीख मागिरहन्छेस् ?" मलाई योभन्दा कठोर बन्न आएन । मन खासै रमाएन तर विकल्प पनि त केही थिएन । स्वार्थको अभिलाषामा निस्वार्थ प्रेमलाई बदनाम गर्दै थिएँ । सडकमै लगेर घिसार्दै थिएँ ।

केही पनि म्यासेज आएन उसको । सायद रूँदै थिई कि ? रोएर मन हल्का पारी भने त ठिकै छ, कि अरू थोक नै गर्छे ? मनमा डरको ढ्याङ्ग्रो बेस्सरी बज्यो । तैपनि कठोर बनेरै बसें ।

मनमनै भनें, "प्लिज भगवान् ! उसले नराम्रो चाहिँ केही नगरोस् ।"

झ्याप

आज बेग्लै लाग्दै थियो, आकाशको चालचलन । पतरपतर बोलिरहने ऊ किन हो केही कुरा लुकाए जस्तो गर्दै थियो । हुन त नभेटेको पनि लगभग दुई हप्ता भएको थियो । के भेटघाट पातलो भएरै हो र ऊ मलाई नौलो लागेको ? आकाशले यस्तो अनौठो व्यवहार देखाउँदा देखाउँदै पनि आएका थियौं हामी कीर्तिपुर, ट्याङ्ग्लाफाँट । पासाको खाजा घरको भित्रको कोठाको भुइँमा बसेका थियौं । चकटीमा ।

"के खान्छस् ?" उसले सोध्यो ।

"छ्याङ भन् न ।"

"अलि कडा खाऔं न ।"

"किन ? भरे बाइक चलाउन नसक्लास् नि !"

"हाहाहा बाइक त मरेपछि पनि आफैं चलाएर आर्यघाटसम्म लैजान सक्छु ।"

आकाशको सेन्स अफ ह्युमर अब्बल थियो । एकछिन मज्जाले हाँसियो । उसको बाइक चलाउने खुबीमा पनि कुनै शङ्का थिएन ।

"कडा नै खानुपर्ने के कारण पर्‍यो त्यस्तो ?" उत्सुकताका आँखाले हेरेर सोधें ।

"कुरा अलि त्यस्तै नै छ क्या ।"

भएका कुराहरू फ्रेसमै पनि भन्ने आकाशलाई आज के कुरा भन्न यसरी रक्सी पिउनुपरेको होला, त्यो पनि कडा खालको । म उत्सुकता र अचम्ममा परिरहेको थिएँ । भनें, "भोड्का भन् न त ।"

पासा पनि हाम्रो छेउमा हतारिएर आइपुग्यो ।

"हाफ भोड्का, बफ चिल्ली, तामाको झोल अनि चिउरा, अहिलेलाई यति," आकाशले भन्यो ।

पासा मुन्टो हल्लाएर गयो ।

पासाको रेस्टुरेन्ट पनि गज्जबको थियो । घरको भुइँतलाभरिका कोठाहरूमा मान्छेहरूको भीड हुने । टोलीटोली आएर रक्सी अनि नेवारी खाजा खाने ठाउँ । हामीलाई पनि सस्तो अनि स्वादिलो नेवारी खाजाले तानेको थियो ।

दुइटा गिलास र रक्सीको बोतल आइपुग्यो । आकाशले गिलास भऱ्यो ।

"के मिसाउँछस् ?" उसले सोध्यो ।

"पानी ।"

उसले पानी मिसाएर प्याक बनायो । रक्सी र पानीको अनुहार उस्तै भयो गिलासभित्र । चियर्स गरेर घुट्टुक्क पार्दा रक्सीले घाँटीदेखि आन्द्रासम्म पछ्याएको बाटो अनुमान लगाउन सकिन्थ्यो ।

"के भन्छु भन्दै थिइस् नि अघि ?" मेरो मनमा कुतूहलता छल्किरहेको थियो ।

"पख् न, के हतार छ र," उसले अर्को घुट पनि पिउँदै भन्यो ।

उसले छिटोछिटो पिएको देख्दा मलाई अचम्म लाग्दै थियो ।

"स्न्याक्स नै नखाई बोतल रित्याउने विचार छ ?" उसको पारा देखेर भनें ।

"स्न्याक्स नै आएन त," ढोकाबाट किचनतिर चियाउँदै उसले आफैँसँग भन्यो । उसको ध्यान मेरा कुराहरूमा भन्दा पनि रक्सीमा नै देखिन्थ्यो । मलाई भने खाजा नआई रक्सी मात्र घुटक्याउन मन लागेन । पहिलो घुटको तीतो नै मुखमा बसिरहेको थियो । एउटा चुरोट सल्काएर भित्तामा अडेस लागें ।

"ओ पासा, खाजा आउँदैन ?" ढोकातिर फर्किएर उसले लेघ्रो तान्यो ।

"आयो आयो," भन्दै पासा कुदेर आयो ।

"बफ चिल्ली बन्दै छ । अहिले यो खाँदै गर," भनेर एक प्लेट चिउरा र तामाको झोल तरकारी राखिदिँदै पासा गयो । पासा हिँडेको हो कि कुदेको हो कुन्नि, उसको हिँडाइ अचम्मको थियो । मलाई भने आकाशले के भन्दै छ भन्ने जिज्ञासाले टोलाउने बनाएको थियो ।

अमिलो, पिरो तामाको झोल एक चम्चा सुरूप्प पारेपछि मुख मीठो भयो । आकाशले भने चिउरामा अलिकति तामाको झोल मिसाएर खान थाल्यो । ऊ एक चम्चा चिउरासँगै एक सिप भोड्का पिउँथ्यो । म उसको हर्कत देखेर जिल्ल परिरहेको थिएँ । मलाई भने चुरोट पिउनै मज्जा लागिरहेको थियो ।

"खै ले," उसले मेरो हातको चुरोट माग्यो ।

"तँ दारू नै खाइराख् ।"

"ले न त्यो चुरोट," भन्दै उसले चुरोट खोस्न झम्टियो ।

मैले ऊतिर बट्टा फ्याँकिदिएँ ।

"हैन यार, मलाई तेरो जुठो चुरोट नै खाने रहर छ ।" यस्तो मायाप्रेम ऊ रक्सी नखाँदा पनि देखाउने गर्थ्यो । तर आज अलि अनौठो नै लाग्दै थियो मलाई । मेरो हातबाट खोसेर उसले चुरोट तान्न थाल्यो ।

उसको गिलासमा लगभग एक घुट्को मात्र भोड्का बाँकी थियो होला । तर मैले भने जम्मा एक घुट्को मात्र पिएको थिएँ ।

"नयाँ नसल्काएर मेरो जुठो खाने रहर किन नि ?" आफ्नो गिलास उठाउँदै मैले सोधें ।

"तेरो जुठो स्वादिलो हुँदो रैं'छ क्या, हाहाहा," उसले फुरूरू चुरोटको धुवाँ छोड्दै भन्यो ।

अघिदेखि चुरोटको धुवाँले डम्म भएको कोठा झन् डम्म भयो । त्यस्तै गुम्म भयो मेरो मन । आखिर यस्तो घुमाउरो कुराले के भन्दै छ आकाश ? मैले तन्किएर झ्याल खोलिदिएँ । धुवाँ बाहिर गएपछि खुला भयो कोठा तर गुम्सिरह्यो मेरो मन ।

"के भनेको ? बुझिनँ ।"

"आजकल तेरो जुठो मन पर्न थालेको छ ।"

मलाई संशयले चिमोटेर ल्यायो । मौन बनेरै ऊतिर प्रश्नवाचक चिह्न फ्याँकें ।

चुरोट एस्ट्रेमा झोसेर गिलासको अन्तिम घुट्को पनि स्वाट्ट पारेर एक चम्चा चिउरा र तामाको झोल मुखमा हालेर ऊ बोल्यो, "आजकल मेरो रूबासँग भेट हुन्छ ।"

मलाई भाउन्न भयो । आकाश र रूबालाई भेटाएकोमा पश्चात्ताप भयो । हुन त म रूबालाई छोड्न चाहन्थें । त्यसैले फरक केही नपर्नुपर्ने थियो । तर आफ्नै साथी ऊसँग नजिक भएर होला, भित्रैबाट पोलेर आयो ।

"भेट हुन्छ भन्नाले ?" सोध्न मन नलागी नलागी सोधें ।

हातमा प्लेट बोकेर भित्र पसेको पासाले छेउमा बफचिल्लीको प्लेट राखिदिएर गयो ।

मेरो प्रश्न बिर्सियो कि कुन्नि आकाश केही बोलेन । काँटाले बफको टुक्रा घोच्न थाल्यो । म भने प्रश्नको थाल थापेर उसको अनुहारमा हेरिरहें ।

बफको टुक्रो मुखमा हालेर चपाउँदै गर्दा मेरो अनुहारमा हेरेपछि बल्ल सम्झियो क्यारे ! बोल्यो, "हिजो हामी वसन्तपुर घुमेका ।"

मलाई आकाशको अनुहार कुरूप लाग्दै आयो । उसका शब्दहरूले मलाई काँडाले झैं बिझाउन थाले ।

"घुम्दैमा के भो र ?" मलाई केही नभए जस्तो बन्नु थियो । तैपनि आफ्नो बारेमा केही कुरा भयो कि भनेर चासो लाग्यो । सोधें, "मेरो बारेमा केही भन्थी ?"

"तेरो केही कुरा भएन । पहिलेपहिले त गर्थी । तैंले वास्ता गर्दैनस् रे भनेर भन्थी । सम्झाइदिए हुने जस्तो गर्थी । तर मैले दिवसले अब तिमीलाई चाहँदैन, उसलाई बिर्सिदेऊ भन्दिएको थिएँ ।"

म चाहन्थें, उसले आकाशसँग मेरा बारेमा मात्र कुरा गरेकी होस् । रोएकी होस्, गिडगिडाएकी होस् । तर उसले त त्यस्तो केही

पनि गरिनछे । मलाई यसले केही फरक पर्ने थिएन । तर आकाशसँग नै किन नजिकिई ऊ ? स्वाट्ट पारें गिलास ।

"एउटा कुरा भनौं ?" उसले सोध्यो ।

"भन् न ।"

मेरो पनि गिलास रित्तिसकेको थियो । हाम्रा गिलासहरू दोस्रो खेपका लागि भरिँदै थिए । नापेर राख्यो आकाशले रक्सी, बराबरी । पानी पनि मिसायो, बराबरी । तर नशा बराबरी नहुने निश्चित थियो । नशाले मलाई नछुने निश्चित थियो । उसको बोली भने लर्बरिन थालिसकेको थियो ।

एउटा बफको टुक्रो मैले उठाएँ । अर्को टुक्रो चपाउँदै उसले भन्यो, "तँ लास्ट सोझो रै'छस् यार !"

मैले जिल्ल परेका आँखाले उसका आँखामा हेरें ।

"त्यो केटी त लास्ट चालू रै'छे । त्यसलाई त्यो चाहिने रै'छ क्या," आँखा झिम्क्याउँदै उसले भन्यो, "त्यो क्या बुझ् न ।"

म चुपचाप सुनिरहेको थिएँ ।

"मोज गरून्जेल गरिराकै भए भइहाल्थ्यो । पट्याएको पाँच महिना पनि नपुग्दै किन छाडेको ?"

मलाई भित्र कतै दुखेर आयो । रूबा आकाशले भने जस्ती केटी हुँदै होइन । त्यतिसम्म चरित्रहीन हुँदै होइन ।

"कसरी थाहा पाइस् उसका बारेमा यो सब ?"

"अस्ति भेटम् न भनी । सुरूमा त तेरो गर्लफ्रेन्डसँग कसरी भेटौं जस्तो लागेको थियो । फेरि सोचें, तेरो ब्रेकअप भइसकेको हो क्यारे ! अनि हिजो भेट्दिएँ ।"

"एक दिन भेट्दैमा कसरी यत्रो आरोप लगाउन सकिस् उसलाई ?" मभित्र आक्रोशको ज्वालामुखी विस्फोट हुने तयारी गर्दै थियो ।

टमाटरका टुक्राहरूका बीचमा काँटाले बफको पिस खोजिरहेको आकाशले मेरो कुरा सुनेर पुलुक्क हेर्दै भन्यो, "मुजी, यतिकै भेट्न

बोलाउँछे त केटी आफैंले ? अनि कसैले च्याप्प हात समात्छ सीधै ?" ऊ पनि थोरै जोस्सियो ।

"हात समाउँदैमा कसैको चरित्र खराब हुन्न हेर्," म पनि रन्किएँ ।

"तँलाई नराम्रो लाग्ला भनेर मात्र नभनेको । त्यो एकथोकबाहेक सब कुरा भइसक्यो हाम्रो," रक्सी अनि कुराको जोस पोतिएर रातो भइसकेको थियो उसको अनुहार ।

"के के भयो र ?" म सुन्न सक्दिनथें । नसोधी पनि त सक्दिनथें ।

"बुझ् न," उसले आँखा झिम्क्यायो अनि गिलास घ्याम्पे हानेर रित्यायो ।

मैले चिनेको रूबा यस्ती थिइन । पटक्कै थिइन । भेटेको दिनमै त्यो हदसम्म पुग्ने कुरा पनि असम्भव नै थियो । तैपनि आकाशका कुराले मलाई सोच्न बाध्य पारिरहेको थियो । मलाई किन यतिबिघ्न छटपटी भइरहेको छ ? आखिर मैले चाहेको पनि रूबासँग छुटकारा हो । यदि ऊ मेरो जिन्दगीमा छैन भने ऊ अरू कोहीसँग रमाउनु उसको खुसी हो । उसको खुसी यसैमा छ भने मलाई किन यत्रो जलन ? किन यत्रो छटपटी ?

तर रूबालाई त मैले प्रेम गरेको थिएँ । उसले पनि मलाई प्रेम गरेकी थिई । यदि आकाश साँचो हो भने कसरी रूबाले आफ्नै प्रेमको अपमान गर्न सकी होला ? कसरी यतिसम्म गिर्न सकी होला ? मलाई यी सोचहरूले रिङ्गाइरहेको थियो । मैले पनि गिलास उठाएर स्वाट्ट पारिदिएँ ।

"के खाने अरू ?" रित्तिसकेको प्लेट पन्छाउँदै आकाशले सोध्यो ।

"जे भए पनि हुन्छ," खाने मन हराएको थियो । अप्रत्याशित कुराले नै पेट भरिएको थियो । उठेर जाऊँ जस्तो भएको थियो । तैपनि त्यहाँबाट जान आकाश नउठी सम्भव थिएन ।

"ग्रिन सलाद, पाङ्ग्रा एक प्लेट, फेरि चिउरा एक प्लेट अनि भटमास साँधेको," ढोकानेर आइपुगेको पासालाई उसले भन्यो र मलाई हेरेर सोध्यो, "एक क्वाटर थपौं है ?"

मैले मुन्टो हल्लाएँ । कुरैकुरामा चार प्याक पिइसकेको थिएँ । अघिको हाफ बोतल रित्तिइसकेको थियो । अरू बेला भएको भए पुगिसकेको थियो हामीलाई । तर म बहुलाउन चाहन्थें । नशाले धूत भएर सोध्न चाहन्थें रूबालाई असलियत । आकाशसँग त कुरा गर्नु नै बेकार थियो । उसका कुराहरूले बेकार मुटु मात्र जलाउँथ्यो । छाती मात्र पोल्थ्यो । छटपटी हुन्थ्यो । फेरि यी कुरामा सत्यता नहुन पनि त सक्थ्यो । यो समय ऊसँग कुरा नबुझी झगडा गर्ने पनि थिएन । यति लामो सम्बन्ध, यति नजिकको साथ यतिकै तोड्न पनि गाह्रो थियो । जे भए पनि आकाशले सम्बन्ध केही हदसम्म धमिलो बनाएकै थियो । उसका कुराहरू सत्य भए मेरा लागि घात ठहर्थ्यो । गलत भए अपमान हुने थियो । मसँग आकाशलाई केही भन्ने नैतिक आधार पनि थिएन । असली धोकेबाज म पनि थिएँ । रूबा अब मेरी कोही होइन भन्ने भूल त मैले नै गरेको थिएँ ।

ऊ बाथरूम गयो । म चुरोट सल्काएर भित्तामा अडेस लागें ।

एकछिनमा आकाशसँगै पासा पनि कोठाभित्र छिऱ्यो । पासासँगै छिऱ्यो अर्को क्वाटर भोड्का । अनि आए प्लेटभरि अरू सितनहरू ।

"तँ पनि ट्वाँके भइस्," लर्बरिएको बोलीमा उसले भन्यो । लर्खरिएको खुट्टा सम्हाल्दै बस्यो ।

मलाई केही बोल्ने मन भएन । फगत झ्याप हुनु थियो । यसै त कम बोल्ने भनेर बदनाम । मलाई पिउनु थियो ओकल्न शब्दहरू । पोख्नु थियो मनको तीतो । रूबासँग ?

यसपालि बोतल म आफैंले खोलें । गिलास आफैंले भरें ।

"ओइ, निट पिउने विचार छ ?" आकाश चिच्यायो, "हेर् त गिलास भरियो ।"

"हुन दे ।"

मलाई पर्वाह थिएन । पिउनु थियो आफैंलाई भुल्ने गरी । आकाशलाई भुल्ने गरी, रूबालाई भुल्ने गरी । किनकि यिनीहरू दुवै जना सम्झिँदा पोल्थ्यो मुटु । मैले मुटु शीतल बनाउने आसमा

पिएँ निट रक्सी । मुख बेस्सरी पोल्यो । एक चम्चा भटमास मुखमा हालेर चपाएँ । काँचो लसुन परेछ, झन् पोल्यो । अनि चिउरा चपाएर ढल्किएँ । मेरा अघिल्तिर केही देखिएन । अलिअलि देखिएको आकाश थियो क्यार ! त्यो पनि धमिलो देखिएको थियो । घुमिरहेको थियो फनफनी ।

एउटा चुरोट सल्काएँ । आकाश केही नभए जसरी खाजा खाँदै थियो, आफ्नै धुनमा । भर्दै थियो आफ्नो गिलास । मेरो हालत देखेर मौन भयो । ऊ केही बोलेन एकछिन । अघिको हाम्रो हल्लाखल्ला अहिले मौनता ओढेर सुतेको थियो । दोस्रो पफ चुरोट तानेपछि मलाई एक चोटि रिँगटा चल्यो । लाग्यो पृथ्वी घुमिरहेछ दुवैतिरबाट । चुरोट एस्ट्रेमा राखेर ढल्किएँ । पेट जम्मै सोहोरिएर छातीतिर आयो । चिटचिट पसिना, टिलपिलायो निधारभरि ।

"ओइ जा जा वासरूम जा," आकाश करायो ।

म उठें । बाङ्गिएका पाइलाहरू जबर्जस्ती सोझो बनाउँदै हिँडें । वासरूमको ढोका खोल्नासाथ खुल्यो मुख । निस्कियो तनाव । निस्कियो छटपटी । मैले अघिसम्म खाएको सबै बान्ताबाट निक्लियो । आँखाबाट आँसु निस्कियो । नाकबाट सिँगान । धन्न उभिन सकेको रहेछु ।

मुख खोकलखाकल गरेर फ्रेस भएर निस्किएँ । भुइँ घुमिरहेकै थियो । मैले समाउन खोज्दा झन् परपर जान खोज्थ्यो भित्ता । पर गएर समाउन खोज्दा नजिकै हुन्थ्यो । ठोक्किन्थें म । जसोतसो पसें कोठाभित्र ।

"गाह्रो भयो कि के हो तँलाई ?" मुखमा केही चपाइरहेको आकाशले सोध्यो ।

'हैन' भनेर मुन्टो हल्लाएँ । केही नभएको पार्न फेरि गिलास उचालेर चुपचाप मुखमा लगें । रक्सीको कडा गन्ध छिटोछिटो नाकभित्र पसेर मलाई अत्याउन लाग्यो । मुख बटारियो । घाँटी कोक्यायो । पेट हुँडलियो । मैले रक्सी पिउनै सकिनँ ।

"खान नसके छोड्दे," आकाशले भन्यो ।

मैले उसको अनुहारको भाव कसै गरी पढ्न सकिनँ । माया देखाउँदै थियो कि गिज्याउँदै थियो ? मेरा त आँखा तिर्मिराएका थिए ।

मलाई यस्तो कडासँग रक्सी लागेको जिन्दगीमै पहिलो चोटि थियो । गिलास भुइँमा राखेर भित्तामा अडेस लागें । काँक्रोको एउटा टुक्रो मुखमा हालेर चपाइरहें ।

आकाशले पनि गिलास घोप्ट्यायो ।

कसरी सकेको होला उसले यसरी पिउन ? सम्झेर फेरि पेट हुँडलियो । ऊ एकोहोरो चुरोट तानिरहेको थियो । अघिसम्म झ्याप ऊ अहिले फ्रेस देखिन्थ्यो । रक्सी पिउनु भनेको मातिनलाई हो । सम्हाल्दिने मान्छेहरू भएरै मात्ने रहेछन् जँड्याहाहरू । सम्हाल्दिनेहरू नहुँदा त आफैं सम्हालिने रहेछन् । सायद म झ्याप भएको भएरै फ्रेस थियो आकाश ।

"जान सक्छ त ?" मेरो हालत देखेर पैसा तिर्ने बेलामा सोधेको थियो पासाले । सुकुटी भुटिरहेकी पासाकी बूढीले ट्वाल्ल परेर मलाई हेरेकी थिई ।

"चलाउने म हुँ । सकिहाल्छ नि," आकाशले फूर्ति लगाएको थियो ।

हामी निस्कियौं । मैले आकाशलाई च्याप्प समाएँ । दह्रोसँग समाएको थियो उसले हेन्डिल । झन् दह्रोसँग समाएको थिएँ मैले उसको कम्मर । हामी बल्खु चोकतिर हान्नियौं । आकाशले बाइक कताकता घुमायो, थाहा भएन । तर 'कता लगिस् बे ?' भनेर आफू चिच्याएको याद छ ।

"चुप न बे ! मापसेमा पर्ला भनेर खोलाको बाटो जान लाको," ऊ कराएको थियो ।

परपर हेर्दा घरहरू पनि घुमे जस्तो लाग्दै थियो । सडक पनि घुमे जस्तो लाग्दै थियो । पृथ्वी नै पूरै घुमे जस्तो लाग्दै थियो ।

साला ! पृथ्वी घुम्छ भनेर पत्ता लगाउने वैज्ञानिकले पनि दारू खाएरै पत्ता लगाएको हुनुपर्छ !

भुङ्ग्रो

दसैं आउन लागेकाले होला, धर्तीले आफ्नो छानोमा नीलो रङ पोतेको थियो । नीलो आकाशका छेउछाउमा मात्र कतैकतै कपासका डल्ला जस्ता बादलहरू देखिन्थे । चङ्गा हो कि चराहरू हुन्, उडिरहेका देखिन्थे परपर । घरको छतमा आउन-जान मन लाग्यो । फोन गर्न मन लाग्यो रूबालाई । कुरा बुझ्न मन लाग्यो, आखिर के छ उसको र आकाशको बीचमा ? हिजो नै गर्ने मन थियो फोन तर आकाशले कोठामा छोडेर गएपछि भुसुक्कै निदाएछु ।

कीर्तिपुरमा आकाशले भनेका कुराहरू एकोहोरो शङ्ख बजे जसरी मनमा गुन्जिरह्यो । छाती पोलिरह्यो । यदि आकाश साँचो हो भने, के उद्देश्य हुन सक्छ रूबाको ? के मलाई जलन गराउनु नै उद्देश्य होला ? मेरै साथीसँग नजिकिएर मसँग बदला लिने नै प्लान होला र ? कि आकाशले भने जस्तै ऊ कोही केटाबिना बाँच्नै नसक्ने हो ? अनि आकाश ? किन सोच्न सकेन उसले कि रूबा मेरी प्रेमिका थिई ? ऊ यतिसम्म गिर्न सक्छ र ? आखिर यी दुईमध्ये को सही छ अनि को गलत छ ? वा गलत छन् दुवै जना ?

फोन गरौं, नगरौंको दोसाँधमा छतमै उभिइरहें । छतमै घरबेटी आमै केके केके तुनतुनाउँदै थिइन् । यो के गर्न छतमा आएको हो भनेर जासुसी गर्न आएकी होलिन् बूढी । एकछिनपछि तलतिर ओर्लिन् ।

बूढी ओर्लिएपछि रूबालाई फोन लगाएँ ।

उसले मसिनो स्वरमा हेल्लो भनेपछि झोक्किएर सोधें, "तिमीले के गर्न खोजेको ?"

"के भनिसेको ?"

"धेरै सोझी नपल्ट ।"

"म हजुरसँग भेट्न चाहन्छु एक चोटि," उसले पिन्चे हुँदै भनी ।

"किन भेट्नु मसँग ? आकाशसँग भेटे भइहाल्यो नि ।"

"के रे ? मैले केही बुझिनँ । के भन्यो र आकाशले ?"

"प्लिज ! म त्यतिसम्म सोझो छैन । यसरी अभिनय नगर्दा हुन्छ । यत्ति भनिदेऊ आखिर किन आकाश नै ? अरू केटा पनि पाउँथ्यौ होला । किन हाम्रो मित्रतामा नै खेल्न आइपुग्यौ ?"

"मेरो कुरा त सुनिस्यो । यसरी एकोहोरो मलाई नानाभाँती आरोप लगाउने अधिकार हजुरलाई छैन ।"

"अब अधिकार किन रह्यो र..." म भन्दै थिएँ, ऊ बीचमै बोली, "प्लिज, एक चोटि त भेटिस्यो । म हजुरलाई सब कुरा भनौंला । आई स्टिल लभ यू । के चित्त बुझेन हजुरलाई मसँग ? एक चोटि भेटम् न हामी । त्यसपछि हजुर भनिसिन्छ भने म खुरूखुरू गइदिन्छु हजुरको जिन्दगीबाट । मलाई आफ्ना कुरा त राख्न दिस्यो, प्लिज," ऊ बोल्दै थिई । अझै झिनो आस बाँकी राखेकी थिई मसँग ।

घरबेटी आमै फेरि छतमा उक्लिइन् । मैले फोन काटिदिएँ । उसले फेरि फोन गरी, मैले उठाइनँ । चुपचाप ओर्लिएँ कोठामा । केही गर्ने जाँगर चलेन । स्कुल पनि छुट्टी थियो । जाँचको तयारी बिदा । ठ्याक्कै फूलपातीको अघिल्लो दिन सकिँदै थियो जाँच ।

उता आरतीसँग नभेटेको पनि धेरै दिन भइसकेको थियो । बाबाले कुरा घुमाएर "कता जाने गरेकी छ्यौ छोरी आजभोलि ?" भनेर सोधेका रे ! त्यति भन्दैमा थुरूरू हुने कस्ती केटी होली । तर डरको सानो झिल्को मेरो मनमा पनि बलेको थियो । त्यसैले त स्कुलमा खनाल सर आएको दिन म बाहिर त्यति देखिन्न थिएँ । नमस्ते गर्नाको अप्ठ्याराले खनाल सरको वरिपरि नपरेको भन्ने ठानेछन् रोशन सरले । सोचें, बिचरालाई के थाहा ? भोलिपर्सि त्यही बूढाले मलाई नमस्ते गर्नुपर्छ भनेर !

"हामीलाई बाबाले कतै देख्नुभो कि जस्तो लाग्छ," उसले सशङ्कित हुँदै भनेकी थिई ।

"कता देख्नु र ? सुन्दरीजल गएर आएपछि जम्मा दुई चोटि त भेट भयो हाम्रो । त्यही पनि ओएसिस क्याफेमै," मैले भनेको थिएँ ।

"हो नि । बाबाको त्यो साइड त पर्दैन । त्यही पनि ।"

"तिमी आफैं डराकी । कतै नहिँड्ने छोरी यताउति हिँडेको देखेर भन्नुभा' होला ।"

"खै ?" उसले फोनमा भनेकी थिई ।

"अब हामी भेट्दै नभेट्ने ?" मैले मायालाग्दो बोली बनाएको थिएँ ।

"भेटौंला नि पागल । बरू तिमी बाइकको लाइसेन्स लेऊ न अनि कतै टाढा जाउँला हामी । बाबाले देख्ने रिस्क पनि हुन्न ।"

"यसरी सधैं बाबासँग डराएर चल्छ ?" मैले दिक्क मानेर भनेको थिएँ ।

"डर लाग्दैन त ?" उल्टै प्रश्नको घुएँत्रो फ्याँकेकी थिई मलाई ।

"भोलिपर्सि बाबाले मलाई नदिए के गर्छौ ? भाग्नुपर्ने हुन सक्छ झन् त्यति बेला ।"

"भाग्ने कुरा त सोच्दै नसोच, मिस्टर । बरू बूढी हुन्जेलसम्म कुरौंला । आखिर मेरो परिवारले पनि गर्व गरोस् । डाक्टर देखेर फसाएछ नभनोस् ।"

"है ?"

म सुनिरहेको थिएँ उसका कुराहरू । कति ज्ञानी केटी । यति बोल्छे जस्तो लागेकै थिएन । हुन त यति बोल्दिन थिई पहिले । सायद मेरै सङ्गतले होला, उसका मुखबाट शब्दहरूको मुहान फुटेको !

"भगाउने त चोर हुन्छ, डाँका हुन्छ । हिम्मतवालाले त फकाएर, मागेर अनि जन्म दिने बाआमालाई खुसी बनाएर लैजान्छन्," ऊ बोलिरही । म सुनिरहें । उसका कुरा सुन्दा हिम्मत पलाउँथ्यो । त्यही हिम्मत झ्याङ्गिएर आत्मविश्वास बन्थ्यो । हुन पनि मर्दले त जितेर लैजाने हो नि ।

"तैपनि दिएनन् भने ?"

"लायक बनेर आएपछि त दिइहाल्छन् नि ।"

म उसका कुराले उत्साहित हुन्थें । जोसको चट्टान छातीमा आएर उभिन्थ्यो । इन्जिनियर त थिइनँ म तैपनि सपनाका महलहरू बलियो गरी बनाएको थिएँ । सबै महलहरूमा आरतीकै तस्बिर झुन्ड्याएको थिएँ ।

अनि रूबा ? उसले पनि त मेरा लागि बनाएकी थिई मनमा एउटा सानो घर । तर त्यो घर म आफैंले बिनाआँधी उजाडिदिएको थिएँ, बिनाभुइँचालो भत्काइदिएको थिएँ ।

भुइँचालो गए जसरी नै सिरानी थर्कियो । सोचमै डुबिरहँदा फोन आएको पनि पत्तो पाइनछु ।

बेकार अघि फोन गरेछु जस्तो लागिरह्यो । फेरि फोन गर्न थाली यसले । दिक्क लाग्यो, उठाइनँ । उसले फेरि गरी, झोंक चलेर काट्दिएँ ।

चुरोटको तलतल लागेर निस्किएँ कोठाबाट । झरीले नुहाएपछिको धर्ती सफा लाग्दै थियो । उस्तै सफा अनि चहकिलो लाग्यो शरद्को गर्मी नगराउने न्यानो घाम । बाटोमा जाँदै गर्दा आकाशलाई क्याफेमा बोलाउँ जस्तो लागेको थियो । फेरि कीर्तिपुरका कुरा नाचे आँखाभरि । आकाशसँग भेट्न मन लागेन । उसको अनुहार नै हेर्न मन लागेन ।

तर संसार सोचे जस्तो कहाँ हुन्छ र ! आफूले चाहे जस्तो कहाँ पुग्छ र ! जसको अनुहार हेर्न मन लाग्दैन, उही आइदिन्छ अगाडि । क्याफेभित्र पस्नासाथ देखियो आकाश, उही उसको फेबरेट कुनामा बसेर चुरोट तानिरहेको । मलाई देख्नासाथ उसको अनुहारको भाव बदलियो । अघिपछि उज्यालो अनि हँसिलो अनुहार लगाएर बोलाउने आकाश मौन थियो । उसका आँखाले पश्चात्ताप बोकेका थिए । त्यही पश्चात्तापको भारले उसका आँखा झुके ।

उसले नबोलाए पनि म त्यतै गएँ ।

"कति बेला आइस् ?" कुर्सीमा बस्दै गर्दा सोधें ।

"भर्खर हो । तँ स्कुल गाको होलास् भनेर बोलाइनँ ।" सायद सत्य नै बोल्यो होला तर उसको बोलीमा ताजापन थिएन ।

"भोलिबाट जाँच छ केटाकेटीको । आज बिदा छ ।"

"ए अँ अँ साँच्ची... ," ऊ केही बोल्न खोज्दै थियो, रोकियो ।

"के भन्न लागेको ?"

"सबै स्कुलहरूमा एक्जाम सुरू भएछ है ?" ऊ अनुहारमा बदलिएको भाव लुकाउँदै चुरोट तान्न थाल्यो ।

मलाई थाहा भइसकेको थियो, उसले रूबाको पनि आज बिदा छ भन्न चाहेको थियो । नत्र सबै स्कुलहरूमा जाँच सुरू भएको थाहा पाउने मान्छे त ऊ हुँदै होइन ।

"कसरी थाहा पाइस् र सबैतिर जाँच भा'को ?"

ऊ निच्च हाँस्यो । लाज मान्यो । अनुहारमा अलिकति पश्चात्तापको रातो पोतियो । हिजो रक्सीको तालमा बोलेका कुरा सम्झेर पक्कै पनि ग्लानि महसुस भएको हुनुपर्छ ।

"थाहा भइहाल्छ नि ।"

"रूबाले भनेकी भन् न ।"

ऊ मौन भयो ।

"हिजो रक्सी खाको बेलामा किन भन्नु भनेर मात्र म चुप थिएँ । आज सोध्छु, नढाँटी भन् ।"

उसले नबोलेरै प्रश्न सोध्ने अनुमति दियो । डरका रेखाहरू म स्पष्ट पढ्न सक्थें उसका अनुहारमा ।

"रूबा र तेरो बीचमा भएको चाहिँ के हो ?" मलाई उसले हिजो नशामा बोलेका कुरामा बिल्कुल नै विश्वास थिएन । बिहान रूबाले फोन गरेर 'अझै पनि माया गर्छु' भनेर भनेपछि मलाई आकाशसँग विश्वास हराएको थियो । उसका कुरा पत्यार लागेको थिएन ।

"खासै त्यस्तो केही हैन... ," ऊ कुरा चपाउँदै थियो । शब्दहरू ओकल्नुको सट्टा निल्दै थियो ।

"भन् न । हिजो त खुब कुन्नि केके मात्र हुन बाँकी छ भन्दै थिइस् ।"

"छोड् न यार," ऊ टार्न खोज्दै थियो ।

"हैन, भन् न," म कर गर्दै थिएँ ।

"ऊ मसँग क्लोज हुन खोज्दै छे ।"

"तँसँग नजिक हुन खोज्नु भनेको सेक्स नै गर्नलाई भनेर बुझिस् ?"

"त्यस्तो हैन यार !"

"कस्तो त ?"

ऊ केही बोलेन ।

"हेर् ! त्यसलाई मैले छोडिसकें । तिमीहरूको बीचमा कस्तो सम्बन्ध छ मलाई थाहा छैन । मलाई जलन गराएर ऊसँग नजिक बनाउने तिमीहरूको प्लान हो भने यो व्यर्थ छ ।"

"हैन त्यस्तो त । मलाई उसले यसबारे केही भनेकी छैन ।"

"यदि तिमीहरूको बीचमा प्रेम छ भने पनि स्पष्ट भन् मलाई । यस्तो हो भने मैले तिमीहरू दुवै जनासँग नाता तोड्नुपर्छ," म कठोर बन्दै गएँ । म साँच्ची नै दोबाटोमा उभिएको थिएँ । मलाई रूबासँग नाता तोड्नु थियो । अनि जो ऊसँग नजिक बन्न जान्छ, त्योसँग पनि टाढा बन्नु थियो । अन्यथा म जलनले मर्न सक्थें । छटपटीले गाह्रो हुन्थ्यो जिउन ।

ऊ केही बोलेन, केवल टोलाइरह्यो । सोचेको थियो होला कुनै उपभोग्य वस्तु हो रूबा, जसलाई प्रयोग गरेर छोडिदिएँ । अब उसले उपभोग गर्नेछ । यो थाहा पाउँदा प्रतिक्रियाविहीन हुनेछु म । तर गलत थियो ऊ । त्यो यस्तो खालको भावना थियो, जसलाई शब्दमा उतार्न मुस्किल थियो । ऊ मेरी प्रेमिका थिई । उसलाई अपमान गर्नु भनेको मेरो पनि अपमान थियो भलै म ऊबाट टाढा हुँदै थिएँ । मलाई रूबासँग जोडिएका सबै तारहरू चुँडाउनु थियो । तर आकाश बलियो तुइन बनेर बीचमा बसेको थियो ।

"तैंले अरू कोही केटी पाइनस् ? तँलाई थाहा थियो त रूबा मेरी प्रेमिका थिई । किन केही सोचिनस् ?"

"तर तेरो ब्रेकअप भएको थियो त ।"

"त्यही भएर भनेको मैले । अरू जो केटीसँग हिँडेको भए पनि मलाई कुनै पर्वाह थिएन । तर तैंले मलाई जहाँ हिर्काउँदा दुख्छ, त्यहीँ ताकीताकी प्रहार गरिस्," म जङ्गिँदै थिएँ ।

"ऊ आफैं बोल्न आई । भेटौं भनी । तेरो ब्रेकअप भइसकेको भनेपछि भेट्दिएँ । मैले त्यस्तो ठूलो गल्ती के गरें ?" कति सजिलै भनिदियो । निर्दोष बनेर बोलिरह्यो । उसलाई के थाहा यो कस्तो खालको भावना हो । यो त त्यस्तो खालको भुङ्ग्रो थियो, जहाँ पस्नेलाई मात्र पोल्ने गर्छ ।

"यदि तिमीहरूको सम्बन्ध बढ्दै छ भने मैले भन्नु केही छैन । तर तैंले म र रूबामध्ये एक जना छान्नुपर्ने हुन्छ । विकल्प यत्ति हो," म उठें ।

गोविन्दे चिया लिएर आउँदै थियो । म वास्तै नगरी हिँडें । ऊ वाल्ल परेर हेरिरह्यो । यतिका वर्षमा पहिलो चोटि होला हामी यसरी भिडेको । यसरी मन अमिलो बनाएर क्याफेबाट निस्केको । मनमा राखेको सम्बन्ध बिसाएर हिँड्दा झन् गह्रुङ्गो हुँदो रहेछ मन ।

कसैले भनेको साँचो नै रहेछ, जब केटासाथीहरूको बीचमा कुनै केटी आउँछे, तब मित्रता चर्किन्छ, फुट्छ । सायद यो पनि आकाशले नै भनेको थियो होला तर ऊ आफैं बेखबर थियो । साथीभन्दा ठूलो अरू कोही लाग्दै थियो उसलाई ।

बाइक

जाँच सुरू भएको थियो स्कुलमा । म गार्ड बसेको थिएँ । केटाकेटीहरू हल्ला नगरी लेख्दै थिए । आकाशसँगको मनोमालिन्यले गर्दा खुसी थिएन मन । हाँसो मानौं गुँड छोडेर गएको गौथली जस्तै भएको थियो, फेरि कहिले फर्किने हो ओठमा, कुनै ठेगान थिएन । खुसी मानौं दाम्लो छिनाएको पाडो जस्तै भएको थियो, कहिले फर्किने हो गोठमा, कुनै ठेगान थिएन ।

आकाशले मेरो मनमा शून्यता छोडेर गएको दिनदेखि म गएको थिइनँ, गोविन्देको क्याफे । त्यही दिनदेखि नै गरेको थिएन आकाशले फोन । न त मैले नै गर्ने हिम्मत गरेको थिएँ । मैले त उसलाई नै विकल्पहरू दिएर आएको थिएँ । हुन सक्छ मलाई छोडेर रूबालाई नै छान्यो होला । या यो पनि हुन सक्छ कि ग्लानिले अप्ठ्यारो मान्यो होला मसँग बोल्न । जेहोस्, म एक्लो भएको थिएँ ।

आरती पनि भेट्न अप्ठ्यारो मान्न थालेकी थिई । न त च्याटमा नै धीत मर्ने गरी गफ गर्थी । के ऊ माया त गर्छे मलाई ? हामीले पछि बिहे गर्ने सहमति गरेका थियौं । के यस्तै सम्झौता पनि प्रेम हुन सक्छ र ? योजना बनाएर कसैले गर्छ र माया ? माया भए किन हुँदैन त छटपटी आरतीलाई ? किन आउँदैन उसलाई मलाई जस्तै भावना ? लाग्दैन होला र उसलाई पनि मलाई झैं काउकुती ?

आरतीको प्रेम किन मेरो मुटुसम्म नपुगेको होला ? मायामा पनि त धार हुनुपर्छ । तीखो हुनुपर्छ प्रेम, तीर जस्तै । बिझ्नुपर्छ मनको

भित्री कुनासम्म पुगेर । अड्किनुपर्छ त्यतै कतै । तर किन आरतीको प्रेम भुत्ते लाग्दै थियो ?

"सर पेपर," जाँच दिइरहेको एउटा विद्यार्थी उभिएर करायो । एउटा थप कापी दिएँ । ऊ बस्यो ।

ढोकामा उभिएर हेरें पूरा क्लास । चुपचाप लेखिरहेका थिए केटाकेटी । बाहिर हेरें, अर्को कोठाको ढोकामा उभिएका थिए रोशन सर । उनी मुसुक्क हाँसे । कति सहज उनको हाँसो । मलाई त्यही हाँसोको जवाफ फर्काउन पनि गाह्रो परिरहेको थियो । कहिलेकाहीँ कृत्रिम हाँसो हाँस्न पनि कठिन हुँदो रहेछ ।

खनाल सर जाँचको निरीक्षण गर्दै आइपुगे । उनी आउँदा जहिल्यै मलाई एक प्रकारको डर लागिरहन्थ्यो । कठालोमा समातेर घोक्र्याउँछन् कि भन्ने डर । मेरी छोरी ताक्ने भनेर ठोक्न के बेर ! धन्न कसैले थाहा पाएका थिएनन्, आरती र मेराबारे । म यसै कम बोल्ने, आरती यसै अन्तरमुखी । कसले गर्ने हल्ला ? कसले काट्ने र कुरा ?

"नमस्ते सर," मैले बूढालाई नमस्ते टक्र्याएँ ।

"केटाकेटीले कस्तो गर्दै छन् त, हँ भाइ ?" उनले न मेरो नमस्ते फर्काए, न त मलाई सर भनेरै सम्मान दिए । त्यतिका विद्यार्थीका अगाडि होच्याए । आफैं शिक्षकहरूको इज्जतको बारेमा चिन्ता राखे जस्तो गर्थे त ! आफैं बेइज्जत गर्दा रहेछन् यसरी । यस्ताले मलाई छोरी देलान् त ?

"राम्रै गर्दै छन्, सर," भन्दै गर्दा उनी ढोकाबाट हेरिवरि अर्को क्लासमा पुगिसकेका थिए ।

"भाइ रे सरलाई त !" लेख्दालेख्दै एउटी छात्राले मलाई हेरेर मसिनो स्वरमा भनी ।

"यस्तै हुन् बूढाहरू," मैले पनि मनको तीतो फ्याँकेको थिएँ ।

"हेहे खनाल सरलाई बूढा रे, सरले पनि," अर्को केटो हाँस्यो ।

अलिअलि गरेर केटाकेटीहरू हल्ला गर्न सुरू गर्दै थिए । मैले एक चोटि बेस्सरी कराएर 'चुप्' भनेपछि फेरि शान्त भयो क्लास । निहुरिए केटाकेटी । लेख्न थाले खुरूखुरू ।

पहिलो बेन्चको छेउको केटो कापी बुझाएर गयो । म त्यही डेस्कको छेउमा बसेर बेन्चमा खुट्टा अड्याएर पूरै क्लास नियालिरहें । शान्त कक्षा, एकोहोरिएको मन, सोचहरूमा हराउन थालें ।

के होला त मेरो भविष्य ? कसरी जाला आरतीसँग मेरो जीवनयात्रा ? खनाल सरको यस्तो छ पारा । मलाई अत्यास लाग्न थालिसकेको थियो । फेरि आरती पनि आजभोलि टाढा भए जस्तो गर्दै थिई । आफ्नो मान्छेले त सोधिरहनुपर्छ नि । कता के गर्दै छ भनेर खोजिरहनुपर्छ नि । केही चासो लाग्दैन होला आरतीलाई मेरो ?

हुन त ऊ मान्छे नै त्यस्तै हो । स्वभाव नै त्यस्तै । तर यतिबिघ्न एकलकाँटे हुन सक्छ र मान्छे ? प्रेममा परेको मान्छे त चाहेर पनि एकलकाँटे हुन सक्दैन । मुटु नै अर्काका लागि धड्किदिन्छ भने कसरी जिउला एक्लै ? सास नै अर्काको लागि फेर्नुपर्छ भने कसरी बस्ला र छुट्टै ?

"ए सर, दिवस सर !" आवाज आयो । म सोचको हाँगाबाट फुत्त खसें । फर्केर हेर्दा विद्या सर ढोकैमा रहेछन् ।

"के गरिरहनुभाको छ, सर ? लास्ट बेन्चमा पूरै सरसल्लाह हुँदै छ । यसरी चोर्न दिनुहुन्न है । यो त जाँच हो," खड्डुस बूढाले हप्काए । विद्यार्थीका अघिल्तिर लाजमर्नु बनाए । त्यतिले पनि नपुगेर होला, ट्राफिक पुलिसले गाडी बोलाए जसरी हातकै इसारामा 'आऊ' भनेर बोलाए । खुसुक्क केही बताउनलाई होला इसारामै मेरो कान मागे ।

"परीक्षामा गार्ड बस्दा डेस्कमा बस्नुहुन्न, सर ! यताउता हेर्दै हिँड्नुपर्छ । अबदेखि ख्याल गर्नुस् है ?" आफ्नो हत्केलाले मेरो कान बारेर चोसे ओठले फुस्फुसाए ।

मैले हस् भनें । उनी गए ।

झ्याम्पट मान्छे थिए विद्या सर । मलाई यो स्कुल आएको दिनदेखि मन नपरेका मान्छे । विद्यार्थीलाई भन्दा बढी शिक्षकलाई पढाउँछन् । सुरूसुरूमा कम बोल्ने मृदुभाषी लागे पनि अत्ति बिझाउने गरी हेप्छन् शिक्षकलाई । पख् न खनालकी छोरी उडाएपछि त कहाँ बाँकी राखुँला र यो खनालको हनुमानलाई ! यत्ति सोच्दैमा मन रमायो ।

कहिलेकाहीँ आफ्नै मनलाई पनि केही आस देखाएर थपथपाउनुपर्ने रहेछ ।

दिउँसो जाँच सकाएर स्कुलबाट निस्किएँ । स्कुलमा पहिलो चोटि बाइक लिएर आएको थिएँ । राम्रो चलाउने त अझै भएको थिइनँ । धेरै चोटि घ्याच्चघ्याच्च पारेर ब्रेक लगाउँदै आइपुगेको थिएँ । स्कुलबाहिरको पार्किङमा राखेर होला, कसैले देखेका थिएनन् बाइक । नत्र त नौदस क्लासका केटाकेटीले जिस्क्याएर खप्नु हुन्नथ्यो । गार्डसँग हेल्मेट मागेपछि पछाडिबाट रोशन सरले देखेछन् ! बेस्सरी कराएर बोलाए ।

"तपाईं त साह्रै छुप्पा रूस्तम हो," नजिकै आइपुगेर उनले भने, "नयाँ बाइक किनेर पनि थाहा दिनु छैन । पार्टी दिनुपर्छ भनेर हो ?" आँखा झिम्क्याए ।

"थोत्रो बाइक हो, सर । नयाँ किनेपछि दिउँला पार्टी चाहिँ ।"

हामी बाइक पार्क गरेको ठाउँमा आइसकेका थियौं । मैले सिटमा टकटक्याएर धूलो झार्दै गर्दा रोशन सरले यताउति घुमेर बाइक हेरे ।

"जाऔं है त ?" मैले बाइकमा बसेर सोधें ।

"म पनि जान्छु, सर । सामाखुसीमा एउटा काम छ," उनले भने ।

म दोधारमा परें । नजाऊँ कसरी भन्नु । जाऊँ भन्न पनि आफूलाई बाइक चलाउने आत्मविश्वास आइसकेको थिएन । एक्लै त जसोतसो चलाउँथें । तर डबल कसरी बोक्ने ? म पाकेको आरू झैं रातो भएँ । गल्यातगुलुत भएर सोधें, "तपाईं चलाउनुहुन्छ ?"

"हैन तपाईं नै चलाउनुस्, सर," पछाडि सिटमा बसेर उनले भने ।

बाइक बिस्तारै गुड्यो । भित्री गल्लीबाट रिङरोडमा ल्याएँ । खै केके भन्दै थिए रोशन सर । मलाई उनका कुरामा भन्दा पनि बाइकमा ध्यान थियो । चक्रपथ चोकसम्म आइपुग्दा केही गाडीहरूले ओभरटेक गरे । चोक कटेपछि केही बाइकहरूले ओभरटेक गरेर गए । म बाटोको छेउ पारेर सुस्त चलाइरहेको थिएँ । यसो साइडमा हेरेको, बाटोमा हिँडिरहेको मान्छे र मेरो बाइकको गति उत्ति पो रहेछ । लाज लागेर आयो । त्यसपछि अलि एक्सिलेरेटर बढाएँ । वसुन्धराको ओरालोमा बाइक मज्जाले कुद्यो । बतासले काउकुती लगाउँदा मज्जा लागेर आयो । परबाट कुदेर आएको बस मसँगै ठोक्किन्छ कि जस्तो लाग्थ्यो । त्यस्तोमा ब्रेक सुस्तरी छुन खोज्थें तर झ्याप्प लाग्थ्यो । बाइक घ्याच्च रोकिन्थ्यो । बस भने आफ्नै साइडबाट हुत्तिएर जान्थ्यो ।

"सर भर्खर सिक्दै हो ?" मेरो चलाई नियालिरहेका रोशन सरले सोधे ।

"हैन । सिकेको पहिल्यै हो । चलाउन चाहिँ ग्याप भयो," मलाई भर्खर सिक्दै गरेको भन्न धक लाग्यो ।

उनले 'ए, ए' भने ।

ओरालो सकिएर चोक आइपुग्यो । चोकमा दुई ओटा बाटाहरू मिसिन आइपुग्थे । त्यही बाटो भएर आएका गाडीहरू चोकमा जम्काभेट गर्न आइपुग्थे । जम्काभेट भएका गाडीहरू जुध्न लागेका गोरू जसरी एकअर्कालाई हेर्थे । एउटा पछाडि हटेपछि बल्ल अर्कोले बाटो पाउँथ्यो । केही बेर कोही पनि पछाडि हटेनन् भने जाम पर्थ्यो ।

ठ्याक्कै जाम परेको रहेछ वसुन्धरा चोकमा । जाम खुल्नलाई एउटा बस पछाडि हट्यो । म ठिक्क त्यही बसको पछाडि थिएँ । बसको चाकले छोलाछोला जस्तो गरेपछि बाइकको हेन्डिल दाहिनेतिर सोझ्याएँ । बाइक अलिकति अगाडि बढाएँ । गाडीले हटेर निकालिदिएको सानो बाटोबाट फुत्त निस्केको एउटा बाइक आएर मलाई छुँलाछुँला गऱ्यो । झ्याप्प ब्रेक समाएँ । त्यो बाइक आफ्नो लेगगार्डले मेरो बाइकको अगाडिको पाङ्ग्रा घचेटेर कुद्यो । सम्हाल्दासम्हाल्दै पनि म लडें ।

रोशन सर पनि बाइकसँगै लडे । थाम्न खोज्दाखोज्दै पनि म दाहिनेपट्टि पल्टिएँ । घुँडा बाटोमा बेस्सरी बजारियो । एकछिन त तिरिमिरी भएँ । मैले गाडीहरूको पाङ्ग्रामुन्तिरको बाटो देखें । धन्न गाडीहरू ठिङ्ग उभिएका थिए, जाम भएका कारण कुदेका थिएनन् । नत्र त हामी किचिमिची भएर अचार हुन के बेर ! आफ्नै बाइकले थिचिएका हामी दुई जिल्ल परिरहेका थियौं । पछाडि भएका बाइकवालाहरू ओर्लिएर बाइक उठाइदिए । त्यसपछि हामीलाई उठाए ।

"कस्तो ढङ्ग नभएको रै'छ । यसरी जथाभावी चलाएर हुन्छ ?" हामीलाई उठाउने एउटाले भन्यो ।

मलाई भन्यो होला भन्ठानेर लाजले भुतुक्क भएर हेरें । होइन रहेछ । ऊ त मलाई लडाएर जानेलाई हेरेर बोल्दै थियो । तर उसको कुराले मलाई पनि बिझायो ।

"आफूले राम्रोसँग चलाउँदा पनि अरू आएर ठोक्दिन्छन् । डेन्जर हो बाइक त," रोशन सरले भने ।

मैले राम्रो चलाएँ कि चलाइनँ, थाहा छैन तर उनको कुरामा मुन्टो हल्लाएर सहमति जनाउँदै सोधें, "केही त भएन, सर, तपाईंलाई ?"

"हैन । ठीक छु । बरू तपाईंलाई केही भयो कि ?"

"छैन, सर ।" अलिअलि घुँडा त दुखेको थियो तैपनि केही भनिनँ । यसो पाइन्ट सारेर हेर्दा अलिअलि दर्फरिएको रातो दाग देखियो ।

अगाडि जाम खुलिसकेको थियो । पछाडि मैले नै गर्दा जाम भइसकेको थियो । परबाट ट्राफिक पुलिस के भयो भनेर आउने तरखर गर्दै थियो । त्यो देखेर मैले बाइक स्टार्ट गरें । रोशन सर पछाडि बसे । ट्राफिक आइपुग्नुअघि नै बाइक कुदाएँ ।

यसरी लाइसेन्सबिना नै मैले रिङरोडमा पहिलो चोटि बाइक कुदाएको थिएँ ।

दुखाइ

दसैं बिदा सुरू हुने अघिल्लो दिन स्कुल जानै नसक्ने गरी ढाड दुख्यो । राति तीन बजे नै ब्युँझिएको थिएँ दुखेर । उत्तानो सुत्दा मेरूदण्ड नै चहऱ्याउने गरी चक्कुको धारमाथि सुते जस्तो लाग्थ्यो । कोल्टो फर्किंदा पनि ङ्वास्स गरेर सासै रोकिएला झैं हुन्थ्यो । करङ पनि बेस्मारी दुखेको थियो ।

घडीमा एकएक मिनेट बितेको नियाल्दै बल्ल सात बज्यो । कोठामा उज्यालो त आएको थिएन तर बाहिरको हल्लाले बिहान भएको बतायो । वासरूम जान जसोतसो खाटबाट ओर्लिएँ, घुँडा चसक्क दुख्यो । अस्ति बाइक लडाउँदा ठोक्किएको याद आयो । ठोक्किएको ठाउँमा तात्तातो हुँदा नदुख्ने रहेछ, पछि मात्र दुख्ने रहेछ सेलाएपछि भन्ठान्दै वासरूम पसें । ढाड र घुँडाले गर्दा धेरै बेर बस्न अप्ठ्यारो भएर छिट्टै निस्किएँ । कोठाभित्र पसे पनि उभिएर चिया बनाउन सकिनँ । फेरि खाटमा ढल्किएँ ।

स्कुल जान नसक्ने अवस्थाको अनुमान भएपछि विद्या सरलाई मलिन आवाजमा फोन गरें, "सर, म आज आउन सक्दिनँ है ? ढाड दुखेर सुतेको छु ।"

"हुन्छ । केयर गर्नुस् आफ्नो," विद्या सरले भने ।

हुन पनि जाँचको अन्तिम दिन थियो, नगए पनि खासै फरक पर्ने थिएन । अरू दिन भा'को भए त कहाँ यति सजिलै बिदा दिन्थे र ।

कोल्टे परेर सुत्दै मोबाइलमा फेसबुक खोलें । हेर्नलायक केही थिएनन् । तीज सकिएको हप्तौ हुँदा पनि रातो सारीका फोटाहरू

आउँदै थिए । रातो लेहेङ्गा लगाएको फोटो हालेकी रहिछ सम्झनेले । सेतो अनुहार र सेतो कम्मर टल्किएको थियो तर लुगा जस्तै रातै थियो कपाल । उदास देखिन्थी ऊ । गाढा रातो लिपस्टिक भएको ओठमा हाँसो थिएन ।

तन दुखेको त पेनकिलर पाइन्छ, मन दुखेको औषधि म कहाँ खोजौं । क्याप्सन लेखेकी थिई उसले । ऊ दुःखी थिई । प्रेमीसँग खटपट परेको थियो कि ?

धन्न सम्झाइदिई सम्झनेले । उसको फोटो लाइक गरेपछि सिरानीमुनि हेरें । निम्स रहेछ । त्यो पेनकिलर खाली पेटमा खान मन लागेन । जीउ अररो पार्दै उठें । किचन र्‍याकको घर्राबाट एक पुरिया बिस्कुट निकालें । जीउको दुखाइले धेरै बेर उभिन सकिनँ । उभिएर चिया उमाल्न पनि आँट आएन ।

खाटमा थ्याच्च बसेर सुक्खा बिस्कुट टोक्न थालें । बिस्कुट खाँदै गर्दा मन भरियो । आमाको याद आयो । आमा सँगै हुनुभएको भए म यसरी कमजोर हुने थिइनँ होला । कमजोर हुँदा नै चाहिने रहेछ आफन्त । दुःख पर्दा नै चाहिने रहेछ परिवार । मैले आधा पुरिया बिस्कुट पनि खान सकिनँ ।

पानीसँग एउटा ट्याब्लेट पेनकिलर निलेर खाटमा पल्टिएँ । कोल्टे परेर मोबाइलमा हेरें, म्यासेन्जरमा आरतीको म्यासेज आएको रहेछ, "के छ हिरो, कता छौ ?"

"घरमै छु । ठीक छैन ।"

"स्कुल नगएको ? के भयो ?" उसको रिप्लाई आइहाल्यो ।

"जीउ बेस्सरी दुखेको छ ।"

"कता दुखेको ?"

"ढाडमा ।"

"बाइक चलाउन थाल्यौ, बडी पोस्चर नमिलेर होला । झन् कतै घुम्न जाने हो कि भनेर सोधेको, मान्छे त बिरामी भएर पो सुतिराको रहेछ । ल टेक केयर," उसले खिन्न मानेर लेखी ।

मलाई ऊदेखि रिस उठ्यो । म बिरामी परेर सुतिरहँदा पनि उसलाई कुनै पर्वाह छैन । खालि आफू मात्र घुम्न जान नपाएको पीर छ । तर ऊ त डाक्टर मान्छे । कति ठूला रोगबारे थाहा पाएकी छ । जाबो ढाड दुख्दैमा किन अतालिन्थी र । तैपनि कुनै औषधि खाऊ भनेर मायालु बोली बोल्न सकिन्थ्यो नि ।

माया गर्ने मान्छेले त मायालुको चासो राखेरै भए पनि आत्तिनुपर्ने । रूबा भएकी भए खाएको नखाएको सब सोध्थी । बिरामीले पकाउन नसक्ला भनेर पकाएर खुवाउन आफैं आउँछु भन्थी होला । तर सबै कुरा किन पाइन्थ्यो र एउटै मान्छेमा । सबैको आनीबानी कसरी एकै हुन्थ्यो र ! जेहोस्, मेरो मन सधैं रूबाकै आनीबानी खोजिरहन्थ्यो आरतीमा पनि । के म अझै प्रेम गर्छु र रूबालाई ? सँगै बिताएका क्षणहरू यादमा आउँथे । मन भावुक बनेर पग्लिन्थ्यो । फेरि सम्झन्थें, ऊ त आजकल आकाशसँग पो नजिक छे त ! फेरि मुर्मुरिन्थें अनि कठोर बनाउँथें आफैंलाई ।

दिउँसो दुख्न केही कम भएपछि खाना बनाएर खाएँ । कतै जाने मन भएन, दिनभरि कोठामै सुतिरहें । एउटा अनौठो एक्लोपनले न्याक्यो । कस्तो खाली खाली अनि नीरस जिन्दगी । अलिअलि त हो तर यतिबिघ्न एकलकाँटे म कहिल्यै थिइनँ ।

घरमा हुँदा फोन गर्न डराउँछे आरती । बाउआमाले थाहा पाउँछन् कि भनेर आत्तिन्छे । घरबाहिर त्यति निस्किन्न, निस्किहाले पनि बिजी भइहाल्छे । के यति धेरै औपचारिक हुन्छ र प्रेम ? रूबाले त कहिले पनि खालीपन गराइन मेरो जीवन । ऊ त फोन गरिरहन्थी, म्यासेज गरिरहन्थी, भेटिरहन्थी, भेट्न बोलाइरहन्थी ।

रूबाले फोन गरेको गरेकै भएर कुनै दिन दिक्क मानेर भनेको थिएँ, "कति फोन गरेकी झर्को लाग्ने गरी ?"

"गर्छु त । आफ्नो बूढोलाई फोन गर्न पनि नपाउनु ?"

"काम परेर पो गर्नु त । जति बेला पनि फोन गरेर आफूलाई सस्तो नबनाऊ न ।"

"सस्तो बनें रे ? कोही महँगो खोजिस्यो न त," ऊ निन्याउरो बनेकी थिई, "कुन्दिन गइदिन्छु छोडेर अनि मिस गरिसेला मेरो यही झर्को लाग्ने फोन ।"

नभन्दै उसले भने जस्तै भएको थियो । नदीको पल्लो किनारमा पुगेकी थिई ऊ, मेरै कारणले । मैले उसको यस्तै झर्को लाग्ने फोन मिस गरेको थिएँ ।

मेरो एक्लोपनलाई बिथोल्न आउने आकाश पनि मबाट टाढा भएको थियो । उसले पनि एउटा ठूलै खालीपन छाडेर गएको थियो । झ्याप हुँदा उसले मलाई रूबाका बारेमा सुनाउनु जरूरी थियो-थिएन, उसैले जानोस् । मैले उसलाई क्याफेमा जे भनें, त्यो जरूरी थियो । ग्लानि, पश्चात्ताप वा घमन्डले, जेले भए पनि ऊ पनि मेरो विपरीत खेमामा पुगेको थियो ।

मलाई मेरो अहम्ले उसलाई फोन गर्न दिएन । म ठान्थें, म सही छु । सायद उसलाई पनि मलाई फोन गर्न अप्ठ्यारो भएको होला । हामी हाम्रो सम्बन्धमा पराजित थियौं । जितेको त इगोले थियो । म एक्लो भएको थिएँ । स्कुल जाँदासम्म मलाई यो खालीपन महसुस थिएन । तर अहिले बेस्सरी बिझाएको थियो यो एक्लोपन ।

दसैं आउँदै थियो । यतिबिघ्न व्यग्र कहिल्यै थिइनँ म दसैंको पर्खाइमा । यसपालि छिट्टै घर जाने रहर जाग्यो । परिवारको खुब याद आयो । आमालाई कहिले देखौं भयो । बहिनीलाई कहिले भेटौं भयो । आफैंले गर्दा नै हो तैपनि मन दुखिरहेकै थियो । अब त जीउ पनि दुख्न थालेको थियो । एक शब्द प्रेमले बोल्दिने कोही नभएपछि किन बस्नु यो मसान जस्तो ठाउँमा ? मलाई घर जाऊँजाऊँ लाग्यो ।

भोलि नै घर जाने निर्णय गर्दा अनुहार उज्यालिएको थियो ।

यात्रा

शरद्को घामको अनुहार नै चहकिलो । बादलहरू पनि उस्तै सेता । आकाश सिँगारेर चाँदी जसरी टल्किरहेका थिए । घर जान केही लुगाहरू प्याक गरें झोलामा । ढाड दुख्न अलि कम भए पनि पूरै सन्चो भएको थिएन । खाना बाटोमै खाने सोच बनाएँ । बेकार पकाऊ, खाऊ अनि भाँडा माझ, यति दुःख किन बेसाउनु ? त्यो पनि घर जाने दिन । त्यसमाथि जीउ सन्चो पनि थिएन ।

आरतीलाई भनेकै थिइनँ घर जाने कुरा । फोन लगाएँ उसलाई । धेरै लामो घन्टी गएपछि मात्र फोन उठ्यो । "म घर जाँदै छु," भनेर बताएपछि उसले अचम्मित हुँदै सोधी, "कहिले ?"

"आज । अब निस्किन ला'को ।"

"मलाई नभेटी जान लाग्यौ ? एक्कासि के पऱ्यो र ?"

"बस्नै मन लागेन । ढाड दुखेको दुख्यै गऱ्यो । दसैं बिदा पनि सुरू भयो ।"

"लौ लौ । कहिले आउँछौ नि ?"

"हेरौं ।"

"के हेरौं नि ? छिटो आऊ न ल ?" बल्ल उसको बोलीमा माया मिसिएर आयो । माया मिसिएका शब्दहरू अति नै मीठा लागे । नजाऊँ नजाऊँ भयो । फेरि सोचें । आज एक दिन बस पनि त भन्न सक्थी नि । भेटेर मात्र जाऊ न किन भनिन ? 'छिट्टै आऊ' भन्नुभन्दा 'नजाऊ न प्लिज' पो भन्नुपर्छ साँचो माया गर्नेहरूले ! सायद उसको

स्वभाव नै यस्तै हो । धेरै भावनामा बग्दिन ऊ । माया गर्न पनि त बिस्तारै सिक्दै छे !

गाउँघरमा पिङ हालिसके होलान् । घरघरमा खसी ल्याएर बाँधिसके होलान् । साथीहरू पनि भेला भइसके होलान् । यस्तै तर्कनाहरूले फुरूङ्ङ बनाउँथ्यो पोहोर, परार । तर यसपाला मन खासै रमेन । सानोमा पो दसैंको रौनक हुन्थ्यो । उमेर बढेसँगै चाडपर्वको कुतूहलता घट्ने रहेछ । पोहोरसम्म बाले पठाएको पैसाले लुगाहरू किन्न खुब मज्जा लाग्थ्यो । बाको पैसाले किनेका लुगाको बास्नै मीठो हुन्थ्यो ! यसपालि त आफैं जागिरे भएपछि नयाँ लुगाको रमाइलो नै हराएर गयो । सपिङ गर्ने मेसो नै भएन । जागिरे भएपछि पहिलो चोटि घर जान लागेको छोरो, त्यो पनि दसैंमा । एकपल्ट आमालाई फोन गर्नुपर्‍यो जस्तो लाग्यो ।

"म घर आउन लागेको आमा । केही ल्याउनुपर्छ ?"

"के ल्याउनुपर्छ र । केही पर्दैन, तँ आए पुग्छ," आमाले हाँसेर भन्नुभो ।

"नयाँ नोट नि ?"

"पर्दैन पर्दैन । बाको दसैं पेस्की सबै नयाँ नोटमै आ'छ ।"

"भनेपछि केही पर्दैन त ?" अझै जोड दिएर सोधें ।

छोरोले केही ल्याउन रहर गरेको लागेर होला आमाले भन्नुभयो, "फलफूल लिएर आइज, सबैथरी मिला'र ।"

ढोकामा ताल्चा लगाएर निस्किएँ । गेटमा पुगेपछि केही बिर्सिए जस्तो लाग्यो । मलाई सधैं ताल्चा लगाएर निस्किएपछि केही भुले जस्तो लागिरहन्छ । कुनै बेला ताल्चा नै नलगाई निस्केको छु । कुनै बेला ढोकाको हेन्डिलमै ताल्चा ठोकेर पनि निस्केको छु । फेरि फर्किएँ, ताल्चा खोलेर भित्र पसें । झ्याल खुलै रहेछ, लगाएँ । ग्यासको रेगुलेटर बन्द गरें ।

गेटबाहिर निस्किनुअघि आफूले कमाएर किनेको बाइकलाई नियालें । जीउ सद्धे भाको भए, लाइसेन्स पनि लिएको भए आज

त्यसैमा चढेर जाने थिएँ घर । बाइकलाई मुसारेर कभरले छोपेर बाटोमा निस्किएँ ।

बालाजु माछापोखरीमा गाडीका ताँती थिए । दसैं मान्न घर जान लागेका मान्छेका ताँती पनि उस्तै थिए । एलसिडी टिभीका कार्टुन र सुटकेस छेउमा राखेर उभिएका लाहुरेहरू पनि देखिए । खाडीमा पसिना बेचेर खुसीका मसिना थोपाहरू सँगालेर ल्याएका होलान्, आँखाभरि ।

काउन्टरमा भीड थियो । टिकट पाइएन भनेर हल्लीखल्ली गर्दै थिए मान्छेहरू । गोलोमा अरिङ्गाल झुम्मिए जसरी झुम्मिएका थिए, काउन्टरमा । म पनि त्यही भीडमा मिसिएँ ।

"त्रिशूलीसम्मको टिकट छ ?" काउन्टरअगाडि उभिएको एउटा मान्छेको टाउकोमाथि आफ्नो चिउँडो अड्याउँदै सोधें ।

"दुई बजेको मात्र बाँकी छ," मेरो अनुहार नै नहेरी टिकटमा लेखिरहेको टिकट काट्ने मान्छे बोल्यो ।

भर्खर नौ बजेको थियो । के गरेर कुर्नु दुई बजेसम्म ? झिँजो लाग्यो । काँधमा झोला भिरेर काउन्टरवरिपरि नै भौंतारिरहें ।

दिक्क लागेर मोबाइल झिकें । एउटा म्यासेज आएको रहेछ । हत्तपत्त मोबाइल अनलक गरेर हेरें ।

रूबाले लेखेकी थिई, "म अझै झिनो आस राखेर बसिरहेकी थिएँ । केही त बोलिसेला । त्यो मन पनि फर्केला भनेर । तर यति निठुर मान्छेसँग आस राख्नु नै बेकार रै'छ । म आज घर जाँदै छु । सायद काठमाडौं नफर्किन सक्छु । विजया दशमीको शुभकामना !"

खिन्न भएँ । अलिअलि रिस, अलिअलि पश्चात्ताप, अलिअलि निराशा । मनमा खै केके हो भावनाहरू आए । जवाफ पठाउने जाँगर चलेन । बेवास्ता गरेरै पन्छाउन सकिन्छ भने बेकार किन वास्ता गर्नु ।

ऊसँग जिन्दगीभर भेट नहुने भो भनेर खल्लो लाग्यो । म यति भावुक बन्न मिल्छ र ? म त कठोर बन्नुपर्छ । मैले त जिन्दगीमा ठुल्ठूला सफलताहरू अँगाल्नु छ । डाक्टर केटी बिहे गर्नु छ ।

करोडपति ससुराको ज्वाइँ बन्नु छ । महान् समाजशास्त्री बन्नु छ । महान् कवि बन्नु छ ।

महान् मान्छेहरू सबै सजिलो बाटोबाट कहाँ आएका छन् र ! कसै न कसैलाई दुखाएकै छन् नि । रगतको खोला बगाएर पनि त सत्तामा पुगेका छन् मान्छेहरू । मैले एउटा दिल दुखाउँदैमा के पाप गरें र ? मलाई बिस्तारै घृणा गर्न थालेकी छ रूबाले । अक्सर अरूलाई घृणा गर्नेहरूले आफैंलाई माया गर्छन् । आफूलाई माया गर्नेहरूले आत्महत्या गर्दैनन् । उसले गलत कदम पनि पक्कै उठाउँदिन सायद ।

एक पटक मायामा चोट पाइसकेकी उसको छाती पनि स्पात जस्तो भइसकेको छ । सहन सक्छे उसले ।

जिन्दगीको कथा चलचित्रको स्क्रिप्ट जस्तो कहाँ पहिल्यै तय हुन्छ र ? सबैको आआफ्नो प्रारब्ध हुन्छ । जेजे आउँछ, भोग्दै जानुपर्छ । आरती नभेटिएकी भए किन छोड्थें होला र रूबालाई ? सँगै जिउने सपना किन देखाउँथें होला ? जीवनमा आरती आउँछे भन्ने पहिल्यै थाहा भए किन मायाले भिजाउँथें होला र रूबालाई ? आरती भेटिएर पनि नजिक नआएकी भए, मेरा आँखामा लोभको चस्मा नलगाइदिएकी भए, म किन तोड्थें होला र रूबाको दिल ?

"त्रिशूली जाने हो दाइ ? एक सिट खाली छ," एउटा आवाजले काउन्टरछेउमा बसेर सोचमा झुलिरहेको मलाई ब्युँझायो ।

"जाने हो नि," अकमक्क परेर सोधें, "टिकट त ?"

"काट्नुपर्दैन । आउनुस् ।"

"एकछिन है त ।"

ऊ अडियो । मैले नजिकैको फलफूल बेच्ने गाडाबाट स्याउ किनेर झोलामा हालें ।

मलाई बोलाउने बसको सहचालकको पछिपछि लागें । यति धेरै मान्छेहरूमध्ये मलाई नै किन बोलायो होला उसले ? दुई बजेसम्म कुनै पनि बस खाली छैन भन्थ्यो त काउन्टरको मान्छे ।

त्रिशूली जान ठिक्क परेको बसभित्र पसें । सबै सिटहरू भरिएका थिए । बीचको प्यासेजमा टन्न थिए सामानका पोकापोकी ।

"खै त सिट ?" ढोकाछेउमै ठिङ्ग उभिएर सोधें ।

"यी यसमा बस्नुस्," क्याबिनभित्र छिर्ने ढोका ढाकिने गरी एउटा सिट जस्तो फलेक अड्याएर उसले भन्यो ।

यस्तो सिटको नाम स्टाफ सिट अरे ! यस्तै अप्ठ्यारोमा बस्न पो एक्लो केटामान्छे खोजेर मलाई बोलाको रहेछ ।

"यस्तो सिट पो हो ?" खिन्न भएर सोधें ।

"यो पाउनु पनि भाग्य हो दाइ," यति भनेर ऊ अर्को मान्छे खोज्न ओर्लियो ।

स्टार्ट भइसकेको गाडी थर्थराइरहेको थियो । काँधमा बोकेको झोला तिघ्रामाथि राखेर च्याप्दै बसें । अढेस लगाउन नमिल्ने सिटमा चारपाँच घण्टा अडिन सक्छु होला ? उसै त ढाड दुख्ने मान्छे । तर अरू कुनै विकल्प पनि त थिएन ।

एकैछिनमा सहचालक फेरि करायो । पछाडि फर्केर हेरें । एउटी केटी बसको ढोकाबाट उक्लिँदै रहिछिन् ।

"यहाँ बस्नुस्," केटीलाई म बसेको सिटकै छेउपट्टि देखाएर सहचालक बोल्यो, "दाइ, अलि कुनापट्टि सर्नुस् त ।"

दुई जना बस्न अलि मुस्किल नै थियो । चुपचाप सरिदिएँ । सोचें, जसरी पनि कोही न कोही मान्छे राखिहाल्छ क्यारे ! यो त यति राम्री केटी छे । यात्रा रमाइलो नै हुने भयो । बसमा होस् या जीवनमा, छेउमा सुन्दर मान्छे भए समय बितेको पत्तो पाइँदैन ! यस्तै भन्थ्यो आकाश !

"छि ! यस्तो जाबोमा त बस्दिनँ म । सिट छ भनेर ल्याएर यस्तो अप्ठ्यारोमा बस रे," केटी च्याँट्ठिई ।

"खुरूखुरू बस्नु नि, धन्न यही सिट भने पनि पाएकी छ्यौ," भन्न मन थियो तर भनिनँ । चुपचाप वास्ता नगरे जस्तो गरेर बसिरहें ।

"तपाईं नजाने भए अर्को मान्छे बोलाउँछु," भनेर उत्रिन लागेको थियो सहचालक । उसलाई पिर्लिक्क आँखा तरेर केटी मेरो छेउमा आएर बसी । म अलिकति दाहिनेपट्टि सरेर खुम्चिएँ ।

केटी फतफताउँदै थिई । गाडी गुड्यो । एक चोटि हामी दुई जनाकै ढाड सुस्तरी पछाडिपट्टि लच्कियो । फेरि हाम्रो छाती अगाडिपट्टि हुत्तियो । यसरी हुत्तिँदा केटीले अन्जानमै मेरो देब्रे घुँडा आफ्नो दाहिने हत्केलाले थिची । मैले पुलुक्क हेरें । हत्तपत्त उसले आफ्नो हातले आफ्नै काखमा रहेको ब्याग समाई ।

गाडीले बिस्तारै बाइपास काट्यो । त्यसपछि रफ्तारमा कुद्यो । गाडी चलाइरहेको ड्राइभरले टाउको भन्दा ठिक्क माथि हात तन्काएर क्यासेटमा पेनड्राइभ घुसारेपछि बज्न थाल्यो गीत ।

झर्कोलाग्दो लोकगीत बजिरहेको थियो । मौलिक लोकगीतहरू कति राम्रा हुन्थे पहिलेपहिले । आजकल त कति छाडा बनाउन सकेका होलान् । कसैलाई मन नपरे पनि गीत बजाइरहेको थियो ड्राइभर । मुड्खु कटेपछि गाडी ओरालो लाग्यो । शान्त ओशो तपोवनछेउबाट गुडिरहेको गाडीभित्र यात्रुहरू चुपचाप थिए । बल्ल गीत फेरियो । म गीतकै धुनमा लोलाइरहें । ढाड दुख्दै आयो बिस्तारै । अढेस लगाउने ठाउँ थिएन । लोलाउँदै देब्रेपट्टि ढल्किएछु ।

"अलि सजिलोसँग बस्नुस् न, दाइ," केटीले भनी ।

"सरी," भन्दै तनक्क तन्किएर सीधा बसें । बस्न त मलाई त्यसरी नै पो सजिलो थियो । उसले त आफैंलाई पो सजिलो बनाउन भनेकी थिई क्यार !

बस तीनपिप्लेबाट ककनीतिर उकालो चढ्यो । घुम्तीघुम्तीमा घ्याच्च ब्रेक लाग्थ्यो । स्टेरिङसँगै फनक्क घुम्थ्यो गाडी । केही मान्छेहरूले बसका झ्यालझ्यालबाट बान्ता गरे । अघि भर्खर खाएको भात एकछिन पनि पेटमा अड्याउन सकेनन् । कठैबरा !

झिँजो अनि पट्यारलाग्दो यात्रामा थिएँ । बसमा बजिरहेको जुन गीत पनि सुन्दिनुबाहेक विकल्प थिएन । न त बाहिरका डाँडाकाँडा हेर्न मिल्ने सिट छ, न त कोही छ छेउमा बोल्दै जानलाई । छैन भनौं भने पनि टाँसिएरै बसेकी छ एउटी । के भनेर गफ सुरू गर्नु, कहिल्यै नबोलेको मान्छेसँग ।

ककनी पुग्दा डम्म हुस्सु लागेको थियो । हुस्सुको पछ्यौरा उघार्दै गुडिरहेको बस रानीपौवा पुग्यो । छिस्स्स्स गरेर ब्रेक कराएपछि बस रोकियो ।

"खाना खाजा खाऔं है ?" बसको सहचालक बोल्यो ।

"यहीँ पो रोकेको ? खाना खाएर आएको एक घण्टा नि भाछैन," केटी पितरिई ।

अरू यात्रुहरू पनि कल्याङमल्याङ गर्न थाले । मलाई भने गज्जब भएको थियो । एकछिन भने पनि होटलको टेबलमा गएर ढाड अड्याउन पाइने भयो । त्यसमाथि बिहान खाना नखाको । भोक पनि उपध्रो लाग्न थालेको थियो ।

बिआर होटल एन्ड भोजनालयको टेबलमा हात धोएर बसें । अर्को टेबलमा ड्राइभर र सहचालक बसेका थिए । अरूअरू टेबलहरूमा अरू यात्रुहरू चना, आलु अनि चियाका गिलास अगाडि राखेर खाँदै थिए ।

टेबलमा मासुभात आइपुग्यो । पकापक खाएँ । काठमाडौंदेखि बोकेर ल्याएको भोक त्यही टेबलमा छोडेर अघाएको पेट लिएर उठें । टन्न भएको पेटमा चुरोट तान्न कति मज्जा होला ! पसलेसँग एउटा चुरोट मागेर होटलको पछाडिपट्टि गएँ । चुरोट तानिरहँदा एउटा केटीको अनुहार झुलुक्क देखा पऱ्यो । झसङ्ग भएँ । हात पछाडि लगेर हत्तपत्त चुरोट लुकाएँ । केटी पनि नदेखे जसरी ट्वाइलेटभित्र पसी ।

त्यो अघि मसँगै सिटमा बसेर आएकी केटी थिई । ट्वाइलेट जान होटलपछाडि आएकी रहिछ । मैले किन चुरोट लुकाएँ ? मेरी को हो र त्यो ? चिन्नु न जान्नुको मान्छेसँग किन डराएँ होला ? एक्लै हाँसें ।

होटलमा पैसा तिरेर आफ्नै ठाउँमा गएर बसें । क्याबिनभित्रका मान्छेहरू आउँदा सिटबाट उठेर ठाउँ छोडिदिएँ । सबै आइसकेपछि अन्तिममा केटी आई ।

गाडी गुड्यो । केटी माथिल्लो ओठ उचालेर नाकको प्वाल थुन्दै थिई । केही गन्हायो होला उसलाई । ऊ मतिर कर्के नजरले हेर्थी । उसलाई मैले अघि नै खाएको चुरोट गन्हाएको हुनुपर्छ । मलाई रिस उठ्यो । यतिसम्म पारा देखाउनु जरूरी त थिएन !

एकाएक रूबा यादमा आई ।

म चुरोट खाएको मुख लिएर उसलाई चुम्मा गर्न लाग्थें । ऊ औंलाहरूले मेरो ओठ थुन्दै भन्थी, "छि गन्धे मान्छे ! ब्रस गर्ने भए मात्र चुप्पा गर्न दिन्छु ।"

म घुर्काउँदै रिसाए जस्तो गर्थें ।

"सरी बाबा सरी ! अबदेखि चुरोट नखाइस्यो न प्लिज," भनेर ऊ आफैं मेरो ओठ चुम्न आइपुग्थी ।

कति समर्पणले प्रेम गर्थी रूबा । मेरा हरेक आदतसँग सम्झौता गरेकी थिई । तर म परिस्थितिको दास भएको थिएँ । उसलाई धोका दिनुको विकल्प थिएन मसँग ।

मैले चुरोट खान्छु भनेर आरतीले थाहा पाए के गर्थी होला ? पहाड नै खसे जस्तो हुन्थ्यो होला उसलाई ! अपराधी नै ठान्थी होला ।

यात्राभरि नै कहिले सलले नाक छोप्ने, कहिले हातले नाक छोप्ने त कहिले उही ओठ कुच्याएर नाकका प्वाल थुन्ने गर्दै वितृष्णाको नजरले मलाई हेरिरही केटीले ।

केटी त्रिशूली बजारमा उत्रिई । ऊ गएपछि मनमनै भनें, अर्काले जाबो चुरोट तान्दा यसरी हेला गर्छे, तलाई खुङ्खार गँजेडी पोइ परोस् छाउरी !

दसैं

फूलपातीको दिन बिहान निद्राबाट ब्युँझिनासाथ ढाड दुख्यो । झ्यालबाहिर हेर्दा घरअगाडिको हरियो डाँडो काँधमाथि रातो घाम बोकेर उभिरहेको थियो । चराहरूले पनि एउटा मेलो भ्याउन लागिसकेका थिए । जुरूक्क उठ्न खोज्दा झ्वास्स गरेर दुख्यो जीउ अनि फेरि लमतन्न परेर सुतें ओछ्यानमै ।

"ओइ दाइ, कति बेरसम्म सुतेको तँ, उठ् छिटो ।" हातमा चियाको कप बोकेकी बहिनी कोठाभित्र पसिसकिछे ।

"उठ्न त अघि नै उठेको । ढाड अत्ति दुख्यो अनि पल्टेको ।"

"हो र ! किन दुखेछ त ?" झ्यालमा चिया राखिदिँदै उसले सोधी ।

"खै ।" जीउ अररो पार्दै सुस्तरी उठें ।

"हिजो बसमा आउँदा अप्ठ्यारो भयो होला," उसले अड्कल काटी ।

"तीनचार दिन भयो दुखेको दुख्यै गर्छ ।"

"औषधि गरिनस् त ?"

"पेनकिलर खाइराछु ।"

"पेनकिलर धेरै नखा । बरू जँचाको भए हुन्थ्यो नि," भनेर ऊ गई ।

चिया पिउँदै गर्दा दुखाइ अति नै बढ्यो । सकिनसकी उठेर अलिअलि जीउ तन्काउने प्रयास गरें । त्यति बेला त झन् जोडले

दुखेको थियो । वासरूम गएर आएपछि फेरि खाटमै पल्टेर सुतिरहें बिहानभर ।

"हैन यो त साह्रै अल्छी भएछ ! घाम तालुमाथि आइसक्दा पनि कसरी सिरक ओढेर सुत्न सक्या होला ?" आमा कराउनुभयो, "अझ मुख छोपेर पो सुत्या छ ।"

सुस्तरी सिरक पन्छाएर अनुहार देखाएँ । आमा कोठाभित्र आइपुग्नुभएको रहेछ ।

"के भाको छ तलाई, हँ बाबु ? सन्चो छैन कि के हो ?" मेरो निन्याउरो अनुहार पढेर आमाको बोली नरम भयो ।

"जीउ बेस्सरी दुख्या छ ।"

"बसले हल्लाएर होला । आइज, खाना खा अनि सुत्लास् ।"

आमा जानुभयो । सकिनसकी उठेर आमाकै पछिपछि लागें । खाना खाएँ । खाना खाएपछि पेनकिलरको ट्याब्लेट निलेर ओछ्यानमै पल्टिएँ ।

दिउँसो पेनकिलरले पीडा बिर्साइदियो । सुतिरहन झिँजो लाग्यो । हिजो साँझ आइपुगेको मान्छे घरभित्रको भित्रै थिएँ । यसो गाउँ नियाल्ने मन भयो अनि बाहिर निस्किएँ ।

"बाबुको अनुहार हेर्न पनि पैसा लाग्छ कि के हो ?" छिमेकी भाउजूले ताना मारिन् ।

"लाग्छ नि ! ल ल्याउनुस् सय रूपैयाँ," उनकै स्टाइलमा जवाफ दिएँ ।

"हिजोदेखि आएर नाकमुख देखाउनु छैन । कति लुक्न सकेको भित्रै ?" उनले अझै थपिन् ।

"ल हेर्नुस् न त, यो नाक अनि यो चाहिँ मुख," उनकै अगाडि गएर चोरऔंलाले नाक र मुख देखाउँदै भनें ।

उनी हाँस्दै गइन् ।

"दाइ खै त, भाउजू ?" यति जिस्किसकेपछि बल्ल उनको बूढाको याद आयो ।

"जुवाडे घर बस्छन् र दिउँसो ? तासको खालतिर लम्पट भएर बसिरा होलान् नि," जाँदाजाँदै रिसाउँदै बोलिन् ।

टलक्क टल्किएका थिए घरहरू । भीडभाड थिए टोलहरू । सफासुग्घर बाटाहरू । कोही दुःखी थिएनन् मान्छेहरू । साँच्चै उमङ्ग नै बोकेर ल्याउने रहेछ दसैंले ।

पहिले पिङ हाल्ने गरेको चौरमा यो साल पिङ देखिनँ । सबैसँग पैसा छ । सबै ठूला भइसके । बरू दिनभरि तासका खालमा भेटिन थालेका थिए केटाहरू । साँझ परेपछि भट्टीमा ।

दिनभरि गाउँ डुलें । तासका खालहरूमा पुगें । सँगैका दौंतरीहरू जुवाकै रन्कोमा थिए । को आयो को गयो, केही पत्तो थिएन उनीहरूलाई । नक्कली हाँसो हाँसेर 'कहिले आको ?' भनेर सोधिटोपल्थे अनि जवाफको पनि ध्यान नदिई आफ्नै धुनमा तास खेल्थे ।

मेरो मन कतै रमेन । बिरक्त लागेर साँझ घर फर्किएँ ।

भोलिपल्ट अष्टमीको दिन साँझमा आरतीले फोन गरी, "के हो मान्छे ? भुसुक्कै बिर्सियौ त !"

"मुटुले धड्कन बिर्सिन्छ र ?"

"उफ् ! नबिर्सेको भए किन कल नगरेको त ?"

"कल नगर्दैमा बिर्सेको भन्न मिल्छ र ? तिमीलाई साइलेन्ट भएर सम्झेको नि ।"

ऊ खितिति गरेर हाँसी ।

"के गर्दै छ्यौ ?" सोधें ।

"केही न केही, यत्तिकै बसिराछु । कस्तो दिक्क लाग्या छ ।"

"किन र ?"

"कस्तो नरमाइलो छ काठमाडौं । सुनसान सुनसान ।"

"यहाँ पनि नरमाइलो छ, सुनसान छ यता पनि ।"

"सब जना हुँदाहुँदै कसरी सुनसान, किन नरमाइलो नि ?"

"तिमी छैनौ नि त । तिमी नहुँदा म भीडमा पनि एक्लो हुन्छु, आरती ।"

"उफ्फ गफ ।"

"गफ हैन, डाक्टरसाब, सत्य बोलेको हुँ ।"

"उस् ! कहिले आउँछौ ?" मायालु बोलीले सोधी उसले ।

"किन ?"

"दिक्क लागिसक्यो मलाई ।"

"अहिले नै आऊँ ?"

"हिहि हैन । दसैंको भोलिपल्टै आऊ ल ?"

"म आए पनि महारानीले भेट्ने हैन क्यारे ।"

"हैन के भेट हुन्छ । बाबा र मामु टीकाकै भोलिपल्ट झापा जाने रे !"

"भनेपछि घरमै आउनुपर्छ कि के हो ?" म मात्तिएँ ।

"धत् पागल ! हुन्न घरमा त । दाइ हुन्छ ।"

मेरो मनमा बेग्लै चाहनाले आएर पिङ खेल्यो । टीकाको दिन कहिले आउला र बितिजाला भन्ने लाग्यो । टीकाको भोलिपल्ट भर्खरै भइदिए हुने जस्तो भयो । टीकाको भोलिपल्टै काठमाडौं जान के भनेर निहुँ बनाउने घरमा ? सोचिरहें । फ्याट्ट आइडिया आयो दिमागमा । बाइक किनेको छु, लाइसेन्सको ट्रायल सिक्नु छ भन्दिम्ला !

दुखाइसँगै सुरू भएको नवमीको दिन दुखाइसँगै ढल्यो र आयो टीकाको दिन ! यतिबिघ्न पीडा मैले कहिल्यै कल्पना गरेको थिइनँ । लाग्यो म काँडाको ओछ्यानमा सुतेको छु । पातलो सिरकभित्र पनि म चलमलाउन सकिनँ । लाग्यो, मैले फलामको सिरक ओढेको छु । आधारातमै जागेको थिएँ । ढाड त दुखेकै थियो तर आज घुँडा पनि सुन्निएछ । यो कसरी भयो ? कतै त्यही बाइकबाट लड्दा त मर्किएन ? त्यसो हो भने यतिका दिन किन दुखेन ? दुखाइको पराकाष्ठा सहँदा मलाई आत्तिने पनि फुर्सद भएन ।

दुखाइ सहँदै बिहान भयो । पारि डाँडामाथि आकाशले घामको रातो टीका लगाइसकेको थियो । हल्लिखल्ली सुरू भइसकेको थियो

टोलतिर । म भने खाटबाटै ओर्लिन सकिनँ । दुखेर टन्किएका खुट्टा भुइँमा टेक्नै डराए । मलाई हिम्मत आएन मेरा खुट्टामा उभिएर बाहिर निस्किन । सुतिरहें । कोही आउँछन् कि कोठामा भनेर कुरिरहें ।

"ए बाबु कति सुत्न सक्या, उठ् अब । नुहाइधुवाइ गरेर तयार बन्नुपर्छ । टीकाको साइत छिट्टै छ," कोठाभित्र पस्दापस्दै आमाले बोलाउनुभयो । तर म उठ्नै सकिनँ ।

"के भयो बाबु तँलाई ?" मेरो पिल्पिलाउँदो अनुहार देखेर आमाले मेरो निधार मुसार्नुभयो ।

"जीउ सबै दुख्या छ," मैले सासले भनें ।

"यति सद्धे मान्छेलाई एक्कासि के भा होला ?" आमाको हात मेरो ढाडभरि दौडियो । उहाँ बेस्सरी पिरोलिनुभयो । एउटा नमीठो सन्त्रासको बादल आमाका आँखामा मडारियो ।

"ऐया !" आमाका हातहरू जताजता पुगे, मलाई त्यतैत्यतै दुखेर आयो ।

"कताकता दुख्छ भन् त, बाबु ?" आमाले मलिन आवाजमा सोध्नुभयो ।

"घुँडा अलि बढी नै दुखेको छ, आमा ।"

"घुँडा पनि ?" आमाका आँखा ठूला भए । हत्तपत्त सिरक फ्याँक्दिएर घुँडा छाम्नुभो ।

"ऐया हो !" मैले खुइय्य गरें । मलाई आमाका हातका कोमल स्पर्शहरू पनि धारिलो प्रहार जस्ता लाग्न थाले ।

"के भएर सुन्निएको यो, कतै लडेको थिइस् ?" मेरा सुन्निएका दुवै घुँडा देखेर आमा आत्तिनुभयो ।

"खै यस्तो हुने गरी लडेको त छैन," मैले सम्झिन खोजें । त्यति एक चोटि बाइकबाट लडेको बाहेक अरू कुनै ठूलो दुर्घटना भएको थिएन ।

"के भो होला एक्कासि ?" आफैँसँग गफ गर्दै आमा कोठाबाहिर जानुभो ।

केही बेरमा एउटा ताउलोमा तातो पानी लिएर आउनुभो । बाफ आइरहेको पानीमा एउटा झुम्रो चोबेर निचोर्नुभो ।

"खै खुट्टा यता ले त," आमाले खाटको छेउमा मेरा खुट्टा अड्याएर झुम्रोले सेकिदिनुभो ।

पानी नसेलाउन्जेल आमाले झुम्रो पानीमा डुबाउँदै सेक्दै गरिरहनुभयो । केही बेर सेकेपछि मलाई केही आनन्द भयो । बल्ल उठ्न सकें । वासरूम्म जान सकें । नुहाउने भने हिम्मत आएन, मुख धोएरै तयार भएँ । सर्ट र पाइन्ट लगाएर बैठक कोठामा गएँ ।

बा ढलक्क ढल्किने ढाका टोपीमा सजिएर गलैंचामा बसिसक्नुभएछ ।

"के भो भनेको तँलाई ?" बाले सोध्नुभो ।

"घुँडा दुख्या छ ।"

"कतै लडिस् कि ?"

"हैन ।"

"यतिकै पनि सुन्निन्छ त खुट्टा ?" बाले आमातिर हेर्नुभो ।

"खै । त्यसै भन्छ," आमाले पूजाका सर्दाम मिलाउँदै भन्नुभो ।

"कहिले ढाड दुख्छ भन्छ, कहिले घुँडा सुन्नियो भन्छ," बहिनीले थपी ।

"बाथ भयो कि के हो यसलाई ?" बाका आँखा ठूला भए, "एक चोटि जँचा काठमाडौं फर्केपछि ।"

मलाई खोजे जस्तै भयो । जसरी पनि भोलि काठमाडौं जानु थियो । आरतीलाई भेट्नु थियो । कति अप्ठ्यारोसँग जुरेको थियो, यो संयोग । दुखाइ सहेरै भए पनि खुसी भएँ एकछिन । काठमाडौं जाने बहाना खोजिरहेको मसँग जानैपर्ने कारण नै बन्यो ।

"भोलि जान्छु," डराई डराई भनें ।

"जान्छ भोलि नै ? कुन अस्पताल खुल्छ र दसैंमा ?" आमाले भन्नुभयो ।

"खुलिहाल्छ नि । यहाँ चाहिँ सुतेर किन बस्नु त ?"

"दसैं नै नसकी जानुपर्दैन । सेकताप गर्दा ठीक हुन्छ अलि दिनमा ।"

बल्लबल्ल आइपुगेको छोरो । दसैं नसकी नगइदियोस् भन्ने आमाको चाहना थियो । मलाई भने आरतीलाई कहिले भेटौं भएको थियो । माया भन्ने कुरा माथिबाट तलतिर सर्दै जाने चीज हो भन्थे । मलाई पनि हो जस्तो लाग्यो । आमाले मलाई माया खन्याउँदै हुनुहुन्थ्यो । मलाई भने केवल आरतीको ख्याल थियो, उसैको मात्र माया लाग्थ्यो ।

"साइत जान लागिसक्यो है, आमा, छिटो गर्नु," बहिनीले भनी । उसका कुराले आमा र मेरो कुरा बीचमै टुङ्गियो ।

आमा किस्तीमा राता अक्षताको थाली लिएर आउनुभो । त्यही किस्तीको छेउमा सलक्क परेका पहेंला जमरा थिए । किस्तीकै एक छेउमा नयाँ नोट पनि थिए । सुरूमा बाले आमालाई टीका लगाइदिनुभो, "जयन्ती मङ्गला काली भद्रकाली कपालिनी... ।" टीका लगाइरहँदा बाका मुखबाट श्लोकहरू गुन्जिरहे । आमाले किस्तीकै एउटा नोट झिकेर खुट्टामा राखिदिंदै बालाई ढोग्नुभो ।

त्यसपछिको पालो मेरो थियो । म हातमा टपरी समाएर बसें । बाआमा दुवै जनाले मलाई टीका लगाइदिनुभयो । यसपालि बाले "आयु द्रोणसुते श्रीयम् दशरथे सत्रुक्षयम् राघवे..." भनेर श्लोक भन्नुभो । आमाले मेरो दाहिने कानमा जमरा सिउरिंदै 'ठूलो मान्छे भएस्, रोगब्याध केही नलागोस्' भनेर आशीर्वाद दिनुभो ।

बाले 'ठूलो हैन, असल मान्छे बन्नु' भन्नुभो । स्कुलका हेडमास्टर न परे !

टीका लगाइसकेपछि किस्तीबाट नै एउटा नोट झिकेर बाका खुट्टामा राखिदिंदै ढोग्न खोजें । झ्वास्स गरेर कम्मर दुख्यो । म निहुरिनै सकिनँ । बाले जोडेका खुट्टा अगाडि सारेर जीउ पछाडि ढल्काउनुभएको थियो । जसोतसो बाका खुट्टामा निधार टाँसेर ढाड सोझो बनाएँ । मेरा दुवै हातले कम्मर समाएका थिए ।

किस्तीबाट अर्को नोट निकालेर आमाका खुटामा राखिदिंदै ढोग्न खोजें ।

"भयो बाबु, पर्दैन । तलाई गाह्रो भए जस्तो छ," मेरो टाउको समाएर उठाउँदै आमाले भन्नुभो ।

म उठें । मन भारी भयो । माया त बाआमा दुवैलाई थियो होला । तर मलाई कति दुखेको छ, कति अप्ठ्यारो भएको छ त्यो त आमालाई मात्र थाहा हुने रहेछ । आमाहरू यस्ता डाक्टर हुन्, जो डाक्टरी नपढेरै सन्तानका दुखाइ नाप्न सक्छन् । जन्मिनुअघि सन्तानहरू आमाकै शरीरका हिस्सा हुन्छन् । त्यसैले होला, सन्तानलाई पीडा हुँदा दुखाइ महसुस गर्न सक्छन् आमाहरू ।

बहिनीलाई हामी सबैले टीका लगाइदिएपछि हाम्रो टीका सकिएको थियो ।

बा

टीकाको भोलिपल्ट काठमाडौं जान तयार भएँ । दुखाइ उस्तै थियो तर सहन सक्ने । खुट्टा खोच्याउँदै यताउता हिँडिरहेको थिएँ । कम्मर दुखेर होला, अनायास नै हात कम्मरमा पुग्दो रहेछ ।

"जाने नै भइस् ?" आमाले नगए पनि हुन्थ्यो भन्ने भावले सोध्नुभो ।

"चेकअप नगराई भाछैन । व्यथा पालेर किन बस्नु ।"

"दसैं नसकिई खुल्छ र हस्पिटल ?"

"दसैं छ भनेर मान्छेहरू बिरामी नभई बस्छन् त ?"

"त्यही नि..." आमाले खुइय्य गर्नुभो । मैले ट्वाल्ल परेर आमालाई हेरें ।

"बिरामी मान्छे एक्लै गएर के गर्दो हो, कसो गर्दो हो । दुखेर सुतिरहलास्, खाना पकाएर खान पनि नसक्ने हो कि," आमा पिरोलिनुभो ।

"ह्या, सकिहाल्छु नि," मलाई झिँजो लाग्यो । त्योभन्दा पनि बढी त मलाई आमाका कुराले काठमाडौं जान रोक्ने हुन् कि भन्ने पीर परेको थियो । आरतीसँग भेट हुने मौका थियो । म यो गुमाउन चाहन्नथें । जसरी पनि काठमाडौं जानु थियो मलाई ।

म जान तयार भएको बहिनी र आमाले हेरिरहनुभयो । आमाको मुहार खिन्न थियो । बहिनी जिल्ल परिरहेकी थिई । बाको भने बिहानदेखि अत्तोपत्तो थिएन । खाना खाएर बाहिर पिँढीमा निस्किँदा

आँगनमा बा देखिनुभो । जुत्ता कसेर झोला भिरेर निस्किएको मलाई देखेर बा पनि अचम्ममा पर्नुभो ।

"हैन यो आजै जान लाग्या ?" बाले सोध्नुभो ।

पिँढीमा निस्किसक्नुभएकी आमाले बाको प्रश्नको जवाफमा खुइय्य गर्दै भन्नुभो, "खै ! कम्मर पनि समाछ, खुट्टा पनि खोच्या छ, एक्लै जँचाउन जान्छु भन्छ । बिरामी मान्छे कसरी जचाउँछ, कसरी पकाएर खान्छ ?"

एकछिन टोलाएपछि बाले भन्नुभो, "एकछिन पख्, सँगै जाउँला ।" त्यसपछि बा भित्र पस्नुभो ।

म अवाक् भएँ । के भनौं, कसो गरौं भयो । मैले बालाई नजानु भन्न सकिनँ । मैले सोचेभन्दा बेग्लै परिदृश्य निर्माण भएको थियो । निन्याउरो अनुहार बनाएर खाटमा बस्दै बालाई कुरें ।

बाले खाना खाएर तयार भएपछि हामी निस्कियौं । बाटोभरि मन खिन्नतामा उडिरह्यो । म आरतीको प्रेमले एक्लै जान तम्सिएको थिएँ । बा भने मेरो मायाले मसँगै आउनुभएको थियो । पाँच मिनेट हिंडेपछि बजार आइपुग्यो । गाडी हिंड्न तरखर गर्दै थियो । टिकट नकाटीकन गाडी भरेर लैजाने भन्दै थियो ड्राइभर । हामी बाउछोरा एउटा सिटमा गएर बस्यौं ।

धेरै वर्षपछि यति नजिक भएर, टाँसिएर बासँग बस्दै थिएँ म । जिन्दगीभर कडा हेडसरको छवि बनाउनुभएका बालाई नजिक देख्दा धेरै विद्यार्थीको सातो जान्थ्यो । सामुन्ने पर्नै डराउँथे केटाकेटीहरू । म त उहाँको छोरा थिएँ । तर छोरा नै भए पनि सबैभन्दा कडा अनुशासनमा बसेको विद्यार्थी थिएँ म, उहाँका लागि ।

भरिएको गाडी गुड्यो । धेरै यात्रुहरू आफ्नै गाउँठाउँका थिए । सबैजसोका निधारभरि राता अक्षता देखिन्थे । केटामान्छेहरूले कानमा जमराका मुठा सिउरिएका थिए भने आइमाई मान्छेहरूले चुल्ठोमा । धेरै जनाले बालाई नमस्ते गरे ।

"टाढै लाग्नुभो, हेडसर ?" एक जनाले सोधे ।

"काठमाडौं," बाले भन्नुभो ।

"काठमाडौं ? केही पऱ्यो कि ?" टीकाको भोलिपल्टै काठमाडौं जान लागेको देखेर उसले कुतूलताका आँखाले बालाई हेऱ्यो ।

"काम छ," बाले त्यति महत्त्व नदिए जस्तो गरेर भन्नुभो ।

कस्तो काम होला दसैंको भोलिपल्ट नै बाउछोरा काठमाडौं जानुपर्ने भन्ने प्रश्न आफैंभित्र राखेर बस्यो त्यो मान्छे । उसले मलाई हेरेको थियो । म केवल मुसुक्क हाँसिदिएँ ।

बा धेरै बोल्नुहुन्न थियो । जो पायो त्योसँग पनि बोल्नुहुन्न थियो । सायद यसै कारणले पनि डराउँदा हुन् मान्छेहरू, विद्यार्थीहरू । यात्राभरि बा बोल्नुभएन । बा सधैं आफ्नो गम्भीर अनुहारभित्र रहस्य लुकाएर बस्नुहुन्थ्यो । मैले थाहा पाएदेखि नै बा जिस्केको देखेको थिइनँ । न त कहिल्यै उन्मुक्त भएर हाँस्नुभएको थियो । मैले सोचेको थिइनँ, मलाई जचाउन भनेर बा आफैं आउनुहोला । मान्छे बाहिर जति कठोर देखिए पनि भित्र भने कपासजति नै नरम हुने रहेछ ।

बाको माया मैले पहिलो चोटि अनुभव गर्दै थिएँ । माया त पीपल जस्तै हुने रहेछ, जस्तै कठोर ढुङ्गाको कापबाट पनि पलाइदिने । आफैं जचाउन जा पनि त भन्न सकिन्थ्यो । नभए बहिनीलाई दाइको साथी गइदे पनि त भन्न सक्नुहुन्थ्यो । किन चाडबाडका बेलामा यसरी बिरामी छोरालाई लिएर हिँड्न आफैं तम्सिनुभयो त बा ?

बाटोमा हुँदा एक चोटि आरतीको फोन आएको थियो । बाले थाहा पाउनुहोला भनेर मैले मोबाइल साइलेन्टमा राखेको थिएँ । एक चोटि फोन नउठेपछि उसले फेरि फोन गरिन । खाजा खाने ठाउँमा बाका आँखा छलेर आरतीलाई म्यासेज गरेको थिएँ, बासँग छु, काठमाडौं पुगेर फोन गर्छु ।

"के गर्दै छ्यौ ?" काठमाडौं पुग्नासाथ आरतीलाई फोन गरेर सोधें ।

"केही नाइँ । तिमीलाई वेट गरिराको । कस्तो लोन्ली फिल भाको छ," ऊ नरम आवाजमा बोली ।

"भेट्नै गाह्रो छ हेर न । ड्याड पनि आउनुभाछ सँगै ।"

"त्यो त थाहा भइसक्यो । किन आउनुभाको र ?"

"मेरो चेकअपका लागि ।"

"यति सानो बाबुलाई ड्याडीले पो लिएर आउनुपर्ने है ?" उसले जिस्क्याई ।

"मलाई ढाड दुखेको भनेको थिएँ नि अस्ति नै, अहिले त घुँडा पनि सुन्निएको छ । रेगुलर पेनकिलर खाको खायै छु । त्यही भएर ड्याड पनि सँगै आउनुभाको ।"

"ए ! आइएम सरी !" ऊ सिरियस भई, "तिमीलाई अर्थराइटिस पो भयो कि के हो । रिउमाटोलोजिस्टलाई देखाऊ ल एक चोटि," उसले मायालु बनेर भनी ।

"मतलब ?"

"बाथरोग विशेषज्ञ क्या," ऊ हाँसी ।

फोन राखेपछि बासँग रिस उठेर आयो । किन सँगै पछिपछि आउनुपरेको होला बूढालाई । म आफैं जँचाइहाल्थें नि । आफ्नै मायालु डाक्टर छे । के भएको हो उसले पनि हेर्थी । हामी डाक्टर र बिरामी मात्र हुन्थ्यौं एकान्तमा । ऊ मलाई दुखेका सबै ठाउँमा छुन्थी, नदुखेका ठाउँहरूमा पनि छुन्थी, चुम्थी । उसको चुम्बनको औषधिले पो म निको हुन्थें कि ! केटामान्छेको मन न हो, मात्तिहाल्दो रहेछ । यथार्थमा सम्भव भएन भने पनि कल्पनामा नै किन नहोस्, रासलीला मनाइहाल्दो रहेछ !

रोगी

बाथरोगको राम्रो डाक्टर खोज्दा बुझ्दा जावलाखेल जानुपर्ने भयो । अस्पताल जान भनेर बासँगै कोठाबाट निस्किएँ । गेटछेउमा अड्याएको बाइक पुछिरहँदा बा पछिल्तिर उभिएर हेरिरहनुभएको थियो । मैले पछाडि फर्केर हेरेपछि बाले सोध्नुभो, "यही हो तैंले किनेको मोटरसाइकल ?"

मैले हो भनेर मुन्टो हल्लाएँ ।

"लाइसेन्स बनाइस् त ?"

मैले छैन भनेर मुन्टो हल्लाएँ ।

"लाइसेन्स नझिकी नचला," भनेर बा गेटबाट निस्किनुभो । हेल्मेट त्यहीँ राखेर म बाको पछि लागें ।

ट्याक्सी चढेर जावलाखेल पुग्दा बाह्र बज्यो । हस्पिटल असाध्यै भीड थियो । पालो कुर्ने कोठामा अगाडि टिभी राखिएको थियो, भित्तामा टाँसेर । टिभीमा आइरहेको समाचारतिर बा एकटकले ध्यान दिइरहनुभएको थियो । बाले कतै एकोहोरो ध्यान दिइरहँदा केही सोचिरहनुभएको छ जस्तो लाग्छ । मनमा कुरा खेलाइरहेका बेला न हो मान्छे एकोहोरिने । के बाका मनमा मेरै निम्ति कुराहरू खेलिरहेका होलान् त ?

आफ्नो पालो कुरिरहेका मान्छेहरू नियालें । म जस्तो केटा कोही देखिनँ । सबै बूढाबूढीहरू मात्र । अझ पुरूषभन्दा त महिलाहरू नै धेरै ।

"दिवस क्षत्री;" ढोकाबाट पुलुक्क हेरेर एउटी नीलो लुगा लगाएकी केटी कराई । यताउता हेरेर केटी फेरि कराउन लागेकी थिई, म उठेको देखेर चुप भई । बा र म एकछिन ढोकानेर उभियौं । भित्रको मान्छे जँचाएर निस्किएपछि भित्र पस्यौं ।

नाम सुन्दा निकै बूढो जस्तो लागेको थियो तर डाक्टर वैद्य त कलिला रहेछन् । उनीसँगै अर्की डाक्टर पनि थिइन्, सायद जुनियर । म नमस्ते गर्दै डाक्टरकै सामुन्नेको टुलमा बसें । बा अलि छेउपट्टिकोमा बस्नुभो ।

"के हुन्छ तपाईंलाई ?" डाक्टरले सोधे ।

"जीउ पूरै दुख्छ, जोर्नीहरू अझै बढी ।"

"कताकता ?"

"घुँडा अनि गोलिगाँठा ।"

"सुरूमा कताबाट सुरू भयो दुख्न ?"

"सुरूमा त ढाड दुख्थ्यो बेस्सरी," मैले सम्झिँदै भनें ।

"ए, ए" भनेर डाक्टरले छेउमा बसेकी अर्की डाक्टरलाई हेरे । सायद मेरा लक्षणहरू सुनेर उनीहरूले कुनै रोगको लख काटे । डाक्टर वैद्यले मलाई सोधिरहे । अर्की डाक्टरले पर्चामा लेखिरहिन् ।

"बिहे भा छ कि छैन ?" डाक्टरले सोधे ।

"छैन ।"

"चुरोट खाने गरेको छ कि छैन ?"

मलाई अप्ठ्यारो पऱ्यो । बा सँगै हुनुहुन्छ । डाक्टरलाई कसरी झुट बोलौं तैपनि 'खाने गरेको छैन' भनिदिएँ । म बरू आफू मर्न सक्थें तर बाको विश्वास मार्न सक्दिनथें । बाको नजरमा गिरेर बाँच्नु पनि के बाँच्नु ?

केही रगत परीक्षणहरू र केही औषधिका नामहरू लेखिदिएर अर्की डाक्टरले पर्चा हातमा थमाइदिइन् ।

"खास के भाको होला मलाई ?" मैले डाक्टरलाई सोधें ।

"लक्षण हेर्दा बाथरोग नै हो । तर बाँकी रगतको रिपोर्ट आएपछि मात्र कन्फर्म हुन्छ ।"

"निको त हुन्छ होला नि है ?" मैले मायालाग्दा आँखा बनाएर सोधें ।

"ठीक नहुने के छ र यो संसारमा ! बरू औषधि चाहिँ सधैंभरि खानुपर्ने हुन सक्छ । अनि चुरोटको धुवाँबाट बच्नुहोला है ?" डाक्टरले भने । अर्की डाक्टर मुसुक्क हाँसिन् ।

सधैंभरि औषधि खानुपर्छ भन्ने सुन्दा असह्य भयो । लाग्यो अब मैले जन्मकैद पाएको छु । तर यसले भन्दा बढी मलाई चुरोटको धुवाँमै नबस्नु भन्ने कुराले पोल्यो । सकुँला र ? मेरो मनमा चिया पसलहरू, चुरोट तान्न छिरेका क्याफेहरू सबै परपर हुँदै गए । जसरी बाटोछेउमा उभिएको मान्छे बसको झ्यालबाट हेर्दा परपर हुँदै जान्छ, त्यसै गरी क्याफेको साहू गोविन्दे पनि पर हुँदै गयो अनि चुरोटकै नाताले साथी बनेको आकाश पनि । तर आकाश त यसै पर भएको छ आजभोलि ।

"चार दिनपछि रगतको रिपोर्ट लिएर आउनुहोला," डाक्टरले भने, "त्यतिन्जेल यी औषधिहरू खाँदै गर्नू ।"

"हस्," भन्दै म भारी मन बोकेर उठें । बा पनि उठ्नुभो ।

बाको अरू काम थिएन । औषधि खाएपछि ठीक होला भन्ने लाग्यो होला, त्यसैले त्यही दिन बा घर जान भनेर निस्किनुभो । स्वभावअनुसार नै केही बोल्नुभएन । यत्ति भन्नुभो, "आफ्नो ख्याल गरेस् ।"

बा निस्किनासाथ आरतीलाई फोन लगाएँ । उसले सुरूमै मेरो हालचाल सोधी । ठीकै छ भनेर बताएँ । उसले डाक्टरले केके भनेको छ भनेर पनि सोधी । ब्लड रिपोर्ट लिएर आउनु भनेको कुरा बताएँ ।

"कस्तो रिपोर्ट ?" अझै सोधी उसले ।

मलाई के थाहा र, कस्तो रिपोर्ट मागेको हो डाक्टरले ? रगत चाहिँ दिएर आएको थिएँ ।

"डाक्टरले लेखेको कागजको फोटो पठाऊ न, बुद्धू," उसले भनी ।

मलाई उसँग रोमान्टिक कुरा गर्ने चाह थियो । ऊ भने डाक्टर पल्टिरहेकी थिई । तैपनि उसले बुद्धू भन्दा पेटमा पुतली नाच्यो, काउकुती लाग्यो । डाक्टरले लेखेको कागजको फोटो उसको भाइबरमा पठाएर केही बेर कुरें ।

एकछिनपछि उसले फोन गरी, "तिमीलाई त स्पोन्डोलाइटिसको शङ्का गरेको रै'छ ।"

मैले केही बुझिनँ तैपनि कुनै डरलाग्दो रोग होला भनेर मुटु जोडले धड्कियो । आत्तिएँ ।

"बाथकै एउटा टाइप हो," ऊ सुस्तरी बोली । उसको उत्साहहीन बोलीले मनमा बेग्लै संशयले थिच्यो ।

"केही त हुँदैन नि है ?" दबिएको स्वरमा सोधें ।

"निको नहुने के छ र ! यति धेरै विकास भाको छ मेडिकल फिल्डमा," उसले भनी तर मेरो मन मानेन । यस्तो अहिलेसम्म नाम नसुनेको रोगको अड्कल काटेको छ भन्दा मन अत्ति डरायो ।

"मर्न त मर्दिनँ होला नि है ?" त्रास यसैको थियो मलाई ।

ऊ उन्मुक्त भएर हाँसी । उसको हाँसो सुनेर मेरो मनले पीरको भारी बिसायो । हलुङ्गो भएँ ।

"मर्दैन मर्दैन । म छैन र तिम्रो डाक्टर ? बचाइहाल्छु नि," उसले ढाडस दिई ।

"साँच्ची ?"

"विश्वास लाग्दैन र मेरो ?"

"अत्ति लाग्छ । बरू हामी भेटौं न ।"

"कहिले ?"

"आजै ।"

"आज त मिल्दैन हेर न । बाबामामु आइसक्नुभो । घरमा गेस्टहरू पनि छन्," कति मुलायम बोलीमा बोलिदिई ऊ । उसको बोलीमा यसरी चिप्लिएँ कि मलाई कर गरिरहन मन लागेन । मैले ऊसँग भोलि जसरी पनि भेट्ने प्रतिबद्धता खोजें । उसले पक्का गरेर हाँसी । म फुरूक्क परें ।

जानु कतै थिएन । गर्नु केही थिएन । साथीहरू कोही थिएनन् । धुमधुम्ती बसिरहें कोठामै । कहिले सुत्ने, कहिले उठ्ने, कहिले केही खाने, कहिले यसो मोबाइल खेलाउने गर्दागर्दै एउटा सिङ्गो दिन मासियो । चुरोट तान्न मन नलागेको होइन । डाक्टरले भनेको सम्झिएर डराएँ । अरू कुरा छाडेर चुरोटकै बारेमा किन भन्यो होला डाक्टरले । पक्कै केही खतरा छ चुरोटबाट । उसले त चुरोट नखानु मात्र भनेन, धुवाँमै नबस्नु भनेको थ्यो । मलाई चुरोट किन्न पसलतिर ओर्लिन जाँगर चलेन ।

भोलिपल्ट बिहान उठ्दा खुट्टा कक्रक्क भइसकेछन् । घुँडा सुन्निएकै थिए । बल्लतल्ल अप्ठ्यारो गरी ट्वाइलेट जान सकें । ट्वाइलेट बस्दाको पीडा त झन् कहालीलाग्दो थियो । कसरी बसें अनि कसरी उठें सम्झनै कठिन ।

झन् आज आरतीलाई भेट्ने दिन । दुखाइले उत्साहमा निराशाको लेप लगाइदियो । तैपनि मन किन हरेस खाँदो रहेछ र ! मायालुलाई भेट्न भनेपछि त उत्साहले उचाल्दो रहेछ, हर्षले हिँडाउँदो रहेछ, दुखाइलाई पनि हाइजम्प हाने जसरी नाघेर उड्दो रहेछ मन । तर मन हिँडे पनि दुःखेका खुट्टा हिँड्न तयार भएनन् । खुट्टा खोच्याएर कसरी पुगौंला र आरतीलाई भेट्न ? सम्झेर एकैछिनमा निराश भएँ ।

"भेट्ने हैन ?" फोनमा सोधें आरतीलाई ।

"हो नि । ओएसिस क्याफेमा आऊ न ल ? मलाई त्यतै सजिलो हुन्छ ।"

"मलाई हिँड्न अत्ति गाह्रो छ । तिमी यता आऊ न, हुन्न ?" मैले मायालु बनेर बोलें ।

"कता आउनु ?" पितरिएको बोलीमा उसले सोधी ।

"यतै, मेरो रूममा ।"

"आबुई ! रूममै ?" ऊ आश्चर्य मानेर चिच्याई ।

"के हुन्छ र ?" मलाई ऊसँग एक्लै भेट्नु थियो । मलाई ऊसँग एकान्तमा हुनु थियो । प्रेमिल मनहरू एकान्तमा नै रमाउँछन् नि !

"नाइँ । म रूममा त आउँदिनँ ।" ऊ मेरो चाहनामा पानी खन्याउँदै थिई ।

"मलाई नभेट्ने त ?" आशाको मसिनो त्यान्द्रो अझै बाँकी राखेर भनें ।

"यतै आऊ न क्याफेमा भेटौं । हेर न, मेरो एक्जाम पनि नजिक आउँदै छ, त्यही भएर टाढा जाँदा अत्ति छटपटी हुन्छ ।"

"अत्ति दुखेको छ जीउ । म आउन सक्दिनँ नि त," म मायालु बोलीमा बोलें ।

"ट्राई गर न, बुद्धू ।"

"खुट्टा टेकेपछि दुख्छ, कसरी ट्राई गर्नु ?" म रिसाएँ, "तिमीलाई भेट्न मन छैन भने भयो," घुर्की देखाएर फोन राखें । मलाई आशा थियो, उसले फोन गर्नेछे, "एक्कासि रिसाउनुपर्ने है तिमीलाई ? लल म आउँछु बरू बाटोसम्म लिन आऊ," भन्नेछे फोनमा । तर दिनभर आस गरिरहँदा पनि उसको फोन आएन ।

साँझसम्म पनि आरतीको फोन आएन । मैले पनि फोन गरिनँ ।

यतिसम्म निष्ठुरी हुन सक्छे ऊ ? यतिसम्म बेवास्ता गर्न सक्छे ? यतिबिघ्न निर्मम कसरी बनी ऊ ? सोचिरहें म रातभर । बेलाबेलामा म्यासेन्जर चेक गर्थें । देख्दिन थिएँ, उसलाई अनलाइन । एउटा म्यासेज भए पनि छाडेकी भए के हुन्थ्यो ? सायद भ्याइन म्यासेज गर्न । मेरो पो सम्झिने उही मात्र छे । उसको त सँगै परिवार छ, काम छ । तर आफ्नो मायालुलाई पनि सम्झन नभ्याउने व्यस्तताको के अर्थ ?

याद गर्न त कुनै समय छुट्याउनुपर्दैन । बस्, याद गर्दिए भैगो नि ! त्यति पनि किन गरिन उसले ?

वास्ता

चार दिनसम्म पनि आरतीले फोन गरिन । मैले पनि घुर्क्याएर वास्ता गरिनँ । किन यसरी बेवास्ता गरेकी होली उसले ? हुन त एमडीको इन्ट्रान्स परीक्षा आउँदै छ भन्थी, त्यसैमा व्यस्त भई कि ? पहिले पनि यसरी नै दुईतीन दिन हराउँथी । सायद म मात्र धेरै तड्पिरहेको थिएँ । मलाई मात्र चिन्ता थियो उसको । अन्तिम चोटि कुरा हुँदा रिसाएर बोलेको भएर होला, मलाई यतिबिघ्न पीर परेको । तर मैले पनि फोन गर्न हुन्थ्यो नि, किन गरिनँ ? म यति धेरै इगो पालेर बसेको रहेछु, रूबालाई घुर्क्याए जसरी घुर्क्याउँदा केही फरक परेन आरतीलाई । किन पर्थ्यो र ! म पो मरिहत्ते गरेर लागेको थिएँ उसको पछि । उसको मनमा त के पो थियो ! कसैले भनेको सत्य नै रहेछ, जसलाई आफूले माया गरिन्छ, उसले आफ्नो माया पटक्कै बुझ्दैन अनि जसले आफूलाई माया गर्छ, उसको माया पटक्कै रूच्दैन, यो माया भन्ने चीज यस्तै हो ! सायद यो पनि आकाशले नै भनेको हुनुपर्छ ।

कहाँ छ होला आकाश ? एक्कासि उसको याद आयो । ऊ कति कठोर बनेर हरायो । किन वास्ता गर्दैन मलाई ? मान्छेहरू या त दुस्मन बनेर बोल्न छाड्छन् या त ग्लानिले । आकाशलाई पक्कै पश्चात्ताप थियो होला, कीर्तिपुरमा बोलेका कुराहरूमा । कि ऊ रूबासँग प्रेममा थियो ? मनमा चिसो स्याँठ चल्यो । होइन होइन, पछिल्लो पटक म्यासेज गरेर खुब रोएकी थिई रूबा । ऊ निर्दोष छे, मलाई त यस्तै लाग्थ्यो !

डाक्टरलाई रिपोर्ट देखाउने दिन समयमै अस्पतालको ल्याबमा पुगेर रिपोर्ट लिएँ । यति महँगो रगतको जाँच किन गरायो होला डाक्टरले ? के मलाई ठूलै रोग लागेको छ ? मन सन्त्रासको बादलले ढकमक्क ढाकियो । निको त हुन्छ होला नि है ? मेरा मनभरि प्रश्न थिए तर उत्तर थिएनन् । उत्तर छैनन् भन्ने जान्दा आफैँलाई प्रश्न सोध्न मन लाग्ने रहेछ ।

"पोजिटिभ नै आएछ," सरसर्ती रिपोर्टहरू हेरिसकेपछि डाक्टर वैद्यले भने । मेरो अनुहारमै नहेरी पर्चीमा किरिमिरी अक्षरहरू कोर्न थाले । म जिल्ल परेर उनका ओठमा हेर्न थालें । उनका ओठ चल्ने प्रतीक्षामा बसिरहे मेरा बिचरा आँखा ।

"म औषधि लेखिदिन्छु, जिन्दगीभर खानुपर्ने हुन्छ," उनी एकछिनपछि बोले ।

मलाई अनौठो लागेन । तयार नै थिएँ यसका निम्ति । चार दिनअघि नै जानिसकेको थिएँ मैले मेरो रोगबारे । सम्हालिसकेको थिएँ आफूलाई ।

"निको त हुन्छ नि है ?" मेरा मायालाग्दा आँखाले सोधे ।

"कन्ट्रोलमा राख्ने हो रोगलाई । बिग्रिन नदिने हो । नियमित औषधि खाइराखे निको भए जस्तै हो," उनले मुसुक्क हाँसेर भने ।

भारी मन गरेर निस्किएँ । फार्मेसीमा औषधि किनें । मनभरि धेरै कुरा थिए तर ध्यान थिएन । जावलाखेलबाट माइक्रोबस चढेर सुन्धारा आइसकेछु । कहिलेकाहीँ मन अचम्मसँगले बेहोस बनिदिँदो रहेछ, केही नसोचिदिने, केही नसम्झिदिने । आँखाले हेरेका दृश्यहरू मनले नहेरिदिने । कानले सुनेका आवाज मनले नसुनिदिने । अचम्मको हुँदो रहेछ मन, यत्तिकै सुतिदिने, निदाइदिने ।

सुन्धारामा गाडी चढ्न लाग्दा पो मन ब्युँझियो । एक्कासि झसङ्ग हुँदा आँखा खुले जस्तो, कान उघारिए जस्तो भयो । आरती यादमा आई । घुर्कीमा उसले जितेकी थिई, म पराजित थिएँ । सोचें, त्यति धेरै अनुशासनमा बसेकी ऊ किन आउँथी र मेरो कोठामा । मैले सम्भव

नै नभएको कुरामा पो आस राखेको रहेछु । मन आत्तियो । मैले काम गर्ने स्कुलको साहूकी छोरी पो हो त ! मेरो कोठाको हालत देखेर मलाई घृणा गर्न के बेर ! मेरा त्रिनेत्र खुलेका थिए । धन्न ! ऊ आइन, ठीकै भो ।

मोबाइलमा आरतीको नम्बर खोज्न लाचार भएँ । स्क्रिनमा उसको नाम छुँदा उसैलाई छोए जस्तो लाग्यो । नरम अनि मायालु स्पर्श । लामै कलरटोन बजेपछि बल्ल उसको स्वर गुन्जियो ।

"वास्ताव्यस्ता छैन है ? कति निष्ठुरी तिमी," भावुक भएर भनें ।

"लौ ! मेरो एक्जाम छ भनेको हैन त ?"

"त्यो त थाहा छ । तर एक कल फोन पनि गर्नै नहुने त थिएन । म झन् बिरामी छु । कस्तो छ भनेर सोध्न पनि नहुने ?" मेरा भावना बेस्सरी पोखिए ।

"तिम्ले चार दिनपछि फलोअप छ भनेको भएर आज कल गर्ने सोचमा थिएँ । तिम्ले नै गरिहाल्यौ ।"

"खुब ! कति बहाना आउने है ?"

ऊ लाज माने जसरी हाँसी ।

"आज भेट्छौ त ?"

"अब एक हप्तापछि भेटम् न है ?"

"एक हप्ता ?" मानौं उसले एक वर्षपछि भेट्ने भनेकी छ । तर मेरा लागि त एक युगबराबर नै थियो, त्यो दूरी, त्यो पर्खाइ ।

"प्लिइइइज," उसले लस्काएर अनुनय गरी ।

म पग्लिएँ । आखिर के नै गर्न सक्थें र ! ऊ त एउटा यस्तो पत्थर थिई, जसमा ठोकिएर मेरा हरेक घुर्की आफैं टुट्न सक्थे ।

"लौलौ," खिन्न भएर बोलें । उसले फोन राखी । गह्रुङ्गो मन बनाएर मैले पनि फोन खल्तीमा राखें ।

कति बेरदेखि हो, बसको सहचालक कराइरहेको रहेछ, बालाजु भनेको सुनें । सरासर गएर बसें । बस रित्तोरित्तो थियो । बस जस्तै रित्तो थियो मेरो मन । तर बसमा त म थिएँ, केवल आफ्नै मनभित्र म थिइनँ ।

साथी

फोटोकपी गरिए जस्ता पाँच थान दिनहरू बितेर गए । दिन पो उस्तै थिए तर म फेरिँदै जान थालेको थिएँ । औषधि खाँदा पनि दुखाइ कम भएन । शरीरका हरेक जोर्नीहरू दुख्न थाले । नयाँनयाँ ठाउँमा सुन्निन थाले । पकाउन, खान पनि सङ्घर्ष भएर आयो ।

एक बिहान सुतिरहँदा पिसाबले च्याप्यो । भित्तापट्टि कोल्टे फर्किएर सुतिरहेको मान्छे केही मिनेटको ठूलो सङ्घर्षपछि बल्ल छेउपट्टि फर्किन सकें । उठ्न खोजें, खुट्टा टेकिन डराए । डल्लो परिरहेको जीउ तनक्क तन्किन डरायो । पिसाबले कस्सिएको पेट टनटन गरेर टन्किन थाल्यो । बल्लतल्ल खुट्टा भुइँमा छुवाएँ । हातले टेकेर उठ्न खोजें । आँखाबाट आँसु बगे । हिक्का छुट्यो तर खुट्टा अटेरी बनेरै बसिरहे ।

चिच्याएर रून मन लाग्यो । तर कसलाई सुनाउन रोऊँ ? कुनै पीडा यस्ता हुँदा रहेछन्, जहाँ एक्लै रून मन नलाग्दो रहेछ । मान्छेहरू मनको पीडामा मात्र एक्लै रून्छन्, तनको पीडामा त रोएको सुन्दिने मान्छे चाहिने रहेछ ।

अस्पतालमा फोन गरेर बेलिविस्तार लगाएँ । फोन उठाउने केटीले डाक्टरलाई सोधेर फोन गर्छु भनी । पाँच मिनेटपछि बल्ल फोन आयो । एउटा औषधिको नाम टिप्न भनी केटीले । डाक्टरले त्यो पेनकिलर खाएर अलि हल्का भएपछि आजै अस्पताल आउनु भनेको उसले बताई ।

कसरी, कताबाट ल्याउनु औषधि ? औषधि ल्याउन सक्ने भए आफैं अस्पताल गइहाल्थें नि । अहिले भने साँच्ची नै रून आयो । कति एक्लो भएको रहेछु म । अब कसलाई बोलाऊँ ?

घरमा फोन गरौं, अर्थै थिएन । बेकार चिन्ता मात्र हुन्थ्यो । आइहाल्न सम्भव थिएन अहिलेको अहिल्यै । दसैं लागेर गाउँ गएका वल्लोपल्लो कोठाका मान्छेहरू पनि थिएनन् । घरबेटी माथिल्लो तल्लामा थिए, फोन नम्बर पनि थिएन । आरतीलाई फोन गरौं ? उसले त बहाना बनाएर कोठामा बोलायो भन्ने हो कि ? पाँचपाँच दिनसम्म पनि फोन नगर्ने स्वार्थीलाई फोन गर्न मन लागेन । माया भए जाबो दुई मिनेट फोनमा कुरा गर्न के जान्थ्यो ? जति बेलै पढिरहने पनि त होइन होला ।

एक्कासि रूबाको याद आयो । कुनै दिन ऊ यसै गरी बिरामी परेकी थिई । म भोलिपल्ट पुग्दा हिक्का छोडेर रोएकी थिई । "मरेर कोठाभित्रै कुहिन्छु जस्तो लागेर म रातभरि ढोका खुलै राखेर सुतेको नि, बाबा," भनेर आँखाभरि आँसु पारेकी थिई । झसङ्ग भएँ । रूबालाई सम्झिँदा पीडा झन् बढ्यो । कतै मलाई उसैको पाप... ? छाती ढक्क फुल्यो ।

मेरो त ढोका पनि भित्रैबाट बन्द थियो । कतै म पनि यतै कुहिन के बेर ! अत्यास लाग्यो । दुखाइको पराकाष्ठा सहेर घिस्रिँदै ढोकासम्म पुगें । सास थामेर दुखाइ दबाउन खोजें । ठस्ठस् कन्दै ढोकाको छेस्किन खोलेर आएँ । खाटमा आफैंलाई लडाएर मोबाइल हेरें । मेरो एउटै मात्र सहारा अब आकाश थियो ।

डायल गरौं कि नगरौंको द्विविधामा काँपिरहेको औंलाले आकाशको नम्बर डायल गरेरै छोड्यो । चरम दुखाइले मेरो अहम् गलेको थियो । सन्त्रासको भूकम्पले हल्लाएपछि मेरो इगोको धरहरा ढलेको थियो । म निर्लज्ज थिएँ । तर लजाउनु कोसँग ? आकाशसँग ? आखिर ऊ मेरो साथी नै त हो । फेरि यो पीडाको नरकबाट मलाई उन्मुक्ति दिन

सक्ने अरू को छ र ? मेरा आफ्ना भनेका बाआमा उति टाढा छन् । आफ्नी ठानेकी आरती पनि आफ्नी हो कि होइन झैं गर्न थालेकी छ । मर्ता क्या नहिँ करता ?

"हेल्लो," आकाशको आवाज गुन्जियो ।

"कहाँ छस् ?" मलिन बोलीमा सोधें ।

"घरमै छु । तँ कहाँ छस् ?" उसले उत्साहित आवाजमा सोध्यो ।

"यतै कोठामा ।"

"के हो खोजखबर केही छैन त, राजा ।" ऊ केही नभए जसरी अभिनय गर्दै थियो ।

"तैंले पनि खोजखबर गर्न हुन्छ नि ।"

"आइज क्याफेतिर ।"

"मेरो कोठामा आइज न यार ! म हिँड्न नसक्ने भाको छु ।"

"के भयो ?"

"यता आइज अनि थाहा पाउँछस् । बरू आउँदा एउटा औषधि लिएर आइज है ?"

मैले औषधिको नाम बताएँ । उसले अरू केही सोधेन, "ल म आइहालें" भनेर फोन राख्यो ।

केही पश्चात्ताप, केही ग्लानि पोतेर आएको थियो होला, आकाश कोठाभित्र पस्दा उसको अनुहार खिन्न भएर लत्रिएको थियो । मेरो अनुहारमा भने एक चिम्टी उज्यालो आएको थियो । आखिर मेरो जानै लागेको सास फर्किएर आएको थियो । मेरो आशा जिउँदो भएर उभिएको थियो ।

"यस्तो भाको भनेर भन्नुपर्दैन त ?" उसले भन्यो ।

"भनें त," मैले ठाडो उत्तर दिएँ ।

"पहिले नै भन्नुपर्थेन ?"

पहिले न म भन्न सक्ने थिएँ, न त उसैले सोध्न सक्ने थियो । मनमा हिम्मत भए पनि शरीरले धोका दिएपछि म गलेको थिएँ ।

खासमा मर्नुभन्दा बहुलाउन निको ठानेर उसलाई फोन गरेको थिएँ । उसको प्रश्नको उत्तरमा यत्ति भनिदिएँ, "छाड्दे यार !"

मैले पुराना कुरा बिर्सिने आशयले भनें । सायद त्यो तिक्तता उसलाई पनि सम्झिने मन त कहाँ थियो होला र ? उसले ल्याइदिएको पेनकिलर निलेर खाटमै पल्टिरहें ।

"कति बेला जाने अस्पताल ?" मेरो अवस्थाको बारेमा बुझिसकेपछि उसले सोध्यो ।

"एकछिन दुख्न कम होस् ।"

म पल्टिरहँदा ऊ खाटछेवैमा बसिरह्यो । मेरो झैं उसका पनि मनमा कुरा बेस्सरी उम्लिरहेका थिए होलान् । न त मैले पोख्न चाहें, न त उसले नै । हामी धेरै समय टाढिएका बच्चाहरू जस्तो तर्किरहेका थियौं । बच्चाहरू त एकैछिनमा अँगालो हालेर रोइदिन सक्थे । हामी भने केही नभए जस्तो अभिनय मात्र गरिरह्यौं ।

"जाऔं अब," दुखिरहेका ठाउँमा तातो बढेर आएपछि मैले भनें ।

आकाशको पाखुरा समाएर बाहिर निस्किएँ । उसैको सहारामा ट्वाइलेटसम्म पुगें । पिसाब फेरिरहँदा चरक्क गऱ्यो कोखामा । ढाडिएर डम्म फुलेको पेट पिसाब फेरेपछि खुल्यो । निकै बेर बाक्लो धारो निस्किरह्यो । ट्वाइलेटबाट निस्कँदा म अझ छ्याङ्ग भएँ । दुखाइ अझै घटे जस्तो भयो । कति कडा होला यो पेनकिलर ?

पछिल्लो चोटि आकाशसँग कीर्तिपुर गएर आउँदा बाइकमा बसेको थिएँ । निकैपछि आज बसें । कीर्तिपुरमा रक्सीको तालमा बोलिरहेको आकाश र अहिले मलाई बाइकमा बोकेर कुदिरहेको आकाश बेग्लै पो हो कि जस्तो लाग्यो । के ऊ रूबासँग अफेयरमा छ ? कि यत्तिकै झूट बोलेको थियो उसले ? त्यसो भए कता छे रूबा ? मसँग त फोन, कन्ट्याक्ट केही छैन उसको । आकाशसँग होला त ? मेरा मनमा यी नाजायज प्रश्न जन्मिरहे । तैपनि सोध्न सकिनँ ।

"यताबाट कता ?" एक्कासि बाइकको ब्रेक लगाएर आकाशले सोध्यो । पुलचोक आइसकेछ ।

"सीधै, माथितिर ।"

जावलाखेल जाने उकालोमा बाइक कुद्यो । यात्राभरि आकाश बोलेन । म भने आफैँसँग बोलिरहें । सायद आकाश पनि एकालापमै थियो कि ?

अस्पतालमा नयाँ टिकट काट्नुपरेन । पुरानोमा नै लेखिदिई रिसेप्सनकी केटीले । टिकट हातमा लिएर आकाशको सहारामा माथिल्लो तला उक्लिएँ । हरेक पाइटा उक्लिएपछि म आधा मिनेट उभिन्थें । एक हातमा हेल्मेट र रिपोर्टहरूको झोला बोकेको आकाशले अर्को हातले मेरो देब्रे पाखुरा समाएको थियो । हामी बल्लतल्ल माथिल्लो तलामा पुगेर बाहिरको बेन्चमा बस्यौं । पालो आएपछि भित्र पस्यौं ।

"तपाईंलाई औषधिले छोएन है ?" जँचाउने कार्ड हेरिसकेपछि डाक्टर वैद्यले सोधे ।

"हजुर ।"

"अब हामीले गर्ने भनेको भर्ना हो । तपाईंलाई दुईतीन दिन यहीँ भर्ना गरेर नशाबाट औषधि चलाउँछौं, त्यसपछि मात्र मुखबाट खाएको औषधिले काम गर्ला ।"

"भर्ना ?" म वाल्ल परें ।

"जस्ट नशाबाट औषधि चलाउन दुईतीन दिन राख्छौं । कोही नर्स वा सलाइन चलाउन जान्ने मान्छे भए घरमै लगाए पनि हुन्छ तर हाम्रै अब्जरभेसनमा भयो भने राम्रो," डाक्टरले भने ।

"तैपनि... घरमा सल्लाह..." म भन्दै थिएँ आकाश बीचमा बोल्यो, "अब दुईतीन दिन मात्र औषधि चलाउनलाई बस्ने हो भने किन खबर गर्नुपर्‍यो घरमा ? बेकार आत्तिनुहोला केके न भयो भनेर । म छँदै छु नि ।"

"म भर्ना र मेडिसिनको कोर्स लेखिदिन्छु, तपाईंहरू सल्लाह गरेर जतिसक्दो चाँडो भर्ना हुनुस्," भन्दै डाक्टरले पर्चीमा खरर लेखे ।

आकाश र म हेराहेर गरिरह्यौं । डाक्टरले पर्ची दिएपछि हामी बाहिर निस्कियौं ।

"ल हिँड् भर्ना गर्न जाऔं," आकाशले भन्यो ।

"घरमा सल्लाह गरौं न पहिला," म मोबाइल निकाल्दै थिएँ, उसले मोबाइल खोस्यो ।

"बिरामीको उपचार गर्नलाई सल्लाह, यानत्यान केही गर्नुपर्दैन," उसले भन्यो ।

"पैसा निकालेको छैन । भर्ना भएपछि कुर्ने मान्छे पनि त चाहियो ।"

"पैसा मसँग छ अहिलेलाई । नपुगे पछि ल्याउँला । पछि एकै चोटि हिसाब गरेर तिर्लास् । दुईतीन दिनलाई किन दुःख दिने बाआमालाई ? म यहाँ भएको के काम भन् त ?" उसले सबै कुराको जवाफ एकै पटक दियो ।

मलाई हो जस्तो लाग्यो ।

रिसेप्सनमा भर्नाको बिल तिरेपछि केटीले एउटा फाराम दिई । अभिभावकको नाउँमा नाम लेखेर सही गर्नुपर्ने कोठामा आकाशले 'आकाश अधिकारी' लेखेर सही धस्कायो । बिरामीसँगको सम्बन्धमा उसले 'साथी' लेख्यो । फाराम हेर्दै केटीले भनी, "यहाँ आफ्नै नाता पर्नेले साइन गर्नुपर्छ, साथीले गरेर हुँदैन ।"

"ए हो ?" भनेर उसले 'अधिकारी' लेखेको ठाउँ केरेर 'क्षत्री' लेख्यो अनि 'साथी' लेखेको ठाउँ केरेर 'दाइ' लेखिदियो । फाराम केटीलाई दिँदै सोध्यो, "नाता प्रमाणितको कागज पनि चाहिन्छ ?"

केटीले मुसुक्क हाँसेर 'पर्दैन' भनी ।

मेरो मन भरिएर आयो । केही बोल्नै सकिनँ । आकाशलाई गम्लङ्ग अँगालो हालेर रून मन लाग्यो । तर आफूलाई सम्हालें । मेरो यस्तो देउता जस्तो साथी झन्डै टाढा हुन आँटेको थियो । मैले त उसका लागि के नै गर्न सकेको छु र ! उसले त मेरा लागि लाख गरेको छ । हर्षको एक थोपा आँसु आँखाभित्र कतै रसायो अनि त्यतै ओभायो ।

"तपाईं एकछिन इमर्जेन्सीको बेडमा बस्नुस्," रिसेप्सनकी केटीले मलाई भनी, "तपाईं चाहिँ यहीँ बस्नुस् । बेड फिक्स गर्नुपर्छ," मसँगै आउन लागेको आकाशलाई केटीले रोकी । म मात्र सकिनसकी इमर्जेन्सी वार्डमा गएर छेवैको खाली बेडमा बसें ।

भर्खर एमबिबिएस सकेर आए जस्ती लाग्ने केटीले मेरो रिपोर्ट हेरी । यो केटी नर्स होइन, डाक्टर नै हो भनेर मैले उसको पहिरन हेरेर पत्ता लगाएको थिएँ । उसले जिन्स र टिसर्ट लगाएकी थिई, नर्सले जस्तो कुर्थासुरूवाल लगाएकी थिइन । प्रेसर, पल्स, ज्वरो सबैको नाप लिएपछि एउटा कागजमा उसले खरर केही लेखिदिई ।

"यी सामान किनेर ल्याउन भन्नुस् है तपाईंको मान्छेलाई," कागज दिँदै उसले भनी ।

मैले कागज समातें । हातमा कागज समाइरहँदा आकाश आइपुग्यो ।

"सिङ्गल क्याबिन, बेड नम्बर दुई सय पाँच फिक्स भयो, केटा," उसले भन्यो ।

"ल तेरो काम सुरू भयो," मैले कागज दिएँ । कागज च्याप्प समाएर ऊ फार्मेसीतिर कुद्यो ।

आकाश प्लास्टिकको झोलाभरि सलाइनका पोका, सुईका पोकाहरू बोकेर आएपछि अघिकी डाक्टर आइपुगी । उसले मेरो हात घोप्टो पारेर नशा छामी । कपास निचोरेर नशामाथिको छाला पुछी । स्पिरिटले चिसो भयो । त्यहाँ उसले सुईले घोचेर 'क्यानुला' राखिदिई । टेप टाँसिदिई । एक बोतल सलाइन म सुतेको बेडको दाहिने छेउको डन्डीमा उँधोमुन्टो गरेर झुन्डियो । त्यही सलाइनको बोतलबाट थोपाथोपा गरेर पानीका थोपाहरू क्यानुला हुँदै मेरा नशाभित्र बग्न थाले । सलाइन अड्याएर डाक्टर गइन् ।

"अब भने तँ पक्का बिरामी भइस्," आकाशले भन्यो । म मुसुक्क हाँसें ।

"बेड नम्बर दुई सय पाँचको को हो ?" सेक्युरिटी गार्ड सँगै लिएर आएकी अर्की नर्सले इमर्जेन्सी वार्डभित्र पसेर सोधिन् ।

"म हो," मैले भनें । आकाश पनि रिपोर्टहरू हातमा लिएर उठ्यो ।

"ल हिँड्नुस् बेडतिर," आकाशको हातबाट रिपोर्टहरू लिएर नर्सले भनी ।

"हिँडेर जान सक्नुहुन्छ ?" गार्डले सोध्यो ।

"अलि गाह्रो छ," अब त म पक्का बिरामी थिएँ, किन जान्थें हिँडेर !

गार्डले अलि परबाट एउटा ह्विलचियर तानेर ल्यायो । नर्सले रिपोर्ट बोकिन् । आकाशले मेरो नशामा जोडिराखेको सलाइनको बोतल बोक्यो । गार्डले म बसेको ह्विलचियर ठेल्यो । सरर गुडेर म दोस्रो तलामा रहेको क्याबिनमा पुगें ।

बिरामी

क्याबिन पनि नाम मात्रको रहेछ । सँगैको अर्को क्याबिनमा गुनगुन गरेर बोलेको पनि सबै सुनिने । ढोका पनि थिएन, केवल पर्दा मात्र । हुन पनि घर भए पो चुकुल लगाएर बस्ने ढोका हुन्थ्यो । यो त अस्पताल पर्‍यो, डाक्टर, नर्स ओहोरदोहोर गरिरहनुपर्ने ।

म सुतेको बेडछेउमा कुरूवा बस्ने सानो बेन्च थियो । आकाश त्यसैमा पल्टिएर मोबाइल चलाइरहेको थियो । म सलाइनको बोतलबाट मेरो नाडीसम्म जोडिएको पाइपभित्र तप्पतप्प तप्किरहेका थोपाहरू गनिरहेको थिएँ ।

"औषधि ल्याउनुभो ?" कपालको सानो लट कानमा सिउरिएकी, पुक्क गाला भएकी नर्सले क्याबिनको पर्दा सारेर सोधी ।

"अँ, अघि नै ल्याको," पल्टिरहेको ठाउँबाट जुरूक्क उठेर आकाशले भन्यो ।

नर्सले बेडसँगैको ड्रएरबाट औषधिको पोको निकाली । खस्ल्याङखुस्लुङ गरेर पोकोबाट औषधिको सानो सिसी र एउटा सुई निकाली । सिसीको मुखमा घोचेर उसले सुईभरि औषधि तानी । झुन्डिरहेको सलाइनको बोतलमा घोचेर सबै औषधि त्यसैमा मिसाइदिई । अब मेरो नशामा सलाइनमा मिसिएको औषधि बग्न थाल्यो ।

"त्यो सकिन लागेपछि बोलाउनु है ?" नर्सले आकाशलाई हेरेर भनी ।

आकाशले हाँसेर 'हस्' भन्यो ।

ऊ अघिदेखि नै नर्सलाई एकोहोरो हेरिराखेको रहेछ । नर्स पर्दाबाट ओझेल पर्नेबित्तिकै भन्यो, "सही छे यार !"

"नर्सलाई आँखा नलगा, सिस्टर भन्नुपर्ने जात हो," मैले जिस्क्याएँ ।

"सिस्टर तँ जस्तो बिरामीको हो बे," ऊ अट्टहाँस हाँस्यो, "कुरूवाको हैन !"

औषधि मिसाइएको सलाइनको बोतल रित्तिनै लागेपछि स्यारस्यार गरेर चप्पल बजाउँदै नर्स क्याबिनभित्र पसी । सलाइनको पाइपको पाङ्ग्रा घुमाएर उसले निखिन लागेको औषधिको बहाव बन्द गरिदिई । निखिएको बोतल झिकेर ऊ अर्को जोड्न लाग्दै थिई, आकाश मोबाइल हेरिरहेरै बोल्यो, "वार्ड वाइफाई भनेको यहीँको वाइफाई हो ?"

"हजुर हो," सलाइनको बोतल मिलाउँदै सुरिलो स्वरमा नर्सले जवाफ दिई ।

"हामीले चलाउन मिल्छ ?"

"मिल्छ ।"

"पासवर्ड के होला उसो भए ?" आकाश उत्साहित भयो । हातमा मोबाइल लिएर ऊ जस्तै उत्साहित म पनि भएँ ।

नर्सले फोन नम्बर जस्तो अङ्क भनी ।

"कसको नम्बर होला यो ?" मैले यतिकै सोधेँ ।

"इन्चार्ज दिदीको," नर्स खितखिताई ।

"तपाईंको चाहिँ कति हो नि ?" आकाशले जिस्क्याउँदै सोध्यो ।

नयाँ सलाइनको बोतल जोडिसकेर थोपाको बहाव मिलाउँदा मिलाउँदै फरक्क फर्किएर नर्सले सोधी, "हजुर ?"

"फोन नम्बर," आकाश डिच्च परेर बोल्यो ।

"टिप्नुस् त," उसले भनी ।

आकाश आँखा ठूला बनाएर मोबाइल लिएर तयार भयो ।

"वान जिरो जिरो, नम्बर त मेरै हो तर मामाले बोक्नुहुन्छ," भनेर नर्स रित्तिएको सलाइनको बोतल डस्टबिनमा फ्याँक्दै अघि आए जस्तै चप्पल स्यारस्यार गरेर गई ।

"पकुल्ली !" आकाशले हिस्स परेर मलाई हेर्दै भन्यो ।

मैले हाँसो थाम्न सकिनँ । पुक्क परेका गाला भएकी त्यो नर्सलाई सुहाउँदो नाम थियो, पकुल्ली !

म हाँसिरहँदा आकाशले आफू पराजित भएको अनुभव गरेर होला भनेरै छोड्यो, "यो पकुल्लीलाई म नपट्याई छाड्दिनँ ।"

आकाशको स्वभाव पहिले जस्तै थियो । केटी जिस्क्याउन खोज्ने । कसैसँग लभ परे हुन्थ्यो जस्तो गर्ने । कतैबाट पनि उसले रूबासँग अफेयर भएको सङ्केत गरेको थिएन । म उसलाई रूबाको बारेमा सोध्न पनि सक्दिनथें । उसले पनि कसरी बताओस् ?

आकाश कुरूवाको बेडमा बसेर मोबाइल चलाउने, म बिरामीको बेडमा सुतेर मोबाइल चलाउने । खाना, खाजा क्यान्टिनमा फोन गर्दिए क्याबिनमै आइपुग्थ्यो । कहिलेकाहीँ आकाश औषधि लिन फार्मेसीमा कुद्थ्यो । कसैलाई खबर गरेको थिएन । त्यसैले कोही बिरामी भेट्न आउलान् भन्ने पनि थिएन । यसरी अस्पतालमा मेरा एक जोडी दिनहरू बिते । यसबीचमा बहिनीले दुई चोटि फोन गरेकी थिई । सबै ठीक छ भनेर ढाँटेको थिएँ । तिहार आउन लाग्यो, अलि चाँडो आइज भनेकी थिई । केही काम बाँकी छन्, पूरा गरेर आउँला भनेको थिएँ ।

बाले पनि एक चोटि फोन गरेर सोध्नुभएको थियो । दुख्न कम हुँदै छ भनेर ढाँटेको थिएँ । त्यति सुनेपछि बाले खास केही भन्नुभएन । तर आमाको फोनले भने रूवाएको थियो ।

"अहिले कस्तो छ तँलाई ?" आमाले सोध्नुभो ।

मलिन आवाजमा भनें, "ठीकै छ, आमा ।"

"निन्याउरो छ नि बोली," आमा अलि आत्तिएर बोल्नुभो । अचम्म लाग्यो, कसरी थाहा पाउनुभो आमाले ? हुन त सन्चो हुँदा पो बिसन्चोको अभिनय गर्न सकिन्छ त । बिसन्चो भईभई बोलीमा उत्साह

ल्याउन सकिनँ मैले । मेरो मौनता उधारेर आमाले सोध्नुभो, "कहाँ छस्, बाबु ? हल्ला छ त ।"

"कहाँ छु भनौं ? म..." बोल्दाबोल्दै आकाशले मोबाइल खोसेर भन्यो, "दिवस आज मकहाँ छ, आन्टी ।"

म पो आमालाई ढाँट्न सक्दिनथें । आकाशले त सजिलै बोलिदियो । अझै अरू केके कुराहरू गर्दै ऊ आमासँग बोलिरह्यो । फोन राखेपछि मलाई झपार्दै भन्यो, "साले, जाबो सुई लगाउन अस्पतालमा सुत्दा पनि केटाकेटी जस्तो रोएर सुनाउँछस् आमालाई ? बित्थामा किन टेन्सन दिन्छस् ? तेरो घरबाट सबै जना आउन सक्दैनन् । आए कोही एक जना न हो । के म तेरो परिवारको मान्छे हैन ?"

मनभरि करूणा भरियो । मैले केही बोल्न सकिनँ, फगत मुन्टो हल्लाइरहें ।

दुखाइ कम भएको महसुस हुँदै थियो । भोलि मात्र ब्लड रिपोर्ट हेरेर अझै बस्ने वा डिस्चार्ज गर्ने डिसिजन गरौंला भनेका थिए डाक्टरले । त्यसैले म खुसी नै थिएँ । तर दुःख एउटै थियो, आरतीले अझै फोन गरेकी थिइन, न उसलाई फेसबुकमा अनलाइन नै देखिन्थ्यो । म यही सम्झेर मुर्मुरिन्थें, कति निष्ठुरी केटी होली ।

फेसबुक हेरिरहें । अचम्म ! सम्झनेले आज भने फोटो राखेकी थिइन । बरू एउटा स्टाटस राखेकी थिई ।

कसैकसैको मन पनि गेस्टहाउस जस्तो रै'छ, हिजोसम्म एउटा बसेको थियो, आज अर्कै आएर बसिसकेछ !

मलाई नै हेरेर भने जस्तो । मेरै सबै कुरा थाहा पाए जस्तो । तर उसलाई पनि त्यस्तो पऱ्यो कि ? तैपनि 'एङ्ग्री रियाक्ट' गरिदिएँ स्टाटसमा !

"किन रिसाको ?" म्यासेन्जरमा तत्काल उसको म्यासेज आयो । एक वर्षपछि सम्झने मसँग च्याटमा बोल्न आएकी थिई ।

"कसलाई भनेको त त्यस्तो बिझ्ने गरी ?"

"छन् कोईकोई ।"

"म चाहिँ मलाई हो कि जस्तो लागेर रिसाको ।"

"तपाईंको मनमा को आएर बस्यो र अर्को ? पोहोरसम्म त म थिएँ," ऊ जिस्किई ।

"छैन, खाली नै छ," मैले भनें ।

"अझ खाली पो ? मलाई निकालिसक्नुभाको ?"

"तिमी अर्कै गेस्टहाउसमा गएर बस्यौ, मैले निकालेको हो र ?"

"है ?" लेखी उसले । मैले 'उम्' लेखें ।

"तपाईंको नम्बर दिनु न ।"

"कति चोटि माग्छ्यौ फोन नम्बर ?" मलाई जङ्ग चल्यो । जो एक पटक पनि फोन गर्दैनन्, उनीहरूले नै पटकपटक फोन नम्बर माग्ने रहेछन् !

"पुरानै नम्बर हो ?"

"दलाल हो र महिनैपिच्छे फोन नम्बर फेर्नलाई ?"

ऊ 'हिहिहि' लेखेर हराई ।

ब्वाईफ्रेन्डसँग अँगालो हालेको फोटो पठाउँछे । पटकपटक नम्बर माग्छे तर फोन कहिल्यै गर्दिन । के खालकी केटी होली यो ? म धेरै जिस्किने भएर हेपेकी होली । आजभोलि मलाई सम्झनेको न रूपले लोभ्याउँछ, न उसले च्याट गर्दा नै तरङ्गित हुन्छु । सायद ऊ अरू कसैकी भएर होला । मलाई त आरतीको मात्र ख्याल छ । आरतीलाई चाहिँ मेरो ख्याल किन छैन ?

मलाई जस्तो आशक्ति आरतीलाई किन नभएको होला ? मैले हजार चोटि सम्झँदा उसले एक चोटि पनि किन नसम्झेकी होली ? मेरो मनमा उसका निम्ति जति ठूलो ठाउँ थियो, सायद उसको मनमा थिएन । मेरो मनमा ऊ खेल्ने फराकिलो आँगन थियो तर उसको मनमा त म उभिने सानो भुइँसमेत थिएन । नभए त्यतिका दिनसम्म कसरी निश्चिन्त भएर बेखबर हुन सक्छ कोही ? के मलाई कहिल्यै निको नहुने रोग लागेको भएर उसले मसँग दूरी बनाउन खोजेकी हो ? के म कमजोर भएँ भनेर ऊ मबाट तर्किएकी हो ?

मनभरि कुरा पोको पारेर सुतेको थिएँ । पाइपबाट थोपाथोपा गरेर बगिरहेका थिए नशामा औषधि । एक्लो भएको थिएँ म, बिलकुल एक्लो । पल्लो क्याबिनतिर मान्छेहरू फलफूल बोकेर बिरामी भेट्न आएको गुनगुन सुनिन्थ्यो । तर सुनसान थियो मेरो क्याबिन । म बिरामी भएर अस्पतालमा सुतिरहेको छु भनेर मेरा आफ्नाहरूलाई नै थाहा थिएन । यतिका दिनसम्म कसैले खोजखबर गरेनन् । मेरा त आफ्ना मान्छे नै रहेनछन् । म त कसैका लागि पनि खास हुन सकेको रहेनछु । सम्झँदै कस्तो दिक्क लाग्यो !

दुईचार जना भेट्ने मान्छेहरू आऊन् । दुईचार किलो स्याउ ल्याऊन्, अनार ल्याऊन् । टेबलमा हर्लिक्स र जुसका बट्टा होऊन् । अनि पो बिरामी बनेर सुत्न स्वाद आउँछ अस्पतालमा ! यस्तो एक्लो भएर बिरामी हुनुमा के मज्जा !

क्रोध

आज अर्की पातली नर्सको ड्युटी थियो । यो नर्स त हाँस्दै हाँस्दिन जस्तो देखिन्थी । न क्याबिनमा आएको थाहा हुन्थ्यो, न निस्किएको । कस्तो मुलायम हिँडाइ ! पकुल्ली भएकी भए चप्पलको स्यारस्यारले कुन बेडमा पुगी सब थाहा हुन्थ्यो !

"तपाईंको भिजिटर खै त ?" नर्सले सोधी ।

"खाना भन्न गा'छ ।"

"यी सामानहरू ल्याउन भन्नुस् है ?" फेरि उही सिरिन्ज, सलाइन अनि औषधिको नाम लेखेको चिट दिएर नर्स गई । निस्किनै लाग्दा फेरि भनी, "ब्लड रिपोर्ट पनि रेडी भयो होला, ल्याबबाट ल्याउन भन्नुस् है ?"

मैले मुन्टो हल्लाएँ ।

मोबाइल बज्यो । हरियो थोप्लोसँगै स्क्रिनमा हाँसिरहेको आरतीको तस्बिर देखेर मलाई रिस उठ्यो । अस्पताल बसेको यतिका दिनपछि बल्ल आज फोन गर्दै थिई । बरू म अस्पतालमा छु भन्ने पो थाहा छ कि छैन यसलाई ?

घन्टी बज्दाबज्दा सकिन लागेपछि बल्ल फोन उठाएँ ।

कता छौ ? कस्तो छौ ? यतिका दिन कता हरायौ ? केही पनि नसोधी एक्कासि सोधी उसले, "एउटा गुड न्युज सुन्छौ ?"

"के न्युज ?" खिन्न भएर भनें ।

"मेरो रिजल्ट आयो । अब डाक्टर आरती खनाल, कार्डियोलोजिस्ट बन्नेछे । तिमीले भने जस्तै दिलको डाक्टर !" उसले उत्साहित भएर सुनाई ।

"के फरक पर्छ र जो जेजे बने पनि ?" यतिका दिनसम्मको बेवास्ताले मनभरि तीतो जम्मा भएको थियो । पोखिदिएँ । उसको उमङ्गको मिठाई तीतो बनाइदिएँ । गुड न्युज त उसका लागि थियो होला । मेरा लागि त त्यसको केही अर्थ थिएन यति बेला ।

"के रे ? के भनेको तिमीले ?" मेरो चिसो प्रतिक्रियामा भिजेर उसको उत्साह सेलायो ।

केही बोलिनँ । मैले उसको मुड खराब बनाइदेको थिएँ । आफ्नो दुःखमा नदुख्ने मान्छेको खुसीमा हर्ष मनाउन नसकिँदो रहेछ । म यतिका दिनदेखि अस्पतालमा सुतिरहँदा किन खोजखबर नगरेकी त उसले ? मलाई प्रत्येक पल उसको यादले सताउँदा एकै निमेष पनि मेरो झल्को किन नआएको त उसलाई ? वास्तवमा मैले घुर्की देखाएको थिएँ । तर मेरो घुर्कीको पर्वाह उसलाई कहाँ र !

"के भयो तिमीलाई ?" उसले सोधी ।

म बोल्दै बोलिनँ । कहिलेकाहीँ भन्ने कुरा धेरै हुँदा पनि भन्न नसकिँदो रहेछ । कुनैकुनै भावनाका लागि सुहाउने शब्द पनि बनेका नहुँदा रहेछन् ।

"हेल्लो, आर यू दिएर ?" उसले सोधिरही । म अझै बोलिनँ, मानौं मेरो दिमागबाट शब्दकोशको फाइल नै डिलिट भएको थियो ।

"हेल्लो... दिवस... बोल न हो... ।"

आवाज आइरह्यो । मैले आवेशमा आएर फोन काटिदिएँ ।

उसले अब एमडी पढ्ने भइछ । खुसी लागेन । ऊ त झन् मभन्दा टाढा जान आँटेकी जस्तो लागिरह्यो । भक्कानो छुटेर आयो । किन उसका लागि मभन्दा प्यारा कुरा अरू छन् ? उसको करिअर, परिवार अनि सपना । मलाई उसको बन्नु छ । उसलाई त केवल मुटुको

डाक्टर बन्नु छ । सबभन्दा ठूलो दिलको रोगी म छु यहाँ । किन मेरा बारेमा केही सोच्दिन ऊ ?

कतै मैले नै ऊबाट धेरै अपेक्षा राखेको त होइन ?

मोबाइल खोलें । बानी परिसकेर होला, बूढीऔंलाले आफ से आफ फेसबुक खोल्यो । म्यासेन्जरमा रातो बत्ती बलेको देखेर खोलें ।

"आजकल के भाको छ तिमीलाई ? किन रूष्ट भएर बोलेको अघि ?" आरतीले लेखेकी थिई ।

"बल्ल सोध्ने फुर्सद भयो तिमीलाई ?"

"सरी ! म एक्जाम, ड्युटी, फ्यामिली यस्तैयस्तैमा बिजी भएँ के । भन न नयाँ खबर के छ ?"

"आई एम एट द हस्पिटल ।"

"ओहो ! कहिलेदेखि ?"

"एक हप्ता भयो ।"

"किन नि ? त्यही 'ए एस'का कारण ?"

"या ! दुखाइ सहनै नसकेर ।"

"कस्तो छ त अहिले ?"

"इम्प्रुभिङ ।"

"कुन हस्पिटल ?"

"जावलाखेल"

"कहिलेसम्म बस्छौ ?" उसले सोधी ।

मलाई झनक्क रिस उठ्यो । म रहर लागेर बसेको हुँ अस्पताल ? तैपनि रिस दबाएर भनें, "मलाई के थाहा हुन्छ र ! डाक्टरले कहिलेसम्म राख्छ ।"

"म स्याटरडे आउँछु तिमीलाई भेट्न ।"

मेरो सहनशीलताको बाँध कोसीको बाँध जसरी भत्कियो, "तिमी आउँछ्यौ भनेर म डिस्चार्ज नगरी अस्पतालमै बसिरहूँ ?"

"त्यस्तो भन्न खोजेको हैन के । कुरा बुझ न । भोलि नै आउन मन छ नि । तर भोलि आइओएममा जानुपर्नेछ ।"

"जेसुकै गर, सेल्फिस केटी," आबेसमा लेखिदिएँ ।

"ह्वाट ?"

"यस, सेल्फिस गर्ल ! म अस्पतालमा लडिरहेको छु, तिमीलाई कुनै पर्वाह छैन है ? आफ्नै मात्र चिन्ता ।" मनमा गुम्सिएका भावनाहरू ज्वालामुखी जसरी फुट्न थाले । मेरा शब्दहरू लाभाका लप्का बनेर आरतीलाई पोल्न थाले ।

"म किन सेल्फिस ? तिमीले भन्न खोजेको के हो ?"

"तिमीलाई आफ्नै मात्र चिन्ता छ, म कोही हैन तिम्रा लागि ?"

"तिमी मेरो साथी हौ, मिल्ने साथी ।"

"त्यति मात्र ?"

"अरू के भनौं त ?"

"मलाई माया गर्दैनौ ?"

"कस्तो माया ?"

"डन्ट यू लभ मी ?"

"प्लिज, म यस्तो कुरा सुन्न चाहन्नँ ।"

"के रे ? मसँग बिहे गर्ने भनेकी थियौ त ।"

"त्यो कहिल्यै पनि सम्भव छैन । बाबालाई भन्न पनि गाह्रो छ तिम्रो बारेमा," ऊ लेख्दै थिई ।

गाह्रो के बारेमा ? रोगी छ भन्न गाह्रो ? अनि 'तिमी बिरामीलाई केयर गर्ने म डाक्टर छैन ?' भनेर उसैले भनेको झूट थियो ? बाबालाई भन्ने-नभन्ने त पछिको कुरा । तर ऊ त अहिले नै तर्किंदै थिई । अर्को गाह्रो के त ? कि उसकै बाबाको स्कुलको एउटा साधारण टिचर भएर ? के म जुगै बिताइदिने गरेर खनालकै स्कुलमा पढाइरहन्थें र ?

म बेस्सरी टुटें । विक्षिप्त भएँ । मेरो अवस्थामाथि यो निर्मम प्रहार थियो । म कमजोर भएपछि ऊ तर्किएकी थिई । यो जीवनभर रोगी भएर बाँच्नेछ । केही गर्न सक्दैन यसले । उसले यस्तै सोची होला ।

मैले होस गुमाएँ । मेरो अहमको ऐना झ्न्यामझ्रुरूम फुट्यो । मैले आफैँलाई देखिनँ ।

"जाऊ, जाऊ स्वार्थी केटी । अब म जस्तो कमजोर मान्छे किन चाहियो र तिमीलाई । रोगी मान्छेसँग किन बिताउँथ्यौ र जिन्दगी ।"

"ह्वाट ? आर यू ओके ? के भनेको तिमीले ? तिमीले मलाई गलत बुझ्यौ दिवस ।"

"यहाँभन्दा सही के बुझौं ?"

"तिमीलाई मैले बेस्ट फ्रेन्ड ठानेको थिएँ, जोसँग म हाँस्न सकें, घुम्न सकें, कुराहरू सेयर गर्न सकें । तर तिमीले बढी नै एक्स्पेक्ट गरेछौ । तिमीसँग नजिकिनु, तिमी जिस्किँदा जिस्किदिनु, तिमी जस्तो बन्न खोज्नु सायद मेरा गल्ती थिए ।"

"मैले के एक्स्पेक्ट गरेको छु, त्यो तिमीलाई पहिले नै थाहा थियो त । मैले कहिले जिस्किएँ र कहिले साँचो बोलें, सबै थाहा थियो त तिमीलाई । आज आएर मलाई नकार्नुको तिम्रो नियत के हो ?" मेरा आँखा भिजे ।

फेरि हेरें आरतीका म्यासेजहरू ।

"तिमी कमजोर भयौ भनेर नकारेको हैन, दिवस । रोग त औषधिले कन्ट्रोलमा आइहाल्छ । हरेश नखाऊ । तिमी भाग्यमानी छौ, माया गर्ने मान्छे पाउनेछौ । म त बाबाले डाक्टर बनाउन पालेको एउटा जीव न हुँ । मेरा मनमा मायाप्रेम, रिस, राग, दया केही पलाउँदैन । जीवनमा एउटा ढुङ्गासँग ठेस लागेछ भन्ठानेर मलाई माफ गरिदिनू ।"

यति लेखेर ऊ अफलाइन भई । म हारेको खेलाडी जसरी लुगाको फेर टोकेर टोलाइरहें ।

देउता

नर्सले अघि क्याबिनको पर्दा एकतिर सर्काएर गइछ । बाहिरका सबै गतिविधि देखिने भएछ । पल्लो बेडको कुरूवा होला मेरो क्याबिनको बाटो भएर हिँड्दा मुसुक्क हाँस्छ । जवाफमा म पनि मुस्कुराइदिन्थें । कति सजिलो हुन्छ अपरिचितहरूलाई मुस्कान पठाउन । मुस्कुराउन गाह्रो त आफ्नाहरूका अगाडि पो रहेछ ।

नर्सहरू कुदिरहेका थिए । कुरूवाहरू गन्थन गरिरहेका थिए । पर वार्ड छिर्ने ठूलो ढोका खुल्ने, बन्द हुने बारम्बार भइरहेको थियो । बिरामीहरू हेर्न भनेर आइरहेका थिए मान्छेहरू । आआफ्ना बिरामी भेटेर गइरहेका थिए । तर त्यहाँ मेरा मान्छे कोही देख्दिनथें । जति म अपरिचितहरू मात्र देख्थें, मेरा आँखा तिर्मिराउँथे । ढोकामा एकोहोरो हेरिरहँदा मेरा आँखा हरेक अपरिचितका अनुहारमा आफ्नाहरूको स्वरूप खोजिरहन थाले । बनाइरहन थाल्यो मनले त्यही स्वरूपको तस्बिर । सोच्थें, फ्याट्ट आइदिए आरती । दुवै कानका लोतीहरू समाएर 'सरी, अघि जिस्केको मात्र हो' भन्दै । तर किन आउँथी र त्यो खनालको मेसिन ! म मुर्मुरिएँ ।

एउटी केटी हातमा फलफूलको झोला बोकेर ढोकाभित्र पसी । ऊ सुस्तरी नियाल्न लागी यताउता । लाग्यो, ऊ कुनै अन्जान ठाउँमा आएकी छ । लाग्यो, ऊ खोजिरहेकी छ कोही परिचित । मैले उसको अनुहारमा आरती खोजें । तर बनिदियो रूबाको आकृति । त्यो आकृति क्याबिनको ढोकामाथि लेखिएका बेड नम्बरहरू पढ्दैपढ्दै मेरै क्याबिनमा आएर उभियो ।

रूँदारूँदा थाकिसकेका जस्ता आँखामा उसले गाजल पोतेकी थिई । आँसु निखिएका आँखामा गाजल पनि नसुहाउँदो रहेछ, जसरी मुस्कान लुटिएको ओठमा लाली सुहाउँदैन । हाँस्न बिर्सिएका उनका ओठ केही बोल्न पनि डराए झैं देखिन्थे ।

मेरा आँखाले पत्याएनन् । मैले आँखा मिचें । अरे ! रूबा नै हो यो त ।

"कस्तो छ अहिले ?" मलाई हेर्दैहेर्दै उसले छेउको टेबलमाथि फलफूलको झोला राखी र मेरो बेडछेउ आएर उभिई ।

"ठीकै छ," उसको आवाजभन्दा पनि मसिनो बोलीमा बोलें ।

उसले सीधा मेरा आँखामा हेरी । मानौं, कुनै कलापारखीले कालजयी चित्र हेरेको हो । कति बलिया आँखा । कति बलिया परेलीहरू । ती झिम्किनै मानेनन्, एकोहोरो मलाई हेरिरहे । तर मेरा आँखा निहुरिए, परेलीहरू लत्रिए । उसका आँखा निर्दोष भएरै बलिया थिए । मेरा आँखा झूटका थिए, धोकेबाजका आँखा थिए । त्यसैले गह्वङ्गो बनेर लत्रिए । निहुरिए ।

म उसलाई देखेर मुस्कुराएँ कि निन्याउरो बनें ? जेहोस्, यति बेला मेरा नशाहरूमा पश्चात्ताप बगे, ग्लानिबोध बगे, अपराधबोध बगे ।

"कसरी थाहा पायौ ?" मैले सोधें ।

"थाहा भइहाल्छ नि," उसले भनी ।

मेरा आँखामा पुराना चित्रहरू घुम्न थाले । ऊ कति नजिक थिई । लगभग एउटै शरीर जस्तो मसँग चपक्कै टाँसिएकी । टाढा हुँदा पनि नजिक छे जस्तो लाग्थ्यो, आफूसँगै । आज ऊ यहीँ उभिएकी थिई । तैपनि कतै टाढा छे जस्तो लाग्दै थियो ।

"कसले भनेर थाहा पायौ ?" मैले सोधें । अचानक आकाश भित्र पस्यो । ऊसँगै ह्वास्स पस्यो चुरोटको कडा गन्ध । मेरो प्रश्न त्यही गन्धमै बिलायो ।

"भेट्टाएछौ त," आकाशले रूबालाई भन्यो ।

"अँ, दुई सय पाँच हेर्दै आको, भेटें," उसले भनी ।

आकाशले भनेको रहेछ उसलाई । नत्र कहाँबाट थाहा हुनु । मसँग बोलचाल नभएको पनि एक महिना हुन लागिसकेको थियो । खाना भन्न गएको मान्छे त रूबालाई पो लिन गएको रहेछ । ऊ बेड नम्बर भन्दिएर चुरोट खान अलमलियो होला । कि सँगै आउँदा मैले नराम्रो मान्छु भनेर अघिपछि गरे ? जेसुकै होस् ।

रूबा पूरै फेरिएकी थिई । चञ्चलताको ठाउँ उदासीले लिएको थियो । गुलाबी ओठ कलेटी परेका थिए । गाडिएका आँखा सुकेका इनार जस्ता लाग्थे । ऊ केवल करले हाँस्थी । पीडा लुकाउन हाँस्थी । हाँसेको अभिनय मात्र गर्थी ।

"खाना यहीँ मगाऊँ कि क्यान्टिनमै गएर खान्छस् ?" आकाशले सोध्यो ।

"यहीँ मगा ।"

"यसो हिँड् न तलसम्म । अब दुख्दैन होला । डाक्टरले रिपोर्ट हेरेर आजै डिस्चार्ज गर्ने भनेका छन् ।"

"आज अलि दुखिराछ । बरू तँ रिपोर्ट लिन जा रे ल्याबमा । अघि नर्सले भनेकी थिई ।"

"पकुल्लीले ?" ऊ हाँस्यो ।

"हैन, अर्की, पातली । पकुल्ली त ड्युटी सकेर गइसकी ।"

ऊ खुरूरू ल्याबतिर दगुर्‍यो । अघिदेखि हाम्रा गफ चाखलाग्दो गरेर सुनिरहेकी रूबा मेरै बेडछेउमा उभिइरहेकी थिई । मलाई के भनौं, के भनौं भयो । कुरूवा बेन्च देखाएर भनें, "बस न ।"

"हैन ठीक छ ।"

"यतिकै उभिरहन्छ्यौ ?"

ऊ मेरै बेडको छेउमा थपक्क बसी । बेडको छेउमा खुट्टा झारेर बसिरहँदा उसको दाहिने गाला देखियो । लाली चढेका गालामा डन्डीफोरका मसिना थोप्लाहरू आउन थालेछन् । कुरा गर्ने कुरै नभएपछि सोधें, "आजभोलि पानी कम पिउँछ्यौ ?"

"हजुर ?" उसले नबुझेर सोधी ।

"डन्डीफोर आउन थालेछ, त्यही भएर... ।"

"पानीको साटो आँसु पिउँछु नि !" उसले दबिएको बोलीमा भनी, मलाई नहेरीकन । मलाई ग्लानिबोधले न्याक्यो । अरू के भनौं ?

निकै बेर मौनता छायो ।

"खाना ?" मलाई यो मौनता अति नै कुरूप लाग्यो, त्यसैले सोधें । मेरो अन्तरमन रूबालाई सहानुभूति पो दिँदै थियो कि ? यतिका दिनसम्म वास्ता नगर्नेले अहिले सोधेर पनि सहानुभूति हुन्छ र ?

"खाएर आको," उसले भनी ।

ऊ किन यतिबिघ्न अड्कलेर बोलिरहेकी छ ? नआउनु आइसकेपछि राम्रोसँग बोल्दा के जान्थ्यो ?

"आकाशले भनेर मात्र हेर्न आ'को । नत्र आउने थिइनँ," उसले मेरो अनुहारमा हेरेर भनी । उसका शब्दहरू अनुहारको भावसँग मेल नखाए झैं लाग्यो । ठ्याक्कै कुनै फ्लप कलाकारको ओभरएक्टिङ जस्तो ।

"आउनैपर्ने कर थियो र ?" म पनि रूखो भएँ ।

नर्सले क्याबिनको पर्दा सरर गरेर सोर्काई । मेरो प्रश्नलाई टुहुरो पारेर रूबा पनि सतर्क भएर उठी । ऊ कुरूवा बस्ने बेन्चमा गएर बसी ।

"डाक्टर वार्ड भिजिटमा आउने टाइम हुन लाग्यो । रिपोर्ट ल्याउनुभो ?"

"लिन गा'छ," मैले भनें ।

"ढिला नगर्नुस् है । फेरि डाक्टर ओपिडीमा जानुभो भने आज भेट नहोला," भनेर नर्स गई ।

एकछिनमा खाना आइपुग्यो । खाना ल्याउने मान्छेको पछिपछि आकाश पनि आइपुग्यो । आकाशले टेबलभरि खाना फैलाएर राखिदियो । खाना बार्नुनपर्ने बिरामीलाई यसरी मीठोमीठो खान पाउनु पनि मज्जा नै हो अस्पतालमा ।

"तँ के गर्छस् ?" आकाशलाई सोधें ।

"तल गएर खान्छु," उसले भन्यो । ऊ बिहानभरिको दौडधूपले थाकेको थियो होला । रूबासँगै बेन्चमा बसेर खुइय्य गऱ्यो । रूबा हामीलाई पुलुपुलु हेरिरहेकी थिई ।

"खाऊँ त ?" मैले रूबाका आँखामा हेरें । उसले मुन्टो हल्लाई ।

दालभातसँगै चिकेन देखेपछि मलाई रूबाले पकाएर खुवाएको याद आयो । त्यही रातको झझल्को आँखाभरि आयो । कसरी मैले भेजिटेरियनलाई जबर्जस्ती खुवाएको थिएँ मासुभात । कसरी उसले मुख चिम्म थुनेर आँखाबाट आँसु निकालेरै भए पनि निलेकी थिई भातको गाँस । मलाई उसको समर्पणको सम्झना आयो ।

एक चम्चा भात मुखमा हाल्दै गर्दा मेरा आँखाले उसलाई हेरे । ऊ उसै गरी मलाई मायालाग्दा नजरले एकोहोरो हेरिरहेकी थिई । आज पनि त्यही निर्दोष हेराइ देखिन्थ्यो, उसका आँखामा । मलाई यो रोग, यो दुखाइ, कतै उसका निर्दोष आँखामा आँसु दिएको पाप लागेको त होइन ?

खाना खाँदाखाँदै डाक्टर आइपुगे । डाक्टरको पछिपछि पातली नर्स पनि रिपोर्टहरूको फाइल बोकेर आइपुगी । म खाँदै गरेको खाना छोडेर सतर्क भएँ ।

"हैन, खानुस् खानुस्," डाक्टरले भने, "कस्तो छ अहिले तपाईंलाई ?" उनले मेरा रिपोर्टहरू पल्टाउँदै सोधे ।

"ठीकै छ ।"

"सिआरपी अझै घट्न बाँकी रै'छ," आकाशले अघि भर्खर ल्याएको रिपोर्ट हेरेपछि उनले मेरो अनुहारमा हेर्दै भने, "आज एक दिन बस्नुपर्ने भो हस्पिटल । भोलि डिस्चार्ज गरौंला हुन्न ?"

मैले निन्याउरो बनेर मुन्टो हल्लाएँ ।

"भइहाल्छ नि । पूरा दुख्न निको नभई किन जानु," आकाशले भन्यो ।

आकाशलाई हेरेर डाक्टर मुसुक्क हाँसे । दुई मिनेट पनि नउभिईकन डाक्टर सरासर फर्किए । उनको पछिपछि नर्स पनि फर्किई ।

अल्छीलाग्दो बसाइ थियो अस्पतालको । अझै अर्को दिन बस्नुपर्ने भन्दा अत्यास लाग्यो । म त बिरामी, कर परेको मान्छे, ठिकै थियो । कर नपरेको आकाश अझै कति बसोस् ? मलाई उसको पीर पऱ्यो । भन्न त ऊ केही अप्ठ्यारो नभएको भन्दिन्थ्यो । बिरामी रूँगेर बस्न सजिलो कहाँ हुन्छ र ?

"ल तिमीहरू कुरा गर्दै गर्नु । म खाना खान गएँ," मैले खाना खाइसकेपछि आकाश निस्कियो । जाने बेलामा पर्दा लगाइदिएर गएछ सालेले !

के गरौं, के भनौं जस्तो गरेर निहुरिरही रूबा । कस्तो अजीब ! केही हप्ता अघिसम्म हाम्रा बीचमा लाज, डर अनि धक केहीको पनि पर्दा थिएन । तर आज सङ्कोचको कत्रो ठूलो पर्खाल खडा भइसकेछ । न म ऊसँग खुल्न सकें, न त ऊ नै मसँग । ऊ त झन् अघि आएदेखि नै कम्फर्टेबल छैन ।

"तिमीसँग कहिल्यै पनि भेट हुँदैन होला जस्तो लागेको थियो," मैले उचालिएको बेडमा अडेस लागेर भनें ।

"बिरामी भएको सुनेर आएकी । हजुरलाई निको भएको देख्न पाए त्यो इच्छा पनि पूरा हुनेछ ।"

"के भनेकी ?"

"त्यही... कहिल्यै भेट नहुने कुरा ।"

"त्यसो नभन न । आई एम भेरी सरी । मैले आवेशमा आएर केके भनें । तिम्रो चित्त दुखाएँ ।"

"अब के फरक पर्छ र ?"

"सरी भनें त मैले ।"

"सरी मैले भन्नुपर्ने हो । मैले हजुर जस्तो मान्छेसँग चोखो माया गरें । गल्ती मेरै थियो । औकात, हैसियत, चरित्र केही नभएको

मान्छेले मायाको अपेक्षा गर्नु अपराध थियो," ऊ दबिएको आवाजमा बोलिरहेकी थिई । 'चरित्र' भन्दा उसले दाह्रा किटेकी थिई ।

ऊ मलाई घोचिरहेकी थिई । मलाई उसका सबै घोच्कापेच्काहरू कबुल थियो । बदलामा मलाई उसको माफी चाहिएको थियो । ऊ नआएकी भए, मलाई वास्ता पनि थिएन । तर ऊ फर्किएर आएर मेरो चेतना जगाएकी थिई । मलाई निद्राबाट ब्युँझाएकी थिई । ऊ आउन पनि यस्तो बेलामा आएकी थिई कि म सहानुभूति अनि मायाको चरम अभावमा सुतिरहेको थिएँ ।

"वासरूम कता छ ?" बल्लतल्ल हुन लागेको कुरालाई मोडेर उसले सोधी ।

मैले दाहिनेतिर देखाइदिएँ । ऊ त्यतै लागी । बाहिर निस्किँदा ऊ हातले मुख छोपिरहेकी थिई । कतै हिक्का त रोकेकी थिइन ?

मेरो हत्केलाको क्यानुला पुरानो भएर होला, सलाइनको बहाव सुस्त भइरहेको थियो । रूबा बाहिर गएपछि मैले आरतीलाई सम्झिएँ । कति स्वार्थी केटी । म कमजोर भएका बेलामा टाढा बन्ने कुरा गरी । आफैंलाई सिध्याएर माया गर्दा पनि मेरो प्रेमको अवमूल्यन गरी । बिरामीलाई कस्तो छ भनेर पनि जान्न चाहिन । माया भए त खुलदुली हुन्थ्यो होला । माया नहुनेहरूलाई त केको छटपटी, केको काउकुती ।

माया भएरै होला, रूबा मलाई भेट्न छटपटिएर आएकी । मलाई के भएको हो भनेर खुलदुली भएर आएकी । नत्र यतिबिघ्न तिरष्कार गरेको मान्छेलाई भेट्न भनेर किन आउँथ्यो र कोही । ऊ खुलेर बोलिरहेकी थिइन । मलाई पाएसम्म वचनले घोचिरहेकी थिई । अनि आफैं हिक्का रोक्न नसकेर वासरूम गएकी थिई । सायद उसलाई पनि चाह होला नि मैले फकाओस् भन्ने । म पनि आरतीले फकाओस् भनेरै त घुर्की देखाएर बसेको थिएँ । उसले फकाइन । सायद मलाई साँच्ची नै माया गर्दिन । फकाउनु पनि त मायाको सङ्केत रहेछ । के म अब फकाऊँ त रूबालाई ?

मेरो महत्त्वाकाङ्क्षाको पहाड भासियो । छातीमा ठूलो पहिरो गयो । मलाई सम्पन्नता तुच्छ लाग्यो । मायाबिनाको मान्छे चाउरिएर लिलिपुट हुँदो रहेछ । मायाबिनाको मान्छे पो असली गरिब रहेछ ।

मानौं म सद्धे भएँ । आरती फेरि मलाई घुम्न जाऔं भन्ली । त्यो साथको के अर्थ । म पीडाको च्यादर ओढेर सुतिरहँदा ऊ सहानुभूतिका दुई शब्द बोल्न आउँदिन भने त्यो नाताको के अर्थ ?

रूबा त मेरो दुःखमा रून आएकी थिई । म हाँसेको हेर्न आएकी थिई । म नहाँसे, ऊ मलाई हँसाउन आएकी थिई । उसले मेरो रित्तो टेबलमा फलफूल होइन, हौसलाको झोला राखिदिएकी थिई ।

मायाबिनाको सम्पन्नता त खण्डहर झैं जीर्ण हुँदो रहेछ । अत्ति नै उच्याटलाग्दो !

शरीरको रोगी म अहिले भएँ । दिमागको त पहिल्यै रहेछु । किन भट्किएछु म रूबाको मायाबाट ? किन रूवाएछु उसलाई ? देउतालाई रूवाउनेले सजाय नपाए कसले पाउने ? के माफी दिन्छे त उसले ?

पक्कै दिन्छे । प्रायश्चितको मौका दिइरहने भएरै देउता, देउता भएको हो ।

भेद

"म निस्किन्छु अब," साँझ पर्नै लागेपछि रूबाले भनी ।

दिनभरि बसे पनि उसको मुहार उज्यालिएन । मलाई भने हप्तौंदेखिको एक्लोपन हटाएर फ्रेस बनाइदिएको थियो, उसको उपस्थितिले । त्यतिबिघ्न घृणा ओकलेर टाढा बनाएको थिएँ । आज उसैको उपस्थिति मलाई प्रिय लागेको थियो । कसैको उपस्थितिको स्वाद त एक्लोपनमा थाहा हुँदो रहेछ, मीठो लाग्दो रहेछ ।

"कि बस्छ्यौ यसलाई कुर्न ?" आकाशले सोध्यो ।

उठेर झोला बोक्नै लागेकी रूबाले जिल्ल परेर मलाई हेरी । ऊ आँखामा प्रश्न बोकेर उभिएकी थिई । खोजिरहेकी थिई मेरा आँखामा जवाफ । म के भनौं ? बस भनेर भन्न मिल्ने पो हो कि होइन । केवल हेरिरहें मात्र ।

"म एक्लै बस्दाबस्दा बोर भइसकें । आज एक दिन हो । मिल्ने भए बस क्यारे," आकाशले थप्यो ।

रूबा अझै मूकदर्शक बनेर उभिइरही ।

"ओढ्ने, ओछ्याउने छँदै छ । यो बेन्चमा अटिहाल्छ्यौ । खाना क्यान्टिनमा खाए भइहाल्छ," आकाशले पूरै तयारीका साथ कण्ठ पारे जस्तो गरेर शब्दहरू पढ्यो ।

ऊ रणभुल्ल परी । अप्ठ्यारोमा परी । एकटकले ऊ मेरा आँखामा हेर्न थाली । सायद ऊ मेरो विचार पढ्न चाहन्थी । मेरा आँखाका भाखाहरूसँग ऊ अन्जान थिइन । मेरो मनोदशा बुझेर होला, थपक्क बसी ।

मेरा जोर्नीहरूमा एकाएक तातो बढेर आयो । दुखाइ कम भए जस्तो भयो । मन खुसी हुँदा दुखाइ कम भए जस्तो अनि मन दुःखी हुँदा दुखाइ बढे जस्तो लाग्ने रहेछ । नर्सलाई बोलाएर दुख्न बिसेक भयो भनौं जस्तो भयो ! फेरि डिस्चार्ज गर्दिई भने ? होइन, होइन मलाई त आज अस्पतालमै बस्नु छ, रूबासँग । खुसी हुँदा मान्छे बच्चा जस्तो बन्दो रहेछ । डाक्टरले नभनी कहाँ डिस्चार्ज गर्न पाउँछे र नर्सले !

आकाश हेल्मेट लगाएर "गएँ है ?" भनेर हिंड्यो । हामीले चुपचाप मुन्टो हल्लायौं ।

आकाश गइसकेपछि पनि ऊ मौन थिई । अघि उठ्दा बोकेको झोला उसले बिसाएकी पनि थिइन । काखमै च्यापेर टोलाइरहेकी थिई । आखिर के रहस्य च्यापेकी छे उसले मनभित्र ?

"यतै आएर बस न," मैले सुतिरहेको बेडबाटै बेडछेउको च्यादर आफूतिर सारेर बोलाएँ ।

"हैन यहीँ ठीक छु ।"

"यसरी नबोल्ने, धुम्म पर्ने हो भने जाऊ बरू । बस्न कर छैन," मैले रूखो बनेर भनें ।

"के रे ?" बल्ल उसको टाठो आवाज सुनियो ।

"हो, जाने भए जाऊ ।"

"दिउँसै भनेको भए त जान्थें पनि," उसले भनी ।

कति अप्ठ्यारी केटी होली ।

"अहिले पनि के फरक परेको छ र, म आकाशलाई फोन गर्दिन्छु, पख," सिरानीमुनिबाट मोबाइल निकाल्दै भनें ।

"पर्दैन, पर्दैन," भन्दै ऊ हुत्तिएर म भएको ठाउँमा आई । उसले मेरो हातबाट मोबाइल खोस्न चाहेकी थिई, मैले हात पर पारेर तन्काएँ । अझै मोबाइल खोस्न खोज्दै थिई । अकस्मात् ऊ मेरा फैलिएका हातहरूको बीचको अँगालोभित्र पसी । मैले हातहरूको पछ्यौरा बनाएर उसलाई सपक्क ओढाइदिएँ । उसका आँखा मेरा आँखाका छिमेकी

भए । लामोलामो श्वास फेरेर उसका नाकका प्वालहरूले मेरो ओठमा सिरिङ्गसिरिङ्ग पारेर काउकुती लगाए । मेरा आँखामा हेरिरहेका उसका आँखा झिम्किनै मानेनन्, मानौं उसले आँखा जुधाई खेल खेलिरहेकी थिई । तर मेरा परेलीहरू झिम्किए ।

"मैले जितें ।" ऊ यस्तै भन्थी होला यदि साँच्ची नै आँखा जुधाई खेलेको भए । तर चुपचाप मेरो हातबाट मोबाइल खोसेर ऊ अँगालोबाट छुट्टिई ।

"पर्दैन फोन गर्न । म बसिहाल्छु नि," मेरो मोबाइलको स्क्रिनमा अङ्ग्रेजी 'ए'को प्याटर्न बनाउँदै लक खोलेर ऊ बोली ।

"ल ल गर्दिनँ," मैले भनें ।

ऊ मोबाइल हेरेर एकछिन टोलाई ।

"के हेरेकी ?" म ऊतिर लम्किएँ । डर थियो उसले म्यासेन्जर त खोल्दिन ? कतै भाइबर त चेक गर्दिन ?

"हेर्दिनँ, हेर्दिनँ कसैको गोप्य कुरा," मोबाइल मेरो हातमा थमाएर ऊ कुरूवा बेन्चमा गएर बसी ।

उसले मेरो मोबाइलको प्याटर्न अझै भुलेकी रहिनछ । म अचम्ममा परें ।

याद आयो त्यही पल । कसरी ढाँटेको थिएँ उसलाई, आरतीको 'ए'लाई आकाशको भनेर । मलाई मोबाइलको प्याटर्नले पनि दुखायो । अहिले नै फेर्न मन लाग्यो । 'आर' बनाएर प्याटर्न सधैंलाई भुलिदिन मन लग्यो ।

"किन रोएको ? फेरि दुख्यो ?" खै कति बेला पो हो क्याबिनमा पकुल्ली नर्स पसिसकेकी रहिछ, उसैले सोधी ।

"हैन ।"

"आँखा भरिएको देखेर सोधेकी, नदुखेको भए त राम्रै हो ।"

मैले रूबाले नदेख्ने गरी आँखा पुछें । एक मनले लाग्यो उसले देखोस् । उसलाई पनि महसुस होस् कि यो धोकेबाज प्रायश्चित

गर्दै छ । तर कहाँ सक्नु र ! सानो गल्ती गरेको भए पो त, अपराध गरेको अपराधीसँग त आँसु देखाउने हिम्मत पनि नहुँदो रहेछ ।

थर्मोमिटर मलाई दिएर पकुल्ली फटाफट मेरो पाखुरीमा प्रेसर नाप्ने फित्ता बाँध्न थाली । त्यसपछि उसले पम्पको डल्लो थिचेर स्वाँटस्वाँट गरेर पाखुरी टम्म पारेर फुलाइदिई । रूबा बेन्चमा झोलाको सिरानी हालेर सुस्ताएकी थिई होला, नर्स आएपछि अडेस लागेर बसेकी जस्ती देखिन्थी । ऊ अल्छीलाग्दा आँखाले हेरिरहेकी थिई ।

"प्रेसर ठीक छ," भनेर नर्सले पाखुराबाट फित्ता फुकाली । मैले काखीमा च्यापेको थर्मोमिटर टुँटुँ गरेर कराएपछि नर्सलाई दिएँ ।

"ज्वरो पनि छैन," भनेर ऊ नर्सिङ रेकर्डमा लेख्न थाली ।

"अब औषधि लगाउनुपर्दैन ?" मैले सोधेँ ।

"दिउँसो लगाको हैन एक डोज ?" उसले प्रतिप्रश्न गरी ।

"हजुर ।"

"अब पर्दैन ।"

"यो नि ?" मैले झुन्डिएको रित्तो सलाइन देखाउँदै सोधेँ ।

"ड्रिप पनि पुग्यो होला ।"

"नपर्ने भए फुकाल्दिनु, आज तल गएर खाना खाने हो ।"

उसले क्यानुलाबाट ड्रिपको पाइप झिकिदिई । म दाम्लो फुकाइएको पाठो जस्तो भएँ, कता जाऊँ कता जाऊँ जस्तो, कतै उडुँ जस्तो, दगुरूँ जस्तो । तर जाने त त्यही तल क्यान्टिनसम्म न हो, त्यही पनि कसैको सहारामा, हात समाएर ।

"खाना खान जाने हैन ?" मैले रूबालाई सोधेँ ।

"हुन्छ," अल्छीलाग्दो भएर बेन्चमा सुस्ताइरहेकी उसले भनी । बिचरी दिउँसो खाजा पनि खान मानेकी थिइन । अहिले पनि भोकले गलेकी जस्ती देखिन्थी ।

"जाऔं ।"

ऊ बेन्चबाट उठी । म सुस्तरी हातले टेकेर बेडबाट ओर्लिएँ । शरीर शिथिल भए जस्तो लाग्यो । त्यही बाथरूमसम्म त हो नि हिँड्ने

गरेको । डाक्टरले त हिँडिरहनु भनेका'थे । तर हिँड्न नसकेरै भर्ना भाको भनेर डाक्टरलाई के भनौं !

पर्दा सार्दै रूबा अघिअघि लागी । म पछिपछि लागें । ओल्लोपल्लो क्याबिनतिर पनि खाना खाने बेला भए जस्तो देखिन्थ्यो । केही कुरूवाहरू खानाको टिफिन झुन्ड्याएर वार्डमा पस्दै थिए । केही भने क्यान्टिनमा फोन गर्दै थिए ।

वार्डको ढोकाबाहिर निस्किन लाग्दा म लर्बरिएँ । रूबाले मेरो हात च्याप्प समाती, म सम्हालिएँ । भित्र पो एसीको न्यानो थियो, बाहिर चिसो स्याँठ चल्न थालिसकेछ । तर उसको हातको न्यानोले म तातिएको थिएँ । उसको हातले सम्हालिए जसरी साथले पनि सम्हालिने थिएँ होला तर समयले बतासको धेरै झोंक्काहरूले हिर्काइसकेको थियो उसलाई । सायद उसको मन चिसो पो छ कि ?

रूबालाई भेज अनि आफूलाई चिकेन खाना अर्डर गरेर एउटा टेबलमा बसेपछि केही बेरमा हाम्रा लागि खाना आइपुगे । मैले खान थालेपछि बल्ल ऊ सुस्तरी भात मुछ्न थाली । भात जस्तै सुक्खा आँखाले ऊ मलाई हेरिरहेकी थिई ।

"खाऊ न," मैले भनें ।

एकोहोरो मुछेको मुछ्यै गरिरहेको भातमा थोरै दाल खन्याएर एउटा गाँस बल्ल मुखमा हाली उसले । के ऊ अझै मलाई माया गर्छे ? मैले खाएको एकोहोरो हेरिरहन्थी, मैले खाइसकेपछि मात्र खान्थी । मलाई त्यही पलको सम्झना आयो । मैले जबर्जस्ती मासु खुवाइदिएको यादले चिमोट्यो ।

"मासु पनि खान्छौ कि ?" मैले जिस्क्याएर सोधें ।

"हुन्छ ।"

"साँच्ची ?" मैले आँखिभौं च्यातें ।

"हो," ओठमा फिक्का मुस्कान पोतेर उसले भनी ।

"कसरी त एक्कासि ?"

"आलु मान्छे ! म खान्छु त कहिल्यै ?" ऊ कुपुकुपु दालभात खान थाली ।

मलाई मासुभन्दा आलुको तरकारी मन पऱ्यो । कम्तीमा ऊ खाने बेलामा भए पनि अलिकति खुली । औंसी जस्तो अँध्यारो उसको अनुहार खुल्दा मलाई हजार चन्द्रमाहरू एकै पटक उदाए झैं भएको थियो ।

राति दस बजे खानुपर्ने औषधि खुवाएर नर्स गई । आज बल्ल म फुक्का भएँ । नाडीमा जति बेलै टाँगिने सलाइनको पाइप फुकालिएको थियो । टेप टाँसेर घुसारिएको सुइरो भने अझै थियो । त्यो चाहिँ डिस्चार्ज हुने बेला मात्र फुकाल्दिने रे !

रूबाले बेन्चमुनिको झोलाबाट ब्ल्याङ्केट र म्याट निकाली । बेन्चमाथि म्याट ओछ्याई । झोलालाई सिरानी बनाएर म्याटमाथि राखी अनि पल्टिई । साँघुरो क्याबिनको ओल्लोछेउ र पल्लोछेउमा हाम्रा ओछ्यानहरू थिए । उसको खुट्टापट्टिको साइडमा मेरो सिरानी पर्थ्यो । मेरो खुट्टापट्टिको साइडमा भने उसको सिरानी । हामी सुतिरहँदा हाम्रा आँखा जुधिरहन्थे । ऊ मलाई हेरिरहेकी थिई, अनि म उसलाई । मन त थियो उसलाई बोलाऊँ, आफ्नै बेडको छेउ देखाएर 'यतै आएर सुत न,' भनौं तर यो घर कहाँ हो र ! अस्पताल पो त । फुत्त नर्स पस्न के बेर !

सबै बिरामीलाई औषधि खुवाइसकेपछि नर्सले सबै क्याबिनहरूको बत्ती एकै चोटि निभाइदिई । बाहिर करिडोरको बत्ती भने बलिरहेकै थियो । बाहिरको उज्यालोले भित्र क्याबिनमा पनि थोरै चिहाइरहेको थियो । त्यो धिमा उज्यालोमा राम्री देखिएकी थिई रूबा, चुपचाप सुतिरहेकी । दिनभरको तनाव र थकानले होला, ऊ भुसुक्क निदाइसकिछ । संसारका सबै जीवात्माहरू निदाउँदा अबोध देखिन्छन्, निश्छल देखिन्छन् । ऊ त यसै अबोध थिई, निष्पाप थिई ।

निद्रा त मेरो पो हराम भएको थियो । अक्सर तर्कनाहरूका बीचमा सपनाहरू आउँदैनन् । मेरा पनि मनभरि तर्कना थिए र त म जागै थिएँ । आरती सम्झिएँ । मेरा आँखाबाट बिछोडका आँसु बगे र मनबाट

क्रोधको आगो सेलायो । मलाई पनि यो घनचक्करले रिङ्गाएको थियो । यसपालि आरतीलाई दुखाएँ । भनौं भने आरतीले आफू टाढिएर मलाई सजिलो पारिदिई । पश्चात्तापले जलेर म रूबाको सामुन्ने ठुटो भएर उभिएको थिएँ । अब उज्यालिएर बल्नेछु कि ? रूबालाई अँगाल्न छातीमा बसेकी आरतीलाई निकाल्नुको विकल्प थिएन । भयो पनि त्यस्तै ।

रूबालाई गुमाउँदा पनि अपूरो हुँदो रहेछु । आरतीलाई पन्छाउँदा पनि रित्तो महसुस भयो । के मान्छे यसरी एकै पटक दुईदुई जनासँग प्रेममा पर्न सक्छ र ? एक जनासँग प्रेम हुनु भाग्य हो भने एकै पटक धेरै जनासँग प्रेम हुनु दुर्भाग्य । मेरै अनुभवले सिकाएको थियो मलाई ।

मोबाइल सिरानीमुनि घुसारें । वार्ड चकमन्न भइसकेको थियो । बाहिरबाट छिरेको मधुरो प्रकाशमा रूबा फूल जसरी उज्यालिएकी थिई । बेडबाट सुस्तरी उठें । ऊ सुतिरहेकी नै थिई । बिचरी यस्तो अप्ठ्यारोमा पनि माया लाग्दो गरी निदाएकी थिई । दुःखको बाटो हिंडेर आएकाहरू दुबोको चौरमा होस् या चौताराको साह्रो ढुङ्गामा, जता पनि सजिलो गरी सुस्ताउँछन् ।

एकछिन उसको फराकिलो निधार हेरें । चुम्न मन लाग्यो । निहुरिएँ । यति मीठो निद्रामा भएकी मान्छेलाई ब्युँझाउन मन भएन । हेरिरहें मात्र, चुमिनँ । बेडमै आएर पल्टिएँ ।

मेरा आँखा रसिला थिए । मन भारी थियो । रूबा फेरि मनमा घर बसाउन आएकी थिई भने आरती डेरा छोडेर हिंडेकी थिई । मनको अन्तरद्वन्द्वमा कहिले आरती जित्थी त कहिले रूबा । हरेक पटक म पराजित हुन्थें । आज मेरो अर्को पराजयको दिन थियो ।

शरीर दुख्न त सन्चो भयो तर मन बेस्सरी दुखेको थियो । भगवान्‌ले पनि एउटा मुटुभित्र किन दुईदुई जना बस्न पठाएका होलान् ? किन यतिबिघ्न महत्त्वाकाङ्क्षी बनाएका होलान् मलाई ?

"मान्छे भन्ने जात लास्ट कमिना छ बे ! गल्ती आफू गर्छ अनि दोष भगवान्‌लाई थोपर्छ," यस्तै भन्थ्यो आकाश ! तर मान्छेलाई यति साह्रो कमिना पनि भगवान्‌ले नै त बनाएका हुन् नि !

भोलिपल्ट । एक हप्ताको अस्पताल बसाइको अन्तिम बिहान । सुन्निएका जोर्नीहरू बसिसकेका थिए । दुखाइ अलिअलि बाँकी थियो, सहन सक्ने । नशाबाट औषधि चलाउन नपर्ने भयो । अब मुखबाट खाने औषधिले छुन्छ भन्ने अनुमान थियो । तर औषधि सधैंभरि खानुपर्ने । आफू दीर्घरोगी भएँ भन्ने सम्झिँदा पनि छाती ढक्क फुल्थ्यो ।

के मेरो रोगकै कारण हो त मलाई आरतीले भुल्न भनेकी ? मलाई हिजो रातिको च्याट सपना जस्तो लागिरहेको थियो । कति स्वर्णिम थिए दिनहरू । कसरी खिया लाग्यो सम्बन्धमा हिजो । के म सद्धे भएको भए यति सजिलै दूरी बनाउन सक्थी त आरतीले ? के हामीबीचमा प्रेम जस्तो केही थिएन ? के साथी मात्रको सम्बन्ध त्यस्तै हुन्छ ?

जेहोस्, आरती पन्छिएपछि म अपराधको कलङ्कबाट केही हदसम्म चोखिएको थिएँ । अब भन्न सक्ने थिएँ रूबालाई, "मलाई माफ गरिदेऊ, मैले नजानेर दुखाएँ । तिमीलाई आफूबाट टाढा बनाएँ । यो हाम्रो प्रेमको परीक्षा थियो । बल्ल बुझें तिम्रो समर्पणको अर्थ । माफ गरिदेऊ, बिन्ती ।"

साँझमा डाक्टर वैद्यले डिस्चार्ज कागजमा साइन गरेपछि नर्सले मेरो हातबाट क्यानुला निकालिदिई । नशाबाट सुइरो निकाल्दा चिरिक्क दुख्यो । झन्डै पिसाब चुहिएन । आकाशले बिल तिरेर कागजपत्र ठिक्क पारून्जेल रूबाले लुगाफाटाको पोको बनाइदिई ।

साँझको बत्ती बाल्ने बेला भइसक्दा पनि रूबाको अनुहारबाट उदासीको घाम अस्ताएन । बिहानसम्म उज्यालो उसको चेहरा दिउँसोबाट हिजो आएका बेला जस्तै अँध्यारो थियो । किन घामपानी भएको दिन जस्तो भइरहेको छ, उसको अनुहार ? के खेलिरहेछ उसको मनभित्र ? मैले बुझ्नै सकेको थिइनँ ।

साँझको खाना अस्पतालकै क्यान्टिनमा खायौं । फार्मेसीमा औषधि लियौं । नर्सलाई मुसुक्क हाँसेर 'गयौं है !' भन्यौं । उसले 'हस्' भनी । धन्न 'आउँदै गर्नुहोला' भनिन !

आकाशको बाइकमा म पछाडि बसें । हस्पिटलको गेटमा उभिएर रूबाले हात हल्लाई । रहस्यमयी आँखाले बिदा गरेकी थिई उसले । सानिमाको डेरा नजिकै छ, त्यतै जान्छु भनेकी थिई ।

रूबा र अस्पताल पछाडि छोडेर हामी कुपण्डोलको ओरालो झऱ्यौं । बागमतीको पुलमुनिबाट चिसो स्याँठ आयो । मैले लुगाको झोला छातीमा चपक्क टाँसें । केही दिन नदेख्दा पनि सहर नौलो लाग्दै थियो । बत्ती बालेर कुदिरहेका गाडीहरू, बाटोछेउमा ठिङ्ग उभिएका घरहरू सबै नौला लागे । भर्खर आँखाबाट ओझेल परेकी रूबाको याद आयो । के ऊ पनि बिरानो हुन्छे त फेरि ? कसरी सम्झाऊँ उसलाई ? कसरी माफी मागौं ? पहिले छोडेर गए हुने जस्तो लाग्थ्यो । अहिले छोडेर जान्छे कि भन्ने डर लाग्यो । यही नै होला प्रेमको अर्थ । जति बेलै कोही गुम्ला कि भन्ने पीर । मलाई यो रोगले, यो दुखाइले मायाको परिभाषा सिकाएको थियो । कसैको तिरस्कार भोगेको थिएँ । कसैको समर्पण चिनेको थिएँ । दुःखको भवसागरमा पनि सतिसाल भई उभिदिने पो सच्चा प्रेमी हुँदो रहेछ । रूबा त्यही थिई ।

बाको माया, बहिनीको माया, आकाश जस्तो साथीको प्रेम, आमाको स्नेह सबै चिन्ने मौका पाएँ । आरती र रूबाबीचको भेद थाहा पाएँ । यही जानें कि मायाबिना कुनै सफलताको अर्थ छैन । कुनै समृद्धिको मूल्य छैन । त्यो नाम कमाएर के अर्थ, जसलाई आफ्नो नामसँग जोडेर छाती चौडा गर्ने कोही छैन भने ? मन दुख्दा औषधि किन्न सक्दैन भने त्यो पैसाको पनि के अर्थ ?

सोच्दासोच्दै कोठामा पुगिसकेको थिएँ ।

"औषधि कसरी कति बेला खाने, थाहा होला नि ?" कोठामा पुगेपछि आकाशले सोध्यो ।

"अँ ।"

"अरू केही गर्नुपर्छ भने भन् ।"

"पर्दैन ।"

"त्यसो भए भोलि आउँला । राम्रोसँग सुत् । म अहिले गएँ," उसले भन्यो । मैले मुन्टो हल्लाएँ ।

"केही पऱ्यो भने फोन गर्," जाँदाजाँदै उसले भन्यो । फेरि मुन्टो हल्लाएँ ।

ढोका ढप्काएर आकाश गयो । अर्को खाट पनि भाको भए यहीँ सुत्थ्यो होला । अब त कुर्नैपर्ने बिरामी म थिइनँ । त्यसैले ऊ भुइँमा ओछ्यान लगाएर किन सुत्थ्यो र !

खाटमा पल्टिएँ । कति धेरै दिन भएछ आफ्नो ओछ्यान छाडेको पनि । निद्राजति सबै आफ्नै ओछ्यानको सिरानीमा पो लुकेको हुँदो रहेछ । त्यही भएर होला, मलाई त्यो अस्पतालमा निद्रा लाग्न गाह्रो भएको । आफ्नो ओछ्यानमा के तत्त्व हुन्छ खै आँखा लागिहाल्यो । एकछिन टोलाएँ, सुस्तरी लोलाएँ... निदाएँ ।

बेपत्ता

बिहान फिजियोले भने झैं हल्का व्यायाम गरेपछि रूबालाई फोन लगाएँ । अफ । एकदुई चोटि अरू ट्राई गरिरहें । अफको अफ । फेसबुक खोलें, सर्चमा गएर लेखें, रूबा शाही ठकुरी । थरीथरीका प्रोफाइल देखिए तर रूबा देखिनँ । म्यासेन्जरमा गएर खोजें । त्यहाँ पनि ऊ भेटिइन । मलाई छटपटी भयो । छातीमा आगो बल्यो, ज्वाला घाँटीसम्म आयो । हिजो बिदा हुन लाग्दाका उसका आँखा सम्झिएँ । ऊसँग हिजै माफी नमागेकोमा पछुत्तो लाग्यो ।

उसका अगाडि माफी मागेर, गिडगिडाएर फेरि जीवनमा फर्काउनु थियो । लिएर आउनु थियो आफैंसँग । किन छोडेर आएँ उसलाई ? पश्चात्तापको चिसोले टाउको पिटिरह्यो ।

ढोका खुल्यो ।

हातमा दूधको प्याकेट बोकेर आएको आकाशलाई आउँदा आउँदै सोधें, "रूबासँग तेरो कन्ट्याक्ट छ ?"

उसले दूधको प्याकेट किचन र्‍याकमाथि राखिदिँदै सोध्यो, "के भन्या ?"

"उसको फोन अफ छ ।"

"अफ भयो होला । किन आत्तेको ?" ऊ सामान्य भएर बोल्यो ।

"फेसबुक पनि डिएक्टिभेट छ ।"

अहिले भने आकाश पनि वाल्ल पर्‍यो ।

"किन गरी होला त ?" एकछिन सोचेर भन्यो, "केही परेर होला ।"

"त्यही त के पऱ्यो होला उसलाई त्यस्तो ? हालखबर सोध्ने मान्छे हुँदाहुँदै किन बेखबर बस्न मन लग्यो उसलाई ?"

"तँ धेरै सोच्दो रहेछस्," मेरो चिन्तालाई हल्का लिएर ऊ फेरि किचनपट्टि गयो ।

उसले दिउरे बसाल्यो । दूध उमाल्यो । म टोलाइरहें । टोलाउँदै रूबाको नम्बर डायल गरिरहें ।

किन भाग्न खोजेकी होली ऊ मसँग ? यसरी फेरि हराउनु थियो भने किन आई मलाई अस्पतालमा भेट्न ? किन कुरेर बसी रातरातभर ? सम्झनाको एउटा झिल्को झिलिक्क बल्यो । मैले 'तिमी कहिल्यै भेट हुँदिनौ होला भन्ने लागेको थियो' भनेको थिएँ । उसले म निको भएपछि त्यो इच्छा पनि पूरा गरिदिने बताएकी थिई । म छ्याङ्ग भएँ ।

"चिया," आकाशले खाटमाथि एउटा किताब राखेर त्यसमाथि कप राखिदियो ।

"रूबा हराई । ऊ मसँग कन्ट्याकटलेस भएकी हो," म चिच्याएँ ।

"नचाहिने कुरा नगर्," आकाशले भन्यो ।

"एक चोटि पेप्सीकोला जाऔं न यार," आशाका आँखाले आकाशलाई हेरें ।

"त्यहाँ गएर के अर्थ ? ऊ हिजो सानिमाकोमा जान्छु भन्थी । उतै बसी होला । दिउँसोसम्म फोन नलागे जाउँला, नआत्ती," उसले सम्झायो ।

तर मेरो मन छटपटी नै रह्यो । आत्ती नै रह्यो ।

"चिया सेलायो," आफ्नो कप सुरूप्प पार्दै उसले भन्यो ।

मन पोलिरहेको थियो, जाबो चिया !

दिउँसो दुई बजेसम्म पनि रूबाको अत्तोपत्तो नलागेपछि हामी पेप्सीकोला पुग्यौं । उस्तै थिए सडकहरू, उस्तै थिए गल्लीहरू । रूबा र मैले नापेका बाटाहरू सबै उस्तै लागे । फगत हामी फेरिएका थियौं ।

लागेको थियो, ऊ फर्किएर आई । फेरि फर्कियो जीवनमा उडिसकेको रङ । सस्तो लुगाको रङ झैं त्यो रङ पलभरमै उडेको थियो । लागेको थियो, फेरि फुल्यो डालीमा पुरानै फूल । त्यो फूल पनि बतासले कहीँ पर हुत्याएको थियो ।

मैले बाटो देखाउँदै लगेपछि रूबाको घरको निलो गेटअघि आकाशले बाइक अड्यायो । उसले हेल्मेट फुकाल्नै भ्याएन । बाइक स्ट्यान्डमा लगाउनै भ्याएन । म फुत्त ओर्लिएर हुत्तिएँ । खुट्टा च्वास्स गऱ्यो । झन्डै थचक्क बसिनँ ।

"किन आत्तिएको बे ? बिरामी मान्छे, सुस्तरी गर् न," मेरो हात थामेर उसले भन्यो ।

थोरै खुट्टा खोज्याएर भित्र पसें । ऊ पछिपछि आयो । कुनाको कोठाको बन्द ढोकामा पर्दा थिएन । सानो ताल्चा चुकुललाई कसिलो गरी अँगालो मारेर लत्रिएको थियो । ढोकाबाहिर डुअरम्याट पनि थिएन । अत्यासको अँध्यारोले आँखा तिरिमिरी भयो ।

"दि त कोठा छोडेर गइसक्नुभो," भऱ्याङमा एउटी बीसबाइस वर्षकी केटी उभिएकी थिई । उसले रातो फूलबुट्टे ट्राउजर अनि हरियो रङको टिसर्ट लगाएकी थिई । उसको खस्रो बोली सुनेसुने जस्तो लाग्यो । हामी जिल्ल परेर उभिइरह्यौं ।

"म नीलिमा," उसले भनी ।

म मुसुक्क हाँसें ।

"हजुर... दिवस दा ?" उसले मलाई देखाएर सोधी ।

मैले मुन्टो हल्लाएँ ।

"दि सरेको तपाईंलाई थाहा थिएन र ?" उसले आश्चर्यचकित भएर सोधी । म लज्जित भएँ । वाल्ल परेर हेरिरहें । के भनौं ?

"म हस्पिटलमा थिएँ, भेट त हिजो भर्खर भएको हो तर उसले यसको बारेमा केही भनिन," मैले भनें । यसको बारेमा मात्र किन, उसले केहीको बारेमा पनि भनिन । बिल्कुल मौन थिई । केवल टोलाइरही । खाना खाने बेलामा एक चोटि थोरै हाँसेकी थिई । त्यति न हो ।

"लौ किन होला त त्यस्तो ?" नीलिमाले पनि अचम्म मानी ।

"उसले कहिले छोडेकी कोठा ? किन छोडेकी केही थाहा छ ?"

"चार दिनअघि सर्नुभाको । सामान लैजान सानिमा पनि आउनुभाथ्यो ।"

आकाश र मैले मुखामुख गऱ्यौं ।

"हजुरलाई थाहै थिएन र सरेको ?" नीलिमा अझै जोड गरेर सोध्दै थिई ।

"अहँ, आज फोन, भाइबर, फेसबुक सबैतिर गायब भएपछि खोज्न हिँडेका हामी ।"

"लौन ! कता जानुभो होला त दि ?" यति भनेर ऊ पनि फोन डायल गर्न लागी ।

हामी खिन्न भएर निस्कियौं ।

भेटघाट क्याफे आइपुग्यौं । सोकेसबाट चुरोट नझिकी गएर होला, गोविन्देले मलाई अनौठा आँखाले हेऱ्यो । त्यही सोकेसमाथि हेल्मेट राखेर आकाश पनि चुरोट नलिई भित्र पस्यो । हामी एकएक ओटा चियरमा बस्यौं । रूल्लटुल्ल परेर एकअर्कालाई हेरिरह्यौं ।

"सरी यार ! मलाई माफ गर्दे," आकाशले नरम बोलीमा भन्यो ।

ऊ मैले भेटेको यतिका वर्षमा पहिलो चोटि नरम देखियो । आँखामा ग्लानि थियो, ओठहरूमा कम्पन । ऊ साँच्ची नै दयालाग्दो देखियो ।

"किन ?" मैले सोधें ।

"मेरा कारण रूबा र तेरा बीचमा फाटो आयो । मेरै कारणले तिमीहरूको दूरी बढ्यो ।"

"त्यस्तो हैन यार," मैले भनें । यो दूरी मेरै कारण हो, मै धोकेबाज भएर हो रूबा टाढिएकी भन्न मन लागेको थियो तर सकिनँ ।

"म हरेकपल्ट तँसँग माफी माग्न खोज्थें तर सक्दिनथें । मलाई कीर्तिपुरमा बोलेका कुराहरूले हरेक दिन पोली नै रह्यो । सधैं हावा

भएर हिँड्ने मलाई के थाहा, प्रेम के हो भनेर ? मलाई के थाहा, प्रेमीप्रेमिकाको रिसराग, ठाकठुकको अर्थ ।

"रूबाको फ्रेन्ड रिक्वेस्ट आउँदा साथीको गर्लफ्रेन्डको रिक्वेस्ट आयो भने झैं केही अनौठो लागेन । जब तैंले भाउजू अर्कै हो भनिस्, त्यसपछि भने मेरो मनमा पनि खराब नियत पलायो । मलाई के थाहा, रूबा मसँग बोलिरहनुको अर्थ ? के थाहा, उसले भेट्न खोज्नुको अर्थ ?

"कति गलत रहेछु म । उसले भीडमा मेरो हात समाउनुलाई कति गलत बुझें मैले । कसरी रक्सीको तालमा तँलाई चिढ्याएँ । यति निश्चल प्रेममा धावा बोलें मैले । त्यति निष्कलङ्क रूबालाई कालो पोतिदिएँ । मलाई प्रायश्चित नगरी शान्ति मिल्दै मिलेन । तँसँग हजार चोटि माफी माग्नुभन्दा बढी, रूबालाई करोडौं चोटि खुट्टा ढोग्नुभन्दा बढी त मैले एउटै कुराले पापमोचन गर्न सक्थें । तिमीहरूलाई मिलाएर, फेरि पहिले झैं बनाएर, सम्बन्ध कहिले पनि नचर्किए जस्तो बनाएर । रूबालाई कर गरीगरी अस्पताल बोलाएर तँसँग रातभरि बसाएँ । सोचेको थिएँ, मैले च्यातेको नाता सिलाइदिएँ । भत्काएको सम्बन्ध बनाइदिएँ । सोचेको थिएँ अब माफी माग्नुपर्दैन ।

"तर मैले कसै गरी पनि आफ्नो गल्ती सच्याउन सकिनँ । म हारें । सक्छस् भने मलाई माफ गर्दे साथी ।"

आकाश एकोहोरो बोलिरह्यो । म के भनौं ? उसको गल्ती होइन भनेर कसरी भनौं ? मेरो आफ्नै गल्ती छ भनेर कसरी बुझाऊँ ? आरतीलाई म आफैंले रूबा र मेरो बीचमा ल्याएको सत्य म बताउन पनि त सक्दिनथें ।

"तैंले मलाई धेरै गरेको छस् यार ! आफूलाई अपराधी नबना । समय नै त्यस्तै भयो । अब बितेको घाउ कोट्याएर अर्थ छैन । रूबा भेटिएली नि केही दिनमा," अहिले आकाशलाई सम्झाउने म भएको थिएँ । परिस्थितिले पनि मान्छेलाई अनेक ठाउँमा लगेर राख्दो रहेछ । अनेक भूमिका दिंदो रहेछ ।

पर उभिएर हामीलाई हेरिरहेको गोविन्देले चोरीऔंलो घुमाएर कप मुखमा लगे जस्तो सङ्केत गर्दै 'चिया पिउने हो ?' भनेर सोध्यो । मैले मुन्टो हल्लाएँ ।

हामी निकै बेर चिया पिउँदै मौन मौन बसिरह्यौं ।

साँझमा भाइबर चेक गरें । फेसबुकमा खोजेको खोज्यै गरें । फोन डायल गरेको गऱ्यै गरें । सम्पर्क भेटिएन । दिउँसो कोठामा गएँ, सरिसकेकी छ । कता सरेकी छ, अत्तोपत्तो कसैलाई छैन । उसको स्कुलमा खोज्न जाऊँ, बिदा छ । कता हराई रूबा ? धर्तीले निल्यो कि बतासले उडायो ? कता खोजौं ?

गए पनि कतै गएको भनिदिनुपर्ने । बेपत्ता भएर खबर नदिनुजत्तिको सजाय अरू नहुँदो रहेछ । जाने बेलामा केही म्यासेज छोड्दा के जान्थ्यो ? कुनै चिठीपत्र, इमेल... ।

झट्ट सम्झना आयो । ऊ त कहिलेकाहीँ धेरै कुराहरू सुनाउन इमेल पनि लेख्थी । केही कुरा अगाडि भन्न नसक्दा उसले पहिले पनि त इमेल लेखेकी थिई । के अहिले पनि त्यस्तो केही छ ? हत्तपत्त जिमेल खोलेर इनबक्समा गएँ । नभन्दै इमेल आएको रहेछ, उसैको । हिजो साँझको समय र मितिमा ।

musi_ruba22@gmail.com को मेल खोलें ।

कविज्यू,

खै कहाँबाट सुरू गरौं । काँप्दै छन् औंलाहरू, टाइप गर्न । काँप्दै छन् ओठहरू, शब्दहरू फुस्फुसाउन । तर नलेखी धर पाइनँ । सायद मेरो सम्बोधन प्रिय नलाग्ला । तर यही मोडमा पुगेकी छु आज । मन त थियो बाबा भनौं, अँगालौं हजुरलाई । तर म पनि दिमागको कुरा सुन्न पुगेकी छु । मन त साह्रै नाजुक हुँदो रहेछ । संवेदनशील हुँदो रहेछ । यस्तो रेशम जस्तो मन लिएर पत्थरको दुनियाँसँग लड्न गाह्रो हुँदो रहेछ । बरू स्पात जस्तो दिमागले लड्नुपर्ने रहेछ । त्यही प्रयास गर्दै छु ।

मलाई धेरै पटक फोन गरिस्यो होला । अबदेखि म त्यो नम्बरमा भेटिनेछैन । धेरै खोजिस्यो होला फेसबुकमा, त्यहाँ पनि म भेटिनेछैन । के थाहा, मेरो कोठामा पनि पुगिस्यो कि ? त्यहाँ पनि म कहिल्यै हुनेछैन । म जहाँजहाँ थिएँ हजुरसँग, सबै ठाउँबाट हराएकी छु । पेप्सीकोलाका बाटाहरूमा अबदेखि मेरो पदचाप सुनिनेछैन । वसन्तपुरको मन्दिरपेटीमा म बसेकी देखिनेछैन । दरबार स्क्वायरमा हेरिटेज वाक गर्नेका भीडहरूमा म हुनेछैन । जसरी हजुरको मुटुबाट मेरो माया हराएको थियो, काठमाडौंका गल्लीहरूबाट मेरो छाया हराउनेछ ।

कहालीलाग्दो विगत बोकेर बसेकी थिएँ । हजुरको मायालु स्पर्शले पुलकित भएँ । कोही छ, जो म जस्तो छु त्यस्तै मन पराउँछ । जो मेरो मनलाई मन पराउँछ । कोही त छ, जो मेरो आत्मालाई माया गर्छ । यही सोचेकी थिएँ । तर के थाहा ? दुनियाँ मनको बोली सुन्न सक्दैन । के थाहा ? समाज आवरण हेरेर मान्छेको विनिमय गर्छ ।

हजुरसँग केही गुनासो छैन । हजुर त्यही हो, गगन जस्तै अबोध, अज्ञानी अनि डरपोक । माया गर्न खोज्ने तर नसक्ने । छाती नाप्न सक्ने, मन छाम्न नसक्ने । समाजको साङ्लो तोड्न नसक्ने कायरले किन सक्थ्यो र माया गर्न । सजिलो कहाँ हुन्थ्यो र मायाको बाटो । सजिलोसँग पलाउने बर्खाको झार जस्तो किन हुन्थ्यो र प्रेम । शिशिरमा फुल्ने बुट्यान पो हो त । हजुरलाई यही थाहा भएन । त्यसैले केही गुनासो छैन ।

म हारेर गएकी छैन । यही सोचेर हिँडेकी छु कि मैले जसलाई माया गरेँ, उनीहरूलाई माया के हो थाहै थिएन । मलाई यो बुझ्न दुईदुई चोटि धोका खानुपऱ्यो । महिनौं रूनुपऱ्यो । हप्तौं टोलाउनुपऱ्यो ।

आकाशले हजुर बिरामी छ भनेपछि एक चोटि हेर्न आएकी थिएँ । सामान सानिमाकोमा सारिसकेकी थिएँ । घर हिँड्न ठिक्क परेकी थिएँ । सोचेँ, मलाई जति नै बेवास्ता गरे पनि आखिर यो त्यही मान्छे हो, जसलाई मैले बेहद प्रेम गरेकी थिएँ । कस्तो छ भनेर मात्र हेर्न आएकी थिएँ । आकाशले धर्मसङ्कट पारिदियो । बस भन्यो, बसेँ पनि ।

बसुन्जेल मन द्विविधामा घोरिइरह्यो । यति कमजोर मान्छेलाई छोडेर जाऊँ ? यति निर्दयी हुनु ? तर यस पटक मेरो दिमागले जित्यो । बिरामीबाट उठेपछि फेरि मेरो के औकात ? के हैसियत ? फेरि उही घृणा त होला ! उही आरोप ! उही तिरष्कार !

मायाको अर्को नाम इज्जत पनि हो । आत्मसम्मान पनि हो । दुवै चीज गुमाएकी छु । हजुरले बेवास्ता गर्दा मैले आकाशबाट सहयोग चाहेकी थिएँ, हजुरलाई मनाउन, हजुरलाई सम्झाउन । के अर्थ लगायो आकाशले त्यो भेटको, मलाई थाहा छैन । तर अहिले उसले हाम्रो मिलनको सदिच्छा राखेको रहेछ । तर म कठोर बनें ।

कसैले मोबाइलको प्याटर्न जस्तै कोही अरूलाई नै जिन्दगीको प्याटर्नमा ढालिसकेको छ भने फेरि दिल दुखाएर आस गर्नुको के अर्थ ? यसर्थ उचालिसकेका खुट्टाहरू अड्याएँ । हातहरू बाँधें । ओठहरू बन्द गरें । मौन भई निस्किएँ आफ्नै यात्रामा । मन दुखेको भए निको हुन सक्थ्यो । फेरि मुस्कुराउन सक्थ्यो । मन चुँडिएको भए गाँसिन सक्थ्यो । तर मेरो मन त मरिसकेको थियो । त्यसैले सायद अब हजुरका निम्ति फर्कंदैन, पलाउँदैन । पटक्कै बौरिँदैन ।

जाँदै छु दैलेख । एक्ली मुवाँलाई साथ दिन । कोही त भेटिएला नि जो मलाई म जस्तै मानेर माया गर्ला । जो मलाई मनदेखि चाहला । नत्र त के छ र ! मुवाँको म छँदै छु, मेरो मुवाँ हुनुहुनेछ । हजुरको जिन्दगी फलोस् फुलोस् । टन्न सम्पत्ति भएकी केटी बिहे गरिसेला । हैसियत मिल्ने खोजिसेला । इज्जत हुनेछ, सान हुनेछ, रबाफ हुनेछ । केही चीजको अभाव हुनेछैन । बिरामी हुँदा जँचाउने डाक्टर हुनेछन् । औषधि खुवाइदिने नर्स हुनेछन् । आजकल त पैसा हुनेहरूको पीडामा रोइदिने मान्छे पनि पाइन्छन् क्यारे ! माया जाबो त के हो र ? पैसाको खातमा च्यापिएर चुपचाप सुतिरहला ।

धेरै लेख्न मन छैन । अब हाम्रो कहिल्यै भेट नहोस् । यति चाहन्छु ।

रूबा

उपसंहार

फूलहरू बोटमा भन्दा पनि धेरै झ्यालढोकामा फुले । बत्तीहरू झिलिमिली गरेर बले । देउसीहरू गुन्जिए । भैलीको भाका सुनिए । निधारभरि इन्द्रेणीहरू कोरिए । गलाभरि मखमलीहरू झुले । तर तिहारको सबै दिन मेरो अनुहार औंसी भएर झोक्राइरह्यो । साथ गुमाएको थिएँ । माया गुमाएको थिएँ । पाएको थिएँ कायरको विशेषण, अज्ञानीको पदवी । कसैको मन दुखाएको थिएँ । आफ्नै नाम लेख्न खोज्दा पनि कतै धोकेबाज लेखिन्छ कि झैं लाग्थ्यो । म कलमसँग डराएँ । किप्याडसँग डराएँ । किबोर्डसँग डराएँ । कविता लेखिनँ । कथा लेखिनँ । कसका कथा लेखौं ? वास्तविक जीवनमा कसैलाई रूवाउनेले फेरि झूटा कथा लेखेर ककसलाई रूवाऊँ ?

गाउँमा तिहार सकेर शरद्को मुलायम घाम ओढ्न काठमाडौं फर्किएँ । व्यायाम र औषधिले म नर्मल जस्तै हुने भएँ । शरीर पहिले जस्तो फूर्तिलो भने थिएन । पढाउन जान पनि सक्दिनँ जस्तो लाग्यो । आरतीसँगको बन्द बोलचालले मलाई खनालको स्कुल जान यसै अप्ठ्यारो थियो । हीनताबोध, लाज अनि ग्लानिले गाँजेर ल्यायो । आरतीसँग सम्पर्कविच्छेद नै गर्ने भएपछि मलाई ऊसँगका सबै तार चुँडाल्नु थियो । स्कुल छोड्नु थियो सबैभन्दा पहिला । फेरि कता जागिर खोजौं ? अत्यास लाग्यो । मन दह्रो पारें । मान्छे खानाको भोकले कहाँ मर्छ र, स्वाभिमानको भोकले पो मर्छ । सोचें, किन देखाउनु आरतीलाई अनुहार । छोड्छु स्कुल, देखाजाएगा !

स्कुल छठपछि मात्र खुल्ने भए पनि म अधैर्य भएको थिएँ । आवेशमा आएर विद्या सरलाई फोन लगाएँ । "म आउन सक्दिनँ अरू कोही शिक्षक खोज्नुहोला," भनिदिएँ ।

"के भयो र, सर ? किन एक्कासि ?" अप्रत्याशित निर्णय सुनेर विद्या सरले सोधे ।

"बिरामी छु, सर । दीर्घरोग हो । घुँडा, ढाड सब दुख्छ । सायद अब उभिएर पढाउन सक्दिनँ । त्यही भएर बेलैमा खबर गरेको । तपाईंहरूलाई अर्को मान्छे खोज्न सजिलो होस् भनेर ।"

"अझै समय छ । स्कुल खुल्ने बेलासम्म त ठीक हुनुहोला नि," विद्या सर भन्दै थिए ।

"यो राजीनामा नै भनेर मान्नुस्, सर," मैले भनें ।

"स्कुल लागेपछि एक चोटि आउनुस् अनि सल्लाह गरौंला ।"

"स्कुल लाग्ने बेलासम्म ढिलो होला, सर । जाँचका नजाँचेका कापीहरू पनि छन् । रोशन सरसँग लिनुहोला । कसैलाई जाँच्न लगाउनुहोला । अब म आउँदिनँ ।"

"कापी त्यसै छन् ?" विद्या सर कड्किए । यतिबिघ्न अनौठो कुरा उनले सुनेकै थिएनन् सायद । थपे, "तपाईं जस्तो धोकेबाज कहिल्यै देखेको थिइनँ ।"

'सबै जना त्यसै भन्छन् सर' भन्न मन थियो, भनिनँ । फोन राखिदिएँ । उनले फेरि कलब्याक गरेनन् । रूबाको भूपू प्रेमी भएँ, आरतीको भूपू साथी भएँ । अब त म लिटिल रोज स्कुलको पनि भूपू शिक्षक भएँ । मायाका मसिना अक्षरहरू पढ्न नसक्दा मलाई यी अभूतपूर्व सफलताहरू हात लागेका थिए !

आभार

यो पुस्तक थालेको धेरै समय बितिसकेकाले पनि यसलाई हुर्काउन, बढाउन सहयोग गर्ने केही प्रियजन स्मृतिमा आइरहन्छन् । उनीहरूकै कारण यो पुस्तकले भौतिक संसार देख्न पाएको छ । स्कुल, मेडिकल कलेज, ट्युसन सेन्टरलगायतका कहानी बाँड्ने मित्रहरूलाई धन्यवाद ।

पढ्न अति मन पर्थ्यो । तर लेखक नै बनिहाल्छु लागेको थिएन । समयक्रममा लेख्ने बानी पर्दै आयो । लेखेका कुरा छापिएलान् भन्ने पनि लागेको थिएन । तर पत्रपत्रिका, ब्लग, सामाजिक सञ्जाल हुँदै पुस्तककै स्वरूपमा छापिनेसम्मको यात्रा तय गर्न पाएँ । यो मेरा निम्ति शब्दातीत अनुभव रह्यो । यस यात्राका पछाडि धेरै हात हुनुहुन्छ, जसले मेरो रहरको उडान भर्न प्रेरणाको धक्का दिइरहनुभयो । सामाजिक सञ्जाल र अरू सार्वजनिक ठाउँबाट मलाई प्रेम बर्साउने तमाम मनलाई हार्दिक धन्यवाद ।

पहिलो पुस्तक रहरबाट पाएको अथाह प्रेमलाई म शब्दमा बयान गर्न सक्दिनँ । त्यही प्रेमलाई ऊर्जा बनाएर लेखन यात्रामा निरन्तर शब्दका पदचाप चालिरहेँ र तयार पारेँ, *मायाका मसिना अक्षर* । यसर्थ मेरो पहिलो पुस्तकका आदरणीय पाठकलाई धन्यवाद ।

प्रेमका कथा धेरै पढेको थिएँ । तर सधैं केही न केही खट्किरहन्थ्यो । के आजभोलि पनि आदर्श प्रेम जीवित छ र ? मायाप्रेमका नाममा छोटो आकर्षण र झट्ट विकर्षण भइजाने सोसल मिडिया पुस्ताका अप्ठ्याराहरूका कथा किन नलेखूँ ? मलाई प्रेम गराउने होइन, प्रेम बुझाउने कथा लेख्नु थियो । भ्रमलाई प्रेम मान्नेहरूको दैनिकी लेख्नु थियो यसकारण दिवस र रूबाका घटना उधिन्न थालेँ । मेरो कथाको पात्र बनेर आइदिने रूबा, दिवस र आरतीलाई पनि धन्यवाद ।

म विश्वस्त छु, यस कथामा कहीँ न कहीँ हामी युवाको अनुहार देखिनेछ । केही गल्ती गरियो होला, केही धोका खाइयो होला, कसैलाई धोका पनि दिइयो होला । तर जीवनको बुटामा जति जति नयाँ अनुभवका पालुवा पलाउँदै जान्छन्, हाम्रा ज्ञानका जरा पनि फैलिँदै जान्छन् । यसर्थ जीवनमा जेजे भोगियो, ती सबै कक्षा थिए भनेर म मान्ने गर्छु । यही दर्शनलाई लिएर यो पश्चात्तापको कथा लेखिएको हो । मान्छे गल्ती गर्छ र त्यसलाई स्विकार्छ भने त्यो जति उपयोगी शिक्षा अरू हुँदैन । यस मानेमा यो नायकको कथा होइन, जो सबैलाई पराजित गर्छ, यो त त्यस खलनायकको कथा हो, जो आफ्नै अपरिपक्वतालाई जित्छ ।

कथाबारे ज्यादा बोल्दिनँ । पुस्तक तपाईंको हातमा छ । यसर्थ प्रिय पाठक, यहाँलाई विशेष धन्यवाद । यस पुस्तकले आकार ग्रहण गर्न धेरै परिश्रमी हातको भूमिका छ । आदरणीय अजित बराल दाइलाई सल्लाह, सुझाव र सम्पादनका लागि धन्यवाद । प्रकाशनका लागि आदरणीय नीरज भारी र फाइनप्रिन्टलाई धन्यवाद । भाषा सम्पादनका लागि मेदानीप्रसाद भण्डारीलाई धन्यवाद ।

लेखनमा निरन्तर हौसला र प्रेमका लागि लेखक अमर न्यौपाने र सुबिन भट्टराईलाई धन्यवाद । पाण्डुलिपि पढेर प्रतिक्रिया दिने प्रिय भाइहरू आयुष भट्टराई र ईश्वर कुमारलाई धन्यवाद । सुन्दर लेआउटका लागि मञ्जु पौडेललाई धन्यवाद ।

अन्त्यमा, मेरो रहरलाई सधैं मलजल गरिदिने परिवार, साथीभाइ र यस कथामा आफ्ना भावना दिएर जाने हरेक चरित्रहरूलाई हृदयको भित्री कुनाबाटै धन्यवाद ।

फुड माइक्रोबायोलोजीमा स्नातकोत्तर सुरेश बडाल परम्परागत नेपाली खानेकुरामा शोधअनुसन्धान र शिक्षण गर्छन् । युवा केन्द्रित विषयमा लेख्न रूचाउने उनका विभिन्न पत्रपत्रिका तथा अनलाइन पोर्टलमा कविता, कथा, निबन्धलगायत रचना प्रकाशित छन् । कथासङ्ग्रह रहर प्रकाशन गरिसकेका उनको *मायाका मसिना अक्षर* पहिलो उपन्यास हो ।

www.ingramcontent.com/pod-product-compliance
Lightning Source LLC
LaVergne TN
LVHW060222051026
849517LV00005B/1487
* 9 7 8 9 9 3 7 7 4 6 5 7 1 *